D0628652

Tous Continents

Collection dirigée par
Anne-Marie Villeneuve

DISCARD / ÉLIMINÉ

Du même auteur

La Prophétie du saint aux pieds nus, Lanctôt éditeur, Montréal, 2006.
Brad Pitt ou mourir, Les Intouchables, Montréal, 2005.

MYSTIQUE BLUES

ROMAN

Catalogage avant publication de Bibliothèque et Archives nationales du Québec et Bibliothèque et Archives Canada

D'Auteuil, Sylvain
Mystique Blues
(Tous Continents)

ISBN 978-2-7644-0755-4
I. Titre. II. Collection: Tous continents.
PS8607.A755M97 2010 C843'.6 C2010-940044-5
PS9607.A755M97 2010

Conseil des Arts du Canada **Canada Council for the Arts**

Nous reconnaissons l'aide financière du gouvernement du Canada par l'entremise du Programme d'aide au développement de l'industrie de l'édition (PADIÉ) pour nos activités d'édition.

Gouvernement du Québec – Programme de crédit d'impôt pour l'édition de livres – Gestion SODEC.

Les Éditions Québec Amérique bénéficient du programme de subvention globale du Conseil des Arts du Canada. Elles tiennent également à remercier la SODEC pour son appui financier.

Québec Amérique
329, rue de la Commune Ouest, 3e étage
Montréal (Québec) Canada H2Y 2E1
Téléphone : 514 499-3000, télécopieur : 514 499-3010

Dépôt légal : 1er trimestre 2010
Bibliothèque nationale du Québec
Bibliothèque nationale du Canada

Projet dirigé par Anne-Marie Villeneuve
Révision linguistique : Luc Baranger et Céline Bouchard
Conception graphique : Renaud Leclerc Latulippe
Montage : Andréa Joseph
Photographie de la couverture : Photocase

Imprimé au Canada

Sylvain d'Auteuil

MYSTIQUE BLUES

ROMAN

Préface de
Jacques Languirand

QUÉBEC AMÉRIQUE

Préface

La lecture de ce roman a éveillé chez moi le souvenir d'une époque de ma vie où j'ai moi-même vécu de ces expériences « mystiques » parfois positives, mais qui peuvent aussi être infernales. Pour tout dire, ces expériences m'ont souvent terrifié, bien qu'elles m'aient aussi permis de découvrir chez moi une dimension qui m'avait jusque-là échappé. C'est un peu le climat que je retrouve dans le roman de Sylvain d'Auteuil.

Il s'agit ici d'un récit « tripatif » – pour une fois que le mot trouve tout son sens… Il m'a rappelé cette étape tumultueuse de ma vie où j'étais tiré à hue et à dia en quête de sens. Cette période a bien duré quelques années avant que je trouve un certain équilibre, pour finalement aboutir *Par 4 chemins*…

L'expérience dite initiatique est très diverse. Elle provoque souvent des phases sombres suivies parfois d'une ouverture du cœur.

À une époque, j'ai tiré un enseignement considérable de ces expériences que l'on définit comme des « états modifiés de conscience ». L'ingestion de substances hallucinogènes agit chez certains comme un déclencheur. Il faut cependant faire une distinction entre les drogues comme le LSD, la mescaline, la psilocybine et leur forme naturelle : les champignons sacrés, le peyotl et le cannabis. Je parle ici de certaines substances qui se rattachent à des traditions chamaniques, mais qui n'ont aucun rapport avec ce qu'on appelle les drogues dures, dont je n'ai jamais fait l'expérience, non plus que Sylvain d'Auteuil. Comme j'ai parfois eu l'occasion de le souligner, ces drogues dites aujourd'hui psychédéliques ont de tout temps joué un rôle capital dans l'expérience initiatique.

À une époque donc, j'ai poursuivi une démarche de nature initiatique qui comportait l'exploration aussi systématique que possible de la psyché et qui a dans quelques cas provoqué des états modifiés de conscience. Je crois nécessaire de rappeler que ces expériences ne sont pas sans risques, et que j'ai moi-même traversé des états dépressifs, voire des états d'angoisse intense. Ces états ont parfois un sens initiatique, mais ils ne sont pas pour autant sans souffrance. C'est ce dont témoigne Sylvain d'Auteuil dans ce roman.

Ces expériences m'ont permis de vérifier la réalité des informations que je trouvais à l'époque dans l'étude de la pensée traditionnelle, dite aussi ésotérique.

Cela dit, il ne faut pas ignorer que les expériences négatives qui sont parfois les plus significatives se traduisent souvent par une forme d'angoisse sans objet – on en vient en effet à ne plus trop savoir pourquoi on est angoissé, alors on éprouve la peur de devenir fou, et parfois celle de mourir. Ces états que suscitent parfois de telles expériences sont en réalité l'effet d'une peur instinctive ancrée dans l'animalité, la peur de mourir.

Il faut alors s'abandonner jusqu'à accepter ce qu'on perçoit comme l'appel de la mort, mais qui s'avérera en réalité une mutation profonde de soi. Ce qui peut se traduire par un appel à mourir à un niveau de conscience pour renaître à un autre, mais parfois aussi comme «une descente aux enfers» dans les zones obscures de la psyché.

Cela dit, il demeure que certaines expériences peuvent au contraire être positives. La difficulté est alors d'intégrer dans la conscience ordinaire ces expériences paroxystiques pour lesquelles on est généralement mal préparé. Il s'agit d'apprivoiser ces expériences chaotiques dans le quotidien.

Curieusement, on observe chez certains sujets, à la suite de telles expériences, une ouverture aux autres. Une fois qu'ils ont voyagé dans ces états de conscience troubles, il leur faut s'engager dans le monde et surtout auprès d'autrui. *Mystique Blues* est un ouvrage qui témoigne éloquemment de ce phénomène. Sylvain d'Auteuil précise s'être engagé dans cette aventure mystique sans avoir la moindre idée de ce que ce cheminement allait provoquer chez lui. Il était loin de pouvoir imaginer qu'elle allait à un moment éveiller chez lui le besoin de se tourner vers les autres pour les servir dans un puissant élan de fraternité.

Le processus initiatique est donc une expérience qui comporte des risques, mais qui permet une ouverture de l'être après une période de croissance.

L'idée qu'on se fait d'une spiritualité détachée du corps, autrement dit purement mentale, est donc sans fondement. L'aventure de Sylvain d'Auteuil me rappelle une fois de plus qu'il s'agit en réalité d'une expérience culturelle connue dans certaines cultures étrangères ; son récit évoque d'ailleurs les influences chamaniques sud-américaines, ainsi que celles de la kabbale juive et des pratiques yoguiques orientales. Autrement dit, il s'agit d'une expérience qui ne nous est pas familière en Occident et qui nous place devant l'inconnu, ce qui peut susciter chez nous une forme d'angoisse, alors que dans le cas de sociétés anciennes, ce genre d'expérience est traditionnellement associé à la culture. Il est alors plus facile de la vivre comme une pratique rituelle qui se trouve de ce fait mieux encadrée, car des repères culturels sont fournis. Les expériences mystiques s'inscrivent mal dans notre culture. Alors quand les pauvres Occidentaux que nous sommes sont confrontés à des états modifiés de conscience si étrangers à notre culture rationnelle, nous ne savons plus à quelle patère accrocher notre chapeau !

Il aura donc fallu à Sylvain d'Auteuil, comme à d'autres, de vivre sans repères son aventure mystique. C'est à mon sens tout à fait remarquable de la part d'individus qui ont fait l'expérience d'une dimension culturellement interdite pour eux. C'est selon moi ce qui explique les épreuves qu'ont traversées certains Occidentaux curieux et épris du goût de pénétrer des espaces qui leur sont culturellement interdits. Ceux qui ont cheminé sur cette voie ont en effet le mérite d'avoir exploré des univers étrangers à leur culture.

J'en arrive donc à penser que l'expérience des états modifiés de conscience éveille le souci des autres. J'ai rencontré plusieurs de ces aventuriers de la psyché qui, par suite d'une aventure intérieure, ont cultivé l'altruisme. Je les retrouve dans des groupes sociaux venant en aide de diverses façons aux personnes en difficulté. C'est cet éveil, chez Sylvain d'Auteuil, qui a le plus retenu mon attention. Un éveil fulgurant au cœur de sa montée de Kundalini et qu'il intégrera petit à petit au fil de son cheminement.

Mais qu'est-ce qu'une montée de Kundalini ? Le mot vient du sanscrit. Bien qu'il existe une représentation de la Kundalini sous forme de langue de feu sur le sommet de la tête – l'Esprit Saint, dans la tradition judéo-chrétienne, à ce qu'on dit –, la Kundalini est plus généralement représentée, dans la tradition hindoue, par un serpent lové au niveau du sacrum, l'os triangulaire situé à la base de la colonne vertébrale. Il s'agit de l'énergie spirituelle et vitale, et de l'énergie sexuelle, ou énergie de vivre. Une fois que cette énergie est éveillée – la montée –, son effet se manifeste et un nouvel état de conscience s'installe chez l'initié.

On rapporte moult enseignements et tout un potentiel de richesses intérieures générés par la montée de la Kundalini. Elle serait même, dit-on, impatiente de se révéler à notre conscience. Une pratique rigoureuse du yoga viserait précisément cette révélation. Elle contribuerait ainsi à l'éveil spirituel, à une plus haute conscience de soi.

Quant à moi, c'est plutôt par des drogues psychédéliques d'Amérique centrale et du Sud que j'ai vécu cet éveil. Mais le service que rend *Mystique Blues*, c'est bien de ne pas associer ces expériences essentiellement aux drogues. C'est en fait la magie de la vie que *Mystique Blues* célèbre au fil de ses pages. Je vous souhaite un beau voyage dans l'univers de Sylvain d'Auteuil, qui est aussi l'univers magique de chacun d'entre nous, si on se donne la peine de le découvrir.

JACQUES LANGUIRAND
4 janvier 2010

Note de l'auteur

Ceci sera sans doute le roman qui, né de ma plume, se rapprochera le plus d'un récit de vie authentique. D'ordinaire, je ne tiendrais pas à faire mention de cette vérité. Mais dans le contexte présent, il s'agit selon moi d'un incontournable. Et la raison en est fort simple : si je suis pour courir le risque personnel d'étaler mon histoire au grand jour, alors je me dis qu'il faut que vous, lecteur, y croyiez. Du moins, il me semble crucial de tout tenter pour rendre ce témoignage crédible.

Pourquoi est-ce que je tiens tant à ce que vous donniez foi au fait qu'à vingt-quatre ans j'ai surpassé dangereusement mes limites, erré pendant près de deux mois en quête mystique avant d'atterrir, psychiquement à moitié mort, dans l'unité psychiatrique d'un hôpital de banlieue ?

C'est qu'à l'époque de ma chute, alors que j'étais terrassé par la peur panique de m'être grillé les neurones irréversiblement, j'aurais tout donné pour lire ce que vous vous apprêtez à découvrir : nommément qu'un type comme moi peut s'en sortir... et en sortir grandi et fortifié en prime. J'aurais aussi eu besoin de savoir ce qu'est la Kundalini, et que la montée accidentelle de cette énergie en moi aurait un jour des bienfaits considérables dans ma vie, malgré l'espèce d'électrochoc dont elle m'a foudroyé initialement (pour ne pas dire initiatiquement). Cependant, pour y croire au moment où j'en avais le plus besoin, c'est-à-dire alors que je n'avais plus foi en rien, il m'aurait fallu savoir que l'histoire en question se basait sur une expérience vécue.

Voilà pour mes motifs.

Maintenant, un sérieux bémol s'impose. En m'exposant ainsi, il était presque inévitable d'étaler l'intimité de proches auxquels je tiens énormément. C'est pour eux que j'insiste sur le fait que l'étiquette de roman soit accolée à la présente création, plus encore que sur sa nature permissive, grâce à laquelle j'ai pu tordre le cou un peu à la réalité pour des raisons d'ordre dramatique. Par respect pour les proches dont il est question ici, et je pense surtout à mes parents et à la thérapeute qui m'ont accompagné dans ma remontée du fond du puits, je veux mettre en évidence le fait que, bien que je me sois inspiré de ces personnes réelles pour composer leurs alter ego romanesques, les faits décrits les concernant sont précisément du domaine de la fiction. Le fait d'avoir choisi de changer leurs noms et celui de certains lieux vient d'ailleurs appuyer cette intention.

Alors pour démarrer l'aventure dans ce même esprit, j'écris pour vous :

Il était une fois…

PREMIÈRE PARTIE
LA MORT DU FILS

L'hiver où j'ai frappé le mur

Un mur peut se sauter,
mais comment s'évader de soi?

TECIA WERBOWSKI

Hôpital Saint-Jude.
Banlieue de Montréal.
Dimanche 15 septembre 1991, 21 h 45.

J'ai dit à l'urgentologue qui m'a reçu après une attente interminable : « Ça faisait trop mal en dedans. Si je venais pas ici, j'sautais
du onzième étage pour arrêter tout ça. »

La bombe était larguée. Le mec n'a pas sourcillé. Il m'a posé
quelques questions. Prends-tu des médicaments ? Non. Es-tu suivi
par un psy ? Non. Est-ce la première fois que tu penses à « arrêter
tout ça » ? Non, mais jamais aussi intensément. Ça t'arrive souvent ?
Récemment, trop souvent.

Après ces paroles, je ne pouvais plus faire marche arrière. Car
on ne laisse pas un présumé suicidaire retourner tranquillement
chez lui. À plus forte raison s'il crèche au onzième étage. On l'enferme
plutôt dans une pièce rose, aux fenêtres grillagées, jusqu'à ce qu'il
se reconvertisse à la vie. Au point où j'en étais, c'est-à-dire au fond
de l'abîme, l'asile me semblait la meilleure des options. Peut-être
même la seule. Ces paroles à l'urgentologue étaient donc parfaitement calculées.

Mais n'allez pas croire que je désirais attirer l'attention. Aucun
proche n'a eu vent de cette menace. Je ne leur ai pas crié à l'aide. Pourquoi l'aurais-je fait ? Ceux qui avaient croisé ma route et deviné ma
détresse, ils ne m'avaient été d'aucune assistance. La sollicitude des
parents et des amis m'indifférait. Elle m'agressait, même, parce
que toujours assortie de cette impuissance, de cette ignorance et de
cette bienveillance polie qui les maintenaient à distance. Cette distance subtile que les gens préservent lorsqu'ils sont confrontés à

l'incarnation de leurs trois peurs primales : la maladie, la folie et la mort. Vous avez beau être leur meilleur ami, voire leur chair et leur sang, votre déchéance fait écho à leur propre part bien enfouie de maladie, de folie et de mort. Vous représentez un danger d'autant plus paniquant qu'il est irrationnel. Vous devenez le miroir de leur ombre. Et personne n'aime voir son ombre en face. On préfère la reléguer derrière, la tenir à distance. En compagnie de mes amis et de mes parents, cette distance me creusait un abîme encore plus profond. Alors je préférais l'obscurité totale de la solitude, sans bras tendus pour me faire réaliser que les bras de la vie étaient désormais trop courts pour m'atteindre.

À vrai dire, j'aurais souhaité être un suicidaire convaincu. Sans ma croyance en l'âme, en cette parcelle de conscience réputée survivre au trépas du corps, j'aurais sauté sans hésiter. Sûrement sans laisser de note. Oh ! Peut-être un « Je vous aime et vous n'y êtes pour rien » à mes parents pour apaiser leurs plaies ouvertes. Idem à mon ex-fiancée, pour qu'elle puisse continuer sa route sans obsession pour les rétroviseurs. Rien de plus. Je serais parti sans rancune ni regret. Le suicide m'aurait délivré, il aurait été mon interrupteur de souffrance. Seulement, je ne lui conférais pas ce pouvoir terminal. Je ne croyais pas non plus au suicide comme tunnel express vers une après-vie animée par un harem de vierges. Trop facile. Si Dieu a vraiment fait l'Homme à son image, il s'agit forcément d'un personnage plutôt porté sur l'abus punitif de son pouvoir. Les saints patriarches en ont tiré une saga plurimillénaire qui illustre parfaitement mon propos : l'Ancien Testament. Alors, je m'imaginais mal prier Dieu de bien vouloir laisser un pécheur suicidaire couler une douce préretraite sur un nuage près de chez lui…

Après tout, du onzième étage, croire qu'on puisse sauter jusqu'au paradis est une erreur, sinon métaphysique, à tout le moins mécanique. Isaac Newton a établi une loi assez claire sur le sujet : la gravité finit toujours par vous aspirer vers le bas ; ce qui n'est pas la direction consensuelle vers le septième ciel. La littérature biblique abonde encore en ce sens. Ses auteurs mystiques ont d'ailleurs rédigé une autre loi selon laquelle la gravité, celle de nos fautes, nous aspire plus bas encore que la terre ferme où s'est arrêtée la pomme de Newton.

À tout prendre, dans le meilleur des cas, l'hôpital me donnerait du temps, du repos et du mieux; au pire, je préférais prendre de l'âge dans une camisole de force si elle m'évitait de commettre le geste qui me promettait une éternité à le regretter. Ça, c'était le fond de ma pensée élaborée du fond de l'abîme. Ou peut-être encore le résidu superstitieux d'une éducation judéo-chrétienne. De toute façon, le pari des vertus spirituelles du suicide m'apparaissait trop risqué. J'étais déprimé, oui, souffrant, certes, mais surtout, je croyais être condamné à vivre.

Ainsi, je le répète, ce que j'ai raconté à l'urgentologue à propos du onzième étage était parfaitement calculé. Il m'a évidemment catalogué suicidaire. On m'a administré deux cachets, placé en observation, enfermé à clé. On me monterait à l'unité psychiatrique dès qu'une place s'y libérerait.

■ ■ ■

Mes parents se sont pointés à l'urgence quelques heures après mon admission. Leurs mines étaient figées dans leur inquiétude comme des masques de théâtre – la détresse inutile des sinistrés qui savent leur maison réduite en cendres avant même leur entrée sur la scène de l'incendie. Un infirmier leur a indiqué où me trouver. Lorsque mon père m'a vu, il a baissé les épaules et les yeux, sans rien dire. Le code mâle lui imposait le silence, mais je devinais le cocktail émotif qu'il se tapait : une double rasade de honte et d'affliction, aromatisée d'un zeste de culpabilité. Lui, le grand Martial de son prénom, l'affamé des combats, l'ex-marin rugueux, le chef syndical au front buté. Qui ne pouvait tolérer l'échec. Qui trouvait son fils dans le camp des déserteurs à jeter par-dessus bord. En retrait, dans le corridor, il a plutôt jeté un regard luisant vers le plafond tout en expirant comme un vieux loup de mer. Il réprimait des larmes. Moi qui n'avais jamais vu mon père pleurer.

Ma mère, elle, la toute délicate et vacillante Marguerite, s'est tournée vers lui, la main sur la bouche, l'air atterré et stupéfait. N'y trouvant pas appui, elle a voulu s'approcher de moi. Elle s'est plutôt cogné le nez sur le mur vitré de ma chambre exigüe. Voilà donc mes parents, à m'observer comme un poisson dans un aquarium. Ou, dans la perspective de ma mère – une puéricultrice à la retraite depuis ma naissance, il y avait alors vingt-quatre ans –, c'était plutôt comme si on avait placé son bébé malade en incubateur, hors de la portée de ses bras. Elle m'a salué d'une main hésitante et a tenté de me rassurer d'un sourire tout aussi hésitant, ne sachant pas si je la voyais, car j'étais alité dans la pénombre. Mais ses beaux yeux bleus trahissaient sa panique comme ils ont toujours trahi ce qu'elle désirait me cacher.

Oui, maman, ton fils unique est blessé.

Blessé… Pourtant je ne saignais pas. Aucun de mes os n'était rompu. Tous mes organes vitaux fonctionnaient rondement. C'est mon âme qui était fêlée.

En fixant ma mère, je me voyais dans ses yeux comme un nourrisson sans défense. Je n'avais pas l'âme fêlée, quand j'étais bébé. J'étais tenu au chaud, protégé, aimé. J'étais bien, sans soucis. Je me suis lové en fœtus à ces réflexions. Ma jaquette de papier (celle dont on revêtait dans cet hôpital les suicidaires pour éviter qu'ils ne se pendent avec le tissu) s'est froissée contre le drap rêche du lit de la chambre d'observation. Mon genou dénudé a cogné le métal froid de la ridelle de protection. Je me rappelle encore comment ce contact glacial avait traduit le froid qui me brûlait l'intérieur. Pas le froid qui engourdit, mais celui qui fend la chair d'une douleur vive – le froid d'une lame de scalpel.

Du coin de l'œil, j'apercevais donc mes parents, confinés au corridor par la porte sécurisée qui nous séparait. Ils ne pouvaient échanger un seul mot. Surtout pas un mot du genre de ceux qu'on prend généralement pour décrire mon état. Chez mes parents, ces mots-là figuraient dans le vocabulaire indicible des tabous. Alors ils restaient plantés là, muets et désœuvrés.

Derrière eux, toute l'agitation d'un couloir d'urgence. Des proches aux sourcils froncés, des patients impatients, le personnel pressé. L'interphone semblait régir leurs allées et venues. Un peu comme à l'aéroport. L'hôpital, c'est un aéroport sans véritables destinations. Au mieux on retourne d'où on est venu. Au pire on y reste jusqu'au dernier soupir, puis on décolle vers l'ultime *nowhere*. Ça sentait la mort. Pour ma mère, j'étais un bébé. Pour mon père, j'étais mort. De toute façon, mes parents ont toujours résidé aux extrêmes de la vie. À l'opposé, comme le nord et le sud. Des pôles magnétiques qui se repoussent comme deux a(i)mants contraires. Moi je suis leur unique point commun, une bille d'acier qui roule sans fin entre les deux. Sauf qu'à l'époque, le pôle qui m'attirait le plus se poussait – celui de mon père, désaligné vers ses maîtresses aux allures de dames de pique, de déesses de la mort. Tandis que le pôle qui aurait tant voulu de moi, à trop vouloir, me repoussait – ma mère, celle qui aurait tant souhaité que ma boussole pointe vers son nord pour réchauffer le glacier qui figeait sa vie. À ne plus désirer être son bébé, je me suis égaré vers la mort.

Mes parents, l'interphone, les jaquettes bleues, le bruit des civières roulantes… Tout, derrière cette vitre, faisait écho à ma tourmente. Mes mains en prière se resserraient entre mes cuisses qui grelotaient. Elles coinçaient une petite médaille de Lourdes en argent. Je m'y agrippais comme à un dernier espoir.

Mon père a fini par dire quelque chose. C'était un cri du cœur étranglé par la répression des sanglots et quelque peu étouffé par le mur de verre qui nous séparait :

« Réveille-toi, Sylvain… Laisse-toi pas aller ! Faut que tu te battes… OK ? »

Se battre. Toujours se battre, papa, t'es pas tanné ? Jusque dans tes cauchemars, que je t'entends te battre à cris et à sang. Et chaque nuit,

*c'est à recommencer : il y a toujours des ennemis pour t'en vouloir de
les avoir tués la veille. Aller au front contre des adversaires implacables,
comme de la chair à canon, comme on se sacrifiait en Normandie.
Mon père, n'est-ce pas là une autre forme de suicide ? À ce prix, veux-tu
vraiment que je me batte ? Moi, j'agite le drapeau blanc. Et c'est tout
juste si j'en ai la force. Je suis fatigué… Si fatigué.*

Mon pouls accélérait. J'allais repartir en crise d'angoisse quand
une infirmière a arrêté sa course près de mes parents. Une brunette
aux cheveux courts et raides, habillée d'un uniforme vert ne pardon-
nant pas les imperfections. Je me rappelle surtout son teint blême,
sans maquillage pour cacher les cernes. Elle avait l'air malade,
l'infirmière – plus malade que les malades. Elle a informé mes
parents de mon état. Mon père s'est énervé. Maman a pleuré. Je me
suis senti responsable. Je me suis fermé les yeux pour refuser ce
fardeau. J'ai déserté. Je suis un déserteur.

Comment leur dire que ça faisait mon affaire de rester là ?
Comment leur avouer mon épuisement ? Comment leur révéler que
j'avais besoin qu'on me prenne en charge ? Mais je ne voulais pas
transiger avec eux, absorber leur inquiétude. Je tenais mes yeux
fermés comme on tire les rideaux dans le but d'éloigner les visiteurs. J'ai feint le sommeil. J'ai fait le mort.

Après tout, j'*étais* mort.

Le fils adulte qu'ils croyaient connaître avait disparu. Il avait
implosé comme une grande tour dont il ne subsistait que les restes
dévastés d'un *Ground Zero*.

Plus tôt, dans la salle d'attente, j'avais essayé de me calmer en
lisant un magazine. En marchant à vive allure entre les rangées de
chaises, j'avais répondu à un test de psychopop en dix questions
du genre «Mesurez votre capacité d'aimer». Après vérification du
pointage, j'avais lancé le magazine au bout de mes bras. Mon score
était tellement bas que je m'étais aussitôt vu comme un monstre – un
égocentrique fini. «Aimez-moi, aimez-moi… même si je ne peux

rien vous donner en retour ! » Comme un bébé qui braille jusqu'à la tétée.

C'est tout ce qui subsiste de moi après l'implosion… un bébé ?

De retour au pôle Nord de ma mère…

La voilà, l'idée ! Je vais m'y cryogéniser, dans le pôle Nord de ma mère. Je serai un bébé pour le reste de ma vie. On prendra soin de moi, jour après jour, sans que j'aie à affronter le monde extérieur.

M'accrocher à cette résolution me semblait la seule issue possible. L'idée même d'une telle régression me sécurisait, m'apaisait un peu. Sans pudeur aucune, j'ai porté mon pouce droit à ma bouche pour le téter. Je me suis rappelé qu'on m'enrubannait les pouces d'un diachylon pour me dissuader du geste, quand j'avais deux ou trois ans. Puis est remonté le souvenir d'un soir de mes six ans où Nounours n'était plus au rendez-vous sur l'oreiller. Et ce retour du collège, lorsque je retrouvai l'étagère du sous-sol, jadis bondée de bédés, dévalisée par mon père pour combler les enfants d'un partenaire commercial. Et encore ce monologue paternel pour que j'abandonne l'idée d'aller skier quelques mois en Suisse avant de rentrer en fac. Quelle est donc cette obsession des pères pour que leurs fils vieillissent si vite ? Vieillir ne mène-t-il pas inéluctablement à la mort ? Moi je voulais compter à rebours. Me revenaient les paroles d'une comptine que me chantait ma cousine Vivi pour m'endormir, lorsque j'étais môme, la tête posée sur ses genoux. Elle me les chuchotait presque à l'oreille, tout en me caressant doucement les cheveux :

« À la claire fontaine, m'en allant promener… »

Le piège de ma pensée circulaire ralentissait enfin. La médication prenait le dessus sur le hamster fatigué de ma conscience. Ses effets m'enveloppaient dans une ouate de chloroforme tandis que le souvenir de la comptine berçait mon mal-être.

« J'ai trouvé l'eau si belle, que je m'y suis baigné… »

Allais-je enfin trouver le sommeil ? Depuis une semaine que je ne dormais pour ainsi dire plus. Dans le magazine lancé à bout de bras, j'avais lu que des chercheurs avaient testé quel facteur, entre le sommeil et la nutrition, assurait le plus longtemps la survie en l'absence de l'autre. Ils avaient isolé deux groupes de rongeurs. Le premier fut amplement nourri, mais privé de dormir. Le second, affamé au compte-gouttes, mais reposé par le sommeil. Au bout d'une semaine de ce traitement, ce dernier groupe avait survécu. Les rongeurs insomniaques avaient cependant tous rendu leur dernier couinement. J'en étais à la septième nuit de veille : dors ou crève. C'était la dernière conclusion dont était capable ma conscience, obscurcie par la brume chimique du Zanax.

« Il y a longtemps que je t'aime / Jamais je ne t'oublierai. »

Sur cette promesse, mon hamster s'était blotti dans ma tête et rendrait l'âme d'une seconde à l'autre. J'entendais au loin quelques dernières paroles. C'était mon père qui concluait d'une question pour vérifier s'il saisissait bien ce qu'on venait de lui expliquer : « Vous voulez dire un burn-out ? »

Hôpital Saint-Jude.
Du lundi 16 au mercredi 18 septembre 1991.

Quatre nuits et trois jours en salle d'observation…

J'ai abandonné la position du fœtus au premier matin. Une stupide raideur à la cuisse m'avait ramené à la réalité d'un corps adulte moins souple que celui de mon passage en pouponnière. De toute façon, je ne me croyais plus. Et au deuxième jour, je ne me pouvais plus. Alors imaginez au troisième. Trois jours sans télé, sans livre, sans visite autre que celles d'un infirmier, à heures fixes, pour me donner cachets et repas, avec pour tout paysage cette vieille femme édentée qui bave sur son oreiller dans le couloir de l'urgence. Trois jours en urgence, ce n'est plus de l'urgence, ça étire le temps en une bulle increvable où la seule occupation possible est de ressasser le passé que je désirais pourtant refouler dans les limbes.

Dès que je fermais les paupières me revenait le film en noir et blanc d'une enfance solitaire étouffée par une mère poule, ou encore le navet mélo d'une adolescence de grand boutonneux rêveur aux amours imaginaires, et la trilogie s'achevait sur la comédie romantique du cégep : le groupe rock, le football, le gym, les muscles qui gonflent et… Caroline, ma première blonde, ma première lettre d'amour, ma première fois – enfin, trois fois en dix minutes. Me hantait aussi le téléroman réaliste de la vie sérieuse : l'université, les projets, la première vraie paye, les fiançailles, le trousseau, les électros, les valises, le grand départ, les faire-part et la première auto sport…

Moi à la conquête du monde…

Moi, Sylvain Roby, vingt-trois ans, invincible.

Un an plus tôt.
Boucherville.

— Félicitations! Elle est toute à toi!

Charles, mon cousin vendeur d'automobiles, m'a tendu les clés d'une rutilante Eagle Talon en reprise de finance qu'il m'a obtenue pour une chanson. Une belle sportive aux allures de panthère noire, prête à bondir. J'en flattais la carrosserie aux lignes racées d'une main fébrile pendant que l'autre se saisissait des clés. Mon cousin a ouvert la portière.

J'étais si fier de pouvoir m'installer sur le siège du conducteur! On l'aurait dit moulé sur mesure. C'était la première fois que je montais à bord de l'une de ces sportives qui donnent l'impression d'être assis au ras du plancher. J'ai caressé le volant gainé de cuir et les contours arrondis du tableau de bord aux cadrans rappelant ceux des avions. Ça sentait le neuf. Quand j'ai inséré la clé dans le contact, je déflorais une femme. J'ai tourné la clé, la voiture a ronronné. J'ai appuyé sur l'accélérateur, elle a rugi promptement. Un rugissement qui a fait vibrer toutes les parties de mon corps. Connexion immédiate. Je crois que j'ai eu une érection.

J'ai salué mon cousin, pressé le bouton de la clim – il faisait une de ces chaleurs, pour un mois de septembre –, puis j'ai quitté le stationnement du concessionnaire. Au premier arrêt, j'ai inséré ma cassette des Doors dans le lecteur. Tout avait été prévu: Jim Morrison beuglerait *Roadhouse Blues* à fond la caisse pour le baptême de ma bombe noire. J'ai ouvert les phares rétractables, même si nous étions en plein jour – c'était trop *cool* pour m'en passer –, et je me suis rendu sur la route 132 qui reliait, sur plus de cinq kilomètres d'une ligne presque droite, les bourgades de Boucherville et de Varennes. Les haut-parleurs roulaient leurs basses à faire pomper l'adrénaline. Jim me criait ses premières recommandations :

« *Ah, keep your eyes on the road, your hands upon the wheel / Keep your eyes on the road, your hands upon the wheel.* »

Sur le coin de la rue de Montbrun, aux limites de Boucherville, j'attendais le feu vert en appuyant par intermittence sur l'accélérateur. La turbocompressée quatre cylindres faisait hurler ses cent trente-cinq chevaux sous le capot. Quelle musique !

« *Yeah, back at the Roadhouse they got some bungalows / Yeah, back at the Roadhouse they got some bungalows.* »

Ouais, je les voyais, autour de moi, ces bungalows médiocres de mon enfance… Avec toutes ces familles moyennes aux ambitions moyennes…

« *And that's for the people who like to go down slow.* »

Ouais, moi je n'irais pas *slow*… Le feu de la route perpendiculaire est passé au jaune… Ma main droite tremblait de fébrilité sur le levier de vitesse… Pas une automobile à l'horizon…

La route est à moi…

À l'époque, je portais encore le patronyme de mon père – Roby. Et je m'en souviendrai toujours, juste au moment où le feu vert m'était donné, Jim a hurlé :

« *Do it, Robby, do it !* »

J'ai écrasé le champignon… La bombe a décollé dans le vacarme combiné du turbo et d'un crissement de pneus aussi strident que le solo de guitare de Robby Krieger… Mes bras se sont tendus vers le volant comme le siège m'aspirait le dos… Quelle accélération ! L'indicateur de vitesse a atteint les cent kilomètres à l'heure en moins de huit secondes ! Puis les cent vingt… cent trente… cent quarante… cent cinquante… cent soixante… cent soixante-dix… Et la tenue de route demeurait stable…

« *Let it roll, baby, roll / Let it roll, baby, roll…* »

À cent quatre-vingts kilomètres à l'heure, la direction s'est mise à chanceler. Mon cousin m'avait juré que la Talon pouvait grimper jusqu'à deux cents à l'heure. Mon pied voulait défoncer le plancher pour y arriver. Le paysage champêtre défilait dans le flou d'une traînée verdâtre… Toujours aucune voiture en vue… Le tableau de bord aux aiguilles frémissantes me laissait croire que j'allais décoller ! L'odomètre indiquait maintenant cent quatre-vingt-dix kilomètres à l'heure ! Le volant vibrait de plus en plus… Je l'agrippais comme si ma vie en dépendait… Et ma vie en dépendait ! Jim m'avait prévenu :

« *The future's uncertain, and the end is always near.* »

Et comment… J'ai aperçu au loin le passage à niveau d'un chemin de fer qui sciait le champ de maïs… Je l'avais oublié, celui-là… Étaient-ce les feux d'arrêt que je voyais scintiller au loin ? Je roulais à cent quatre-vingt-quinze… seize… dix-sept… dix-huit…

Encore deux petits kilomètres à l'heure, ma belle… Allez !

L'aiguille a frétillé son chemin jusqu'à cent quatre-vingt-dix-neuf, tout près de la ligne des deux cents… Le moteur criait toute sa furie, poussé aux limites par les encouragements de Jim…

« *Let it roll, baby, roll / Let it roll, baby, roll…* »

Je devais être à moins de trois cents mètres du chemin de fer. La barrière de sécurité était abaissée et les feux rouges clignotaient. Je ne voyais encore aucun train quand la Talon a enfin plafonné à deux cents kilomètres à l'heure… Si je perdais le contrôle du bolide à cette vitesse-là, il devenait cercueil… J'ai songé à James Dean… Le train est apparu… Mon pied droit est passé de l'accélérateur au frein, dont j'ignorais la promptitude…

Notre Père qui êtes aux cieux…

À environ cent mètres du monstre roulant, cent cinquante kilomètres à l'heure… La sirène du train rivalisait de puissance avec le souffle de l'harmonica qui annonçait la finale du blues des Doors… À cinquante mètres, cent kilomètres à l'heure… J'ai appliqué une pression plus soutenue sur la pédale de frein… L'odeur émanait-elle de mes pneus ou du diesel de la locomotive ? D'un élan réflexe aussi frénétique qu'absurde, ma main droite tâtait l'entre-sièges en quête du frein de secours lorsque, toutes roues bloquées, le bolide a finalement arrêté sa course… juste à temps, les crampons fumants et le parechoc rivé sur la ligne d'arrêt, sans la violer… Victoire !

Mais pas encore question de célébrer. J'avais beau être hors de danger, mon pied droit écrasait toujours la pédale de frein, j'étais pétrifié devant le défilé des wagons de marchandise, le cœur emballé, la respiration coupée. Au bout d'un moment, j'ai enfin pu reprendre mon souffle. Mes poumons ont conservé l'air deux secondes de plus qu'à leur habitude, comme s'ils prenaient soudainement conscience de son essence précieuse. Une seconde encore. Puis un très long soupir. Mon pied droit a relâché la pression, ma main gauche s'est décrispée sur le volant. Puis tout s'emballa de nouveau… Que se passait-il en moi ? Mes jointures reprenaient à peine leur couleur que survint ce *rush* inattendu, un violent spasme adrénergique auquel je me suis abandonné, tête renversée, yeux grand ouverts et poings fermés. Le grand frisson du cascadeur…

Wow !

Le corps transi par l'extase du contrechoc, par réaction purement nerveuse, j'ai fini par exploser d'un fou rire incontrôlable…

« *You gotta thrill my soul, all right.* »

Un *thrill*, que tu dis, Jim ? Ç'avait été meilleur qu'un orgasme ! *Merci, ma belle*, ai-je pensé en tapotant le volant. Le wagon de queue m'est passé sous les yeux. L'avertisseur du passage à niveau a cessé son tintement. La barrière de sécurité s'est relevée. La voie était libre.

Libre.

Tempes battantes, les pupilles encore dilatées par l'adrénaline, je songeais à toute cette liberté nouvelle, à ce futur affranchi des longues années d'études, à ce boulot qui me payait un appartement sans parents pour me dicter mes allées et venues; je songeais, oui, à toute la route que j'allais parcourir avec mon bolide, à toute vitesse – une route assurément pavée de succès…

4

Hôpital Saint-Jude, unité de psychiatrie.
Jeudi 19 septembre 1991, matinée.

Dans la salle de séjour éclairée au néon de l'unité de psychiatrie, qu'on appelait froidement le Département 31, j'en étais à jouer au ping-pong avec un automate de seize ans en robe de chambre, qui me retournait la balle une fois sur quatre, les yeux givrés dans le vide.

Comment me suis-je retrouvé ici?

Je fais plus de six pieds, des jambes d'athlète, plutôt beau mec, à l'époque j'avais la taille élancée – l'héritage de ma mère. Six mois avant mon hospitalisation, j'étais fiancé à Caroline, devenue une superbe étudiante en médecine, et mon pied écrasait toujours l'accélérateur social de ma voiture de sport. J'y promenais ma face parfaite, ma fiancée parfaite et mes ambitions parfaites. Ma blonde, mon char, mes ambitions – mes fiertés. Des fiertés de gars. *And the sky was no limit!* Car non seulement j'étais parfait, mais encore je croyais savoir avec exactitude vers où je roulais à si vive allure avec le crâne bourré de théories marketing infaillibles, et riche de l'héritage d'un père verni de contacts. Parce qu'il en menait large, mon père, à l'époque. Il dînait au Mas des Oliviers avec un Guy Cloutier alors au sommet du *show business*, soupait au Ritz avec les bonzes de la rue Saint-Jacques, et fêtait jusqu'aux petites heures chez Louise Bardier avec la clique à Serge Savard. À mes yeux, il était le *king*…

Et moi, j'étais le prince héritier.

« T'as tout pour toi… », n'avait eu de cesse de me répéter ma mère toute la semaine précédant mon admission à l'urgence.

Je revenais d'un voyage de convalescence qui s'était mal terminé. Impuissante devant l'oisiveté chronique que j'affichais, elle s'était improvisée jovialiste.

« Tu reviens de Floride… Ça n'a pas été à ton goût ? T'as repris avec Caroline, non ? Pourquoi tu t'en fais comme ça ? Cesse de penser… Tout va bien… Tu veux un *brownie* ? »

Oui, tout va bien, maman… Gave-moi, maman, pour que je te sécurise à chaque bouchée.

Eh dis, maman, pourquoi tu ne viendrais pas au Département 31, pour constater jusqu'à quel point il va fantastiquement bien, ton garçon !?

Oui, viens m'encourager, maman, je joue au ping-pong avec un malade mental… et je gagne ! Viens me dire que je suis le « plusse meilleur » joueur de ping-pong de l'unité psychiatrique, maman. Viens me dire comment tu es fière de ton garçon fou ! Viens me dire que je porterai les couleurs du Canada aux Paralympiques ! Viens encore me dire que j'ai tout pour moi !

Je mangeais la balle de ping-pong des yeux.

La balle, la balle, la balle… Me concentrer sur la petite balle blanche échue au creux de ma paume. Me concentrer, ça m'évitait de trop penser, ma mère allait être contente. À moi de servir. Un lobe pépère pour donner le max de chances à mon paumé d'adversaire. Le pongiste lunatique a manié une fois de plus la raquette comme s'il voulait tuer une mouche et en voyait trois. Que du vent. La petite balle blanche est allée choir dans le fond de la salle, terminant sa course bondissante entre les pattes d'une chaise qu'occupait une patiente quarantenaire cernée jusqu'au menton. Les prunelles de l'ado se sont figées un instant dans le givre de ses cornées, avant de s'agiter à nouveau : il s'est rappelé qu'il devait récupérer la petite balle blanche. Intermède trop long. Je ne pouvais plus me concentrer sur rien. Je me suis remis à penser…

Alors, si tout va si bien, maman, dis-moi : comment me suis-je retrouvé ici ?

■ ■ ■

Moins d'un an auparavant, la PME qui m'employait m'avait couronné V.-P. marketing. Je n'avais que vingt-trois ans, l'ego bien portant. Le champagne, les rires, les promesses d'un avenir verdoyant de dollars à l'horizon – un horizon qui avait vite rougi après que le propriétaire et président de l'entreprise, un type rondelet à la tronche de grenouille, eut avalé son bœuf de concurrent local. Les liquidités s'évaporaient. Les créanciers s'énervaient. Mon père s'inquiétait de ses dollars investis silencieusement dans l'affaire. Il faisait pression sur la grenouille obèse pour qu'il ajoute le chapeau des finances à mes responsabilités. J'avais ouvert les livres comptables comme on ouvre un colis suspect. Ce que j'y avais trouvé était certes inquiétant, mais je songeais à la fierté paternelle si j'arrivais à sauver sa mise. Investi d'une telle mission héroïque, la seule chose que je ne comptais pas étaient les heures au boulot, lesquelles s'accumulaient au rythme progressif de cinquante, soixante, soixante-dix et bientôt quatre-vingts par semaine. Les feux se multipliaient. Je me faisais pompier et j'arrosais tous ceux que je rencontrais. Certains jours, je calmais un fournisseur le matin, emplissais mon banquier au dîner, motivais mes vendeurs l'après-midi, et «bullshitais» un investisseur potentiel le soir venu. Tout ça pour finir Chez Parée, une partie de la nuit. Hypnotisé par les charmes de Sheila, ma danseuse favorite, je remettais les compteurs à zéro dans cette course vers l'impossible que je pilotais au volant de ma rutilante bombe noire. Caroline s'éloignait. Le lit était froid quand je rentrais. Même le sommeil découchait. Mon hamster intérieur cherchait des solutions jusqu'aux petites heures du matin. Mes yeux brûlaient. Ma tête élançait. Tic tac, tic tac, tic tac… La ronde inlassable de l'aiguille des secondes autour du cadran devenait insupportable. Tic tac, tic tac, tic tac… Je ne réalisais pas que c'était moi, la bombe – à retardement. Tic tac, tic tac, tic tac… Le soleil me levait avant la sonnerie. Je me sentais seul. Tic tac, tic tac, tic tac… Puis Caroline est partie. Mariage annulé. Traiteur remboursé. Parents catastrophés. Amis interloqués. Je m'isolais encore davantage. Mais je continuais d'éteindre les feux. Tic tac, tic tac, tic tac… Le hamster me pompait l'adrénaline. Toutes ces nuits à m'irriter la cornée! Tic tac, tic tac, tic BOUM! Est venu le jour où j'ai explosé… Un mirobolant feu d'artifice!

Deux mois de dérapage total plus tard, je me ramassais à l'hôpital…

■ ■ ■

Quelle était l'étendue des dégâts? Étais-je une perte totale ou suffirait-il de me resserrer un ou deux tarauds? Je n'allais pas tarder à en avoir la réponse. Une jolie blonde d'infirmière est venue me prévenir que le psychiatre de service était disposé à me recevoir pour «l'évaluation». J'ai remercié mon jeune adversaire, qui a déposé sa raquette de ping-pong dans une totale indifférence. L'infirmière m'escortait vers le bureau de consultation, lorsqu'en route nous avons croisé un trentenaire chétif en pyjama.

«Bonjour Gaétan», a salué l'infirmière.

Aucune réaction de l'homme. Le teint cadavérique, la bouche tordue d'un rictus affreux et les yeux hagards, il se mouvait sans but, tel un zombie sorti tout droit du *Retour des morts-vivants*. Son avant-bras gauche, plié à angle droit sur son ventre, était pris de sévères tremblements.

— Sa… maladie, c'est quoi? ai-je demandé à voix basse.

— Gaétan est schizophrène, m'a-t-elle répondu à voix haute avec une candeur forcée qui m'a déconcerté, un peu à la manière d'une éducatrice de garderie qui apprend la couleur d'une automobile à un enfant de deux ans.

J'ai tourné la tête vers l'arrière, morbidement fasciné par cette espèce de fantôme. Son esprit avait dû traverser une zone interdite il y avait… au fait:

— Il a toujours été comme ça?

En posant la question, je me demandais en réalité si on devenait *comme ça* progressivement, l'esprit rongé un neurone à la fois, comme le cancer gangrène le corps cellule par cellule, ou encore d'un seul coup à la manière d'un traumatisme soudain qu'on subit après le suicide de son enfant ou la trahison de l'amour de sa vie. La réponse, qu'elle m'a débitée comme une recette de gâteau apprise par cœur, allait me laisser sur ma faim.

— Je ne sais pas depuis quand Gaétan est atteint. L'origine de la schizophrénie est en partie génétique, mais généralement, la maladie se développe au début de l'âge adulte. La plupart des cas d'hospitalisation se produisent entre vingt-cinq et quarante-cinq ans… Ah! Nous y sommes! Le Dr Ferland ne tardera pas à venir te voir…

L'infirmière m'a désigné l'entrée du bureau et m'a quitté avec un sourire aseptisé. Assis sur une chaise droite inconfortable, face à la table de travail du psychiatre, mon regard vagabondait sur les murs couverts de rayons et d'affiches. L'une d'elles a mobilisé toute mon attention. C'était une publicité gouvernementale portant sur la schizophrénie. Le slogan en grosses lettres magnifiait l'inquiétude inspirée par la rencontre du zombie à la main tremblante:

SCHIZOPHRÉNIE : LA PRISON DE L'ÂME

Ça sonnait comme une sentence à perpétuité.
Et si c'était ce qui m'a fêlé l'âme, la schizophrénie?
Et si mon délire estival s'emparait de moi à nouveau?
Et pour de bon?

Je ne pouvais oublier le tremblement du schizophrène. Depuis le début de l'adolescence que ma main droite tremblait. À la moindre situation de stress, ça empirait tellement que c'était souvent tout ce qu'on remarquait de moi. J'exagère, pensez-vous… J'aimerais le croire, mais considérez ceci: lorsque mes collègues étudiants ont signé mon album des finissants, un sur deux a blagué à propos de ma nervosité. Andrée, mon amour inavoué du secondaire, une rebelle aux cheveux noirs qui ressemblait à une jeune Jennifer Connelly, avait amorcé son petit mot d'adieu par – imaginez ma joie – : « Quelqu'un qui a la tremblote comme toi, j'en ai jamais vu. En fait, je crois que tu es le dernier spécimen de ta race. Les autres ont tous péri sous l'empire des spasmes nerveux. »

Et si cette boutade avait été un présage ?

Si cette main incontrôlable devait annoncer le pire ?

Si ma race était celle des schizophrènes ?

S'est remanifestée la douleur aigüe qui me tenaillait le plexus solaire lors de mes crises d'angoisse. Je ne tenais plus en place. Une goutte de sueur froide glissait sur une tempe. Mes doigts vibraient sur ma cuisse qui sautillait au rythme « speed metal » de mon talon. Je n'ai pas voulu attendre le juge de la psyché pour qu'il prononce ma sentence. Je me suis levé d'un trait et suis sorti du bureau.

Je fous le camp de ce camp de fous… Je vais fuir… Loin d'ici… Loin de la folie… Et si ça s'attrapait, la folie ? La maudite porte vitrée de l'unité est barrée… Trop tard… La sentence est déjà prononcée, le jugement exécuté… Je ne peux plus m'enfuir… Je suis en prison… De toute façon, je suis ma prison… Il faudrait m'enfuir de moi-même… L'affiche le dit : je suis piégé dans la prison de mon âme… Je suis schizophrène… Je suis fou… On m'enferme comme on enferme les fous… Je veux sortir… J'étouffe !

J'ÉTOUFFE !

J'ai actionné de toutes mes forces la poignée métallique de la porte de sortie, mais elle n'a pas cédé. Je suis revenu sur mes pas. J'ai aperçu le psychiatre – un gros balourd aux cheveux gris qui me cherchait à l'entrée de son bureau. J'ai esquivé son regard et pris le couloir, sur ma droite, qui menait à ma chambre. Devant moi, m'entravant partiellement le chemin, deux solides infirmiers maîtrisaient un psychotique moustachu qui les prenait pour des tueurs :

« Assassins ! Au secours ! À l'aide ! Ils vont me tuer ! » criait-il à tue-tête.

Je l'ai reconnu. C'était ce père de famille dans la mi-trentaine. Sa femme et ses trois jeunes enfants l'entouraient, la veille au soir, à mon arrivée dans l'unité. Je me demandais ce qu'il faisait ici, ce papa tranquille à la bouille sympathique. Je me demandais pourquoi le plus grand pleurnichait ; pourquoi sa mère semblait incapable de puiser en elle-même un iota d'enthousiasme pour le consoler. Le visage éteint de cette femme, on l'aurait dit couvert d'un voile noir. Elle vivait un deuil. Celui du père de ses enfants. À regarder son mari, ce matin, je comprenais. Ses yeux étaient exorbités, sa voix mugissante, sa bouche épaisse et baveuse. Il se débattait comme un démoniaque. Elle devait penser qu'il était mort, son mari. Comme mon père devait penser que j'étais mort, depuis qu'il était venu me chercher, perdu que j'étais, rue Saint-André, alors que je croyais être pourchassé par je ne sais trop quoi…

Me revenaient des flashes de mon explosion psychique : le prêtre, la kabbaliste, les clochards et les voisins inquiets… Je me prenais la tête à deux mains en courant dans le couloir d'hôpital… Je me cognais le long des murs, zigzaguant tel un ivrogne jusqu'à… Non… M'étais-je trompé de chambre ?

— Bonjour ! m'a salué un jeune adolescent à l'air pausé, couché à plat ventre sur son lit et griffant une tablette à grands traits. Les murs tout autour étaient tapissés d'illustrations abstraites, à tel point qu'il aurait fallu un effort d'observation pour déceler la couleur du mur sur lequel elles étaient collées.

J'ai naïvement fermé la porte derrière moi, comme si trouver refuge dans une autre chambre que la mienne allait semer le psychiatre. L'illusion m'a calmé à demi. Ma main droite tremblait. Je l'agrippais à mon pantalon pour l'immobiliser. Je me suis approché de l'adolescent pour me pencher sur son esquisse. J'y ai porté un intérêt démesuré par mon besoin viscéral d'oublier toute cette peur de la folie qui alimentait mon angoisse. Ça m'a réussi. Ma main droite se détendait. Le dessin de l'adolescent était génial, tous ses dessins étaient géniaux. Il s'agissait de sphères contenant des symboles impénétrables tracés au fusain. Impénétrables, mais hypnotiques… Quel talent il avait !

— On appelle ça des mandalas… Je les vois dans mes rêves. Mon ami me dit que tu en as aussi vu un superbe cet été. Il représentait l'ouverture du chakra du cœur de la déesse-mère Kundalini…

L'adolescent a alors brusquement retourné la feuille sur laquelle il dessinait pour amorcer une nouvelle esquisse sur un papier vierge. Je ne savais pas de quoi il parlait.

Nous avons un ami commun ?

— C'est qui ton ami ? Tu parles de lui comme s'il était ici…

Aucune réponse immédiate de l'adolescent, qui se concentrait sur le tracé d'un cercle presque parfait, bien qu'il en ait boudé le résultat final.

— Ça m'écœure de pas avoir mon compas !

Sa contrariété s'est rapidement dissipée. Il a souri étrangement.

— Oui, Siddhârta, je comprends pourquoi ils n'apprécient pas trop les objets pointus par ici…

L'adolescent a quitté sa tablette des yeux pour la première fois afin de me dévisager, l'air défiant.

— Siddhârtha *est* ici… On peut pas le voir, mais moi, je l'entends…

— Tu l'entends ?

Devant ma moue sceptique, il s'est rebiffé :

— Aaah ! Ça donne rien, t'es comme les autres ! Y a personne qui me croit !

J'entretenais encore l'idée saugrenue que j'échapperais au psychiatre tant que je serais avec le dessinateur de mandalas. Il ne fallait surtout pas qu'il me chasse de sa chambre. Je me suis précipité :

— Non, non, c'est pas ça… J'suis pas comme les autres…

Les *autres*… Voilà que je parlais comme si… Comme si je me réclamais de la race des schizophrènes… Comme si la schizophrénie était un pays… Et que j'en rencontrais le douanier à la frontière… Et que je lui confirmais ma citoyenneté par mon reniement des *autres*.

Les *autres*, c'étaient forcément les habitants de la Réalité, tous ces gens du bon côté de la frontière de la raison. Ceux-là n'entendent pas les voix d'amis invisibles, n'hallucinent pas leurs monstres intérieurs, ne dessinent pas les mandalas que leur confient les dieux dans leurs rêves. Les *autres*, c'étaient les compagnons de classe qui avaient visité l'adolescent la veille. Des compagnons à qui il avait bien dû parler de son ami invisible. Car tous avaient semblé incrédules, voire, pour certains, perturbés de le retrouver ainsi, alors que d'autres, surtout les garçons, avaient affecté un air amusé pour paraître résolument détaché de cet ancien copain – celui auprès duquel il ne ferait plus jamais bon d'être vu.

Et mes proches à moi… Comment réagiraient-ils en me voyant ici ? Caroline, mes amis, mon père… Eux aussi étaient parmi les *autres*… Désormais, il y aurait nous, citoyens de la Schizophrénie. Et il y aurait les *autres*, de la Réalité. Deux pays ayant une frontière qu'on ne franchit qu'une seule fois, car on ne visite pas la Schizophrénie, on y échoue comme un naufragé sur une île inconnue. On y parle une langue étrangère, une langue au lexique dont l'étendue est capable de nourrir les métaphores du sublime et de l'horrifique. Un lexique ponctué de noms de lieux et de dieux à consonance exotique, mais aussi d'interjections, de gémissements et de grincements de dents. Car il faut bien traduire avec les moyens du bord, pour les *autres*, ce qu'on découvre dans la cinquième dimension, celle dont s'enveloppe la Schizophrénie comme d'une stratosphère ésotérique. Une dimension inconnue des *autres*, ceux qui sont dépourvus de notre sixième sens – celui-là même qui avait permis au dessinateur de mandalas d'entendre les affirmations de…

— Comment s'appelle-t-il, déjà?

L'adolescent a tendu le bras pour cueillir, sur sa table de chevet, un bouquin qu'il a ensuite déposé sur le lit, près de ma main droite, qui recommençait à trémuler. C'était un petit roman d'Hermann Hesse intitulé *Siddhârtha*. Je m'en suis emparé, mais il me l'a aussitôt retiré des mains.

— Mon ami Siddhârtha me dit qu'un jour tu en tireras une grande leçon de vie. Mais il me dit aussi que tu n'es pas encore prêt…

L'affirmation m'a offusqué, mais je me suis efforcé de n'en rien laisser paraître. Je constatais plutôt le progrès de l'esquisse que complétait rapidement l'adolescent.

C'est étrange…

— J'ai déjà vu ce dessin-là quelque part…

Il n'a pas paru étonné.

— C'est sûr! C'est le mandala que tu as vu cet été, celui qui représente l'ouverture du chakra du cœur de la déesse-mère Kundalini. Ah! Maudit chanceux! Siddhârtha me dit qu'il te l'a montré dans un rêve où il a fusionné avec toi pour te guérir le troisième œil et rebrancher ton cœur à la Source. Ça veut dire que t'as vu Siddhârtha! Vous avez fusionné, même! T'imagines? Moi j'peux juste l'entendre!

Aux oreilles des *autres*, ce que l'adolescent venait de me dire aurait semblé délirant. Mais moi, j'étais secoué. C'est qu'avant d'exploser, lors d'une rare nuit où le sommeil m'avait gagné pour une heure ou deux – la nuit suivant l'annonce à ma fiancée de ma décision de rompre définitivement –, j'avais effectivement fait ce rêve à l'issue magnifique.

Je me trouvais dans une clinique médicale après une longue route à pied en solitaire, les pas alourdis par la honte d'un véritable exil déclenché par le fait que mes parents m'avaient surpris en pleine orgie, dans leur sous-sol de bois de grange et de stuc, avec quelques déesses pornographiques commodément enchevêtrées. Je semblais être le seul patient en attente, bien calé dans un fauteuil de dentiste. Soudain était apparu un jeune homme au visage d'une beauté parfaite. Avec sa tunique blanche, sa peau mate et ses longs cheveux noirs coupés au carré, il semblait issu d'un autre temps. Il m'avait impressionné, voire intimidé, par son air tout à la fois noble et sévère lorsqu'il m'avait scruté de ses prunelles sombres. Comme s'il constatait le triste état dans lequel je me trouvais par ma simple faute morale. Il s'était placé devant moi, et s'était penché jusqu'à ce que son front touchât le mien. Puis la scène avait disparu sous un jaillissement lumineux aux éclats multicolores. Toutes les parcelles de mon être avaient vibré intensément, comme sous l'emprise d'une décharge électrique foudroyante. Sauf que loin d'être douloureuse, l'énergie reçue m'avait fait vivre un nirvana d'amour inconditionnel. Cela avait été comme l'adolescent le disait : cet être avait fusionné avec moi. Puis j'avais senti une vibration différente opérer sur mon front pour le *guérir*. Toujours est-il que le lendemain matin, au réveil, je ne ressentais plus les effets de cette migraine qui serrait ma tête dans un étau depuis des semaines, et mon cœur était habité d'une énergie aussi pure que puissante. Des jours durant, mon cœur était devenu un phare d'amour braqué sur quiconque croisait ma route. Je n'en avais jamais ressenti autant de toute ma vie. Et tout avait jailli de ce rêve.

Un truc m'avait ébranlé : le guérisseur portait un talisman au cou, dont certains détails m'avaient frappé par leur symbolisme. Des détails repris dans le mandala dessiné par l'adolescent. Un mandala qui, selon le jeune homme, représentait l'ouverture du cœur… Sacrée coïncidence, tout de même !

J'étais donc sous le choc. À tel point que je n'arrivais pas à mouvoir mes lèvres pour lui demander *comment* il avait su, pour mon rêve. De toute façon, il n'aurait pas eu le temps de répondre, car l'infirmière a rappliqué.

« Bonjour Hugo… Tu t'es fait un nouvel ami ? »

Elle a affecté un ton de réprimande.

— Sylvain… Le Dr Ferland m'a dit qu'il te cherchait partout. Faut pas le faire attendre, il est très occupé. Allez, je te raccompagne à son bureau. Suis-moi, ok?

Je n'échapperais finalement pas au prononcé de la sentence…

5

**Hôpital Saint-Jude, Département 31.
Jeudi 19 septembre 1991, 10 h 15.**

— Y en a beaucoup, des maladies mentales ?

L'infirmière s'est fabriqué un air de compassion, sachant bien que ma fuite traduisait la peur de me faire officiellement cataloguer comme fou raide :

— Y en a assez pour remplir une espèce de bible épaisse comme ça ! a-t-elle dit en écartant le pouce et l'index d'environ cinq centimètres. Mais faut pas t'en faire, Sylvain : on n'est plus à l'époque des électrochocs. La plupart des maladies se traitent bien. Faut juste du temps, puis le bon traitement. Et c'est peut-être seulement qu'une mauvaise passe à traverser. Fais confiance au Dr Ferland… Il va t'aider, tu vas voir…

Tu parles.

Le doc m'a accueilli d'un coup d'œil à sa montre. Son visage, bouffi et sanguin, a expulsé un long soupir malodorant. J'ai songé à une grosse tomate pourrie prête à exploser. Il s'est penché vers l'avant pour ouvrir mon dossier médical, faisant souffrir son fauteuil qui craquait sa complainte. Derrière des lunettes carrées aux verres épais, ses paupières clignaient nerveusement en prenant connaissance de mon cas. Soudain, j'espérais ne pas en avoir beurré trop épais à l'urgentologue, avec mes envies de vol plané suicidaire. Le psychiatre a relevé ses yeux, qui m'observaient maintenant comme si j'étais sous la lamelle d'un microscope. Un mauvais pressentiment grandissait comme je soutenais son regard d'acier avec inconfort. Il me répétait laconiquement ce qu'on avait noté à mon sujet, quand

mon attention a dévié sur cette maudite affiche. Je l'ai interrompu…

— Qu'est-ce que ça veut dire « La schizophrénie : prison de
l'âme » ?

Le psy a ajusté ses lunettes et a poussé un autre soupir. Il avait
résolument mauvaise haleine…

— Avec ce que je vois dans ton dossier, t'es pas schizophrène.

Sa remarque était destinée à calmer mon appréhension, mais le
ton était dépourvu de toute humanité. Étrangement, c'est ce qui m'a
rassuré. Revêtant son sarrau blanc, c'est la froide science qui avait
tranché, sans préjugés émotifs.

*S'il dit que je ne suis pas schizophrène, c'est que je ne le suis pas –
point final,* ai-je pensé.

Je me suis apaisé. Mon souffle s'est allongé. Ma main a cessé de
trembler.

— Alors, si j'suis pas schizophrène, qu'est-ce que j'ai ?

Le psychiatre m'a de nouveau regardé fixement.

— C'est ce que tu vas m'aider à trouver…

Ragaillardi par ma naïve présomption d'avoir échappé au pire
scénario, je me suis dit que j'allais l'aider, ce brave psychiatre. Je lui
ai signifié que j'allais tout lui déballer, sans omettre un seul détail…

— Je t'écoute…

Et quelle écoute !

Un psychiatre en quête d'un diagnostic ne veut qu'une seule
chose : vous faire parler jusqu'à ce que vous crachiez suffisamment
d'indices qu'il recoupera à l'aide de son DSM-III[1] pour désigner l'étiquette qu'on vous collera… pour le reste de votre vie. Pesez vos
paroles, sinon gare à vous !

---

1. Le répertoire médical des maladies mentales.

Insomnie, perte d'appétit, apathie, tristesse, baisse d'estime personnelle… Sa bible vous jugera : « Dépressif ! »

Intolérance aux frustrations, transgressions morales sans remords, comportement agressif, égocentrisme et narcissisme… « Psychopathe ! »

Incapacité à s'adapter socialement, relations interpersonnelles instables, entêtement excessif… « Personnalité limite ! »

Hallucinations auditives, comportement asocial, trouble d'enchaînement de la pensée, délire… « Schizophrène ! »

Je ne connaissais pas encore ce besoin obsessif qu'ont les psychiatres d'apposer une étiquette à tous ceux qu'ils croisent. Je lui ai donc déversé mon histoire sans retenue pendant près d'une demi-heure. Mais c'était comme se confier à une machine. Ou plutôt, j'étais la machine. Par ses hochements routiniers, je le sentais davantage mécano que psychiatre. Mon discours n'était pour lui que le grondement d'un moteur dont il guettait le moindre cliquetis suspect. Il ne semblait aucunement tenir compte du contexte dans lequel je mettais en scène les épisodes étranges des derniers mois. Comme si des trente minutes de la chronique que je lui ai servie, il n'avait retenu que les bribes du genre :

« Je ne pouvais dormir (…) constamment sur l'adréna-line (…) un *high* incroyable (…) soudainement, c'était comme si j'avais accès à toutes les connaissances de l'Univers, mais ça entrait par le dessus de ma tête et de plus en plus vite, si vite que c'en était devenu insoutenable, et puis ma cervelle a court-circuité (…) j'avais reçu un appel, une espèce de blague au téléphone, mais les voix me semblaient totalement inhumaines, désincarnées, folles et méchantes (…) je m'étais senti dépersonnalisé, comme habité par une autre entité (…) je m'étais perdu dans un secteur de la ville où je suis allé à l'université pendant trois ans (…) souvent, lorsque j'étais seul, je piquais des crises d'angoisse interminables, comme si on me tournait la lame d'un poignard dans la poitrine pendant des heures (…) j'avais dit que j'allais sauter du onzième si je ne rentrais pas à l'hôpital (…) Hugo a dessiné le mandala que j'avais vu en rêve avant que tout ça commence. J'ai peut-être pas déliré, alors… non ? »

Imperturbable jusqu'à ce point, ne posant ici et là que quelques questions d'éclaircissement, le psy a accueilli ma dernière proposition d'un haussement de sourcils révélateur du fond de sa pensée. S'est ensuivie une litanie d'interprétations des cliquetis suspects, marmonnée davantage pour lui-même qu'à mon intention :

— Énergie sans limite, enthousiasme débordant, comportement déraisonnable, fuite et accélération des idées…

La panique a monté. Ça regardait mal. On aurait dit que Tomate Pourrie me préparait à l'annonce d'une espèce de cancer généralisé de l'esprit. Mon corps s'est raidi. Il poursuivait :

— … Interprétations délirantes, insomnie, angoisse, idéation et pulsion suicidaires…

Si la liste était longue, la sentence serait courte :

— Psychose maniaco-dépressive.

— Pardon ?

C'est le mot *psychose* associé à *maniaco*… Des mots costauds. Comme *fou* et *lier*… Rien à faire : ça me ramenait à la possibilité d'un futur en chemise de force. Ma main droite s'est remise à trembler…

— Oui, t'as souffert d'un épisode psychotique avec une succession d'épisodes maniaques et dépressifs… Tout ça ponctué de troubles anxieux.

Toujours le même ton coupant et froid. J'ai dégluti le reste de ma salive.

— Je peux avoir un verre d'eau ?

— Nous n'en avons plus que pour deux minutes.

— Mais j'ai vraiment soif !

Le psychiatre a soupiré d'impatience, puis s'est résigné à appuyer sur une touche de son téléphone.

— Isabelle, tu peux m'apporter de l'eau s'il te plaît ?

— Et quelles perspectives d'avenir ça me donne ?

Ses yeux sont soudainement devenus fuyants quand il s'est mis à m'expliquer :

— Pour te dire franchement, tu devras prendre du lithium tout le long de ta vie, mon garçon, sinon…

Me sont revenues les divagations de ce père de famille psychotique dont on m'avait dit que la médication le rendait le plus souvent amorphe, comme une loque humaine. J'ai tranché d'un ton irrévocable :

— Pas question que vous me dopiez !

Le psychiatre a froncé ses épais sourcils blancs, et son visage s'est empourpré davantage :

— Ce serait une grave erreur de refuser le traitement, jeune homme ! Sans lithium, t'as toutes les chances au monde de rechuter après ta sortie de l'hôpital… (Il a marqué une pause d'effet.) Et je ne parle même pas des risques de psychoses à répétition pour les trois prochaines années.

Trop pour moi ! J'ai refusé le verdict. J'interjetterais appel. Je refusais de tourner comme ce pauvre bougre dont la femme était devenue veuve avant même qu'il eût cessé de respirer. Je me suis brusquement levé de ma chaise, qui a basculé à la renverse, défiant le psy d'un regard de braises. Puis j'ai claqué la porte en sortant de son tribunal fantoche. J'ai presque plaqué la sotte d'infirmière au passage, qui m'a renversé l'intégralité du verre d'eau sur le chandail. Le doc l'a sommée de récupérer ma rébellion. Je me suis braqué et l'ai envoyée promener. Bientôt je me retrouvai seul dans ma chambre. La poitrine me brûlait. Je voulais juste mourir. J'aurais préféré une sentence de mort. Comme pour un chien atteint de dysplasie de la hanche qu'il coûterait trop cher d'opérer…

Si le doc dit vrai, qu'on me pique et que je meure.

6

**Mon journal personnel.
Entrée du jeudi 19 septembre 1991.**

Je sens désormais la folie aux aguets, à attendre le moment propice pour m'injecter sa mort lente. Pourtant, j'avais cru trouver un asile pour m'en préserver. Mais elle y est, partout. La folie revêt jusqu'au sarrau, pour me convaincre que je suis perdu d'avance.

Psycho… Maniaco… Dépressif…

Trois raisons pour lesquelles il faudrait que j'accepte qu'on me gèle, maintenant, qu'on me réduise à l'état de légume, comme tous ceux que je vois ici, et alors la folie pourra faire de moi ce que mal lui semblera – je serai docile.

Je sens le piège se refermer sur moi, je me sens destiné à me fondre dans la faune du Département 31, car il est effectivement partout, ici, le vrai visage de la folie, ce visage de zombie androïde à la bouche tordue, de psychotique paranoïde aux yeux givrés, d'adolescent schizoïde aux oreilles hallucinées. Je suis certain que tous sont arrivés ici avec un semblant d'humanité animant leurs traits, avant qu'ils ne régressent par une sorte de métamorphose à rebours, contre nature, comme si on atterrissait ici en papillon aux ailes froissées pour dégénérer vers le stade de la chenille rampante et finir en larve grouillante, répugnante, parasite, insignifiante.

Je sens que la folie veut prendre mon visage, le mien comme celui des autres. N'est-ce pas, Folie, que tu veux t'infiltrer par ma bouche pour la tordre ? par mes yeux pour les givrer ? par mes oreilles pour leur faire capter les voix de l'invisible ? Tu veux t'instiller en moi pour que mon essence se dilue dans la tienne jusqu'à ce que je m'efface complètement de mes traits pour devenir toi : tordu, givré, invisible…

Voilà même que tu veux me doper pour engourdir mon peu de résistance… Tu veux me droguer pour mieux me violer, Folie ?

Je ne sais pas où j'en trouverai la force, mais tu ne m'auras pas comme ça ! Je me battrai… Et ce ne sera pas la Normandie ! Ma bouche deviendra mon canon, Folie ! Si on me force à ingurgiter tes saloperies chimiques, je les vomirai !

Pour m'achever, il te faudra d'abord m'enfiler la camisole de force, puis tu devras me regarder crument dans les yeux tout en m'enfonçant tes longues griffes de harpie dans le thorax pour m'arracher le cœur…

Oui, sans toutes tes saloperies chimiques…

À VIF !

■ ■ ■

Vous venez de lire les trois cent quatre-vingt-dix mots originalement tassés sur trois feuilles lignées d'un petit cahier à la couverture rigide noire. Des mots à peine lisibles à cause des nombreuses ratures et d'une main fébrile, mais surtout de l'encre décolorée de certains passages barbouillés comme les cernes de mascara d'une femme éplorée – avais-je pleuré ou simplement ouvert mon journal sous la pluie ?… Les souvenirs lointains sont comme ça : des effluves romantiques souvent impossibles à capturer dans les filets de la vérité.

Comme je relis ces lignes aujourd'hui, je ne peux me figurer en quelles proportions se partageait ma peur entre la phobie des médicaments et celle de la folie pure. Pas plus que je ne peux me souvenir avec exactitude de la part d'emprise sur mes sentiments que se disputaient la rébellion et le désespoir – l'une me permettant de m'accrocher aux reliques brisées de mon identité, l'autre agitant le drapeau blanc du lâcher-prise, qui avait selon moi mené à leur perte définitive plusieurs des fantômes sous sédation que je croisais au Département 31.

Une chose est certaine, j'étais mort de trouille. Pour débuter, en psychiatrie, on ne semblait pas devoir mourir de corps pour mourir au monde. Le danger d'une chute fatale semblait par exemple menacer nos âmes bien plus que nos cerveaux; un danger plus ou moins périlleux selon les patients. Tout dépendait de l'amplitude du tangage de l'âme d'un interné, endormie, presque borgne, hasardant un pas devant l'autre à longueur de jour sur l'arrête d'une falaise vertigineuse. Encore à peine consciemment, il est vrai, j'entrevoyais donc, en psychiatrie, la multitude des visages de la mort. Certains semblaient irrévocablement tordus à la suite d'une chute en bas de la falaise. Ces visages-là me parlaient d'une hideuse dégradation de l'esprit – pire que l'anéantissement – impliquant une souffrance sans espérance de soulagement parce que causée par la dénaturation irrévocable de l'âme. Cette dénaturation, elle m'épouvantait. Poe, Baudelaire, Lovecraft et Bosch, entre autres artistes maudits, l'ont souvent évoquée. Leur art décrivait parfois un enfer rendu plausible par son caractère tourmenté, introspectif, *expérimenté* à la première personne – le spleen de Baudelaire : ce cancer que je connaissais maintenant intimement, celui qui ronge l'âme de l'intérieur.

C'était donc la découverte d'une mort avant la mort, d'une sorte de tourment individuel incurable même par la crève du corps, que je reconnaissais sur le Département 31. Encerclé en permanence par les âmes errantes qui le hantaient, désormais sobre de tout délire, je ne pouvais nier l'évidence de la possibilité d'une telle *autre mort*, car elle était inscrite dans tous les regards : en épitaphe anthume chez les patients fous, en commisération infantilisante chez les infirmières, en jugement impitoyable chez les psychiatres. Comme un jeu de miroirs me ramenant sans cesse à moi-même, et à cette réalité imposée que j'étais l'un de ces damnés – *l'un des leurs*. Et même si je n'achetais pas encore cette appartenance, ils s'affairaient tous à me convaincre que ce n'était que négation. Surtout le personnel soignant, qui me garantissait une chute qui ne pouvait être évitée, mais seulement amortie – à condition que j'accepte mon sort avec une résignation ingurgitée à fond la gorge sous forme de lithium, de chlorpromazine ou de Dieu sait quelle autre gélule. Je flairais moi-même la menace imminente de cette chute. Car après tout, on me regardait comme l'un des leurs, on m'enfermait comme l'un des leurs, et on me poussait, dans mon optique exagérément phobique de l'époque, à me geler les neurones *pour* devenir l'un des leurs.

Alors la peur sous-jacente à chacune des lignes inscrites névrotiquement dans mon petit cahier noir, c'était une peur de la mort qui avait moins à voir avec la folie clinique – la défection potentiellement permanente de mes neurones et de mes glandes régulatrices – qu'avec l'éventualité de franchir involontairement la frontière que certains, parmi les zombies du Département 31, avaient franchie. Tout cela m'inspirait la terreur glacée du vertige, craignant désormais que le moindre faux pas puisse causer ma chute de la falaise – rien de moins que la dégénération irrécupérable de mon âme.

Dix-huit années sont passées depuis cet épisode de ma vie. À l'époque, je ne maîtrisais pas les nuances du portrait décrit ici. Mais intuitivement, sans pouvoir expliquer au personnel soignant l'ampleur de ces enjeux, j'ai pris la première décision qui s'imposait à moi : celle de refuser tout ce qui pourrait compromettre la lucidité nécessaire à l'assurance de mes pas près du bord de la falaise. Au risque de faire souffrir mon corps davantage, au risque de commettre ce qui aurait pu être une grave erreur (je confondais par ignorance toute la pharmacopée, prêtant au lithium des effets néfastes qu'il ne possède pas), j'ai donc maintenu mon refus du traitement prescrit par Tomate Pourrie. C'était *ma* décision. Et coûte que coûte…

Je m'y tiendrais.

7

Hôpital Saint-Jude, Département 31.
Lundi 23 septembre 1991, au réveil.

« Andrée !… ANDRÉE !… »

Je ne me rappelle plus du rêve. Mais je gueulais son nom dans mon sommeil alors que j'en émergeais.

Émerger…

Se réveiller au petit matin, alité dans une chambre de l'aile psychiatrique d'un hôpital, je ne m'y faisais pas. Lumière trop crue à la fenêtre grillagée. Lamentations trop crues des patients fous. Une fois dissipé le brouillard dans ma tête, me revenait toujours une réalité… trop crue.

Dans les premières secondes d'éveil, la réalité n'était qu'un vague pressentiment – insaisissable, mais omniprésente comme une grippe qu'on couve. Car au matin, mon corps la ressentait souvent avant moi. Pour lui, la réalité était une bille d'angoisse dans le milieu du thorax; elle était un subtil resserrement de la gorge; elle était un léger haut-le-cœur causé par un arrière-goût âcre de sang sur ma langue (souvent, lors de mes nuits les plus agitées, je me mordais les lèvres et l'intérieur des joues jusqu'à la blessure). Ma gorge se serrait alors pour empêcher le filet sanguinolent de descendre nourrir ma bille d'angoisse au cœur, pour que ma bille d'angoisse ne devienne pas ma boule maboule, ne se métamorphose pas en une immense citrouille au sourire méchant, et ne s'enfle pas jusqu'à avaler mon univers entier. Puis, lorsque même l'air n'arrivait plus à s'infiltrer par ma trachée, la tête de la réalité émergeait du lac embrumé de mon inconscient comme le monstre du Loch Ness. Et cette maudite lumière crue dissipait les vapeurs froides du matin, asséchait le lac pour que je ne voie plus que la monstrueuse réalité. Et ces maudites lamentations trop crues des patients fous me confirmaient qu'ils voyaient le même monstre que moi : cette réalité servie tartare qui goûtait l'hémoglobine et m'étranglait de peur.

■ ■ ■

Ce matin-là, ça faisait bien trois jours que je ne sortais de la chambre que pour les repas, et qu'on me fichait la paix. Après avoir émergé, j'ai vu que sur le lit voisin était assis un vieil homme. Comme je cherchais toujours mon air, l'inconnu me regardait fixement de ses yeux bleu profond. Sa bouche était entrouverte, un peu bêtement. Je vous présente votre prédécesseur – mon premier lecteur. Il portait des pansements aux deux poignets et tenait mon journal personnel dans sa main droite, à quelques pouces de son bagage éventré. Il venait de lire mon déversoir sur la médication que je refusais de prendre. J'avais dû négligemment laisser mon journal ouvert sur la table de nuit. Trop invitant.

Il m'a salué d'un hochement de tête ralenti par ce que j'ai inter-prété comme de l'embarras. J'ai répondu d'un grognement. Cela a semblé calmer ce qui lui restait de curiosité.

Tu peux lire mon passé, étranger, seulement ne cherche pas à sonder mon présent. Pas un mot aujourd'hui. Ni de moi ni de toi. Et ne me demande surtout rien sur demain.

Je n'ai pas d'avenir.

8

Hôpital Saint-Jude, Département 31.
Lundi 23 septembre 1991, soirée.

Je n'étais pas capable de rester bête avec les gens bien longtemps. C'était à cause de mon éducation de gentil garçon tranquille bien dressé par sa belle maman douce comme du sucre d'orge. C'était à cause du gentil petit Jésus que j'allais prier tous les dimanches à l'église avec ma belle maman douce. C'était aussi en contre-réaction à mon papa qui pouvait l'être, lui, bête comme ses pieds, bête comme Séraphin Poudrier quand il a perdu une piastre, bête comme un ours affamé qui se fait réveiller dans sa caverne en plein mois de janvier. Mais c'est drôle, dans le fond, quand j'y pense. Peut-être que je ne le connaissais pas assez, mon père. Je ne connaissais pas vraiment ce qui nous unissait au-delà du spermatozoïde qui avait défoncé l'ovule de ma mère. Parce que selon mon souvenir, lorsqu'il était bête, lui non plus ne pouvait le rester bien longtemps.

Il aurait fallu que je lui demande pourquoi.

. . .

— Tsé, l'jeune, c'est important, ton père.

Ça venait de la bouche du vieil homme aux deux poignets pansés. Son tempérament de clown triste ne pouvait sans doute pas me tenir rigueur de mon hostilité du matin. Et comme je ne peux rester bête bien longtemps, et vu que par ailleurs je n'avais rien d'autre de bien constructif à faire, voilà que j'allais jouer pour lui les psychothérapeutes à deux sous.

Lorsqu'on gît au fond des abysses, on comprend rapidement que le meilleur moyen d'en émerger, ne serait-ce que pour un bref instant, c'est de pousser un compagnon d'infortune vers la surface de l'eau en espérant qu'un autre aura la bonne idée de vous rendre la pareille. Ça, les psys ne le savent que trop – et c'est même assez souvent une part appréciable du leitmotiv de leur pratique, tandis que les bureaucrates du système de santé profitent du phénomène pour améliorer leurs résultats. Tout, au sein de l'unité psychiatrique, favorisait donc notre *cheap labour* d'aidants «naturels», de l'aménagement des chambres à occupation multiple, dépourvues par exemple de téléviseurs afin de nous motiver à quitter notre lit au profit des aires communes, favorisant à leur tour la collégialité. Ainsi, on économisait sur le temps des thérapeutes et réduisait la durée des séjours, alors que les tables à café, de ping-pong et de Mississippi de la salle de récré se repayaient des milliers de fois. La formule était infaillible, car plus nous nous sentions inutiles pour nos proches hors de l'hôpital, plus considérable s'en trouvait notre volonté de se rendre serviable pour un acolyte réduit à l'internement. Et pour parler franchement, l'entraide façon maison, ça désennuyait et déviait le centre d'intérêt vers le malheur des autres. C'est par un tel élan faussement altruiste que j'ai appris que le vieil homme n'avait que la mi-cinquantaine, qu'il s'appelait Paul, et que Paul était facteur de métier, en arrêt de travail plus ou moins définitif pour une dépression chopée depuis qu'il avait perdu sa Nicole.

À l'en croire, le facteur avait aimé son métier presque autant que sa Nicole.

«C'était comme de me payer chaque jour pour une promenade de santé…»

À saluer les mêmes joggers, les mêmes ménagères, les mêmes écoliers. La routine du bonheur, qu'il appelait ça – il y avait pour lui quelque chose de rassurant là-dedans. Son visage s'est ouvert. Je l'imaginais bien, oui, cet homme simple en shorts marine mi-longs, saluant tout un chacun. Avec ces cheveux blonds et ce sourire – cernes noirs et cicatrices en moins –, il devait être le rayon de soleil de tout ce voisinage. Il est étrange d'avoir devant soi un soleil en dépression…

— Mais les chiens? que j'ai demandé un peu stupidement, moi qui avais une peur bleue des clebs depuis une rencontre malencontreuse avec deux dobermans et un danois, à la lisière d'un domaine privé laurentien.

Il m'a assuré que les bons toutous finissaient par le reconnaître et que la plupart des cabots enragés étaient enfermés dans les maisons. Il me racontait ces vérités avec l'enthousiasme soudain des gens humbles qui peuvent enfin étaler le peu qu'ils croient valoir par le peu qu'ils croient savoir. Ça le rendait touchant, sympathique. Et il a continué avec le même allant :

— C'est un mythe, tsé, les chiens qui te déchirent le fond de culotte! Même chose pour la nymphomane de banlieue qui t'ouvre sa porte et te tire par le collet jusqu'au lit. Je l'ai jamais rencontrée, celle-là !

Un rire gras a trahi le fait que la chair aurait été bien faible…

— Et… Nicole? ai-je tenté gauchement pour reprendre le ton de l'intimité. Assurément, je prenais mon rôle de psychothérapeute à deux sous au sérieux. Paul s'est raclé la gorge pour se redonner une contenance. Son visage est devenu grave…

— Ouais… C'est la mère de mon fils. Je l'ai aimée beaucoup plus que toutes celles qui sont passées dans ma vie. Elle me gâtait beaucoup, pis j'la trouvais tellement belle…

Il m'a narré qu'un matin, il n'avait pas dit à sa Nicole qu'il prenait un jour de maladie. Il pétait de santé, mais il pressentait qu'il était urgent de sortir son couple de la torpeur.

— Ça faisait un p'tit bout que je la sentais un peu frette aussi, pis ça, c'était tellement pas ma Nicole…

Il s'était dit qu'il était temps de la surprendre par une petite attention, de s'occuper d'elle. Comme à son habitude, il avait mis son « costume » de facteur et avait quitté leur maisonnette de vétérans à l'aube. Il était allé déjeuner au resto du coin pour laisser à sa femme le temps de se lever, à son gars, de partir pour le cégep. Il songeait à leurs retrouvailles, au bon temps qu'ils allaient passer, à l'amour qu'ils feraient toute la journée...

— Tsé, un facteur, c'est en forme !

J'ai esquissé un faible sourire, mais le masque de l'humour allait bientôt tomber.

— Le soir, je voulais l'emmener souper dans une place chic... Mais quand j'suis retourné chez nous... (Ses yeux ont rougi, son nez a piqué vers le bas.) J'l'ai surprise dans la douche avec mon beau-frère...

Long silence. Paul a sorti un mouchoir de la pochette de sa chemise carrelée à manches courtes, s'est épongé les yeux avant de les tourner vers moi.

— J'me suis poussé... J'savais pas quoi faire d'autre, Sylvain... Ma femme... Mon gars... J'les ai plus revus depuis c'te jour là...

Paul aurait depuis tenté de recontacter son garçon, mais ce dernier n'aurait jamais retourné ses appels : l'immense goutte qui lui aurait fait déborder le trop-plein à veines ouvertes. Mélo conjugo-familial classique. Mais je n'achetais pas. Quelque chose clochait dans son histoire : un fils ne renie pas son père à cause d'une faute de la mère. Je n'ai pas eu à le confronter. Un silence a suffi, relevé d'un rictus de malaise bien involontaire et d'un regard aux prunelles fuyantes... Paul a voulu lancer l'amorce d'une justification. J'ai interrompu son élan d'un autre léger sourire, celui-là compatissant.

— T'as pas à m'expliquer, ai-je objecté avant de caler le reste d'un gobelet d'eau.

Il a plissé les lèvres, s'épongeant le front d'un geste nerveux. Ses yeux m'ont remercié. Puis il a confirmé mes soupçons :

— T'es comme mon gars, j'pouvais rien lui cacher…

C'est là qu'il m'a dit, à demi parce que ça déviait la conversation, à demi parce qu'il s'agissait de la morale de son histoire : « Tsé, l'jeune, c'est important, ton père… Et pour lui, c'est pareil, crémoé, t'es important pour lui… »

Après il s'est tu. Quoi que…

Y a juste mon gars qui pourrait me retenir en vie icitte…

Le vieil homme n'a jamais prononcé ces paroles, mais tout ce qu'il dégageait le hurlait à en perforer les tympans. Je les ressentais, ces paroles criées à force d'être muettes, dans le frisson de ma peau, dans la profondeur de mes tripes, dans le parcours enchevêtré de mes neurones – depuis l'intimité nucléaire de mes cellules de fils. Comme un message d'amour que les pères auraient gravé dans nos gènes, à l'aube des temps, pour ne pas avoir à nous le redire plus tard, par faiblesse, pour déjouer la stupide gêne ayant depuis toujours creusé un fossé de non-dits entre les fils et leur père.

J'ai quitté la pièce en pressant l'épaule du vieil homme au passage. La tristesse de son partage m'a découragé de lui raconter ma version perso de l'importance d'un père. Je me suis abstenu. C'est le psy qui se taperait en primeur le chapitre paternel…

9

Hôpital Saint-Jude, Département 31.
Lundi 23 septembre 1991, soirée.

Je me suis rendu à l'aire de séjour après avoir quitté Paul. Tout y menait, alors comment aller ailleurs? Les patients y discutaient posément en groupuscules agglutinés autour des quelques tables disposées comme s'il s'agissait d'un café-terrasse – on appelait d'ailleurs cette cafétéria le Petit Café –, jouant chacun son tour le rôle d'aidant bénévole. Ils me faisaient presque tous l'effet de canards à la tête sereine, mais aux pattes qui pédalaient pas mal fort pour ne pas toucher le fond. Beaucoup d'entre eux tapaient d'ailleurs du pied sous les tables. Tous y investissaient leur meilleur effort, y compris les comparses les plus lunatiques, affairés au même emploi avec quelque ami imaginaire; tous, donc, sauf un type, qui se tenait seul dans un coin de la salle, plongé dans un roman. Comme je ne filais pas pour m'immiscer dans une conversation déjà entamée, et que le type en question avait un semblant de lucidité dans le regard, je l'ai rejoint. De plus près, le gaillard n'avait pas l'air jojo : grassouillet, la vieille vingtaine, t-shirt noir de Metallica, barbe de quatre jours sur une sale gueule à la Jacques Mesrine, et qui n'avait pas l'air d'avoir parlé depuis quatre semaines. Tout juste s'il m'a regardé.

— Salut, ai-je tenté.

— Mmm, a-t-il grommelé en ne lâchant pas des yeux son roman – c'était un Bukowski. Autour de nous, le bourdonnement incessant des partages sur fond d'une mélodie de Trenet jouée en sourdine.

Pour détendre l'atmosphère me sont venues à l'idée des phrases de drague éculées du genre : « Tu viens souvent ici? » Mais je ne flairais pas chez lui de dispositions au badinage. Au bout d'un long blanc, le type à la sale gueule m'a évité le risque de l'initiative.

— T'es icitte pourquoi? a-t-il interrogé, toujours sans me regarder.

Pendant une seconde, je me suis cru en prison, me faisant demander quel délit m'y faisait croupir.

— Burn-out, que j'ai répondu après une hésitation.

— Ouin, ils disent tous ça…

Il m'a gelé.

— Le burn-out, c'est pas un diagnostic, a-t-il poursuivi en délaissant son bouquin pour ajuster à son poignet le bracelet métallique de sa montre. Ils t'ont pas encore collé d'étiquette?

Le terrain m'était trop fragile. Je n'y ai pas posé le pied… Je ne sais pas si c'était pour me mettre à l'aise ou pour me repousser, mais il a quant à lui décidé de m'exposer toutes ses étiquettes d'un seul trait :

— Moi, j'suis maniaco-dépressif… suicidaire… puis j'viens tout équipé avec une personnalité limite en bonus. Tsé, le genre agressivo-paranoïaque avec qui tu veux *vraiment* pas parler si tu tiens à ta vie…

Silence délibéré. Et pour la première fois, il a braqué sur moi ses yeux gris plomb comme des balles de fusil et m'a demandé :

— Tu y tiens, toi, à ta vie?

Ce pouvait aussi bien être une tentative d'intimidation que de l'humour noir. Toujours est-il que je pressentais qu'il était un de ces personnages que l'on pouvait apprivoiser, à condition d'user de la transparence la plus extrême. Alors, je me suis accroché.

— J'y tiens pas plus qu'il faut, à la vie, mais je crois pas pouvoir fuir mes problèmes en mourant. Pour moi, c'est mieux d'être ici sur Terre, ici sur le Département 31 (ayant décidé que l'humour était son langage, j'ai cru bon d'affecter la bravade pour l'informer que je l'avais percé à jour) et ici à te parler, parce que j'ai tellement pas peur de toi !

Il m'a dévisagé comme si je naissais au monde, naïf au point d'en être attachant. J'ai pouffé de rire en m'en rendant compte. Lui aussi. Le lien était tissé, aussi fragile que nous tous, mais sincère. Oui, ça pouvait nous arriver de rire, sur un étage psychiatrique… C'était même souhaitable. Les préposés diffusaient d'ailleurs souvent des spectacles humoristiques en circuit fermé à la télé de la salle de récré, autre thérapie économe. Mon nouveau complice m'a toutefois repris :

— Crois-moi, c'est pas mieux pour toi d'être icitte… En tout cas, si toi t'es content d'arriver, moi j'rêve juste de déguerpir…

Il a fait mine de se flinguer avec l'index d'un geste désinvolte, puis, voyant la naissance chez moi d'un élan naturel à vouloir le sauver pour me sauver, un élan qu'il avait souvent dû contrer, sur l'étage, il m'a stoppé d'une paume ouverte et a ajouté :

— … pis tous les psys de la Terre me disent que j'suis trop brillant pour leurs thérapies. Y a rien à faire avec moi. Essaye même pas. Si tu veux jouer au psy de service, tu peux aussi bien décoller *right through*!

J'étais à faire ainsi la connaissance aride de celui que j'appellerai Jean l'Intelligent : la terreur autoproclamée du département. Une demi-douzaine de psys et de tentatives de suicide au tableau de chasse. Des séjours en foyers d'accueil, en maisons de redressement, en taule aussi, quoique plus brièvement. J'apprendrai plus tard que des patients lui attribuaient quelques légendes homicides qu'il nourrissait sans doute lui-même pour éloigner les indésirables. Jean dégageait l'aura de ceux qui avaient vécu à la dure. On l'avait varlopé jusqu'à plus soif dans la prime enfance, me confiera-t-il encore, un père alcoolique et une mère absente à plus d'un titre. Il ne comptait plus les cures fermées. Un habitué de la place, quoi. Je me fierais désormais à sa vaste expérience pour m'orienter dans les méandres des lois formelles et informelles érigées en système au Département 31.

— Tu connais pas mal de psys, dans le département? lui demandai-je.

— Ouin… Tous des hosties de cons d'attardés qui cherchent à se guérir eux-mêmes en se servant de nous autres comme cobayes!

Voilà qui cristallisait ma méfiance envers le diagnostic et la prescription reçus. Il entretenait peut-être même une opinion sur le cas précis de Tomate Pourrie…

— Le Dr Ferland, ça te dit de quoi?

Jean l'Intelligent y est allé d'un sourire sardonique plutôt révélateur.

— On t'a finalement évalué, à ce que je vois… Écoute, yé parfaitement timbré, le Dr Sticker, mais c'est pas lui qui va te suivre.

— Ça me fait une belle jambe, lui ai-je rétorqué d'un haussement de sourcils désabusé. À t'entendre parler, je tomberai pas sur beaucoup mieux que lui…

— Au contraire, je pense deviner qui s'occupera de ton cas, a-t-il dit en ourlant les lèvres. Les psys en ont plein les bras sur l'étage, et vu que tu sais aligner deux phrases cohérentes, il est probable qu'on va te confier à Morgane. C'est une remplaçante, la seule icitte de correcte. C'est pas une psychiatre, elle a une approche humaine, ce qui veut dire qu'elle n'a pas une approche conventionnelle, ce qui veut dire qu'elle te regarde *dans les yeux* quand elle te parle, qu'elle écoute *vraiment* quand tu lui parles, qu'elle réagit quand elle est émue, qu'elle rigole quand tu pousses une craque, qu'elle te confronte en te disant le fond de sa pensée quand t'as besoin d'un coup de pied au cul, qu'elle t'encourage quand t'es *down*, qu'elle te laisse respirer quand t'en as assez. Pis elle est *cute* avec ça… S'il y a une fille que j'appellerais entre toutes, avant de lever les pattes pour de bon, c'est elle…

Lever les pattes. J'entends une allusion suicidaire et je pars en croisade, c'est plus fort que moi : j'ai donc entrepris de lui radoter l'anthologie de mes théories spirituelles et le guide de survie en camisole de force. Il m'a arrêté net après trois phrases.

— Écoute, *man*, l'enfer, c't'icitte… Peux pas aller plus bas, peut pas faire plus mal, peut pas me faire plus chier… À partir de là, ça peut juste s'améliorer de l'autre côté.

Soupir. Le mec me déprimait. Du coup, son faciès s'est enragé.

— Ah… câlisse !

— Quoi ?

— Eux autres avec leurs hosties de marches de débiles…

C'était apparemment le moment de la sortie. On nous a conseillé de nous couvrir d'une laine, la brise de septembre était fraîche à l'extérieur.

On était une quinzaine à grossir le peloton de tête. Certains sortaient de leurs chambres comme de petits animaux craintifs. Ne les avais jamais vus. Teints hâves, dos voûtés, yeux endoloris, commissures des lèvres tremblotantes, démarches incertaines. Ne voulais pas les connaître – pas même les voir. J'ai rejoint Jean l'Intelligent en tête du groupe et ai fixé la porte de sortie toujours verrouillée – cette frontière de métal froid et de vitre incassable qui avait refusé ma fuite, l'avant-veille ; ce portail vers la raison, la vraie vie, la liberté. Comment ces trois choses pouvaient-elles maintenant cohabiter ? Ou étais-je là justement parce qu'elles ne pouvaient cohabiter en moi, ces choses, quand j'étais du bon côté de la frontière ? La nurse de service nous a ouvert la porte. Alors nous y sommes allés, tous à la queue leu leu jusqu'au dépanneur du coin pour chercher des clopes pour les uns, des boissons gazeuses et des barres de chocolat pour les autres. Vingt heures tapant. Chaque soir qu'il allait faire beau, la nurse de service allait nous faire sortir… Toute la *gang* de fous dehors ! C'était pour humer l'air libre de la vraie vie, comme de raison !

Reste que ça faisait du bien de prendre l'air. Mais une fois débarqués au dépanneur, le caissier nous a dévisagés comme s'il rencontrait une bande de singes acrobates hors de leur habitat naturel.

— Ben oui, chose, on marche, on bouffe, on chie, on respire… pis on parle! lui a balancé Jean l'Intelligent en lui jetant un regard de tueur sur le point de dégainer…

Lui non plus ne pouvait tolérer la vraie vie, surtout pas son vrai monde. Son usage ultime de la liberté, ce serait de la tuer, sa vraie vie. Ne serait-ce que pour ne plus voir son vrai monde. Rien à faire, son obsession suicidaire venait me chercher, m'obsédait tout autant. Sur le chemin du retour, j'ai à nouveau tenté de le raisonner, je lui ai raconté quelques-unes de mes expériences métaphysiques des derniers mois, moins pour soutenir ma thèse survivaliste que pour susciter une réaction. Il s'est montré d'une étonnante patience. Je croyais avoir gagné du terrain, mais Jean allait vite me rasseoir.

— Je t'aime ben, toi, a-t-il raillé. T'es peut-être con, fait que j'te le redis : t'arriveras à rien avec moi; remarque que t'arriveras peut-être jamais à rien, point… Mais au moins, t'es un con sympathique.

Sur cette émouvante preuve d'affection, j'ai quitté Jean l'Intelligent d'un majeur bien dressé comme nous réintégrions le département. J'ai gagné ma chambre *illico presto*. Paul y était, seul, perdu dans ses réflexions, penché sur le bord de sa couche comme s'il était perché sur le bord d'une falaise, les mains sur les cuisses.

Pensait-il à son fils?

Je l'ai salué en pressant légèrement son épaule, comme je l'avais quitté moins d'une heure plus tôt. Il m'a rendu un regard bienveillant en sortant de sa torpeur. Je lui ai offert une de mes friandises du dépanneur, qu'il a refusée poliment avant de replonger dans les resserres de ses mémoires. J'ai éteint les lumières en lui souhaitant bonne nuit, puis me suis étendu sur le grabat d'hôpital, les mains croisées derrière la tête, fixant le plafond comme on se perd dans un ciel étoilé. J'ai songé à mon père.

Pense-t-il à moi, lui?

10

Tous les pères sont les mêmes ! Vient toujours un moment où ils ne voudraient pas être regardés par leur fils avec les yeux qu'ils leur ont faits.

CARLO COLLODI
Les Aventures de Pinocchio

Mon père, c'est Guy Lafleur avec les yeux de Maurice Richard et la gueule (de bois) de Jean Lapointe. Il a aussi piqué quelques traits de caractère à Ulysse, soit un goût prononcé de l'aventure au large des côtes de Pénélope, une faiblesse marquée pour l'île aux sirènes, quelque filiation avec Dionysos, et un don suprême pour l'absence.

Je me rappelle par exemple ce match de football disputé au stade de l'Université de Montréal. J'avais dix-sept ans et il s'agissait de ma saison recrue avec les Phénix d'André-Grasset, dans les rangs collégiaux. Ce match était le dernier d'un calendrier chargé de défaites plus humiliantes les unes les autres, et pour ajouter à cette glorieuse épopée, je n'avais pu décrocher mieux qu'un poste de receveur de passes réserviste. Jouer sur le banc de la pire équipe de l'histoire du Collégial Double-A n'est rien pour écrire à sa mère… et encore moins à son père.

Ce soir-là, il pleuvait des cordes. Une pluie drue et froide de novembre. Les estrades étaient pour l'essentiel désertes. Remarquez que le thermomètre aurait indiqué vingt degrés sous un ciel dégagé qu'elles l'auraient probablement été tout autant – les Phénix ne déplaçaient pas les foules.

Sauf qu'au troisième quart, qui vois-je dans les gradins ? Mon père. L'éternel absent… C'est impossible ! Il est seul, assis assez haut dans les gradins, et je le devine sans sourire. Le score est d'environ

50 à 7 pour les Vikings du Collège de Maisonneuve, et je moisis évidemment sur mon bout de banc, je ne m'y sens pas à mon aise, à peine plus gros qu'un misérable flocon de cendre de Phénix en mal de résurrection. Autant disparaître complètement. Je l'ai déjà dit, le paternel hait la défaite ; il ne peut juste pas l'accepter, c'est son côté Maurice Richard. Alors je l'imagine, le feu dans les yeux, constater le score au tableau et le vide des estrades, en plus du déluge qui douche son fils au bout du banc, et se dire : « Qu'est-ce que je fous ici… Crisse de *loser*! Je sacre mon camp à la fin du quart… »

Sauf qu'au quatrième quart, il y est toujours. Et deux minutes avant la fin, à la reprise de ce qui allait être notre dernière possession du ballon, le coordonnateur de l'offensive me fait signe d'une tape dans le dos. « Vas-y, mon gars, et donne tout ce que t'as. » Alors j'y vais, les jambes alourdies par l'inaction et l'équipement détrempé. Le quart-arrière est un chic Acadien, la générosité au cœur, avec qui je me suis lié d'amitié. Lui aussi est un substitut à qui on donne quelques jeux pour le remercier d'une saison de patience. Après un premier essai raté où le porteur échappe puis recouvre le ballon à la ligne de mêlée – une de nos spécialités –, il appelle un jeu tout simple à mon intention. Je devrai courir dix verges, obliquer à tribord toute et, si tout va comme prévu, je recevrai le ballon par les airs, en pleine poitrine, pour finir en sandwich entre deux masto-dontes assoiffés de sang. Désirer épater son père par le sport est une voie masochiste. Surtout quand il ne se présente pas au parc ou à l'aréna quatre-vingt-dix-neuf fois sur cent – et que c'est le massacre à l'abattoir chaque fois qu'il s'y pointe.

Sauf qu'il y est ce soir-là, alors on fait avec.

Mon pote acadien lance donc l'appel de jeu à la ligne de mêlée, je détale sur son dernier « hop! », parcours les dix verges, oblique à droite, reçois le ballon en pleine poitrine et m'attends à ce qu'on vienne me pulvériser les côtes, sauf que je me retrouve fin seul au centre du terrain. La plupart des couvreurs talonnant nos receveurs réguliers, le seul à s'occuper de mon cas est un lourdaud qui finit par perdre pied sur la surface gorgée d'eau. Alors, comme au bon vieux temps de l'école primaire où je prenais mes jambes à mon cou avec à mes trousses, chaque fin de journée, un petit voyou, je m'échappe vers la zone des buts pour sauver ma peau. Et je cours, et je cours, sans regarder derrière. Jusqu'à ce que, ralenti par mon équipement détrempé et mes jambes rouillées, j'entende les pas d'une gazelle de demi défensif qui allait me faucher les chevilles à moins de dix verges d'un touché…

J'ai tout de même parcouru le terrain sur presque toute sa longueur. Un gain impressionnant. Mes coéquipiers accourent pour me féliciter. Je suis à bout de souffle. On me rappelle au banc. Je regarde au loin dans les gradins. Les cinq partisans des Phénix sont debout à m'applaudir. Dont mon père… Mission accomplie ! Je passe devant l'estrade où il est juché. Je le salue d'un signe de victoire. Il ne me salue pas en retour. La pluie brouille son visage. Je plisse les yeux. *C'est bien là mon père, non ? Pourquoi ne m'envoie-t-il pas la main ?* Son air change, comme s'il se demande pourquoi je le fixe. Je détaille son visage : le front haut strié de rides profondes, le regard intense et intelligent, le nez proéminent, les favoris grisonnants, la peau mate et persécutée par une acné juvénile mal traitée. Ce sont les traits de mon père. Sauf qu'il ne me salue pas.

Oh, merde !…

Je me rends compte : il a tout de mon père, sauf que c'est… Jean Lapointe. Le paternel en est presque le sosie parfait. Surtout à trente pieds au travers d'un jet de douche céleste. Évidemment, j'aurais dû y penser, le fils de l'artiste, Jean-Marie, faisait partie de mon club. Un receveur de passe, lui aussi. Un émotif pour le moins intense. Il m'est tombé dans les bras en braillant, dans le vestiaire après le match, le dernier de sa carrière collégiale. Moi aussi je braillais. Seulement pas pour les mêmes raisons.

■ ■ ■

— Ton père ne venait jamais te voir jouer ?

— Enfin… presque jamais, ai-je répondu à Morgane.

Morgane, c'était la nouvelle psy qu'on m'avait assignée. Celle dont Jean l'Intelligent m'avait vanté les mérites. Elle était venue me chercher au Petit Café de l'unité, alors que j'y chipotais sans appétit dans une compote fade, se présentant simplement, par son prénom, et avec un sourire chaleureux en prime.

Je l'ai tout de suite adoptée.

Elle avait la fin vingtaine bien tournée – un gars remarque ce genre de détail, même en pleine grisaille –, et j'avais fait mes délices de sa façon de se dandiner lorsque je l'avais suivie jusqu'à son bureau. Aujourd'hui elle me ferait songer à une vamp à la Rachel Weisz, avec sa tignasse brune coupée au carré, son visage un peu arrondi à la peau laiteuse, ses lèvres sensuelles et ses grands yeux noisette à la profondeur vertigineuse. Des yeux qui se bridaient légèrement sous d'épais sourcils soulignant de traits fermes le caractère d'amazone de son front intelligent; une force combattante aussi incarnée par des traits francs, un nez d'aigle et un menton avenant. Mais on parle ici d'une amazone blessée – j'imaginais une blessure d'enfant fragile enfouie dans l'expression parfois trouble du regard et la sensibilité mal refoulée de l'émotion. Force et fragilité : paradoxe irrésistible.

Même au fond de l'abîme, je devais me l'avouer : la touche féminine me réinjectait un zeste de vie.

Professionnellement, Morgane m'avait d'entrée de jeu expliqué qu'elle n'était ni psychiatre ni psychologue. Elle était un médecin généraliste à qui on confiait les cas légers d'une unité en manque de ressources. *En voilà une*, me disais-je, *qui ne cherchera pas à me coller une étiquette à la première occasion*. Mais elle ne serait pas aussi charitable pour le paternel :

— Le père absent… Un classique, a-t-elle dit d'une voix à la Isabel Richer, grave et un brin éraillée.

— Pardon?

— Écoute, je te demande de me parler de ton père, et dans le premier exemple que tu me donnes, y est pas là! Père manquant, fils manqué… Ça pardonne pas, a-t-elle répondu en pointant dans le rayon d'une étagère à moitié vide le livre phare du psychanalyste Guy Corneau.

Elle a trempé ses lèvres dans un gobelet de café avant de poursuivre :

— Bon, ça va pour Ulysse, Maurice Richard et Jean Lapointe, mais tu compares aussi ton père à Guy Lafleur… Tu peux m'expliquer?

Après un long silence, l'image juxtaposée des deux héros de mon enfance, mon père et le Démon blond, a déclenché un kaléidoscope de souvenirs télévisuels vécus aux côtés de mon père. Je revoyais des flashes du printemps 1977.

J'avais dix ans. Il y a d'abord ce boulet égalisateur de Flower, qui avait projeté à cent mille à l'heure le septième match de la grande finale en prolongation, contre les Big Bad Bruins de Boston. Puis cette scène des glorieux chevaliers en lames, la Coupe à bouts de bras comme s'ils ramenaient le Saint-Graal au Temple du gouret; mon père, les bras dans les airs, le sourire que je ne lui voyais que trop rarement. Je me le rappelle fier de son club de hockey autant que j'aurais aimé qu'il soit fier de moi après l'un de mes dix buts en carrière au hockey mineur, les bras dans les airs, pourquoi pas? Mais voilà, à l'aréna Pierre-Boucher, le seul siège vide semblait toujours être celui qui était à côté de ma mère.

L'émotion est montée, je suis venu les yeux pleins d'eau. Car non seulement je regrettais ses absences, mais j'admirais mon père au moins autant que le champion marqueur qui avait meublé mes rêves de jeunesse lors des années glorieuses du Tricolore.

Je me rappelle du jour où mon père m'avait ramené son autographe. Il était griffé sur un sous-verre en papier-crêpe aux couleurs d'un resto chic de la grande ville. Y était écrit, au-dessus de sa sainte signature : « À Sylvain, le fils unique d'un ami. » Mon père était passé de héros à super héros, en ce jour où j'avais appris qu'il était un « ami » du légendaire Numéro 10. Puis, beaucoup plus tard, j'ai su qu'il n'était pas son véritable ami comme on apprend un jour que le père Noël n'existe pas. Mais j'ai acquis une autre conviction : Guy Lafleur et mon père étaient issus du même moule…

Lafleur était une comète blonde. Il filait à toute vitesse, que ce soit sur patins, en voiture ou, selon les ragots du temps, dans le lit de ses conquêtes. C'était aussi un fonceur rebelle qui n'avait peur de rien ni personne, et encore moins de ses paroles tranchantes. C'était un jouisseur, oui, mais un gagnant avant tout, qui ne rigolait plus dès qu'il franchissait la porte du vestiaire. Mon père, c'était pareil. Idem pour la vitesse, le charisme, les femmes et la victoire. Idem pour le sérieux quand il s'agissait d'aller au front pour « ses gars » lors des négociations syndicales avec leurs employeurs. Issu de l'époque Chartrand, où les leaders du piquetage y plaçaient des taupins prêtés par la mafia locale, mon père n'avait pas peur de la circulation lourde et savait se frayer un chemin vers l'objectif ennemi. C'est alors qu'il devenait coriace, intraitable, avec l'art de viser juste, le feu dans les yeux.

Comme je le disais : un Guy Lafleur, mais avec le regard de Maurice Richard.

— Tu l'aimes ton père, hein ?

— J'pense pas qu'on se le soit jamais dit. Surtout pas moi… Mais je l'aime, mon père. C'est certain. Aussi certain qu'il m'aime.

Ce n'est pas que je doutais du concept, mais la dernière phrase a presque échappé à ma bouche. Comme si ça ne pouvait être naturel d'évoquer l'amour d'un père à haute voix, voire que ça ne se faisait pas, que de le dire en atténuait jusqu'à la vérité. Perspicace, la psy a gratté le bobo :

— En es-tu si sûr ?

— Il était juste absent…

— Mais tu lui en veux, alors ne le ménage pas! Comme tu l'as dit toi-même, Guy Lafleur n'avait pas que des bons côtés. Tu peux m'en parler?

■ ■ ■

M'est revenue cette foutue soirée de retrouvailles des anciens du collège de mon adolescence. C'était au cours de l'hiver où j'ai frappé le mur, plus précisément en février, à sept mois de mon hospitalisation. La veille, mon père m'avait appelé :

— Sylvain, j'ai quelque chose de pas facile à te demander.

J'étais au milieu d'une rencontre avec mon patron, Gerry, le président à la tronche de grenouille. Je lui ai tourné le dos.

— Vas-y…

— Je t'ai déjà dit que je partais pour la Floride demain soir.

— Ouais, je sais. C'est votre vingt-cinquième à toi et m'man. T'en fais pas. Tout est sous contrôle ici. Pis j'vais passer à la maison de temps en temps pour les plantes…

— Non, c'est pas ça… (Il soupire fortement avant de tempêter son sacre de prédilection.) *Christmas!* J'avais dit à Gerry de te parler, le tabarnak. Y t'a pas encore parlé?

Long silence. La Grenouille brasse de la paperasse pour paraître occupé. Mon père lâche enfin le morceau :

— Écoute, j'pars pas avec ta mère…

Je sens le trouble venir.

— Comment ça?

— C'est compliqué… Ça peut pus durer, avec ta mère… J'ai quelqu'un d'autre dans ma vie.

Il avait lancé la dernière phrase sèchement, trop rapidement, avec une intonation abrupte en guise de point final. Il ne veut manifestement pas approfondir le sujet. Le sang me monte à la tête. La catastrophe est imminente…

— Qui ça?

— T'a connais pas… C'est pas le temps d'en parler… (Trop long silence.) L'affaire, c'est que ta mère le sait pas encore pis…

Je le coupe, choqué noir :

— Quoi? M'man s'attend à partir avec toi pour le vingt-cinquième anniversaire de votre mariage, crisse, pis la veille de décoller, tu refiles son billet d'avion à une autre femme sans lui dire un hostie de mot?

— J'vas y dire, j'vas y dire! Pars pas en peur, là… (Son ton deviendra presque suppliant, ce que je ne lui connaissais pas.) J'ai besoin de toi… J'vas passer à la maison à soir pour lui parler pis faire mes valises… Ça sera pas facile, j'la connais… J'ai besoin que tu viennes la chercher… J'veux pas qu'a reste toute seule… Ok?

— …

— Sylvain?

— Quoi?

— J'sais que c'est pas facile pour toi non plus, surtout que tu viens juste de te séparer de Caroline, mais justement…

Là il choisit le pire moment pour me demander lâchement, d'une voix hésitante :

— Vu qu'est pus là, tu peux prendre ta mère chez toi? Passe vers huit heures… (Il se ressaisit pour adopter un ton plus assuré.) Pis ramasse ton vieux stock en même temps, parce que je vends la maison en revenant de voyage… J'peux compter sur toi?

J'ai raccroché sans répondre. Mais il savait que je serais là.

Le président à la tronche de grenouille m'a considéré d'un regard faussement compatissant. Un regard de pleutre qui n'avait pas eu le courage d'aller au-devant des coups pour son ami mon père. Je l'ai apostrophé :

— Comme ça, tu la connais ?

— Ouais, qu'il a dit en hésitant. J-j-j'l'ai juste v-vue une couple de fois… Euuuuh… (Quand il patinait, il bégayait et étirait ce tic verbal à la Brian Mulroney.)

— C'est quoi son nom ?

— M-M-Martine…

— J'espère qu'est belle en maudit, parce que faut que ça en vaille la peine… (celle de ma mère, que je pensais.)

— Une crisse de belle fille… f-f-femme, j'veux dire ! Taillée au couteau ! (Ça, c'est ce que m'man lui ferait !) Pis d'la classe avec ça…

— T'as dit fille… Elle a quel âge, la Martine ?

Ça, il ne me l'a jamais dit.

Elle avait vingt-trois ans. Mon âge.

Le soir même, j'étais là comme un seul homme, à vingt heures, dans l'entrée de notre bungalow de Boucherville. Le quartier était tranquille. Ça faisait un bout que je n'y avais pas mis les pieds. Les souvenirs de la rue Mgr-de Belmon, seize années d'enfance, me sont revenus d'un seul coup, comme le jaillissement d'un geyser. Les walkies-talkies, le hockey sur table, les courses de vélo-cross, les trois belles voisines d'à-côté, les parties de Risk dans la roulotte des Voutsinos… Toutes ces années en famille. Tout ça pour finir de même : aller chercher ma mère et mes vieux cossins d'enfant pour permettre à mon père de fêter ses vingt-cinq ans de mariage avec une petite jeune qui n'était pas même née quand il avait juré fidélité à ma mère. Une f-f-fille… Je bouillais.

J'ai entendu les plaintes étouffées de maman dès que je suis descendu de ma Talon, sans refermer la portière, malgré le froid mordant. Plus j'approchais de la porte d'entrée du devant, plus les plaintes devenaient nettes et suppliantes. Je n'ai pas pris la peine de cogner ou de sonner. Je voyais le profil agité de mes parents se découper au travers de la vitre givrée de la porte. Ils se découpaient, oui. Un supplice de supplications. Un écartèlement de l'âme tout en étirements de voyelles :

— Pars pas… Martial… Pars pas… OK ? Reste avec moi… Non… Pars pa-a-as ! ! !

— J'peux pas rester, Marguerite… Tu le sais… Ça marche pus… J'pus capable…

— Mais je t'aime, moi… Pis tu m'aimes, toi aussi… Dis-moi que tu m'aimes…

— Non, j't'aime pus, Marguerite… Lâche ma valise, s'il te plaît…

— NON ! ! !

— LÂCHE-LA !

— T'AS PAS LE DROIT ! TU M'AVAIS PROMIS !

— J'SAIS PUS QUOI TE DIRE… MAIS C'EST FINI… SYLVAIN VA ARRIVER… LAISSE-MOI PARTIR…

La voix de mon père aussi était lamentable. Comme celle d'une âme au purgatoire. C'est comme s'il essayait d'arracher ma mère d'en-dedans de lui. Comme s'il s'arrachait une grosse tumeur qui était en réalité une partie de lui-même. Quand j'ai fini par rassembler le courage d'ouvrir la satanée porte, j'ai retrouvé mes parents en enfer. Ma mère qui s'agrippait à mon père, agglutinée à ses valises pour ne pas qu'il s'en aille. Lui qui la repoussait. Pas comme le sans-cœur d'irresponsable que les apparences de la situation dépeignait. Pas avec indifférence. Pas avec mépris. Mais c'était délibéré. Il savait qu'il lui faisait mal. Peut-être voulait-il lui faire assez mal pour qu'elle ne veuille plus de lui. Peut-être même la tuerait-il s'il le fallait, symboliquement, je veux dire. Peut-être même se tueraitelle, littéralement, dans son cas. Ce que j'avais devant moi n'était plus l'ombre d'une mère, d'une femme, d'un être humain qui se respecte. Elle était larvaire. Sans forme. Sans aucune forme de dignité. Comme une moitié d'être humain rejetée par son autre moitié. Pas même une moitié : une vulgaire côte extirpée de la poitrine d'un Adam promis à l'exil. Et Adam donnait l'impression que l'exil le mènerait plus creux que loin, qu'il était lui-même à un pied du gouffre. J'étais dans un état second, debout, impuissant, à l'observer, ce héros de mon enfance, occupé qu'il était à tuer ma mère. Il était à un pied du gouffre, avec l'envie d'y sauter. J'avais les bras liés, je n'allais pas pouvoir le rattraper s'il perdait pied. Mon père, ce soir-là, il se suicidait. Moi, je l'assistais – un suicide assisté.

■ ■ ■

— Tu le défends encore… a objecté Morgane.

— Va chier !

Le bon petit garçon gentil à sa maman a lâché ça d'un coup, sans y penser. Morgane ne s'est pas laissée impressionner. Elle avait du chien. Elle s'est penchée vers moi et m'a toisé de ses yeux foncés aux sourcils froncés, ne me laissant pas le loisir d'échapper à sa mire.

— C'est correct… Ici, tu peux me dire tout ce que tu veux. Mais ça changera rien. Tant que t'auras pas les couilles pour parler de même à ton père, ça changera rien !

J'ai soutenu son regard pour la défier, même si je savais qu'elle avait raison.

— J'peux continuer ?

Elle s'est rejetée vers l'arrière dans son fauteuil d'un geste impatient et un peu théâtral.

— Allez… vas-y !

Je me suis mis à lui raconter comment j'avais dû les séparer moi-même en prenant ma mère à bras-le-corps pendant qu'elle protestait et hurlait à en fendre l'âme.

J'ai résisté le temps que mon père prenne la poudre d'escampette en ne demandant pas son reste. Ma mère a d'abord refusé de venir habiter chez moi. Deux heures de négociations pendant que je triais les effets de mon adolescence au sous-sol, ne conservant que de quoi remplir un sac de vidange noir comme l'instant; deux heures avant qu'elle cède enfin. J'ai dû jouer sur la corde sensible du fils désespéré de la perte de sa fiancée et qui ne pouvait tenir le coup seul en appartement. Pas un mot de tout le trajet en automobile. Que des reniflements. Je l'ai installée dans ma chambre. Comme je tirais sur le matelas du divan-lit de mon bureau, elle m'a posé les trois questions dans l'embrasure de la porte : «L'as-tu déjà vue? Sais-tu son nom? Sais-tu son âge?» Heureusement, j'ai pu répondre : «Non… Martine j'sais pas qui… Non… Bonne nuit.»

Une nuit qu'elle a passée à se bercer, les bras croisés sur la poitrine, dans la chaise capitaine de la cuisine. En pleurant. Toute la nuit.

11

*Si la littérature n'est pas pour le lecteur
un répertoire de femmes fatales et de créatures
de perdition, elle ne vaut pas qu'on s'en occupe.*

JULIEN GRACQ,
qui a refusé le prix Goncourt en 1951

Le lendemain de cette longue nuit sans sommeil de ma mère, je lui ai prêté mon oreille, mais elle n'a rien voulu me dire; je lui ai apprêté des petits plats légers, mais elle n'a rien voulu avaler. Le soir venu, j'ai pris congé, avec un mélange doux amer de soulagement et de culpabilité, pour me rendre aux retrouvailles du collège où j'avais obtenu mon diplôme d'études secondaires, sept années plus tôt.

Et j'y ai revu Andrée.

— C'est qui, Andrée? m'a demandé Morgane, l'air sincèrement curieuse.

— J'y arrive, que je lui ai répondu.

Elle y était donc, mon amour inavoué du secondaire. Celle que ma fiancée ne m'avait fait oublier qu'à moitié. Toujours aussi belle, la peau blanche comme du lait, les dents blanches comme l'ivoire, la voix blanche comme une brise caressante. Toujours les mêmes grands yeux noirs, les mêmes cheveux noirs, et probablement les mêmes idées noires – une gothique avant la mode. Même dans une foule, elle semblait toujours seule. Pas juste parce que je ne voyais qu'elle. C'était sa solitude qui l'englobait dans une bulle impénétrable. Elle était hors d'atteinte, ne semblait pas vivre dans notre monde, tel un fantôme blanc aux contours évanescents, laissant le noir du vide lui pénétrer l'âme. Je la surprenais souvent en classe à tracer finement, d'une main d'artiste, des lettres qui s'assemblaient en poèmes dans ses cahiers de notes. J'aurais tant aimé les lire. J'ai si longtemps souhaité me laisser aspirer dans son monde en noir et blanc. Et c'était encore vrai à cet instant – un de ceux qui restent suspendus dans le temps. Lorsqu'elle me regardait sans me reconnaître, du bas des escaliers que je dévalais avec fébrilité dans le hall d'entrée du collège, elle me fascinait toujours.

En relatant cette scène à Morgane, je me suis rendu compte, sans le lui dire, que physiquement elle lui ressemblait un peu.

Après la fiesta officielle au collège, la cervelle imbibée de punch aux fruits pour atténuer le souvenir de mes parents s'entredéchirant, je me suis retrouvé avec une douzaine d'anciens potes de théâtre scolaire, dans le sous-sol en bois de grange de notre ami Martin, tous assis en cercle à l'indienne. Andrée y était, bien sûr. L'éclairage tamisé prêtait aux confidences. Le passé est donc remonté du tapis tricotin pour emplir la pièce jusqu'au plafond de stuc.

— Vous vous rappelez la pièce de théâtre qu'on avait montée, en secondaire V? a demandé quelqu'un pendant que Martin nous servait à boire.

— C'est comme ça qu'on a vraiment appris à se connaître…

— Notre prof de français… Comment il s'appelait, déjà?

— Lessard! a répondu Michel, qui l'admirait profondément, car le prof avait éveillé son amour de l'univers de Michel Tremblay.

Yves Lessard transmettait sa passion du théâtre aussi bien que le célèbre dramaturge. Moi je lui étais juste reconnaissant d'avoir créé le ciment qui nous tenait encore liés sept ans après la tombée du rideau. La gaieté des retrouvailles nous plongeait dans une euphorie où tout était possible. Michel, devenu metteur en scène professionnel au théâtre et à la télévision, nous a proposé un scénario audacieux :

— Savez-vous ce qui serait l'*fun*? Pourquoi on avouerait pas, chacun notre tour, sur qui on était pogné dans le temps du secondaire?

Un ange est passé. Martin est parti faire tourner *Si on avait besoin d'une cinquième saison*. Tous se regardaient, l'air à la fois un peu intimidé et fébrile, se disant volontaires pour se prêter au jeu. Personne n'osait cependant se commettre. Michel a été beau joueur…

— Moi, c'était Nathalie Demers! a-t-il avoué dans un éclat de rire en regardant vers elle, les pommettes rouges.

— Non! a-t-elle répondu, toute surprise. Pis tu m'as jamais rien dit…

Et pour détourner l'attention, elle a tout de suite enchaîné :

— Moi, c'était Richard Laplante! Désolée, Michel!!!

Une évidence : le futur choix de huitième ronde des Black Hawks de Chicago avait monopolisé à lui seul plus de la moitié des cœurs féminins de l'école!

Puis à nouveau le silence, cette fois chargé d'électricité. Un silence qui aurait pu faire mourir le jeu si Michel n'avait pas encore une fois sauvé la mise. Il a suggéré qu'on fasse tourner sur elle-même une bouteille vide au milieu du cercle, afin de déterminer le prochain à mettre son cœur à nu. C'est Martin, en bon hôte, qui a calé le reste de sa bière avant de mettre la bouteille en action… J'avais la chienne alors que la bouteille tournoyait à la manière d'une toupie. Le goulot a d'abord semblé vouloir pointer une autre Nathalie, assise à ma droite, mais il a plutôt continué lentement sa course jusqu'à me choisir comme cible, me faisant soudain l'effet d'un canon de pistolet décidé à soutirer mes confidences. Le sang m'est monté aux joues…

Je l'dis, j'le dis pas… J'le dis, j'le dis pas…

Là, ma main droite devait trembler…

J'ai regardé Andrée, curieuse comme les autres, qui me dévisageait… J'étais figé dans l'hésitation.

Inspire, tu vas étouffer…

Mes lèvres auraient voulu dire le nom de n'importe quelle *pin-up* du collège qu'elles n'auraient su prononcer que le sien…

J'le dis…

— Moi, c'était Andrée…

Je voulais tellement voir sa réaction que j'ai ramassé tout mon courage pour soutenir son regard, qu'elle a rapidement détourné en plaçant sa main devant un sourire dessiné à mi-chemin entre la surprise et la timidité. S'agissait-il des simagrées de la fausse humilité ? J'ai préféré y voir un réel plaisir, comme ceux que l'on vit lorsque quelqu'un nous offre gentiment un cadeau inattendu.

Je me suis évidemment rué sur la bouteille pour qu'elle transfère toute l'attention sur le supplicié suivant. Et pendant qu'Aline, la *nerd* éternelle, balbutiait le nom d'un cancre *rock and roll* aux cheveux longs qui s'était fait foutre à la porte du collège en secondaire IV, déclenchant un tonnerre de rires, j'ai réalisé que je n'avais jamais véritablement avoué mon amour pour Andrée à quiconque auparavant. Je ne l'avais même jamais écrit dans mon journal personnel, que je soupçonnais ma mère de dévorer aussi assidûment que mon père consultait la chronique sportive de Bertrand Raymond. Et voilà que je déballais tout ça d'un trait à Andrée, et en prime devant une douzaine d'anciens camarades de classe…

À la fin de la soirée, j'étais le seul à passer par Montréal pour rentrer chez moi. Andrée y demeurait. Avec quelqu'un. Un gars. Ce n'était pas clair s'il s'agissait d'un coloc ou d'un conjoint. Comme à la belle époque, elle cultivait le mystère. Reste que le type l'avait conduite sur la Rive-Sud, mais ne reviendrait pas la chercher. Je lui ai offert de la reconduire. Andrée a accepté. Elle avait été mon fantasme romantique du collège. Ce soir-là, elle était assise à ma droite et je bombais le torse au volant de mon bolide noir. Ne me demandez pas ce qu'on s'est raconté. J'ai seulement en mémoire une promenade de trente minutes sur la chaussée luisante des autoroutes par une soirée pluvieuse, le cœur étrangement léger et les mains tremblantes sur le volant. Son sourire, ses dents blanches et ses yeux noirs. Une balade dans un beau film muet en noir et blanc. Puis l'arrivée sur le Plateau Mont-Royal par la rue Saint-Denis, petit détour vers Saint-André, terminus, au revoir, presque adieu, deux becs de sœur, elle descend.

J'ai figé. Comme un con.

Enfin, je me suis dit qu'avec le succès des retrouvailles, on reverrait sûrement les copains. Je tenterais de savoir, pour le statut de son coloc, sans risquer une question gauche qui me fermerait définitivement la porte. Mais pour l'heure, ça n'y changeait rien : la porte s'est refermée derrière elle comme elle se réfugiait dans son appart.

En repartant, j'ai entendu le son clinquant des affaires que j'avais placées pêle-mêle dans le coffre : mes vieux jeux de société, une batte de baseball, un stroboscope, quelques posters fluo, un vieux tourne-disque, un 45-tours de Joan Jett, deux 33-tours de Black Sabbath et un autre de Van Halen. Il y avait aussi mon album des finissants du collège, avec dedans ce mot d'Andrée sur ma tremblote schizophrénique. Je traversais Laval. J'ai songé à ma mère, qui se berçait sûrement encore dans ma cuisine sur une chaise droite en pleurant. Elle l'avait souvent fait, lors de mon enfance, quand mon père tardait à rentrer sans appeler. C'est ce qu'elle faisait depuis la veille chez moi. Je n'avais plus la force d'affronter ça… Je ne rentrerais pas moi non plus.

J'ai rebroussé chemin vers Montréal jusqu'au centre-ville. Je devais m'étourdir. Je me suis rendu sur la Catherine. À la hauteur de Stanley, j'ai aperçu l'enseigne du bar de danseuses Chez Parée. Mon père m'avait un jour raconté que, souvent, les joueurs de hockey du Canadien le fréquentaient après les matchs. « Un bar classe. » C'est là que je me rendais lorsque j'avais besoin de relâcher la pression. Ce soir-là, j'y suis donc retourné. Il y avait un petit *line up* dans le vestibule. Surprise : un humoriste, très populaire à l'époque, attendait son tour. Il faisait son intéressant pour épater les quelques filles qui l'accompagnaient. Un autre m'as-tu-vu riait trop fort de ses blagues *cheap,* probablement son gérant. Au bout de quelques minutes, le portier nous a laissé pénétrer l'enceinte. Le tube *Relax, Don't Do It*, de Freddy Goes to Hollywood, dictait le rythme de l'irruption, sur la scène principale, d'une sublime brunette au corps minimalement voilé, intégralement bronzé, divinement sculpté, à faire bander raide mort saint Antoine l'Ermite. Elle est venue me voir après son numéro, quand je lui ai fait signe. Ses yeux pétillaient. Son sourire étincelait… C'était Sheila. Son petit cul m'a fait oublier le chagrin de ma mère, m'a presque fait oublier Andrée, mais une masse noire m'alourdissait le cœur, comme son zèle m'allégeait le porte-monnaie. J'ai tenté de noyer cette masse dans l'alcool. Rien n'y a fait. Cent piastres de danses et de vodka plus tard, Sheila m'a demandé ce qui n'allait pas. J'ai tenté de lui confier un truc, mais la musique m'enterrait. Je me suis limité à lui offrir, à mon tour, mon plus beau sourire plastifié de bon gentil garçon à sa maman. Elle a réussi à me faire comprendre qu'elle aimait ce sourire à la con. Et Dieu que je me trouvais de plus en plus con. Je suis sorti prendre l'air, me suis mis à arpenter la Catherine vers l'est en titubant sous la pluie, qui malgré sa froideur n'arrivait pas à me dégriser, car je cherchais mon équilibre sur le trottoir comme s'il s'agissait d'un filin d'acier. J'avais réussi à traîner mes pieds sur une distance appréciable quand, dans le flou luminescent du Red Light, j'ai distingué l'enseigne au néon d'un de ces minables *peep shows*. Je m'y suis engouffré presque machinalement, sur le radar d'un pilote automatique déréglé de sa ligne droite habituelle. Le visage dégoulinant et les vêtements lourds, la semelle de mes baskets collant comme des ventouses au parquet noir défraîchi, j'ai suivi l'index de l'hindou de service à l'accueil, qui m'a délesté d'un billet au passage, et je suis monté à une cabine par une cage d'escalier aussi étroite que sombre, et éclairée par la nitescence de deux tubes mauves au phosphore. Dix dollars pour dix minutes, me criait un afficheur rouge à l'entrée de la cabine. Tout ce qui me restait dans les poches avant de croiser l'hindou. J'ai pénétré dans la petite pièce exiguë et tiré le rideau derrière moi alors qu'un autre s'ouvrait mécaniquement devant, laissant place à une baie vitrée sur laquelle se réfléchissait une faible ampoule miniature qui sabotait le règne d'un noir d'encre. Soudain, de l'autre côté de la vitre, une lumière tamisée inonda un lit où est venue s'allonger sur le côté une strip-teaseuse filiforme aux cheveux violacés, au visage osseux, qui l'instant d'après m'a présenté son nom de scène et m'a invité à me mettre à mon aise pendant qu'elle amorçait l'effeuillage d'un corps que je ne désirais pas voir. Elle était si maigre que je lui aurais offert à manger. Je lui ai demandé d'arrêter son cirque. Elle ne pigeait pas. Un autre taré de merde, qu'elle devait se dire. Elle a retiré son soutien-gorge puis inséré ses longs doigts dans son slip. « Non, tu ne comprends pas, j'ai besoin... »

J'ai craqué. Je lui ai déversé tout mon trop-plein... En mots geignards, en larmes de paumé... Comme si la vodka éclusée me pissait des yeux. Elle s'est couvert les seins de ses bras, embarrassée par tant de nudité. Par la mienne autant que par la sienne. Mais elle n'a pas pressé le bouton réservé aux clients indésirables. Elle est restée coite, la bouche légèrement entrouverte et les cernes d'héroïnomane tirés par une sorte d'épouvante, comme si, par la vitre qui nous séparait, elle apercevait en reflet l'image conjuguée de nos deux spectres lamentables, une scène de trop à son propre film d'horreur. Les minutes restantes ont défilé dans le silence, ses yeux braqués sur les miens. Puis les lumières se sont éteintes. Le temps était écoulé. Le rideau s'est fermé. Lentement. Mécaniquement. Je me retrouvais à nouveau seul dans le noir. Stupidement. Horriblement. Seul.

Alors que la rampe d'escalier guidait ma main tremblante et mes pas chancelants vers la sortie, la descente aux enfers commençait...

12

Hôpital Saint-Jude, Département 31.
Mardi 24 septembre 1991.

Je suis allé me coucher tout du suite après la consultation avec ma nouvelle thérapeute. J'ai tiré les rideaux. Paul est venu à la chambre m'avertir que le souper était servi. Je ne dormais pas. Ma main droite tremblait sous l'oreiller. Il m'a entendu renifler. Quand il a compris que je ne bougerais pas de là, il s'est lentement dirigé vers moi, sur la pointe des pieds, ses contours découpés à contre-jour se mouvant en ombre chinoise. Je pensais au père pour lequel j'étais mort. Il pensait sûrement au fils pour lequel il était mort. Qu'avait-il fait, lui, à sa Nicole, la mère de ce fils qu'il ne voyait plus ?

Paul a ramassé les couvertures jetées par terre. Il m'en a recouvert jusqu'aux épaules. Ça m'a réchauffé. Il m'a bordé en me tapotant le bras, sans s'attarder, en silence, comme un père borde son fils. Puis il est sorti.

■ ■ ■

Cette nuit-là j'ai dormi. Et j'ai rêvé.

La scène onirique, que je survole, se déroule dans l'enceinte d'une cathédrale ancestrale, aveugle et abandonnée à elle-même, à l'architecture et au mobilier d'aspect gothique. Tout est vieux, esquinté, sombre et sale. Vers l'avant, dans la nef, seule âme qui vive dans ce décor désolé, j'aperçois la tête grisonnante et le dos voûté de mon père, prenant place dans la cinquième rangée. Comme je le reconnais, me voilà téléporté en position assise à sa gauche. Son front est soucieux, sa mine, basse. Il ne semble pas deviner ma présence. Puis tonne une voix sortie de nulle part :

« Martial, fils de Léo, né le 18 mai 1937 en la province de Québec... »

La voix est solennelle, caverneuse, multipliée par l'écho de la cathédrale. Et elle procédera au jugement dernier de mon père, qui tremble de peur comme s'il s'attendait à être condamné à la peine capitale.

« ... tu as été un père absent, laissant ton fils sans tuteur masculin pour qu'il puisse grandir en confiance... et un mari adultère, rabaissant et cruel, par tes gestes et par tes paroles... »

Mon père croule, irrévocablement, sous le poids du désespoir le plus noir. Et la litanie du jugement s'allonge jusqu'au point de non retour. Tout à coup, voilà que les traits de mon père le trahissent. Ils se déforment comme s'ils étaient repeints par le pinceau sagace de Bosch, révélant sa nature apparemment véritable; ils s'étirent, se raidissent et scient son visage d'un rictus de haine pure, d'une férocité presque animale – à la manière qu'enfant j'imaginais la métamorphose des loups-garous. Mon père sert les poings, vocifère, prêt à rugir sa révolte, ses yeux rougissent d'une colère effroyable. On ordonne sa mise aux fers. Deux démons hideux l'escortent d'un pas militaire jusqu'à la porte de l'un des transepts. Je veux me porter à sa rescousse, mais une force contraire à ma volonté m'empêche de le rejoindre.

La scène se transporte pourtant dans une nuée rougeâtre comme un ciel de Mars, j'y suis en suspension dans les airs avec mon père, chacun littéralement aspiré, moi vers le haut, lui vers le bas; nous nous agrippons par les mains, les bras tendus l'un vers l'autre. Derrière moi, je devine une brèche vers le Ciel, et de là-haut on me crie de lâcher prise et de rentrer à la maison, alors que je sais que si je lâche prise, mon père, le visage crispé d'épouvante, chutera dans la mer de brasier qui s'étend dessous à perte de vue. Je sais que je ne pourrai le sauver et qu'en chutant, il emportera avec lui une parcelle de moi à tout jamais. Nos doigts s'arriment en crochets. Je n'ai pas le droit d'abdiquer, mais je ne tiendrai pas le coup. Mes jointures blanchissent sous l'effort et cèdent lentement. Ce n'est qu'une question de temps avant que mon impuissance le largue à la géhenne. Le temps d'un dernier regard dans ses yeux affolés, puis l'inacceptable survient. Il glisse hors de mon emprise, se voit aspiré par la fournaise dans un cri terrible.

C'est terminé.

■ ■ ■

Je me suis réveillé en nage au beau milieu de la nuit, ne sachant pas trop où je me trouvais, la conscience voilée de confusion, le cœur battant la chamade, les mains engourdies à force d'avoir serré les poings. J'ai entendu ronfler en sourdine à ma droite. Je me suis rappelé Paul et ses pansements de père déchu. Je n'ai pas pu refermer l'œil. Le songe de la damnation de mon père m'obsédait. Pour une fois, la réalité aigre du réveil au Département 31 était moins crue que le rêve qui avait précédé – un rêve qui m'épouvantait par son contenu, oui, mais encore davantage par sa récurrence, car ce songe, je l'avais déjà fait deux fois auparavant : la première étant la nuit où mon père avait laissé ma mère en pleurs derrière lui, la veille de leur vingt-cinquième anniversaire de mariage.

C'est à la réédition de ce cauchemar, au mois de mai précédant mon dérapage, que je dois un cri du désespoir que j'avais lancé aux étoiles alors que je roulais sur la 640 en direction de mon appartement de Sainte-Thérèse, après une autre journée de défis d'affaires de plus en plus impossibles à relever. Le défi marquant du jour avait été une visite alarmante à la banque en compagnie de mon père, qui considérait le gérant comme l'un de ses contacts privilégiés. Ma mémoire de ce type est réduite aux contours flous d'un quarantenaire de bonne famille bourgeoise, qui, par moments, plaçait ridiculement un juron ou une expression crue pour se mettre au diapason des gens qui, comme mon père, s'étaient bâtis une réputation gagnante de *self made man* à l'épiderme de papier sablé, sans éducation à proprement parler – le paternel n'ayant pas complété sa douzième année.

Pour finir d'amadouer mon père, dont l'influence auprès de plusieurs de ses clients de l'Est n'était pas à négliger, il n'avait de cesse de louanger mon plan de sauvetage de la PME agonisante. Mais dans les faits, il y voyait clair : l'entreprise était insolvable, chaque denier investi en sus le serait à perte, et il était à présenter diplomatiquement au paternel qu'il lui allongerait volontiers les sommes demandées par le plan génial de son fiston adoré... conditionnellement à ce qu'il garantisse la transaction avec à peu près tout ce qu'il lui restait d'avoirs personnels. Ça m'avait donné le vertige – et touché aussi. Parce que c'était sur la foi de mes balivernes d'étudiant frais émoulu des bancs universitaires que mon père était prêt à miser l'essentiel de ce qu'il possédait. Force était cependant d'admettre qu'il ne lui resterait plus grand temps, à six années d'une retraite souhaitée à soixante ans, pour coussiner sa rente de chef syndical s'il en venait à tout perdre. Je songeais aussi à ma mère, que mon père avait reprise deux mois auparavant, par pitié, dès son retour de voyage avec la Martine de vingt-trois ans. Que lui resterait-il si, déjà privée de l'amour de son mari, ma mère se trouvait de surcroît dépourvue de la vie luxueuse que lui avait jusqu'alors accordé son mariage ?

Dans une ultime tentative pour tirer mon père d'une impasse certaine, je l'avais brusquement éloigné du gérant de banque et j'avais tenté de le convaincre de ne pas miser ladite somme, lui expliquant que je voulais convaincre des investisseurs et des banquiers, avec mon papier de facture scolaire, pas leurrer mon propre père avec une faillite assurée. Mais voilà qu'il se mettait financièrement à nu devant moi, me dévoilant son bilan d'investissement et son dossier de crédit personnels. Et j'ai dû constater qu'il avait déjà beaucoup trop misé pour ne pas tenter par lui-même une ultime bombe dans la zone des buts – pour reprendre le vocabulaire sportif que nous avions en commun. Le hic, c'est que j'étais aussi forcé d'admettre, non sans déglutir, que c'était moi, le receveur en fond de terrain qui allait devoir écarter les mains ennemies du ballon pour m'en emparer, moi qui n'avais pas capté une passe depuis ce fameux soir de pluie diluvienne, au stade de l'Université de Montréal, et encore, j'étais tombé lourdement au sol à dix verges de la réussite.

Là, j'allais devoir assurer.

C'est dans cet état d'esprit que je tenais fermement le volant de mon bolide sport, en route vers mon logis, sur les deux heures du mat, au mois de mai 1991. Je me rappelle bien cet état : insomniaque, exténué, découragé, hypersensible et hypertendu – fragile et vulnérable. Un état exacerbé aussi par le fait que le cauchemar de mon père en enfer s'était répété la veille. Alors j'étais songeur… Je déléguais la conduite automobile à une sorte de pilote automatique guidé par l'enfilade des lampadaires jaunes et des feux rouges des voitures. L'essentiel de ma lucidité était plutôt aspiré vers un espace surréel où réside la force supérieure que plusieurs sollicitent pour survivre à de pareils moments : un espace où prier.

Et je priai.

Je priai Dieu. Ou appelez-le Être suprême, Allah, Yahvé, Grand Architecte ou l'Univers si ça vous chante. Vous constaterez au cours des prochains chapitres que je ne suis pas chatouilleux sur les sources divines. Reste que ma mère m'a élevé en bon catholique, qu'elle m'emmenait à la messe tous les dimanches, étant jeune, et que jusqu'à l'adolescence, ma spiritualité prenait beaucoup plus de place que chez les autres enfants que je côtoyais. À quatre ans, j'avais vécu une expérience assez fantastique où mon âme m'avait semblé sortir de mon corps pour une virée mémorable dans ce que les ésotéristes appellent le monde astral. L'aventure s'était par la suite répétée à quelques reprises, spontanément, sans que je cherche à la provoquer. Ça m'avait marqué. Dès que j'ai pu apprendre à lire, j'ai cherché à comprendre ce qui m'était arrivé. À huit ans, mes lectures alternaient donc entre les livres du Dr Raymond Moody et les fictions fabuleuses de Jules Verne ! À neuf ans, il m'arrivait de lire l'Apocalypse aussi avidement que je lirais Stephen King quelques années plus tard, et de tenter l'interprétation de certaines clés symboliques de la Bible comme d'autres ados s'adonnaient à Donjons & Dragons ! J'ai vite fait de me rendre compte que je n'étais pas un garçon tout à fait comme les autres, mais à l'adolescence – cet âge où il faut faire partie de la *gang* à tout prix –, j'ai remisé ma quête spirituelle enfantine aux oubliettes… Jusqu'à cette nuit noire au volant de mon bolide sport, alors que j'étais secoué par le songe de mon père en enfer et le sauvetage impossible de sa situation financière.

Alors, oui, je priai.

Désespérément.

Je soliloquais des litanies beaucoup plus grandes que ma réalité du jour, laquelle me dépassait déjà pourtant, pour me rabattre sur la misère de tous les miens : pourquoi des âmes doivent-elles être abandonnées, voire condamnées à souffrir dans des flammes éternelles ? Comment peut-il même y avoir un paradis ; comment les justes peuvent-ils être des justes et se permettre égocentriquement l'état d'extase permanente à l'Éden retrouvé, tout en sachant très bien que des millions, sinon des milliards, des nôtres – qui ont peut-être été leur fils ou leur fille, leur âme sœur ou un ami cher, leur mère *ou encore leur père* – sont à rôtir sur les broches du Jugement dernier ?

Moi je ne le pourrais jamais…

On aurait cru entendre sainte Thérèse d'Avila, qui a écrit : « Je ne sais comment nous pouvons vivre en repos quand nous voyons tant d'âmes que le démon entraîne avec lui en enfer. Pour en délivrer une seule de si horribles tourments, je souffrirais très volontiers mille fois la mort. »

C'est dans un élan similaire que j'ai suivi une logique défiant tout bon sens théologique, voire toute compréhension. Hors de l'état normal qui régissait autrement chez moi une appréciation métaphysique beaucoup plus modeste de ma place dans l'Univers, je me suis dit : *je ne serai pas l'une de ces âmes bienheureuses sur le* party *du toit terrasse pendant qu'un holocauste immole de mes proches au sous-sol de la maison; il faut que je me sacrifie, je suis prêt à prendre leur place dans le brasier, pourvu que* tous *soient sauvés en retour, jusqu'au plus petit, même jusqu'au plus vil.* Et je ressentais cette détresse des âmes jusque dans les resserres de ma fibre de vie.

Était-ce ma version grandiloquente du suicide? J'imagine que ça n'aurait pas suffi de me lancer en bas d'un pont, il me fallait une finale héroïque, et cela dit de manière tout à fait narcissique : je devais faire le saut de l'ange dans l'ultime gouffre, perdu pour l'éternité, et il me fallait, surtout et rien de moins, sauver tout le monde au change – et j'en demandais même la garantie à Dieu aussi prestement que le banquier avait exigé la garantie d'un prêt à mon père. Comme si personne n'avait déjà eu cette brillante idée d'un sauvetage universel, quelque deux mille ans avant moi...

Vous voyez ça d'ici? Pour sauver mon père, et par extension tout l'Univers tant qu'à y être, j'étais prêt à la mort définitive du fils... *ma* mort.

Et j'y croyais.

J'avais formulé cette prière insensée, un rideau de larmes sur les joues, avec une conviction assez sincère pour avoir été entendue par Dieu lui-même – pour qui croit en Dieu et au fait que la pensée la plus sincère puisse se rendre jusqu'à Lui.

Par malheur – je dis bien par malheur –, Dieu a bien entendu ma prière insensée. Il me réservait, et avec raison, une bonne leçon d'humilité bien paternelle... Et Dieu ne traîne pas la réputation du genre de père à faire les choses à moitié. On dit qu'Il s'assure que le message passe. Après tout, peut-on l'en blâmer? Un père de milliards d'enfants ne peut se permettre de répéter une consigne. Demandez à l'aîné de la famille, Adam, une référence en la matière, depuis son exil de l'Éden. Si vous le croisiez, évidemment, il pourrait vous parler longuement de ce qu'il en coûte de ne pas respecter une consigne du Paternel.

Moi j'allais apprendre à la dure l'une de ces consignes : ne cher-
chez pas le Père pour lui dire quoi faire. Car lorsqu'on cherche le
Père, on le trouve… Et il répond à nos prières !

DEUXIÈME PARTIE
LA QUÊTE DU DIVIN PÈRE

L'été de mon initiation

*Dieu ne s'offre que dans
l'anéantissement de l'esprit.*

FRANÇOIS HERTEL

13

Hôpital Saint-Jude, Département 31.
Mercredi 25 septembre 1991, 9 h 55.

Ce n'est qu'au lever du jour qu'un demi-sommeil a enfin pu m'extirper de la zone de perturbation nocturne, loin du vent mauvais des cauchemars infernaux et des grises nuées remémoratives. J'ai étiré cette grâce en planant si longuement que je ballotais toujours entre deux mondes vaporeux lorsque Paul m'a rapporté un muffin (sec) et un jus d'orange (surette) de la salle des repas, au retour de son petit déjeuner. J'ai boudé le festin, reluqué le cadran mural et, sans même saluer ou remercier mon cochambreur, j'ai enfilé un peignoir, me suis machinalement brossé les dents et suis sorti de la chambre.

J'errais comme un somnambule dans le couloir réservé aux bureaux des psychiatres, sachant l'heure de ma thérapie arrivée, quand j'ai cru reconnaître la voix de mon père au travers d'une des portes closes. J'ai tendu l'oreille. L'homme parlait trop bas pour trahir à nouveau son identité, mais dans la minute, Morgane confirmait le tout d'un de ses élans typiquement expansifs :

— Monsieur Roby ! Vous êtes bien fin de répondre à mes questions de « Janette veux savoir », comme vous dites !

Mon père a jappé un rire aux accents d'autodérision, puis marmonné une tirade étouffée par la porte. Une chaise a roulé sur le plancher : Morgane devait avoir mis fin à l'entretien. Sa voix prenait de l'ampleur comme elle s'approchait de la porte :

— Merci *beaucoup* d'être passé ce matin, Monsieur Roby ! Faites-vous en pas, votre fils va *bien* aller ici ! a-t-elle dit en pesant ses mots pour se faire rassurante.

J'ai reculé d'un pas. La porte s'est ouverte. Je suis tombé nez-à-nez avec le paternel. Un malaise nous a figés.

Morgane, un gobelet de café à la main, a récupéré :

— Sylvain ! Après notre première rencontre, j'ai pensé que ça m'aiderait d'avoir le point de vue de ton père sur ta relation avec tes parents…

Morgane a dû voir à mon expression que je n'étais pas impressionné. Habilement, la doctoresse a choisi de calmer mes appréhensions en s'adressant à nous deux, expliquant qu'il est dans son éthique de travail de ne rien laisser transpirer de nos confidences. Elle a pris une pause intentionnelle, sirotant son café, pour étudier notre langage corporel – surtout le mien.

Message reçu cinq sur cinq, doc.

— Bon ! J'vais vous laisser quelques minutes pour jaser un peu… (Elle m'a regardé gentiment.) On se voit tantôt, ok ?

Lorsque Morgane s'est éclipsée vers le poste des infirmières, on aurait dit que mon père perdait appui. Un relent d'angoisse me perçait le plexus solaire. C'était la première fois qu'on se voyait depuis mon admission. Il m'a gauchement demandé comment j'allais, je lui ai gauchement répondu « mieux », d'une moue incertaine qui n'a pas dû le rasséréner. Sa visite sur un étage de psychiatrie m'était à ce point incongrue que je me suis senti comme un gamin de onze ans que son père surprend la main dans les culottes, ce qui traduit assez bien la honte éprouvée à me retrouver devant lui en robe de chambre dans un nid de coucous. Je crois qu'il aurait aussi ressenti cette honte, à ma place, et c'est peut-être en partie pourquoi il aura la bonté d'espacer ses visites.

— On te traite bien ici ? s'est-il enquis après un long silence embarrassé.

Ce qui m'a donné l'idée de lui faire visiter les lieux en coup de vent pour ne pas avoir à le présenter aux patients curieux, et nous avons abouti dans ma chambre. À mon soulagement, Paul l'avait désertée et en prime, avait refait les lits. Nous nous sommes assis sur le mien, côte à côte, chacun fixant la fenêtre et le ciel gris. Je sentais toute la présence imposante du père à ma droite, lourde d'un poids moral autant que physique, exhalant le musc et transpirant son inconfort. Nous étions muets comme des tombes. Ma nuque se raidissait à mesure que le silence perdurait, insoutenable.

Après une éternité, j'ai senti son bras s'allonger dans mon dos, sa main se poser sur mon épaule gauche. Je me suis raidi davantage. Le contact physique n'était pas notre usage. Quelque dix autres secondes d'éternité ont dû s'écouler. Puis…

— J'aurais pas dû…, a-t-il amorcé.

C'est l'instant qu'a choisi Morgane pour faire irruption dans la chambre, faisant mine de marcher sur la pointe des pieds lorsqu'elle a constaté le moment d'intimité… gâché. Mon père a retiré sa main tout à trac pour la laisser choir sur le matelas et il s'est levé sans terminer sa phrase. Je me suis moi-même excusé en lui disant que c'était mon heure au confessionnal. Il a bien tenté de se récupérer en me serrant l'épaule après que Morgane eut tourné les talons, mais il n'a pas su reprendre où il avait laissé. À ce point de l'affaire, il devait juste vouloir s'enfuir. Je l'ai retenu d'une question, lui demandant comment allait maman.

— Ta mère s'en fait toujours pour toi, m'a-t-il répondu sur un ton entendu. Tu le sais, j'ai beau la rassurer…

Mon père faisait toujours le fort, l'inébranlable, mais je commençais à l'époque à me douter qu'il parlait beaucoup de lui lorsqu'il parlait de ma mère… Surtout lorsqu'il était question de moi. Je l'ai interrompu :

— Pis toi ?

— Quoi ?

— Ça va aller ?

Il a regardé le plancher et repris le refrain :

— C'est pas toujours facile avec ta mère. Tu sais comment elle est… Tu peux la comprendre, toi… T'es un peu comme elle (il voulait dire fragile). Chez nous (il voulait dire chez les Roby), on est capables de traverser les bouttes *tough*. On est faits de même (traduction : résilients). Une chance, parce que moi aussi, des fois, je…

Une autre phrase verbalement inachevée. Sauf que cette fois, mon père a complété sa pensée d'un geste : son index tournoyait près de sa tempe cependant qu'il a sifflé comme pour simuler la… folie.

Il était perdu dans l'émotion; ce n'était pas méchant, c'était maladroit. Il n'a pas voulu mal faire, je le savais, mais ça m'a sonné. Comme si dans son for intérieur mon père m'avait renié. Comme si, dans son regard, je n'étais plus digne de son bagage génétique, plus digne de lui. À ses yeux, j'étais désormais comme ma mère : une petite chose fragile à protéger, à nourrir, à prendre en pitié. Je n'étais plus un homme, ne serais jamais plus un homme.

Pourquoi accordais-je toujours tant d'importance à son regard de père ?

Je ne crois pas qu'il se soit aperçu du coup que j'avais pris dans les flancs. Il m'a quitté sans ajouter un mot, les yeux dans le vague. Moi j'ai fermé la porte, pris mon oreiller à deux mains comme s'il s'agissait de la tête du paternel, et en ai frappé furieusement, sauvagement, aveuglément l'un des murs, jusqu'à ce que je m'écroule par terre, épuisé au bout de ma rage.

14

Hôpital Saint-Jude, Département 31.
Mercredi 25 septembre, 1991, 10 h 40.

Jeune, lorsque les choses n'allaient pas, je me recroquevillais sur mon lit, porte fermée. Ça m'a donc tout pris pour m'extirper de ma chambre et honorer (très en retard) ma seconde séance de thérapie. J'ai d'abord traîné les pieds, lourds de la visite du paternel. Puis une logique rigide a militarisé mon pas après avoir décrété que ce médecin devait me rendre des comptes. C'était cette thérapeute, après tout, qui nous avait placés dans un tel foutoir, moi et mon père; c'était elle, qui aurait dû savoir; et c'était encore elle qui… saurait récupérer. Dès que j'ai franchi le seuil du bureau de Morgane, un seul éclat rieur de son regard a su désarmer ma nouvelle logique militaire. Elle a immédiatement tassé le dossier qu'elle consultait sur le dessus d'une pile de travail, et m'a lancé, enthousiaste :

— Bon! De quoi veux-tu me parler, aujourd'hui?

La reddition de comptes m'a quitté l'esprit sur-le-champ. Curieusement, mon père aussi; du moins il me semblait que nous avions fait suffisamment le tour de la question filiale lors de notre rencontre initiale. La séance de défoulement avait fait son œuvre. Bref, je désirais passer à autre chose et j'appréciais plutôt la chance de tomber sur une thérapeute avec laquelle je me sentais si naturellement à l'aise. Il y avait ce je ne sais quoi en Morgane qui me calmait, qui m'inspirait confiance au premier contact. Contrairement au psy de l'évaluation, je la sentais avec moi pour le combat et non déterminée à me trouver quelque tare à traiter chimiquement. D'ailleurs, Morgane avait dès le départ mis les choses au clair : elle ne me prescrirait rien avant d'avoir fait le tour de la question. Et nous avions tout notre temps. Tout au plus m'avait-elle demandé de l'informer s'il m'arrivait de ressentir des symptômes intolérables, afin de pouvoir me procurer dans l'intérim de quoi ne pas souffrir inutilement. Elle m'avait même permis d'arrêter les somnifères.

Cela dit, cette confiance ne lui était pas gratuite. Je devais tester Morgane, c'était plus fort que moi. Tomate Pourrie m'avait échaudé, oui, mais il y avait aussi le fait qu'il s'agissait ici d'une femme. Et fort belle, de surcroît. Le type même de la femme accomplie. Si un tel idéal féminin arrivait à accepter inconditionnellement des pans entiers de mon ombre, je pourrais moi-même travailler à les accepter. J'irais même jusqu'à dire qu'il fallait qu'elle *aime* ce que je jugeais de plus laid en moi – mon animal, ainsi que ma part de maladie, de folie et de mort. Ma psyché était réduite au *Ground Zero*, et je souhaitais pouvoir me rebâtir en me servant de Morgane comme miroir pour assurer le suivi du chantier. Pour valider que je prenais toujours le bon plan d'architecte. Pour m'aider à faire les ajustements au besoin. Cet objet occulte de la transaction thérapeutique contrait l'intimidation qu'une telle beauté aurait pu m'inspirer hors de l'hôpital ; il me poussait même aux confidences les plus crues. C'est en partie pourquoi j'ai tenu à lui raconter dès la première rencontre les clubs de danseuses et les réduits de *peep shows*. Quand je lui ai raconté, pour le cul de Sheila, j'avais fixé Morgane droit dans les yeux, avec l'intention de la déstabiliser, de la choquer s'il le fallait, pour tester les limites de son inconditionnalité – et je ne parle pas ici de la neutralité indifférente des thérapeutes. Morgane était beaucoup de choses, mais j'avais déjà jaugé qu'elle était viscéralement incapable de filtrer ses émotions. Son visage parlait bien avant qu'une quelconque censure puisse intervenir. Cette brèche dans son armure professionnelle était pour moi une qualité : la transparence qui me permettrait de me déposer en elle, à peu près nu, avec le maximum de confiance que je pouvais alors accorder à un être humain. Du moins, tant que son reflet s'avérerait sans jugement. Toute cette thérapie serait donc un vaste projet nécessitant une authenticité sans réserve de part et d'autre.

Cependant, je procéderais avec un minimum de prudence, décapant mon âme une couche à la fois. Et cet avant-midi, je testerais son ouverture quant à ma part de folie :

— Crois-tu en la médiumnité? lui ai-je demandé avec une pointe d'hésitation dans la voix.

Morgane aurait pu me retourner platement la balle en me renvoyant la question, mais ce n'était pas son genre. Son visage s'est d'abord éclairé avant qu'elle me raconte, sur un ton qu'elle voulait initialement neutre, mais qui a vite viré à la passion, que sa grand-tante Hildegarde tirait à peu près toute la famille au tarot, au désespoir de sa pragmatique sœur Victoire – la grand-mère maternelle adorée de Morgane, une femme énergique qui l'avait à toutes fins pratiques élevée.

— Elles sont proches malgré tout?

— Les deux vieilles folles étaient inséparables…

— *Étaient?*…

— Oui, ma grand-mère Victoire est décédée en janvier passé, a dit Morgane tristement.

Le film d'une enfance bercée par son aïeule défilait perceptiblement devant ses yeux. Elle a ajouté qu'il lui arrivait parfois de sentir le parfum de sa grand-mère lorsqu'elle filait un mauvais coton, et que dernièrement ça lui arrivait plutôt souvent…

Je lui ai demandé :

— Et tu crois cela possible?

— Le parfum ou la voyance?

— Commence toujours par le parfum…

— Je ne peux le prouver scientifiquement; je le sens, c'est tout…

— Et la voyance?

Sa bouche expressive a dessiné un sourire coquin.

— Qui est censé poser les questions, ici ?

— Ton ouverture contribue à la mienne… lui ai-je rétorqué sans broncher.

Et je ne blaguais même pas ! Elle a pouffé de rire.

— T'es drôle, toi… (Elle a trempé ses jolies lèvres dans le café, les sourcils en accent circonflexe, préparant sa réponse.) Pour la voyance, disons seulement que mon rationnel est fort, mais que ma grand-tante avait une sacrée réputation ! a-t-elle gloussé en résumant en une phrase le legs combiné d'Hildegarde et de Victoire.

— Bon !… C'est à mon tour d'attaquer ton rationnel ! me suis-je exclamé, la brève conversation m'ayant mis dans les dispositions propices à ce que je lui raconte l'anecdote que j'avais en tête.

— Je ne demande pas mieux ! a-t-elle répliqué avec entrain.

Alors allons-y.

Il était une fois…

■ ■ ■

Nous sommes en juin 1991 : un mois avant l'explosion psychique, trois mois avant l'hospitalisation. Rendu à ce point de l'histoire, je ne tiens plus à sauver mon père, je me contenterai de sauver ma peau. La compagnie familiale n'est plus au bord du gouffre, elle y sombre lourdement. Nous en sommes réduits à liquider les actifs, pour l'essentiel de l'inventaire en meubles usagés presque impossibles à refiler. Les stocks dorment dans un entrepôt situé près du Vieux-Port de Montréal, et le président à tronche de grenouille m'y délègue à titre de veilleur de service. Je reçois toujours, par miracle, ma paye de V.-P., mais ne porte plus les responsabilités de la fonction. Mon ex-fiancée n'est plus ma fiancée, mais n'est plus mon ex non plus. On a repris, mais elle s'est déniché un appart et la relation ne tient qu'à un fil – comme le reste de ma fichue vie : ma paye, mon job, mon sommeil, mes nerfs, mes parents.

Tout ce qui me reste, et cela pour la première fois depuis mon entrée à la fac, c'est du temps. Les vendeurs m'envoient un ou deux clients par jour à l'entrepôt, un endroit sinistre et si mal éclairé que je dois sortir le mobilier, par temps couvert, pour que les clients puissent l'inspecter. Résultat d'un si faible débit d'activité : je lis à longueur de journée Arthur C. Clarke, des revues sportives et les quotidiens locaux.

En cet instant précis du 12 juin, le soleil du midi me plombe sur le front, une cravate m'étouffe et je consulte les petites annonces du *Journal de Montréal* en avalant un sandwich qui passe tout juste. Il me faut trouver une idée d'affaires, un projet transitoire, un job de pacotille... N'importe quoi pour survivre, enfin, de quoi me sécuriser une liane vers un arbre plus vert – volontiers vers une destination cette fois plus en accord avec ma fibre humaniste. Je ne veux plus vendre des réfrigérateurs aux Esquimaux. Mes intentions sont louables, du genre : Pourquoi ne pas me porter volontaire pour aider les sans-abri? Mais à chaque proposition du genre, je soliloque : Bien sûr, à condition que ça paye le loyer. À la vérité, je ne sais ni comment m'y prendre ni par où commencer. Je n'ai que ce journal entre les mains, ouvert aux annonces classées. Rien de ce qui y est offert ne semble me correspondre, car on n'affiche à peu près rien d'intéressant les jours de semaine. Et nous sommes mercredi.

Je flippe les pages et tombe par hasard sur les pubs miniatures d'agences de rencontre et d'escortes. Les photos m'accrochent au passage, puis la rubrique voisine me saute aux yeux, celle qui regroupe les médiums, chiromanciennes et chamans de tout acabit.

Na-a-ah! Que des attrape-nigauds!

Je bondis à la section sportive. Une autre défaite des Expos. On parle d'échanger la moitié du club. Ça me déprime. Ça me ramène à mes misères. Quelles sont mes options? Je songe aux médiums, aux chiromanciennes et aux chamans... Qu'ai-je à perdre? Je repêche la rubrique. Une douzaine de possibilités s'offrent à moi : Laurent le médium magnétiseur, Marina l'astrologue, Anja la voyante de naissance, Oman le sorcier africain, Elia la kabbaliste, Rita la cartoman-cienne… Je m'y perds. Bon, recourons à la bonne vieille méthode : je sors un dé de ma poche de pantalon.

Ici une parenthèse est de mise : dès que j'ai su compter jusqu'à six, j'ai traîné un dé avec moi. Ça s'était vite avéré un outil indispensable pour l'enfant unique que j'étais : enfoui en moi-même, maladivement timide, obstinément asocial, profusément imaginatif. C'était mon arme de survie lors de nos visites familiales chez grand-mère et tous ceux qui n'avaient pas d'enfants de mon âge, ou encore lors des longues journées pluvieuses passées seul dans ma chambre. Vous me donniez un dé et je me construisais un univers d'échelles et de serpents, d'échappées de Guy Lafleur vers Bernard Parent, de confrontations épiques entre Gilles Villeneuve et René Arnoux. Plus tard, le cube de l'aléatoire a perdu peu à peu cet usage pour devenir roue de fortune. Je ne pouvais choisir entre le ciné et le resto, je roulais le dé : « un ou deux » pour le ciné, « trois ou quatre » pour le resto, « cinq » je restais chez nous, et « six », au diable la dépense, je me farcissais les deux ! Idem si je n'arrivais pas à me décider entre deux offres également intéressantes, deux desti-nations, deux livres, deux filles – là je déconne, il y en avait toujours au moins six, à la puberté… Bien sûr, je parle ici du *casting* de mon ciné imaginaire ! Et si j'étais en mal d'aventures plus trépidantes, ne me restait plus qu'à lister quelques trucs périlleux (une cascade en vélo-cross, un plongeon du plus haut tremplin, une invitation à la jolie voisine), et un coup de dé me forçait alors à un coup de tête que je n'aurais jamais osé autrement. La déesse Fortuna me secouait ainsi de l'immobilisme dans lequel les bras maternels m'emprison-naient, et par sa magie aléatoire une vie de possibilités s'offrait alors à moi. Si Einstein a dit que Dieu ne joue pas aux dés, moi je le ferais. De cette façon, si je ne pouvais choisir mon destin, le destin serait forcé de me choisir.

Pour en revenir aux médiums, je sélectionne donc les six petites annonces qui m'inspirent le plus confiance, je jette le dé sur la table pliante dans un cliquetis de tôle : ce sera Elia la kabbaliste. Je compose son numéro… Jeune voix féminine qui répond en anglais, c'est bien Elia… Je sollicite un rendez-vous avec mon anglais de *Frenchie*… Elle adopte un français aux inflexions exotiques, coulantes, presque chantées; me demande ma date de naissance, me prévient d'apporter une photo des gens sur lesquels je désire être informé «par leurs accompagnateurs célestes». Aucun tarif n'est mentionné, et je la verrai le lendemain en fin d'après-midi. Malgré mon scepticisme, la fébrilité me tiendra éveillé jusqu'au petit matin.

■ ■ ■

Le lendemain en question, je cogne des clous toute la journée à l'entrepôt. Par chance aucun client ne se pointe. À quinze heures, je ferme boutique, me jette un café noir derrière la cravate et prends la route direction rue Saint-Jacques vers le logis d'Elia la kabbaliste, dans le sud-ouest de la métropole. Vive la clim de mon bolide, car c'est la canicule. J'arrive pile à l'heure convenue.

Une fois dans le pigeonnier de miss Elia, j'aurai moins de chance pour la clim, mais j'en aurai en revanche pour mon argent côté ambiance. Dès mon entrée permise par le bourdon de l'interphone, je pénètre en territoire inconnu : lumière vaporeuse diffusée au travers les voilures dansantes des fenêtres, odeur orientale rappelant l'amertume piquante de la myhrre, plaintes paresseuses et graves d'un bansurî. Se lève au milieu des bougeoirs une femme d'une légèreté aérienne. Sa longue chevelure noire, ondulée et laineuse, m'empêche de bien distinguer son visage qui, de loin, me semble confirmer ce que sa voix m'avait laissé imaginer : elle est jeune, et plus elle s'approche de moi pour m'accueillir, plus ses traits se précisent, son visage est typé mais harmonieux, au teint de bronze, dépourvu de fard, agrémenté de profonds yeux d'ébène à l'éclat intelligent. Avec ses jeans et sa tunique hippie, au premier coup d'œil on la croirait davantage étudiante que diseuse de bonne aventure, mais à bien l'appréhender, elle fait beaucoup plus mature que son âge. Certains diraient une vieille âme. Et bigrement sérieuse.

Il n'y aurait pas de bise de bienvenue : elle s'arrête à quatre ou cinq pas de moi en m'intimant de ne pas m'approcher d'un pied de plus sans au préalable me déchausser et me laver les mains.

À mon retour de la salle de bain, la kabbaliste est assise derrière une petite table de cuisine blanche où elle dispose avec minutie son attirail d'amulettes, de cartes divinatoires et autres bidules utiles à sa profession. Elle m'invite à prendre place devant elle en silence. Tout le rituel de la jeune femme et l'atmosphère dépaysante dans laquelle nous baignons me font oublier à peu près tous les soucis qui me taraudaient l'esprit cinq minutes auparavant. Je prends place. La demoiselle m'explique d'abord qui elle est et d'où elle vient : une fille juive née de parents fortunés dans la ville côtière de Tel Aviv. Elle a partagé son adolescence entre Londres et Paris, et ses études entre la psychologie cognitive le jour à l'Université de Jérusalem et les arcanes de la kabbale la nuit, sous le patient tutorat d'un vieil oncle bienveillant – un oncle qui avait reconnu dès son enfance les dons spéciaux de sa nièce. Elle écrit présentement une thèse sur les impacts de sa pratique médiumnique et je serai son cobaye du jour.

La jeune femme débutera par une séance d'écriture automatique. Elle s'assure d'abord que je suis prêt, s'arme d'une plume, place une tablette sous sa main droite, ferme les yeux, se centre… Au bout d'un moment sa tête s'alourdit, de longues mèches de cheveux glissent, tombent et encombrent le plateau de la table… La plume se pose sur la tablette, amorce lentement le tracé d'une fine arabesque, puis se met à trémuler sensiblement… Cela dure un temps… Je suis fasciné par cette feuille sur laquelle s'esquissera peut-être mon destin… Sa main amplifie son geste, crayonne une sinuosité d'oscilloscope, griffera bientôt le papier de longs traits furieux… Soudain, la tête de la médium s'agite de haut en bas, les yeux révulsés par la transe… Je me fige… Elle me fout la pétoche… La page se noircit d'un scribouillage incompréhensible… Elle l'arrache d'un élan emporté… Et voilà qu'au milieu des lignes ondoyantes, des lettres prennent forment sous sa plume frénétique, puis des mots étranges et des phrases discontinues qu'elle seule pourra déchiffrer… Il y en aura trois pages… Puis elle s'éteint comme une machine… Sa tête s'allège, se relève doucement, les paupières closes, la peau moite, la respiration calme… Au bout d'un instant elle reviendra à elle-même.

La kabbaliste inspire profondément, ramasse posément les pages jetées par terre, les assemble et se met à les scruter. Ses yeux se rapetissent. À l'évidence, ce n'est pas facile à décrypter.

— *What a mess,* confirme-t-elle. Nos amis nous ont transmis ça en quatre langues… du français, de l'hébreu, de l'arabe ancien et même de l'italien… Par chance, j'ai voyagé !

Puis elle me lance :

— Tu écris, toi ?

Je hausse les épaules : je tiens un journal personnel et adorais pondre des poèmes pour ma fiancée, mais de là à y voir un avenir… Je songe plutôt à la musique, car je joue de la guitare depuis une dizaine d'années, j'ai fait partie d'un *band*, composé des tounes pour Cégep en spectacles…

— Tu veux dire de l'écriture musicale ?

— Non, non… réfute-t-elle. Je parle de textes publiés, de livres et d'articles dans des *newspapers* à grands tirages… (Elle semble repartir en transe légère.) Je te vois comme si tu étais sur une haute montagne, tu es plus vieux, oui c'est ça… (Elle prend un ton hiératique et grave.) Comme le vieux sage sur sa montagne, et tu écris les mots que les gens ont besoin de lire…

La jeune kabbaliste se replonge dans ses feuilles, puis ajoute :

— Tu commenceras tout cela bien plus tôt que tu ne peux l'imaginer. Mais il faut d'abord que tu passes par l'initiation… Pour recouvrer la sagesse de ton âme… Je pense n'avoir jamais rencontré une âme aussi sage…

J'éclate de rire. Après tout je n'ai que vingt-quatre ans :

— Il faut que tu voyages encore un peu… Tu en rencontreras de bien plus sages, crois-moi!

Elia me sourit avec indulgence.

— C'est que tu n'as pas encore reçu le *God's Thunder*… Prépare-toi à un été riche et… (Cherchant le mot juste, elle en invente un.) *mouvementful*, Sylvain. *Believe me*, lorsque la sagesse de ton âme réintégrera ton esprit conscient, tu le sauras… et tu ne riras plus de ce que je viens de te dire.

Je lui demande ce qu'elle entend par un été mouvementé, et elle me répond que s'y achèvera pour moi un cycle professionnel, ma situation financière déclinera, j'entreprendrai une quête spirituelle intense. Puis elle enchaîne avec une série de prévisions saugrenues. Parmi les plats au menu : un séjour chez des franciscains (à moins de perdre mon appart et de me retrouver à la rue, je ne vois pas ce que j'irais foutre chez les soutanes…) et un voyage en Floride ou en Californie. Elle voit la plage, les palmiers et le soleil (je n'ai pas un rond de côté, et le président à tronche de grenouille me refuse le moindre congé depuis les fêtes, alors ce n'est pas gagné).

Elle me demande si j'ai des questions précises. Comme pour tout jeune homme romantique, je pense gonzesses. Je lui tends les photos d'Andrée et de Caroline. Dois-je aller vers l'une ou l'autre ? Le médium fixe intensément la photo de Caroline, semble tout à coup suffoquer, me la rend en me conseillant fortement de sortir de là au plus vite. La chimie particulière de notre relation nous a rendus tous deux possessifs, il est vrai, mais de là à manquer d'air…

— Et… elle ? que je lui demande.

Elle, c'était Andrée. Je suffoque à mon tour à force de retenir mon souffle pendant que la kabbaliste considère son portrait.

— Je sens l'énergie de l'amitié, dit la jeune femme. *Sorry* mais l'amour viendra d'ailleurs… *later,* Sylvain. Tu reverras cette fille à l'automne, une seule fois, *and it will be the last.* Mais elle t'aime bien…

Je suis tout à fait incrédule au moment où la kabbaliste dépose un jeu de tarots près de ma main gauche. Je manipule le paquet selon ses instructions, elle empile une douzaine de cartes que je devrai tirer une à une…

— Je te laisse seul avec ton tirage, m'annonce-t-elle. Pendant ce temps, je m'enfermerai dans ma chambre pour parler à ton *accompagnateur céleste.*

— Mais qui m'aidera à interpréter les tarots? Je n'y connais rien…

— Ces cartes sont très *special*, Sylvain, me dit-elle. Tu n'as pas besoin de moi. Chaque image… *will hit you* avec sa signification. Laisse-moi seulement retourner ta première carte et tu verras par toi-même…

Ce qu'elle fait : la graphie noir et blanc de la carte montre une magnifique Vénus à l'expression suave qui se contorsionne, nue, dans une pose lascive. Je rougis…

— Ooooh… hulule la jeune femme avec un regard un peu salace.

Avec la mimique évocatrice d'Elia et ce que m'inspire la moiteur de son cou hâlé sur lequel se mouillent des mèches de sa crinière rebelle, l'animal en moi fait sentir son éveil… Je sais effectivement de quoi il est question ici…

— Tu vois? *It's that easy*, Sylvain. On se revoit dans quelques minutes, je te laisse avec tes démons pendant que je vais parler à ton ange…

Je n'ai pas aimé cette phrase.

Mais elle m'avait totalement percé à jour. La carte suivante m'inspire de la honte, la troisième une équipée orgiaque, la quatrième une pénitence, la cinquième une envolée fantasmatique, la cinquième un châtiment, la sixième un furtif plaisir d'alcôve, et ainsi de suite, les cartes procédant par alternance entre des voluptés déclinantes et des condamnations de plus en plus virulentes, jusqu'à l'ultime tarot, qui me fait suer froid.

Lorsqu'elle revient, Elia la kabbaliste esquisse un sourire moqueur et ne trouve pas nécessaire de me poser de questions sur ma séance de tarots…

— Les démons n'ont pas été tendres avec toi, à ce que je vois…

Je suis probablement livide.

— *Don't worry*, Sylvain, ces cartes ne sont pas une trajectoire obligée… Seulement celle que tu prendras si tu ne choisis pas un autre chemin. Ce n'est qu'un avertissement.

Je me sens déjà mieux…

Puis elle me parle de mon *accompagnateur céleste*, cet « ange gardien » censé me guider à travers les méandres de ma mission de vie. C'est curieusement un musulman, un ancien maître soufi. Les maîtres de cette tradition mystique transmettent un nom spirituel au novice après l'initiation, selon ce que me raconte la kabbaliste, et celui-ci désire m'en faire part « avant l'épreuve ».

— Je sais que tu ne voudras pas t'attribuer ce nom, et c'est ce qui le rend si difficile à porter pour toi, me dit-elle énigmatiquement. Tu as récemment fait une prière aussi lourde de sens que ton nom, t'en rappelles-tu, aussi lourde de sens que la « Croix » que tu portes… *as a name*… T'en rappelles-tu ? Mais en dessous de tes peurs, la « Croix », c'est un nom que tu désires porter, que tu veux incarner de toutes tes tripes… À tel point que ça te consumes… *You'll see*… Bientôt ton cœur se consumera…

Je ne le lui dis pas, mais ce nom spirituel et ces paroles ont étrangement du sens pour moi. Bien sûr je me rappelle cette prière désespérée sur l'autoroute 640, mais me revient aussi cet épisode d'inattention en classe, à l'âge de neuf ans : bercé par une douce transe méditative, j'avais esquissé intuitivement un sigle me représentant, que j'allais épingler sur le tableau de liège de ma chambre d'enfant et qui y demeurerait de longues années. Il s'agissait d'une croix supportée par un bras puissant au milieu d'un cœur rayonnant, le tout bonifié de quelques autres symboles satellites. Je choisis cependant de taire l'anecdote et de lui confirmer plutôt ma difficulté à accepter ce qu'elle vient de me dire. Qui veut d'une épreuve initiatique qui ferait de lui une «Croix»? Tout cela évoque la souffrance, me fait peur, me dépasse. Le regard d'Elia s'attendrit. Elle me tend un bout de papier plié en deux.

Je n'en crois pas mes yeux : il s'agit du même sigle que celui j'avais dessiné à neuf ans!

— Mais comment…, que j'amorce, interloqué.

— Ton *accompagnateur céleste* m'a montré cette image pour que je la dessine et te la remette. Il m'a dit que c'était la seule façon de te convaincre…

Je suis secoué et ému tout à la fois. Cependant, je me ressaisis en me disant que tout cela est bien beau, mais que ça ne me procure que bien peu d'éclairage sur le chemin à parcourir pour sauver ma peau du trou existentiel que je me suis creusé.

— La quête spirituelle qui est censée m'attendre, selon tes dires, je ne sais même pas comment l'entreprendre…

Elia pose ses mains au creux de sa poitrine, prend une grande respiration, les sourcils froncés, comme si elle soupesait la sagesse d'une décision. Elle finit par me dire qu'elle connaît un canal par lequel certains peuvent contacter Dieu, et qu'étant donné ma «quête du Divin Père» (c'est l'expression qu'elle a utilisée), ce canal pourrait initier comme il se doit ma démarche spirituelle. La clé de ce canal serait une boisson sacrée, aux effets psychotropes, concoctée par les chamans amazoniens depuis des millénaires. L'ingrédient principal de la potion est l'écorce d'une liane spéciale. On appelle cette potion *ayahuasca,* ce qu'on peut traduire, littéralement, par la liane de l'âme (ou des morts, c'est selon).

Je tressaille. J'avais métaphoriquement souhaité dégoter dans les petites annonces « une liane » vers un arbre plus vert, alors là, on me prenait un peu trop au mot. Décidément, il me faudrait être plus prudent avec mes prières… Elles étaient entendues !

Je lui allègue que j'ai déjà fumé un joint ou deux, mais que j'ai toujours fui les drogues dures comme la peste…

— Alors très peu pour moi !

— Ça n'a rien à voir avec le speed, l'héroïne ou même le LSD, tente-t-elle pour me rassurer.

Elle m'explique avoir eu accès à l'*ayahuasca* par l'entremise d'un de ses profs de psychologie cognitive de l'Université de Jérusalem. Il aurait même obtenu les bourses nécessaires pour passer plusieurs étés au Brésil afin de recueillir des témoignages et de faire lui-même une expérimentation personnelle plus approfondie de la « liane de l'âme ».

— Un hallucinogène n'est censé induire que des hallucinations, *imaginary perceptions*, avance-t-elle en dessinant des spectres invisibles de ses doigts. Mais l'*ayahuasca* offre la clairvoyance, la capacité d'accéder aux mystères de la Création, le désir de fouiller plus à fond sa raison d'exister, l'amorce d'une réflexion sur son cheminement personnel, *including the steps to enlightenment*… J'ai moi-même vécu l'illumination après en avoir bu… Mon professeur disait que la plante sacrée amazonienne avait été une telle *revelation* pour lui, que c'était un peu comme s'il avait retrouvé l'arbre interdit du jardin d'Éden…

L'argument m'inflige la folle impression d'avoir justement retrouvé Adam ; il se terre à l'intérieur de moi, et voilà qu'il se voit offrir une seconde chance de refuser la pomme cette fois offerte par une Ève de Tel Aviv… Elia veut tellement me vendre le concept qu'elle me refile le numéro d'une connaissance qui organise des rituels d'*ayahuasca* à Montréal. Elle m'a intrigué. Je prends le papier en lui demandant combien il m'en coûte pour l'heure. Rien, me répond-elle.

— Tu n'as que vingt dollars en poche et tu en auras besoin pour souper…

C'est qu'elle avait raison.

■ ■ ■

— T'as fait ça, toi? m'a lancé Morgane, incrédule.

— Ne rien payer ou l'*ayahuasca*?

— La potion magique…

Je lui ai fait un petit signe gêné de la tête pour admettre l'aventure psychotonique.

Elle s'est esclaffée :

— Ah ben, t'es drôle, toi!… J'avoue que moi aussi j'ai déjà pris un ou deux… peut-être même trois ou quatre… *centaines* de pétards…

Elle a fait mine de frissonner lorsqu'elle a rajouté :

— Mais je n'aurais jamais osé la « liane des morts »…

Moi si.

15

La liberté est une aventure sans fin, au cours de laquelle
nous risquons nos vies et bien plus encore,
pour quelques moments de quelque chose au-delà
des mots, au-delà des pensées, au-delà des sensations.

CARLOS CASTANEDA
L'Art de rêver

Elia m'avait finalement orienté vers un mouvement religieux d'origine brésilienne du nom d'Église Santo Daime. L'aile montréalaise était une petite communauté discrète dont le maître, un chaman qui se faisait appeler padrinho (père) Marco, n'acceptait les recrues que sur référence. Grâce à Elia, on m'accueillerait à bras ouverts dans le grand cinq et demi du quartier Villeray qui leur servait de lieu de culte. Le Daime, comme les fidèles du mouvement appelaient pour leur part l'*ayahuasca*, était pour eux une boisson sacramentelle au même titre que le vin de messe. La possession de l'*ayahuasca* n'étant pas illégale au Canada, si la drogue était consommée lors d'un rituel religieux, le bon gentil garçon en moi était rassuré du fait qu'il demeurerait dans le droit chemin malgré les propriétés psychotropes de ce vin de messe assez particulier merci.

« Le Santo Daime tient une grande part de ses croyances de la religion chrétienne, m'avait dit Elia. Tous leurs chants à Maria, ce n'est pas mon *trip*, mais leur dévotion à la croix en ferait un bon *lab* pour toi… »

Elle m'avait aussi détaillé la prescription laissée par l'esprit musulman qui, selon elle, me servait d'*accompagnateur céleste*. Il s'agissait des étapes à franchir pour ma démarche initiatique de l'été. L'idée était de faire circuler l'énergie : pour m'ouvrir au Divin

Père, il me fallait trouver le moyen d'activer simultanément les sept portes principales de mon corps éthérique, ce que diverses écoles spirituelles appellent les chakras, soit des plexus énergétiques situés de la base de la colonne vertébrale jusqu'au sommet du crâne. Chaque chakra a sa fonction particulière, mais le but de ma démarche allait être d'ouvrir le chakra situé au niveau du cœur pour relier les trios de chakras inférieurs (de l'animalité) et supérieurs (de la divinité). En bref, je devais réunifier mes essences animales et divines par l'ouverture de mon cœur. Elia avait prétendu, qu'outre le cœur, j'avais le défi estival de débloquer deux portes spirituelles : celle du chakra supérieur de la couronne, au-dessus de la tête, et celle du chakra… sexuel.

« Dis donc, tu ne te l'es pas faite facile, pour cette incarnation, mon cher Sylvain, m'avait-elle nargué. Les Occidentaux sont emprisonnés dans leur tête, les hommes enfermés dans leur cœur et les cathos ont le sexe *notoriously* barricadé… Ça s'appelle partir avec trois *strikes* contre soi ! »

Sous ses précieux airs de prêtresse de la kabbale, Elia recelait finalement un sacré sens de l'humour.

« Une fois que les portes du cœur et du sexe seront ouvertes, Sylvain, l'énergie vitale va monter pour te décapsuler la tête ! C'est à ce moment que tu rencontreras le Divin Père… »

Elle m'avait donné congé en me souhaitant bonne chance pour ma quête, et une fois le dos tourné, je l'avais entendue me promettre :

« L'*ayahuasca* ne va pas t'ouvrir les trois portes, mais elle va t'ouvrir l'esprit et te montrer le chemin… »

■ ■ ■

Le samedi après-midi suivant ma séance avec la kabbaliste, je me retrouve donc au lieu de culte du quartier Villeray, plus précisément à la cuisine, avec une joyeuse bande de quatre Brésiliennes qui s'échangent des vannes en portugais tout en apprêtant le buffet léger que nous partagerons après la cérémonie, car il est préférable d'être presque à jeun pour accueillir le Daime. Elles sont habillées d'une longue jupe marine et d'une blouse blanche, les cheveux attachés sur la nuque, alors que les hommes, occupés à préparer la salle rituelle, sont tout comme moi vêtus du blanc réglementaire des pieds à la tête.

Vers les dix-sept heures, tous les invités sont arrivés et le sérieux gagne la communauté. Nous sommes priés de nous installer comme il se doit autour de la table du réfectoire : trois jeunes femmes de la communauté d'un bord et trois hommes de l'autre. Padrinho Marco, en tant que célébrant, s'installe à l'extrémité située près de la cuisine. C'est un petit homme courbé à la crinière lisse, noire et luisante. Son visage de terre cuite est troué de deux yeux perçants miniatures qui ont la particularité, semble-t-il, de nous guetter, peu importe leur point focal. Une vieille femme à forte prestance, du genre les deux pieds sur Terre, s'assied pour sa part à l'opposé pour « équilibrer la table ». Derrière elle se trouve un salon double au plancher jonché de quatre matelas de sol garnis de coussins, et meublé de tables basses sur lesquelles ont avait placé des cierges, des serviettes, des éventails, des bâtons et des brûleurs d'encens. Les invités, toutes des femmes sauf moi, se voient assigner des chaises droites longeant le mur situé quelques pieds derrière les fidèles régulières de l'Église, lequel est parsemé d'effigies sacrées. J'ai pour ma part la chance de prendre place à la table, avec les membres de la communauté, du côté des hommes, près de l'extrémité occupée par la vieille chamane qui ne parle pas un mot de français. Sur la table sont posés une nappe de dentelle, deux corbeilles de fruits, deux longs cierges blancs et, au centre, une statuette de la Vierge bordée de lys blancs; devant chacun de nous, une serviette blanche et un petit fascicule. Je concentre mon attention sur le livret, car je sens la tête me tourner légèrement alors que j'ai le nez et la gorge assaillis d'un parfum entremêlé de copal résineux et de chanvre épicé. À cela s'ajoute une énergie dense qui électrifie l'air de la pièce. J'ai un talon qui martèle le plancher et mes doigts pianotent sur la table. Ma fébrilité est à son comble.

Padrinho Marco nous intime de nous lever d'un ton solennel. La cérémonie débute. Toujours à sa demande, nous prions l'esprit de Mestre Irineu, le regretté fondateur de l'Église Santo Daime, de bien vouloir se joindre à nous pour le temps de la célébration. Une affiche à son effigie tapisse le mur derrière le célébrant. Le fondateur était un homme d'origine africaine dont l'air stoïque et la carrure robuste traduisaient une affection apparente pour les durs labeurs de la terre.

Le padrinho invite ensuite, de la même façon, l'âme d'un autre chaman, celui-là bien vivant, à voltiger vers nous de son Pérou résidentiel « pour assister les invités et éloigner d'eux les esprits mauvais ». L'un des hommes sort d'une armoire-tabernacle une bouteille semblable à une carafe de vin, mais au verre opaque, et l'offre au célébrant qui demande à Mestre Irineu de la bénir. Puis, après une courte prière marmonnée comme une messe basse, il demande à l'homme-sacristain d'approcher, le jauge du regard, ouvre la carafe dont il vide une mesure de Daime dans un petit verre, jauge de nouveau le sacristain et ajoute une demi-mesure. Une fois satisfait, il offre le verre à l'homme (le chaman répétera le même cérémonial pour nous tous, décidant méticuleusement, au jugé, de la dose de chacun). Celui-ci cale la dose en se signant, repose le verre et, en silence, regagne sa place sans s'y asseoir. Les hommes de la communauté sont servis d'abord, et les femmes ensuite. Toutes grimacent en buvant la potion rougeâtre, et certaines ont besoin de plus d'une lampée pour vider leur verre. La plus jeune des fidèles à table, une mère qui allaitait son fils juste avant la cérémonie, se déforme le visage avant même de goûter au Daime.

Vient mon tour. Malgré mon gabarit, on me réserve la portion des femmes. Je réprime une objection et fais cul sec : la décoction est une boue liquide infecte qui m'emplit la bouche d'amertume ; je la déglutis non sans un léger écœurement, puis retourne à ma place avec un dépôt à l'arrière-goût sanguin sur la langue. Nous devons demeurer en position stationnaire une bonne dizaine de minutes, passées à méditer en silence, le temps que l'*ayahuasca* fasse effet.

Lorsque le célébrant fait tinter les clochettes pour signaler l'amorce de l'étape suivante, un subtil état d'ébriété me fait tanguer légèrement. La vieille femme à ma gauche entame le premier d'une interminable série de chants religieux en portugais. Pendant près d'une heure, tous doivent marteler en chœur les strophes répétitives de nos fascicules, truffées de Jesus, Maria, José et de *professor* – car le Daime est censé nous enseigner. La leçon du jour, pour moi, c'est d'apprendre comment « décapsuler ma tête », pour citer Elia la kabbaliste. Alors me voilà planté là à attendre que le miracle arrive tout en babillant je ne sais quelles bondieuseries. Au bout de quelques hymnes, le cœur me chavire un peu. Je reluque les petites corbeilles disposées stratégiquement derrière nous, mais je n'y aurai pas recours, car le malaise passera. Un filtre bleuté teinte ma vision un moment, mais le technicolor de ma vue retrouve éventuellement son acuité. Les chants finissent par finir…

C'est tout ?

On peut se rasseoir pour méditer. Je cogne des clous pendant près d'une heure – évidemment, l'anticipation des scénarios psychédéliques m'ayant tenu éveillé la nuit précédente, je suis tout aussi vanné que déçu. Mon estomac vide crie famine. L'ébriété s'estompe. Puis, nouveau tintement de clochettes. Le célébrant nous réserve une seconde tournée générale. Il chuchote ses directives au creux de l'oreille du sacristain, qui sort une autre carafe du tabernacle improvisé.

Lorsque mon tour revient, le sacristain me demande comment je me porte. Un peu plus sèchement que je l'aurais souhaité, je lui réponds que je n'ai rien senti et le prie d'inciter le chaman a augmenté la dose, car après tout, je ne suis pas une mauviette ! Dès que le sacristain refile la requête au chaman, les deux hommes échangent un sourire entendu. Padrinho Marco me vrille de son regard et hoche la tête à mon attention en guise d'acquiescement. Il emplit le verre, que je cale, puis que je lui remets. Comme j'opère un demi-tour, le chaman m'arrête, me fait signe de me pencher vers lui et me chuchote à l'oreille d'une voix rauque :

— Tu veux initiation, *garçom* ?

Voilà ma chance… Je hoche la tête à mon tour. Il dit « ok » d'un ton chantant pas très rassurant, cogne bruyamment mon verre contre la table en le posant – d'un geste trop délibéré pour qu'il n'ait pas une signification rituelle –, le remplit à ras-bord, et voilà que je le cale derechef.

Cette fois, un brouillard s'épaissit rapidement autour de moi, enveloppant mon corps d'une confortable ouate. Bientôt mes jambes flageolent, je dois m'asseoir, mais bonne nouvelle, padrinho Marco ouvre une session méditative assise d'une heure avant la chorale. La drogue neutralise peu à peu mon esprit, le rend léthargique, endigue le flot de mes pensées, ce qui facilite cette fois le processus d'intériorisation. Mais voilà que ma conscience farfouille contre mon gré dans ses moindres replis, en quête de taches à récurer. J'ai beau vouloir porter mon attention sur quelque rêvasserie plus agréable, j'en reviens constamment aux idées noires, à mes imperfections, à mes vieux péchés, ruminant jusqu'aux tarots de la kabbaliste. Le chaman m'avait prévenu dans son français syncopé : « Première chose… Daime faire passer par enfer… Comme dans… *bardo quinto tibetano*, toi vas attirer illusion de démons qui… ressemblent toi… Après… si âme assez pure… toi pouvoir aller ciel… »

Sans dramatiquement parler d'enfer, j'en suis à tout le moins au purgatoire, alors qu'en mon âme mes remords apparaissent et éclatent comme des bulles en une folle succession de tourments et de furtifs instants de libération. Cependant, je me sens glisser à toute vitesse dans le col d'un entonnoir – et je ne fais pas dans la métaphore, l'impression est *physique* : je sens toutes mes particules atomiques sur le point de se dissoudre sous l'effet accélérateur d'une chute vers un sous-sol aussi fuligineux qu'étouffant. Je suis pris de vertige, le tournis me soulève le cœur. C'en est trop. Au prix d'un certain effort, j'ouvre les yeux.

Devant moi, une fidèle aux cheveux blond filasse roule de la tête et des yeux, dont je ne vois bientôt plus que le blanc… Sa voisine a le regard absent des cadavres, la tempe gauche rivée sur la table, catatonique et livide… Le jeune homme à ma droite halète bruyamment… Deux minutes, sinon douze, passent… J'ai peine à soutenir la boule de plomb qui me tient lieu de tête… Soudain, une invitée d'arrière-banc, le visage transfiguré par je ne sais quelle apparition, lève les bras, se dresse, mais s'effondre lourdement sur le plancher, secourue par la fille du padrinho, qui était assise près de son père.

Moi je souffle comme un âne, transpire comme un verrat, rumine comme un bœuf, et des points rouges picotent mon champ de vision. Là je me dis que le chaman nous a réservé son plus grand cru, et que si les autres souffrent après une dose junior, mes deux verres vont m'envoyer valser au pays d'Alice… Cooper.

Soudain un répit. Le chaman tinte ses clochettes sans rien annoncer, il ne fait que me regarder, et le son me fait songer au tintement d'un ascenseur arrivé à destination. Une mosaïque de couleurs estompées me trouble la vue, des formes spectrales agitent subtilement leurs voiles; le chaman me fait signe de fermer les paupières. Lorsque je m'exécute, le paysage se précise : je me retrouve dans une sorte de jungle psychédélique. Le lieu est plein de fougères touffues vert tendre qu'on dirait grossièrement découpées aux ciseaux par un enfant fantaisiste, sur un fond de scène aux allures de vitrail médiéval nuançant les tons de vermillon, carmin, rubis et cramoisi. Paradoxalement, tout est à la fois statique et *vivant* – dans le sens où se dégagent des éléments du décor une conscience pervertie, une intention malveillante, une inimitié viscérale.

Entre les pales des fougères surgit un jaguar ocre rayé de noir. Il a le regard perçant du chaman. Je *sais* que c'est lui. Sa position figée est celle du guet des prédateurs. Son expression est sévère. Lentement, la face de la bête se brouille… Elle prend les traits du visage

de mon père, qui passent du sévère au menaçant. L'effet est horri-
fiant. J'ai le réflexe d'ouvrir les yeux pour échapper à la vision
hallucinatoire.

Rien n'y fait. Je ne peux fuir l'hallucination du jaguar-père qui
est maintenant couché sur la table, entre un cierge et un plat de fruits.
Il me guette, toujours, menaçant. Son entêtement à demeurer
devant moi, que j'aie les yeux ouverts ou fermés, me pousse de la
crainte à la colère. Je l'affronte dans un discours intérieur adressé à
mon père et au chaman, toutes identités confondues :

C'est tout ce que t'as ? C'est ça, l'enfer de l'ayahuasca ? C'est tout
ce que tu peux me faire : me toiser comme un imbécile ?

Le jaguar-père ne bouge pas d'un poil, mais son œil torve rougit
d'une fureur que je partage. Ici, le padrinho s'efface de ma conscience.
Il n'est plus question que du paternel. Je ne peux plus supporter ce
regard pénétrant du père qui me hait à ne rien faire. Rendu à ce
point, je disjoncte… Je ferai sauter la baraque si c'est nécessaire…
Tout, pour que ma vie ne filtre plus par ce regard-là… Tout pour
que cesse l'emprise de ce regard-là… Pour passer à autre chose…
Quitte à le provoquer en duel… Quitte à ce qu'un de nous deux en
crève… Et merde, si c'est moi qui y passe !

Envoye, le père… Viens me voir un peu… Saute-moi dessus, coudon…
Fais-moi voir si t'es si fort que ça… T'AS PEUR OU QUOI ?

Comme dans mon cauchemar récurrent du jugement en enfer,
le faciès du jaguar-père se crispe en un rictus boschien mauvais et
venimeux, puis d'un seul élan, le fauve bondit sur moi dans un
rugissement assourdissant de mille tonnerres… Je ferme les yeux…
Je ne peux échapper à sa gueule béante, dans laquelle je plonge…
Au même moment, un haut-le-cœur m'emporte alors que je sillonne
dans le noir un parcours de montagnes russes qui monte, descend,
vire subitement, va dans toutes les directions à la vitesse d'une fusée
intergalactique… Rien n'altère cette sensation de course folle,
que je tienne mes paupières closes ou ouvertes… Mes viscères
se contractent… J'ai besoin d'atteindre une corbeille… Pour ça, je

dois me lever… J'agrippe le bord de la table et le dossier de la chaise de mon voisin… Et ça tourne… Et ça tourne encore… Et ça descend… Et ça monte… Je réussi à me redresser partiellement… Malgré l'appui du plateau de la table, je ne pourrai tenir bien long-temps… Soudain, une main m'empoigne le bras gauche. Je ne suis plus certain de pouvoir faire la distinction entre hallucination et réalité. Je tourne la tête vers mon bienfaiteur : le mouvement de trop… Je n'aurais pas dû. C'est le sacristain qui me tend une cor-beille et j'y vomis tout mon mal. Douleur atroce aux entrailles… Odeur pestilentielle aux narines… La bile me brûle les papilles… Toute sensation est décuplée… Je viens pour m'effondrer, mais le sacristain me supporte jusqu'à l'un des matelas du salon double. Ça bouge trop… Une teinte verte réapparaît, éclabousse mon champ de vision… Je referme les yeux… Encore une fois les fougères de verre taillé… Une liane jaune se métamorphose en un serpent qui enlace le pied d'un arbuste… Il s'allonge vers une saillie rouge où je le suis sans même pouvoir m'y opposer… Je m'égare à toute vitesse dans un labyrinthe où je sens que cela pourrait bien être une version de l'enfer : se perdre, seul, dans cet amas insondable de formes asymétriques multicolores animées d'une énergie malsaine, d'une vie propre, assemblées en une prison de dimensions infinies.

Le sacristain me dépose enfin sur le matelas. J'ouvre les yeux, mais ne peux souffrir la lumière intrusive du plafonnier.

De nouveau en moi, je me situe dans un autre décor, qui baigne cette fois dans une gouache sanguine… Une musique me bat son rythme indigène à même la membrane de mes tympans… J'ai la migraine… Ma tête va exploser… Ma poitrine est oppressée… J'ai peine à respirer… J'étouffe… Je revois ce serpent enlacé autour d'un arbuste… Tout à côté, une jeune femme roule des hanches en m'invitant de l'index à approcher… C'est Elia… Du moins sa repro-duction symbolique, car toute image est tracée naïvement, colorée sans grandes nuances. Mais c'est assurément l'énergie d'Elia. La queue du serpent est enroulée autour de son cou… Elle désigne maintenant une autre danseuse postée en retrait derrière elle… C'est

Caroline… Deux cœurs siamois sont écrasés l'un contre l'autre à l'intérieur de sa poitrine dénudée… Elle y plonge les mains et en sort un, qu'elle me tend, palpitant et suintant de ce que j'interprète comme étant de l'eau de rose. Ma poitrine décompresse d'un coup… Une bouffée d'air me rafraîchit le visage. C'est le sacristain, qui a ouvert une fenêtre pour adoucir le parfum soutenu du chanvre qu'il évente sur moi en psalmodiant tout bas des formules incantatoires. Ça me réconforte. Le tournis ralenti jusqu'à me bercer tendrement. Ma vision intérieure se concentre sur le cœur libéré par Caroline, qui se dirige avec lenteur vers moi et m'avale comme la gueule du jaguar, précédemment… Sauf qu'en cette occurrence, j'ascensionne dans un espace fuchsia…

Très lentement… Très longuement…

Si lentement, si longuement que j'en perds la notion du temps. Plus j'ascensionne, plus me gagne une sensation de félicité. L'intérieur me picote d'une joie qui devient graduellement profonde, pleine, sans aspérités. J'entends un nouveau tintement de clochettes qui finit par m'emplir comme s'il devenait carillon d'église. L'ascension marque une pause. Devant moi, l'image iconique d'un Jésus moyenâgeux pointe un doigt vers le ciel. Je lève intérieurement le regard, et voilà que me surplombe le plafond d'une cathédrale peinte de bleu et de rose. Y est encastrée comme une fresque la face du fondateur de l'Église Santo Daime. Son expression est paisible, paternelle et bienveillante. Il semble me dire : « Bienvenue, enfin tu as réussi l'épreuve. »

Comme le chant aérien des fidèles recommence, doux à mes oreilles, véritable chorale angélique, je pleure de joie toutes les larmes de mon corps. Car au regard bienveillant du chef spirituel s'est substitué celui, infiniment aimant, de mon père. Et lui aussi pleure. Du plafond de la cathédrale, des larmes de trèfles à quatre feuilles roses et bleues se détachent, telle une pluie de confettis un jour de graduation.

Je pourrai demeurer fixé sur cette vision pendant la trop courte éternité que durera la féerie des hymnes. Lorsque les clochettes tintent une dernière fois, mon corps semble flotter, abandonné à lui-même, détendu et serein. Au-dessus de moi, au centre du plafond de la cathédrale où était incrustée, il y a un instant, la face de mon père, se creuse maintenant une ouverture donnant sur l'inconnu d'une perte de vue bleu nuit.

Des questions fusent en moi :

Est-ce que je vois ici l'ouverture promise par Elia du chakra supérieur ? Caroline détient-elle la clé de la porte de mon cœur ? Et quel rôle mon père doit-il jouer dans tout ça ?

Une chose est certaine, cette brèche béante dans le plafond de la cathédrale me donne l'impression qu'une fois achevée, elle me laissera le chemin libre vers une vaste exploration. Mais d'un autre côté, elle débouche tout de même vers une nuit opaque.

M'est revenue en mémoire la levée de la barrière du passage à niveau devant ma voiture sport vrombissante, avant qu'elle ne parte en déroute. À l'époque, pour moi, toute la liberté du monde se déroulait pourtant à l'horizon, tel un tapis rouge…

C'est pourquoi, malgré l'ivresse du moment, je ne pouvais m'empêcher de me dire :

La liberté, cette illusion.

16

**Hôpital Saint-Jude, Département 31.
Mercredi 25 septembre 1991, soirée.**

L'*ayahuasca* m'avait effectivement ouvert l'esprit. J'envisageais donc de nouvelles pistes pour ma quête. L'étape suivante serait l'ouverture du cœur. Elle aussi, surviendrait au cours de l'été – deux mois avant mon hospitalisation.

Mais en ce mercredi soir de septembre, au Département 31, mon cœur était fermé à double-tour, et cela perdurait depuis des semaines. J'étais penché sur la table de Mississippi de la salle de récré, le regard imprécis, à profiter de la quiétude des lieux pendant que la majorité des patients était partie en troupeau jusqu'au dépanneur. Je combattais un autre point lancinant au plexus solaire, la seule sensation que la grande région de mon cœur semblait désormais capable d'éprouver. La lumière des sentiments élevés m'avait déserté, je me sentais comme une coquille vide à la nacre décapée – une huître morte. Plus rien ne semblait apte à briller en moi. Je n'avais plus aucune valeur à mes propres yeux.

Que le travail de rénovation puisse être pénible, j'en convenais. Mais je doutais que tout ça en vaille la peine, je doutais de ma capacité à renaître. La nuit opaque à laquelle donnait accès l'ouverture du plafond de la cathédrale… j'y étais. C'était une nuit de l'âme, une sorte de trépas psychique. Toujours incliné sur la table de Mississippi, je ruminais les jalons qui m'avaient conduit à cette mort. Je maudissais Elia de m'avoir leurré pour m'envoyer sur un chemin de perdition… Allais-je pouvoir un jour recouvrer, ne serait-ce qu'une parcelle de bonheur, ou étais-je fêlé à jamais ?

J'ai sorti mon vieux dé à l'émail raturé, celui que j'avais baptisé Fortuna, la déesse qui avait roulé mon destin – c'était le cas de le dire – en m'exposant le chiffre désignant la kabbaliste.

S'il m'avait plutôt désigné Rita la cartomancienne, je n'en serais peut-être pas là aujourd'hui, ai-je pensé sans trop y croire.

Je lançais le dé machinalement sur le bois veiné de la table de jeu, maudissant la voyante juive, maudissant le petit cube blanc piqué de noir, me maudissant moi-même. J'en étais à ces remâchements lorsque m'a pris l'idée idiote de jouer mon âme…

Ô Fortuna, toi le dé qui sait tout, moi qui ne sais même pas où j'irai en sortant d'ici, dis-moi si je m'en remettrai un jour, dis-moi si mon âme est foutue à jamais…

Ce serait « un » pour l'enfer d'une absence de rémission, « six » pour la récupération de toute la force vibrante de mon cœur, et les autres chiffres gradueraient une échelle entre les deux pôles de la perdition et du salut.

J'en étais à ce point.

J'ai brassé et lancé le dé.

Évidemment, j'ai obtenu le « 1 ».

Je me suis vu prendre la place de mon père au tribunal de mes cauchemars, escorté jusqu'à la géhenne par deux démons affublés des têtes d'Elia et de Marco.

T'as eu ce que tu voulais, Sylvain… Ta prière de fou a été exaucée…

J'étais si fragile que le moindre revers de fortune me jetait à terre, et ce coup de dé imbécile m'a achevé : le point au plexus s'est amplifié jusqu'à devenir une boule d'angoisse brûlante qui m'a soudainement envahi le thorax en entier. J'aurais voulu chialer, crier, hurler aux morts, tellement je souffrais.

Heureusement, j'avais parlé à Morgane du malaise qui avait suivi la visite matinale de mon père. Elle m'avait prescrit du Rivotril, dont le seul effet (toutefois bienvenu) serait d'apaiser l'anxiété en de pareils moments. Qu'elle m'ait dit que je pouvais n'en prendre que la moitié d'une dose au besoin m'avait fait rendre les armes, et j'avais pu recevoir un contenant de quatre comprimés orange dès la fin de l'entretien. Si je m'étais refusé d'en gober jusque-là, la crise du moment ne me laissait plus de choix : je me suis dirigé vers une fontaine située près de l'entrée du département, et j'ai avalé un comprimé entier.

C'est à ce moment précis qu'est réapparue Caroline. Elle venait tout juste de se faire ouvrir la porte du département par l'infirmière de l'accueil.

Caroline était une mignonne fille de vingt-trois ans à la *baby face* posée sur un petit corps délicat. Elle ne paraissait tellement pas son âge qu'elle se faisait « carter » à chacune des rares fois où ses études de médecine lui laissaient le loisir d'une sortie en boîte de nuit. Je l'ai trouvée jolie, avec son hâle et sa coiffure mordorée dont elle prenait toujours un soin jaloux – tout autant qu'elle avait pu être jalouse au cours de nos cinq années passées main dans la main. Elle m'a d'ailleurs tendu sa menotte en me saluant de ses grands yeux de basset larmoyants de pitié. Caroline m'avait écrit quelques jours après mon admission. D'une écriture lourde de compassion obligée, elle m'assurait qu'elle ne me laisserait pas tomber pendant que je vaquais à mon rétablissement chez les cinglés.

Et la belle n'était pas arrivée depuis trente secondes, que les cinglés entraient maintenant à pleine porte, ramenant au département leurs menues emplettes. Caroline m'a largué la main subitement, rasant le mur alors que la frôlait le cortège silencieux des schizophrènes illuminés et des dépressifs fourbus. Les longues études n'effacent pas nécessairement les préjugés. Son regard, désormais, n'était plus celui de la pitié, mais celui de la peur panique retenue. Ça m'a fait vivre l'expérience du rejet. Mais curieusement, je ne m'en suis pas trouvé affecté outre mesure. Elle m'a tout bonnement fait l'impression d'une fille qui n'avait jamais pris la peine de sonder mes sentiments, de s'intéresser à ma part d'ombre, de folie et de mort. C'était une étrangère. Tout était bel et bien fini entre nous. De toute façon, à quoi bon s'acharner? Jamais elle ne pourrait me considérer à nouveau comme son égal, peu importe ses efforts ou les miens.

Sans surprise, elle a refusé la visite guidée d'un hochement sec de la tête, ne pouvant probablement pas admettre que celui qu'elle avait cru aimer se retrouvait parmi pareille faune. Je n'ai pas insisté. L'infirmière de l'accueil m'a permis, d'un coup de menton complice, de franchir la porte pour reconduire la princesse à son carrosse. Et l'anxiolytique n'ayant pas encore fait son effet, j'avais besoin d'air. Nous avons rapidement trouvé le chemin de la sortie en contournant les civières, les pharmacies roulantes et les patients arrimés à leur pied de soluté. Une fois dehors, la brise automnale m'a revigoré. Je cherchais des mots pour dire adieu. Par nécessité. Nos pieds foulaient les feuilles aussi mortes que notre amour: cric… crac… cric…

— Toi, ça va? lui ai-je demandé.

Elle n'avait pas encore dit un mot jusque-là.

Son silence disait: « Bof… »

Cric… crac… cric… silence… crac… cric… crac… silence…

— Tsé, t'es pas obligée de venir me voir…

Sa moue disait: « Ben, j'pouvais pas faire autrement, j'me sens tellement coupable… »

Cric… crac… cric… silence… crac… cric… crac… silence…

— En fait, on n'est plus obligés de se voir pantoute, ai-je proposé.

Caroline m'a de nouveau fait le coup des grands yeux de basset. On rejouait une scène de rupture en quatrième représentation au cours des six derniers mois. Seul le décor changeait: une grande première déchirante à l'appart de Sainte-Thérèse, une deuxième devant l'entrée de son nouveau logis, une troisième à plus grand budget devant un coucher de soleil, sur une plage de Floride (oui, la kabbaliste avait mis dans le mille, et ce voyage, financé par un président à tronche de grenouille repentant, suivait une semaine d'hébergement chez les… Franciscains).

Bref, nous voici à la représentation finale.

— J'suis sérieux, ai-je insisté.

Son silence disait : « Merci. »

Cric… crac… cric… silence… (*Brrr… Quelle fraîcheur, l'automne s'installe vraiment!*) cric… crac… cric… silence… (*Tiens, je n'avais jamais remarqué ce nid de poule dans le pavé du stationnement de l'hosto.*) « Fais gaffe, Caroline… » Cric… crac… cric… silence… (*Son père ne lui a finalement pas encore acheté un nouveau char… L'Innocenti commence à rouiller…*) cric… crac… Cliquetis de clés… Silence… Ouverture de portière mal huilée… Elle me regarde pour la dernière fois… Silence… Nos bouches s'approchent l'une de l'autre pour un baiser, par habitude mécanique, puis bifurquent vers nos joues à la toute dernière fraction de seconde…

This is the end.

Dernier silence… Fermeture de portière mal huilée… Grondement du moteur… Crissement de transmission… Caroline presse l'accélérateur et regarde droit devant elle jusqu'à ce que je ne sois plus qu'une ombre dans ses rétroviseurs… La fameuse ombre qu'il ne faut jamais regarder en face… Je retourne vers l'hosto avec une étonnante légèreté du moral piégé dans mes talons, qui font cric, crac, cric sur le tapis des feuilles mortes.

Oui, je me sentais léger…

Faut croire que le remède a fait effet.

Avant de réintégrer le gros édifice brunâtre, je me suis assis dans l'escalier de l'entrée principale pour profiter d'une minute méditative. Je pouvais décamper *illico* si je le désirais. Mais j'avais plus que jamais besoin de la cage protectrice que l'hôpital me procurait contre tous les assauts de la réalité, contre les pressions inconscientes des parents, contre les préjugés des proches. Ici au moins, leurs visites avaient le mérite d'être éclair.

Par exemple, le lendemain je bénéficierais de la saucette de mon grand ami Marc, avec qui j'ai grandi dans la rue de mon enfance. Un autre étudiant en médecine. Il allait par contre démontrer un peu plus de patience. Je me rappelle le regard ému et le sourire triste de celui qui ne savait pas s'il retrouverait un jour le grand dégingandé maladroit avec qui il se marrait en arrachant des pissenlits, en philosophant sous les étoiles, en refaisant le monde sur la pelouse de nos bungalows de banlieue. Marc avait semblé désolé que je sois si empressé de lui faire visiter les lieux, et il y allait poliment de salutations muettes aux nouveaux amis que je lui présentais. Mais malgré toute sa bonne volonté, il n'a pu rester bien longtemps.

Je me suis d'ailleurs amusé à chronométrer les visites sur le plancher : moyenne approximative de quatre minutes et cinquante secondes. Même ma propre mère n'a pu résister plus de deux minutes; elle aurait voulu faire plus, je le voyais bien, mais elle n'a pu articuler aucune parole intelligible, ses yeux se sont emplis d'eau, elle m'a serré dans ses bras, puis a tourné les talons pour rejoindre mon père qui, cette fois, n'avait pu franchir le seuil du département. Le record toutes catégories est cependant détenu par un trio d'amis rencontrés lors des retrouvailles du collège : selon l'infirmière de l'accueil, ils sont demeurés tout au plus une trentaine de secondes. Ils n'ont pu attendre qu'on vienne me chercher, visiblement hors de leur élément pendant qu'on maîtrisait à grand-peine un Jean-Claude hurlant, ce père psychotique qui passait de plus en plus de temps à la chambre d'isolement. Ils ont abandonné leurs petits gâteaux et leur carte de prompt rétablissement.

On pouvait y lire : « Nous sommes avec toi. »

Je ne les ai jamais revus depuis.

17

Hôpital Saint-Jude, Département 31.
Jeudi 26 septembre 1991, matinée.

J'étais à lorgner du côté de la chambre d'isolement pour apprivoiser la frayeur mêlée de curiosité morbide qu'elle m'inspirait. C'était une chambre aveugle, plutôt exiguë, aux murs couverts d'une teinte crème apaisante. Tout au centre se trouvait une sorte de lit simple assez parent de l'idée que je me faisais d'une table d'autopsie, avec ce plateau monté sur un pied robuste et coussiné d'un matelas très mince d'où pendaient trois lanières de chaque côté. La pièce était autrement nue, ce qui magnifiait ma fascination pour le meuble insolite.

C'était la première fois que je mettais les pieds dans cette pièce qui pourtant jouxtait ma chambre. À trois reprises au cours de mon séjour, les cris de mort de Jean-Claude m'avaient tiré du sommeil, s'accroissant en volume comme on l'amenait de force à la chambre de contention. Aujourd'hui, ça a été le tour d'Hugo, l'adolescent aux mandalas. Apparemment perturbé par la visite de son frère, il était pour une rare occasion sorti de sa chambre afin d'enguirlander les patients à la salle de récré. Le tout s'était enlaidi et il était à lancer des rondelles de Mississippi à l'aveugle lorsque les préposés l'avaient immobilisé. C'était simplement triste à voir.

Hugo venait d'être relaxé de la chambre lorsque j'ai profité de la négligence du personnel pour pénétrer dans la pièce interdite par la porte laissée déverrouillée. Une fois à l'intérieur, je suis resté raide comme une barre devant le lit des tortures pendant de longues secondes, à la fois figé d'effroi et magnétisé par lui. Une question m'obsédait dans le vif du moment :

Que ressent-on lorsque, contraint par sept points d'attache, on est dans l'impossibilité de bouger alors que tout en soi remue, déménage et défonce, ou qu'on est dans la difficulté à trouver de l'air alors qu'on hyperventile sa rage, sa démence, sa panique? Quelle perspective existentielle cela donne-t-il d'être condamné à regarder le plafond crème, une fois vaincu, humilié, abandonné dans l'attente intenable que le personnel infirmier libère le danger public qu'on est devenu? En bref, qu'est-ce que ça fait, vu du bas de la falaise?

Cela n'allait pas rassasier tout à fait ma curiosité morbide, mais je me suis approché du lit, en ai redressé légèrement la tête à la manivelle, et me suis couché sur le dos. J'y ai retrouvé l'inconfort du grabat de la salle d'observation de l'urgence, sauf que j'imaginais en sus l'entêtement des liens aux chevilles, aux cuisses, au poitrail, aux poignets et au front, l'incapacité de même se gratter le bout du nez, qui me piquait à l'instant, et je cherchais à comprendre comment ce supplice pouvait ne pas, tout au contraire de son dessein, exacerber par un facteur exponentiel la folie indomptable qui y avait mené la victime.

J'en étais à ces ruminations lorsque, par le carreau grillagé de la porte, j'ai vu le visage de l'Aphrodite des thérapeutes amatrices.

— Tu veux un forfait d'une nuitée sur le bras de la maison? Je peux t'arranger ça, si tu veux! a ricané Morgane.

— Quand tu vas entendre ce que j'ai à te dire, tu vas peut-être hâter la réservation! ai-je annoncé en m'asseyant sur le lit.

Encore une fois, elle ne semblait faire aucun cas de mes bizarreries. Elle était la seule avec qui je me sentais «adéquat» tout en restant moi-même.

A surgi Jean l'Intelligent :

— Moi aussi j'en veux, une réservation! Moi aussi je veux essayer le lit! a-t-il clamé en affectant la voix d'un enfant surexcité.

Morgane a osé :

— Ben non, tu peux pas, t'es tombé dedans quand t'étais p'tit !

C'est impossible qu'une thérapeute dise quelque chose de même…
médecin généraliste ou pas !

Mais Jean l'Intelligent se tenait les côtes, pas le moins du monde
offusqué. Bien au contraire, on voyait que ces deux-là avaient déjà
affuté leur complicité.

Puis entre Paul…

— Ah Sylvain ! Me semblait bien que je te trouverais ici, a-t-il
dit maladroitement, à sa manière coutumière, sans même tenter le
mot d'esprit.

Jean l'Intelligent et Morgane se sont regardés, les yeux écarquillés,
gonflant les joues pour interdire en vain un rire sonore qui a dû faire
entendre son écho partout à l'étage.

Paul a bafouillé que l'infirmière de garde me cherchait parce
que je tardais à me rendre à ma séance de thérapie, et qu'ils avaient
cru entendre ma voix de la chambre d'à-côté. La nurse s'étirait
d'ailleurs le cou dans l'embrasure de la porte derrière Jean et Morgane,
toujours à se marrer comme des ânes. Puis, réalisant ce qu'à son
insu il avait laissé entendre, Paul a joint l'hilarité tacite des deux
lascars. Moi, j'étais un brin décontenancé. Puis c'était quoi, cette idée
de tous débarquer ici au milieu de mes tergiversations intimes ?

J'ai lancé, mi-blagueur :

— Bon ben, tant qu'à y être, appelez tous les autres… On se fait
un *pyjama party* ?

Nouveau concert de rires, auquel je me suis cette fois joint de
bon cœur. Morgane a quant à elle lâché, croulant sur la tombée
de sa répartie :

— Attachez-le, quelqu'un !!!

Jean l'Intelligent a feint d'obtempérer à l'ordre lorsque le préposé négligeant est arrivé sur les lieux du crime, se frayant un chemin comme une boule de quille à travers la petite cohue. Il était revenu fermer le local à clé et, du coup, avait intercepté nos inepties. À son air bête, on pouvait voir qu'il ne les goûtait pas. Morgane a tenté de le détendre par des civilités de convenance, qu'il a brutalement ignorées. Elle m'a ensuite regardé d'un air à se demander si nous avions poussé l'humour noir un peu loin, et pendant que la joyeuse bande se dispersait en murmurant sa messe basse, j'ai laissé le déhanchement pendulaire de la charmante thérapeute m'hypnotiser jusqu'à son bureau.

18

Hôpital Saint-Jude, bureau de D^{re} Morgane St-Clair.
Jeudi 26 septembre 1991, matinée.

Ce matin, Morgane s'était mise sur un trente et un d'avocate. Elle avait enfilé un tailleur gris, ajusté mais austère, et une blouse opale au col évasé à longues pointes. Je la voyais maquillée pour la première fois, et l'effet n'était pas des plus heureux : l'ombre à paupières la vieillissait, le fard encrassait ses joues et le rouge durcissait ses lèvres. Je la préférais au naturel, ce qui par ailleurs aurait fait honneur à la fragrance florale subtilement épicée qui embaumait la pièce. Heureusement que l'authenticité chaleureuse de Morgane faisait fondre le masque rendu selon elle nécessaire par une visite à la Cour de justice. Elle devait s'y rendre en après-midi pour le bénéfice d'un de ses patients. J'ai songé à Jean l'Intelligent.

Elle révisait rapidement mon dossier, une paire de lunettes sur le bout du nez, ce qui lui donnait au final une allure intello-sexy. Je l'ai d'abord remerciée pour la prescription de la veille. Elle m'a posé quelques questions de routine au sujet de l'action du médicament, puis a enchaîné avec la thérapie, soufflant une mèche rebelle sur son front :

— Ça m'intrigue, toute cette histoire de quête spirituelle… Après l'*ayahuasca*, nous en étions à l'étape de l'ouverture de la première porte spirituelle, celle du cœur, je crois…

Précisément.

■ ■ ■

Juillet 1991, deux mois avant l'hospitalisation.

Dans les jours qui ont suivi mon expérience avec l'Église Santo Daime, je sentais couler en moi une énergie désagréable, moite et sombre. Cette énergie m'oppressait le cou comme si un serpent invisible s'y entortillait, tandis qu'un marteau piqueur semblait vouloir me percer le sommet du crâne de l'intérieur. Mon corps ne savait plus trouver le repos, mes nuits étant agitées comme les quarantièmes rugissants des mers tempétueuses, bien que parsemées d'îlots de demi-sommeil où naufrageaient les vaisseaux fantômes de mes échecs.

Car depuis quelque temps déjà, tout ce que je touchais semblait vouloir couler à pic. À commencer par le boulot, autre beau rafiot en perdition. Je devais constamment colmater les brèches de la coque de l'entreprise pour qu'elle puisse fendre l'écume une journée de plus, et j'étais pressé de toutes parts d'improviser des solutions pratiques, une fois à la barre quotidienne du navire – que le président à la tronche de grenouille m'avait laissée, en désespoir de cause, après l'échec de la vente d'entrepôt du Vieux-Port. J'avais donc remisé les cartes aux trésors amassées lors des escales chez la kabbaliste et les chamans amazoniens. Ma boussole était trop affolée pour que les portulans d'Elia et Marco puissent m'orienter, et de toute façon, la purée de pois dans laquelle je naviguais me forçait tellement à la courte vue, qu'elle rendait les destinations de l'âme inaccessibles et sans intérêt.

C'est ainsi que, près d'un mois après l'*ayahuasca*, j'avais presque oublié toute quête spirituelle. J'étais obsédé par l'ouverture d'une porte de sortie terre-à-terre bien plus que par celle d'abstraits chakras de l'esprit ou du cœur… Et ne parlons même pas du sexe !

De ce côté, tout était glauque. Je me réfugiais dans les plaisirs faciles alors que Caroline et moi ne nous touchions pour ainsi dire plus, monopolisés l'un comme l'autre par nos vies respectives : moi aux commandes du navire commercial à la dérive, elle submergée par les études de médecine. Dans ces conditions, tout effort de plus pour cette relation nous semblait désormais de trop.

D'un commun accord, nous avions décidé de nous accorder une dernière soirée de pathos par un beau mardi 9 juillet ensoleillé. Nous espérions ainsi rompre comme il se devait une union qui, selon les deux cents faire-part endormis dans une boîte chez les beaux-parents, aurait dû être consacrée quatre jours plus tard, au pied de l'autel, n'eût été de l'annulation décrétée quatre mois auparavant. Nous étions donc en pleine redite : c'était notre deuxième tentative de rupture. Alors si la grande première avait échoué, nous devions cette fois esquisser une nouvelle stratégie.

Ce soir-là, nous avions arrêté notre choix sur un grand resto chic. Par pur masochisme, car son aménagement rappelait les salles de réception des hôtels. Nous nous y sommes solennellement souhaité le meilleur sans le pire, jusqu'à ce que la mort nous réunisse… Qui sait ? Une fois la dernière profiterole engloutie, nous avons mis le cap sur le cinoche pour finir la soirée comme au bon vieux temps. Nous avons loupé le drame romantique sortez-vos-mouchoirs que nous avions programmé. Ne restait plus que *L'Agent fait la farce 2 ½*. Mais savez-vous quoi ? C'était parfait. Nous nous sommes bidonnés comme des bossus jusqu'au pas de sa porte, et les pleurs entremêlés de notre dernier baiser étaient ceux de deux pierrots qui se quittaient liés pour la vie. Ce fut de loin nos adieux les plus réussis. Dommage que nous n'en soyons pas restés là.

La nuit venue, je me suis couché le sourire aux lèvres, et au petit matin, j'ai fait ce fameux rêve où, selon Hugo du moins, Siddhârtha aurait rafistolé ma tête et fusionné avec moi dans un fabuleux éclat de pur amour. Le genre de rêve qui semblait trop réel, concret et relié aux sens pour n'être qu'un rêve. Je n'avais effectivement jamais vécu une telle profusion d'amour inconditionnel en dose concentrée. Je m'en suis d'ailleurs éveillé tout renversé, la poitrine en combustion, le souffle haletant.

Ce phénomène onirique traduisait-il l'ivresse du cocktail émotif de la veille ? La fin de mon union avec Caroline m'avait-elle libéré le cœur à ce point, comme l'avaient suggéré Elia et mon trip d'*aya-huasca* ? Une chose est certaine : je me suis réveillé la tête délivrée de sa migraine et le cœur aussi lumineux que le feu de la tour marine de Yokohama – réputé être le plus puissant au monde, visible qu'il est à quarante kilomètres à la ronde.

Bien que j'aie été à peu près certain au coucher de me retrouver en mille morceaux au lever, du genre « tout est trop facile, Sylvain, ça va te péter en pleine face », c'est tout le contraire qui est survenu au matin : je ne m'étais *jamais* senti aussi bien. Elia avait prédit que mon cœur se consumerait bientôt. C'était exactement cela : il se consumait d'un amour fou… pour le soleil exultant à ma fenêtre, pour la chanson insouciante d'un cardinal, pour l'eau qui coule dans mon bain, même pour le vieux sofa éreinté du salon, pour moi, pour toi, pour la Terre entière !

Allait dans cet état de grâce s'amorcer, comme le dirait Jacques Languirand, une neuvaine « tripative » : les neuf jours les plus sublimes, abracadabrants mais aussi terrifiants de ma vie.

■ ■ ■

Commençons par ce premier matin du 10 juillet…

Du jour au lendemain, je n'avais plus de problèmes. Sous le joug de l'illumination, Bouddha pouvait bien prétendre que tout est illusion. Je peux en témoigner : dans cet état, il n'y a rien de grave. Tout est *cool*. S'ensuivait la logique impérative que les illusions sont irréelles, donc des pertes de temps, autre illusion, et armé de telles prémisses pourquoi même s'en ✝☺♥♣♠❀☀ !!!

Après avoir ainsi donné leur quatre pour cent à ma blonde et aux tracas, je me suis mis à affectionner ce mode de vie : j'ai donc également donné leur quatre pour cent aux viandes, aux alcools, aux sodas, aux sauces riches, aux fast-foods, aux desserts cochons, aux miches de pain croûté… Je suis instantanément devenu ascète. Je ne pouvais plus ingurgiter qu'eau, jus, fruits, toasts melba et cheddar doux… Rien de volontairement granola. C'est mon corps qui exigeait ça.

Oui, du jour au lendemain.

Par contre, je confesse un choix rigoriste pendant la neuvaine, plutôt un non-choix spirituel imposé par un relent judéo-chrétien du genre tenace : le vœu de chasteté… Rien de moins mès amis ! Je ne me toucherais plus, je répudierais l'animal en moi… Je rassemble mes magazines et vidéos pornographiques et les jette aux rebus.

Ça va encore plus loin…

Je me détache de tous mes idéaux matérialistes le matin même de la mise à feu de mon cœur, alors que je me dirige d'un vroum-vroum décidé vers le bureau-chef de Lachute pour donner ma démission au président à la tronche de grenouille. Que je dois soudainement aimer, lui aussi, car je lui sauverai ainsi le plein salaire d'un cadre qu'il pourra enfin décrocher de son mur de dettes. Mais de sacrifier ma paye ne suffira pas à mon nouveau cœur d'ascète, non-non-non, je vais bientôt offrir davantage à une totale étrangère.

Mon bolide sport avale donc gaiement l'asphalte, vers les sept heures trente du matin, au moment où j'aperçois une autostoppeuse à la chasse au bon Samaritain sur le bas-côté de l'autoroute 50. Par compassion, je l'embarque. C'est une cégépienne pataude, très enrobée, aux joues pendues de déprime. Elle a la peau claire et les yeux vides des poupées de porcelaine ; des yeux par ailleurs fort jolis, d'un bleu froid gorgé de lumière. On échange de brèves banalités avant de les faire mourir d'indifférence. Le silence coupe désormais l'habitacle en deux : l'étudiante fixe les plaines agricoles à droite, et moi, la route devant. Brigitte, c'est son prénom, est la première personne que je côtoie depuis ma renaissance du matin, et je constate que je suis doté d'une nouvelle faculté sensitive : je *ressens* les moindres transports intérieurs de ma voisine. Et nos paysages souterrains ne pourraient contraster davantage.

Pour ma part, je suis euphorique comme un million de tifosi à la suite d'une victoire italienne à la coupe du monde de soccer. En fait, c'est plus que ça. Imaginez la naissance de votre premier enfant; un milliard au loto sans journalistes au cul; le cri d'amour de l'âme sœur parfaite; un forfait d'éternité sur l'île polynésienne de votre choix aux frais du Grand Patron et... Même additionnés ensemble, ces bonheurs n'arrivent pas à la cheville de la félicité que je ressens ce matin-là.

De son côté de la transmission, c'est le purgatoire introspectif : on grelotte de solitude, on chipote ses maladresses, on est aveugle de son potentiel – il fait un noir d'encre à y plonger la plume d'Anne Rice. Elle est un boulet de détresse. Et elle me touche. Après tout, hier encore je lui ressemblais un peu. Alors pour elle aussi tout est possible! Mais comment lui communiquer ma soudaine joie de vivre? Lui en parler platement me semble minable : y a-t-il rien de plus raseur qu'un imbécile heureux béat de son bonheur, et qui en sus vous l'étale en pleine poire? Partant de là, ma logique nouvelle se remet à l'œuvre : si je *la sens*, peut-être que mon cœur formule améliorée est assez puissant pour qu'elle *le sente*.

Alors, qu'y a-t-il à perdre? Je mets à l'essai mon phare cardiaque Yokohama. Côté puissance, aucun problème : je ressens tant d'amour universel qu'une telle énergie, convertie en électricité, pourrait allumer la ville Lumière pour un siècle ou deux. Là, il ne s'agit pas d'allumer la fille, mais simplement qu'elle se sente aimée; car je *sais* que sa plus grande peine est de ne pas se sentir aimée, son plus grand boulet étant de ne pas s'aimer elle-même – point à la ligne.

Reste à coder le message et à le lui transmettre... télépathiquement, en quelque sorte.

Un «Je t'aime» me semblerait faux, de sa perspective, car je ne la connais pas. Mais qui peut bien la connaître, dont je pourrais me faire le messager? Qui, surtout, peut la connaître jusque dans les resserres ombrageuses de son intimité, pour qu'elle se sente enfin aimée *complètement*? Et qui possède encore la capacité de l'aimer avec l'ardeur minimale de mon cœur Yokohama, lequel surchauffe dans l'attente de mon autorisation à transmettre ?

À toutes ces questions, une seule réponse me vient en mantra muet…

Dieu t'aime… Dieu t'aime… Dieu t'aime…

Au bout de quelques secondes de récitation, mon cœur arrive à concentrer son intention sur la jeune étudiante, à braquer son feu sur elle seule…

Dieu t'aime… Dieu t'aime… Dieu t'aime…

Quelques secondes encore, puis mon cœur Yokohama gagne en intensité… et ça me survolte la poitrine presque jusqu'à l'extase…

Dieu t'aime… Dieu t'aime… Dieu t'aime…

Le faisceau commence à toucher sa cible, je *sens* que Brigitte m'entend, disons, un sur cinq… Je redouble mon effort de concentration… La poitrine me brûle…

Dieu t'aime… Dieu t'aime… Dieu t'aime…

Réception deux sur cinq ; Brigitte quitte les champs des yeux, sa tête amorce lentement un mouvement continu vers l'intérieur de l'habitacle… Une boule de feu commence à vriller en moi…

Dieu t'aime… Dieu t'aime… Dieu t'aime…

Réception trois sur cinq ; Brigitte regarde maintenant droit devant elle, les sourcils froncés par la circonspection… Ma boule de feu n'est plus une boule, mais un véritable tourbillon incandescent…

Dieu t'aime… Dieu t'aime… Dieu t'aime…

Brigitte tourne la tête légèrement dans ma direction, les yeux émus et stupéfaits… Réception quatre sur cinq… Elle m'entend ! Elle m'entend ! Je fixe toujours la route… Allez, encore un peu, mon p'tit cœur Yokohama, on y est presque… Ses yeux luisent… Ses yeux brillent… Le cœur veut m'exploser de joie…

Dieu t'aime… Dieu t'aime… Dieu t'aime…

Il n'y a plus rien en elle d'assez fort pour nier ce qu'elle reçoit présentement… Réception cinq sur cinq… Tous les masques, toute sa retenue s'effondrent en même temps que son visage qui me dévisage, les joues ruisselantes de larmes… Pour la première fois je me permets de la regarder droit dans les yeux, et là je *sais* qu'elle *sait*…

Elle est estomaquée, ne sait plus comment réagir.

Et voilà qu'un petit miracle se produit…

Devant nous, un bus jaune d'écoliers roule pépère. Je le rejoins, clignote, change pour la voie de gauche, m'apprête à le dépasser lorsque, d'un bloc, tous les enfants – de très jeunes bambins destinés au camp de vacances – se retournent vers nous, s'éclairent de leur plus beau sourire et nous saluent fébrilement avec la joie spontanée des mômes de cet âge…

Brigitte n'en peut plus, elle éclate de rire et de pleurs en même temps. C'est trop fort pour ses nerfs, et ça commence à l'être aussi pour mon nouveau cœur, Yokohama ou non, qui va bondir par ma gorge d'une seconde à l'autre.

Brigitte me dévisage encore, ses yeux de poupée de porcelaine étincèlent, puis elle me lance spontanément :

— Mais t'es qui, toi, ma foi du bon 'ieu ? !

Je l'ai seulement aimée d'un sourire.

— J'ai jamais vécu quelque chose comme ça, m'a-t-elle avoué en secouant la tête d'incrédulité.

La jeune étudiante est retournée en elle pour goûter le sentiment inédit qui l'animait, et il ne s'est plus échangé un mot jusqu'au pas de sa porte.

Elle m'avait expliqué d'entrée de jeu, quand je l'avais embarquée, qu'elle faisait de l'autostop par manque d'un moyen de transport jusqu'à Mirabel, où elle bossait de nuit pour gagner ses études, et que « le soir, le pouce, c'est pas évident ». J'avais en ce matin de Noël en juillet la solution parfaite pour elle : pourquoi ne pas lui donner mon super bolide sport ? Après tout, il était presque entièrement payé et je n'en aurais plus besoin pour le boulot – car je n'aurais plus de boulot. Et la vie est parfaite, et le soleil brille, et les oiseaux chantent, et l'eau claire coule dans tous les bains, et mon vieux sofa me suffit, je n'ai pas besoin de tout ce matériel qui me rend esclave d'une vie d'illusions-problèmes. Alors l'auto sera à elle. Je lui ai dit : « Pas tout de suite, je dois d'abord aller donner ma démission. » Elle m'a dit : « J'en parle à mon père. » Et son père, bien intentionné, a sûrement trouvé louche cet acte de générosité gratuite envers sa fille. C'est peut-être pourquoi je n'ai jamais reçu d'appel. Où était-ce parce que le matériel n'étant qu'illusion, les factures pour se le payer le sont aussi, et que, faute de payer mes illusions, on m'a débranché celle du téléphone… ?

Reste qu'aujourd'hui, dix-huit ans après les événements, ma bombe sport noire gît probablement en pièces détachées chez quelque revendeur de ferraille. Alors que ce que Brigitte a reçu ce matin-là, elle le conservera peut-être pour toujours. Moi je le conserverai pour toujours – dans mon cœur plus tout à fait Yokohama. Car l'une des beautés de l'amour, c'est que lorsqu'on le donne on ne le perd pas. Si elle lit ceci aujourd'hui, je crois que Brigitte n'aura pas oublié ce qui s'est passé entre nous en ce 10 juillet ensoleillé, sur l'auto-route 50, en chemin vers Lachute.

Mais je digresse. Revenons-en à ma neuvaine…

Suivant ma rencontre avec Brigitte, mes jours ont été parsemés de ces petits miracles en compagnie de parfaits inconnus. Je ne sais pas jusqu'à quel point je dégageais ce que je ressentais de l'intérieur, mais si je le dégageais, alors je devais être beau. Et cela n'a rien à voir avec la plastique. Je parle plutôt du type de beauté qu'avait déployée ma grand-mère, l'hiver précédant, quelques minutes avant qu'elle meure, les bras tendus vers la Vierge Marie qu'elle voyait sur le mur du fond de la chambre d'hôpital où elle gisait depuis des semaines, inconsciente depuis des jours. Qu'elle était belle, ma grand-mère, la mère de mon père, avec son visage transfiguré d'une plénitude qui témoignait de toute la splendeur des cieux qu'elle seule pouvait admirer.

■ ■ ■

Morgane s'essuyait les yeux de ses doigts, son mascara avait coulé en de fines lignes noires. C'est que mes dernières paroles sur ma grand-mère lui rappelaient la fin de la sienne…

Le soir où sa grand-mère Victoire s'était éteinte, Morgane était de service en gériatrie, son emploi principal au centre hospitalier.

— Victoire était tenace, m'a-t-elle confié, ça faisait trois mois qu'elle se battait contre un cancer des os.

Elle souffrait le martyre, mais elle ne voulait pas partir.

— C'était elle tout craché, pas capable de lâcher… « Je ne m'appelle pas Victoire pour rien ! »… C'est ce qu'elle me disait chaque fois que j'allais la visiter…

Et ce qu'elle lui avait dit depuis le berceau. C'est sa grand-mère qui avait poussé Morgane à lutter jusqu'au bout pour l'obtention de son diplôme de médecine.

— « Tu ne dépendras jamais d'un homme, ma p'tite fille », c'était ce dont elle me rebattait les oreilles, les jours où ça me tentait moins d'étudier.

Morgane avait gentiment imité la façon d'une vieille mal commode. Puis elle a ajouté qu'à l'instar de ma grand-mère, et d'un tas d'autres mourants qu'elle avait accompagnés aux soins palliatifs, Victoire s'était embrasée d'un feu de joie dans les yeux avant que ses prunelles ne s'éteignent pour ne jamais se rallumer.

— Elle est donc décédée dans cet hôpital-ci ? lui ai-je demandé pour confirmer ce fait qui me troublait.

Morgane a opiné du chef, s'étirant le bras en quête d'un papier-mouchoir.

— C'est que la mienne aussi, en janvier dernier, ai-je précisé. Ton deuil semble tout aussi récent, non ?

J'ai lu sur son visage que Morgane s'est étonnée de ce que je venais de révéler.

— Victoire est décédée le 17 janvier.

— Moi, j'ai vu la mienne saluer Marie le 26.

— Elle s'appelait comment ?

— Laurette…

— … Roby ?

— Non… Desrosiers, son nom de fille.

Elle avait été l'une de ses patientes. Les deux grands-mères auraient même cochambré un bref instant, à l'arrivée de Laurette à l'étage de gériatrie.

Nous n'avons pas explicitement fait de cas de cette étrange synchronicité, mais Morgane a joué des yeux autour de la pièce de consultation, et j'ai dès lors senti que nous enveloppait l'aura d'une complicité insolite. Avec cette atmosphère spirituellement chargée, je me suis lancé…

■ ■ ■

10 juillet 1991.

Sur le chemin du retour de Lachute, après avoir largué le président à la tronche de grenouille, je me sentais enfin libre.

Libre d'aller n'importe où.

Je me suis laissé guider par mon envie de Montréal, me suis rendu jusqu'au mont Royal pour aboutir à l'oratoire Saint-Joseph.

Non, escalader à genoux les marches du pompeux édifice ne m'a pas effleuré l'esprit ; je me suis au contraire laissé aimanter par l'humble chapelle du frère André, sise à côté. Son exemple m'inspirait opportunément : pourquoi ne pas vivre à l'ombre des grandes églises pour y servir les plus démunis dans l'anonymat ? M'est revenu mon souhait d'aider les sans-abri, et je me suis senti libre, aussi, de ne pas devoir répondre : « Tant que ça paye le loyer. » Car je ne me sentais plus obligé de payer le loyer.

Je me suis rendu jusqu'au bord du promontoire de l'oratoire, et j'ai admiré la vaste étendue urbaine piquée de clochers, me disant simplement : « Voilà tes demeures, ce seront tes refuges tant que tu veilleras sur ton prochain… Aie confiance… » J'ai aspiré une large bouffée d'air du midi. Une grande sérénité s'est répandue dans tout mon être. Comme si ne comptait plus que l'instant présent. Des oiseaux voltigeaient çà et là dans l'azur du ciel et, pour la première fois, je me sentais aussi léger, aussi insouciant, aussi libre qu'eux. Mieux encore, il me poussait des ailes… J'étais des leurs. M'est revenu le souvenir du premier grand amour littéraire de ma vie : *Jonathan Livingston le goéland*. Je me suis rappelé la vérité intime que l'écriture de Richard Bach était venue éveiller en moi, alors que je n'avais que neuf ans. Il avait rejoint davantage que mon âme de petit garçon, et c'est d'ailleurs inspiré de cette révélation que j'avais esquissé le sigle de la croix enveloppée d'un cœur rayonnant qui symbolisait mon identité profonde ; le sigle que le don d'Elia lui avait permis de redessiner pour moi, et dans lequel était aussi inclus le gracieux profil d'un goéland en plein vol. Je retrouvais sur le mont Royal l'ardent désir de cet archétype, en totale harmonie avec ce Jonathan qui se laissait porter par sa passion brûlante pour le vol, loin des bateaux de pêche où ses congénères se disputaient des miettes de poisson, loin de ses parents goélands qui tournaient le dos à ses excentricités, loin de tout ce qui entravait sa soif de vivre *sa* vie.

Jusque-là je n'avais vécu que la vie de mon père. Et ça me faisait grand bien de tendre les bras vers le ciel de ce beau 10 juillet ensoleillé, à vol d'oiseau au-dessus des hommes d'affaires du centre-ville, plaqués or, agités, verbeux, calculant chacun de leurs gestes, chacune de leurs paroles, les mesurant au calibre de leurs ambitions qui me semblaient, vues d'en haut, aussi minuscules que des miettes de poisson. Ça me faisait grand bien de sentir mon cœur pulser sa passion loin des cheminées des usines, des gratte-ciel, des tours de communication, loin de tout ce phallocentrisme des pharisiens modernes, qui laissaient leurs rejetons les plus inadaptés joncher les ruelles comme leurs rebuts, comme de vulgaires rejets industriels. J'ai senti mon cœur se consumer à nouveau en songeant à eux, à ces clochards quêtant les piécettes de conscience des hommes plaqués or, et c'est ce qui m'a poussé à quitter les hauteurs de l'oratoire pour l'agitation cacophonique de la cité.

J'ai stationné mon véhicule près de Chez Parée, puis j'ai entamé une longue marche sur la Catherine vers le Red Light, un pèlerinage d'un tout autre ordre que celui que j'avais effectué le soir de mes retrouvailles avec Andrée, l'amour désormais avoué de mon secondaire. Je me contentais de poser un pied devant l'autre sans me presser, une bouteille d'eau à la main dans la ville suffocante, ignorant les enseignes criardes pour m'attarder sur les visages fermés que je croisais. Je me demandais comment j'avais fait pour être esclave de ma vie comme ils l'étaient.

Les poches vides mais le cœur plein à ras-bord, je dilapidais ma nouvelle fortune aux mendiants par poignées de main, par sourires, par paroles engageantes qui s'étiraient en conversations, puis en partages au cours desquels les itinérants me racontaient leur bohème. Je les trouvais fascinants. Presque tous se disaient aussi libres que moi. Je me suis demandé si je pourrais adopter leur mode de vie ; toutefois, je les savais esclaves à leur façon – ne serait-ce que, pour plusieurs, à leur flacon. Mais empestant la robine ou non, je les embrassais tous autant qu'ils étaient, le cœur Yokohama turbinant à plein régime, et tous autant qu'ils étaient me payaient plus que leur dû en chaleur humaine, en confidences touchantes et en folle sagesse de rue.

Celui qui m'a marqué le plus, on l'appelait le King. Je l'ai rencontré au terme de mon pèlerinage, près du gîte Dernier Recours. C'était un gros ours hirsute à la barbe royale. Lui et son compagnon, Chita, se sont foutus de ma gueule de crevette (c'est ainsi que certains vieux sans-abri appellent les jeunes qui empruntent leur mode de vie le temps d'un été) fraîchement débarquée de la banlieue. On a rigolé comme des bozos. Ils ont partagé avec moi leurs sandwichs au beurre de pinotte et toutes les légendes urbaines de la faune des paumés. C'est ainsi que j'ai pu constater que je ne pouvais plus imposer ce que je voulais à mon estomac, et que j'ai bu pour la première fois les récits pittoresques du sans-abri qui traînait cent mille dollars en petites coupures dans son baluchon, ou encore ces exploits gonflés jusqu'à la caricature du Grand Antonio. Je ne les ai quittés qu'à la tombée de la nuit, ivre sans alcool, émerveillé de ma journée à tel point qu'il me semblait être venu au monde avec la rosée du matin.

J'ai gagné mon lit une heure passé minuit, le carrosse ne s'étant pas encore changé en citrouille, et j'étais trop excité pour dormir. À vrai dire, depuis quelques semaines je ne dormais qu'à peine deux ou trois heures par nuit. Ne sachant pas quoi faire d'autre, j'ai lu un livre acheté dans l'après-midi. C'était une plaquette sur les rêves dans laquelle j'espérais flairer une quelconque piste d'interprétation de ma rencontre avec l'émule onirique de Siddhârtha. Vers les trois heures, je n'en avais toujours pas repéré, mais en revanche, il me fallait absolument trouver le moyen de fermer l'œil, car je sentais ma cornée s'irriter devant la menace d'une nuit blanche. Le livre proposait une technique de programmation des rêves qui s'apparentait à la méditation. On devait se centrer, les yeux clos, puis dès l'entrée en demi-sommeil, il fallait prier un maître céleste (j'ai songé à l'accompagnateur soufi qu'avait contacté Elia) de bien vouloir nous enseigner une leçon de sagesse par l'entremise de l'imagerie d'un rêve. On devait aussi demander au maître de nous éveiller à la toute fin de la leçon afin qu'elle soit préservée en mémoire vive, puis de nous guider dans l'interprétation du songe. La première chose qui m'est venue en tête était une question sur la raison profonde de mon sentiment de liberté. Car enfin, je me sentais libre, oui, mais plus que d'un job, des tracas ou des amours complexes. Je me sentais libre de moi-même – un sentiment paradoxal, parce qu'à un autre niveau je m'étais retrouvé.

Une fois fixé sur ma requête, j'ai remercié le maître comme s'il était acquis qu'il obtempérerait, tel que l'exigeait la formule. La fonction somnifère de la technique a fonctionné, puis j'ai rêvé…

■ ■ ■

— J'ai déjà utilisé une technique similaire, m'a interrompu Morgane. Sauf que je demandais des conseils à Victoire.

— Et ça a marché?

— Pantoute! Rien à faire… J'ai même jamais rêvé d'elle.

— Si ça peut te consoler, ça ne fonctionne plus tellement, pour moi, depuis que la pile de mon cœur Yokohama est à plat.

■ ■ ■

Dans le songe, je me retrouve face à une immense structure de verre aux éclats iridescents. Plus je m'en approche, plus je découvre la complexité de son architecture, composée de centaines de plaques vitrées, aux formes géométriques variées dont les reflets m'éblouissent. Je m'approche encore, et j'aperçois une parcelle de mon bras déformée sur l'une des plaques. C'est à ce moment que je constate que la lumière n'irradie pas de la chose, mais ne fait que refléter son environnement. Et la chose en question *vit*. La créature de verre se limite à une hure, avec deux turquoises à la place des yeux et une large gueule de rubis scintillants. L'ensemble est un immense jeu de miroirs et, malgré son aspect mirifique clinquant, il s'en dégage une aura monstrueuse. Plus j'avance vers la créature, plus j'entends râler sa menace. J'en tremble de peur jusqu'à ce que

l'un des miroirs me renvoie l'image du gourdin que tient fermement ma main. Le monstre de verre semble s'affoler. Des images
défilent bientôt fébrilement sur toutes ses plaques. La pléiade des
péchés capitaux m'y offre une orgie de tentations alléchantes visant
à saboter ma détermination. Rien n'y fera. J'empoigne l'arme à
deux mains, la lève au-dessus de ma tête. Je suis pour lui en balancer
un grand coup en plein front lorsqu'un des miroirs réfléchit un
visage tout à fait radieux. Je le reconnais, c'est le mien, même s'il
ne ressemble pas à l'image que je me fais de moi-même. Il irradie d'une
telle force que le gourdin s'avère inutile. Le monstre de verre éclate
en un million d'éclats. Ma peur s'estompe. Je me sens délivré.

Réveil à 4 h 44.

Le rêve venait de s'achever. C'est alors qu'un phénomène excep-
tionnel est survenu. Non seulement je me souvenais des moindres
détails du songe, mais je les observais comme on consulte un fichier
vidéo. Je pouvais à ma guise zoomer mentalement sur un aspect de
la créature de verre, modifier ma perspective, revenir en arrière. Et
chaque fois que je focalisais sur un aspect du rêve, sa signification
m'était révélée intuitivement avec une limpidité effarante. Comme
si j'étais accompagné dans l'interprétation du songe par un guide
muet et invisible, mais qui parvenait à se faire comprendre par la
magie d'une communication holographique.

C'est ainsi que j'ai pu interpréter que le monstre de verre était
ma création et qu'il s'agissait de mon ego. Je vous épargnerai les
détails de la leçon de psychologie, mais elle m'a mené à saisir cette
phrase de Rimbaud : « Je est un autre. » Et que cet autre, ce *Je* – le
Soi – s'avère apparemment très menaçant pour le monstrueux ego.
Je réalisais combien son jeu de miroirs avait depuis toujours frag-
menté la perception que j'avais de ma véritable nature intérieure.
L'ego divisait ainsi pour mieux régner. Son joug de peur m'avait
éloigné de mon Graal personnel. Une pensée prévalait, à la suite
de l'analyse de ce songe :

La nuit passée, Sylvain, tu as rencontré ton Je dans toute sa splendeur spirituelle, et ton ego a volé en éclats.

Ainsi s'expliquait donc toute cette liberté que je ressentais depuis la veille, cette sensation de m'être délivré de moi-même… C'était mon ego qui s'était pulvérisé sous la force de ma propre lumière, celle qu'irradiait depuis près de vingt-quatre heures mon nouveau cœur Yokohama.

Et il est aussi vrai que je n'avais plus peur. Le tremblement essentiel dont je souffrais depuis mes onze ans… évanoui ! Mes doigts se décrispaient sur le manche de ma guitare. J'en jouais pour la première fois au *feeling*, et cela, tellement mieux qu'auparavant. Ma langue se déliait, je pouvais désormais parler sans inhibitions, je n'avais au fait plus aucune inhibition. Le troisième soir de ma neuvaine, j'ai partagé ouvertement mes expériences bouleversantes avec mon grand ami Marc sur fond de musique d'Harmonium et en trinquant à la limonade. Je lui jurais que j'allais tout quitter pour ma nouvelle vie, et il m'a dit quelques minutes plus tard, lors d'une promenade dans les rues du Boucherville de notre enfance : « J'ai l'impression que Jésus marche avec nous. » Le lendemain, j'ai répété le manège avec Caroline, qui m'a avoué, émue : « Malgré tes ambitions d'affaires, j'ai toujours cru que tu serais plus à ta place dans des missions sociales. »

Je pourrais presque copier-coller le compte rendu de chacune des cinq premières journées de ma neuvaine, afin d'en décrire les épisodes de béatitude extatique. Chaque jour je collectionnais les petits miracles altruistes au bénéfice des exclus, chaque nuit je profitais de mon heure ou deux de sommeil pour me farcir une nouvelle leçon théo-philo-psychologique au réveil à 4 h 44 tapant – ce qui ne manquait jamais de me sidérer.

Tout cela a perduré jusqu'au lundi 15 juillet.

Ce jour-là, j'ai eu la brillante idée d'aller visiter mon père.

19

Hôpital Saint-Jude, Département 31.
Vendredi 27 septembre 1991, nuit.

Il était trois heures du matin passé. Je me suis réveillé avec les paroles d'une toune d'Harmonium dans la tête : « Être sourd pour une heure / J'voudrais m'entendre le cœur. » Comme il battait quand j'étais fou… « Comme un fou… »

Dans le département de psychiatrie, de nuit, je me sentais habiter les lieux ainsi qu'une âme errante. Mes insomnies étaient choses du passé, mais le couvre-feu nous renvoyait à nos chambres vers vingt-trois heures, tandis que mon biorythme n'avait guère besoin de plus de quatre heures de sommeil pour épouser sa courbe normale. Alors je jouais aux fantômes à l'étage tamisé, le plus souvent un des livres humoristiques de Paul à la main, en direction des fauteuils confortables d'un boudoir attenant à la salle de récré. La plupart du temps, on ne m'y importunait pas, et le silence n'était que rarement perturbé, par quelque cauchemar d'un patient. Tout ce qu'on pouvait entendre étaient les bruits qu'éliminait la conscience une fois catalogués comme habituels : les pas de l'infirmière en tournée, une chasse d'eau distante, le roulement de la climatisation.

Cette nuit, cependant, des pleurs gémis en sourdine se détachaient du ronron de l'étage endormi. Ils s'étiraient parfois en une longue plainte aiguë. Je me suis senti interpellé… Que faire ? Au bout d'une dizaine de minutes, je me suis levé. Les sanglots provenaient de la chambre la plus rapprochée du boudoir. La porte était entrouverte, mais la fente noire ne me laissait détecter aucun indice quant à l'identité de la personne affligée.

J'avais entendu parler d'une nouvelle arrivée, et cette chambre ayant été libérée la veille au matin, je me disais qu'il s'agissait probablement d'elle. Son histoire avait fait le tour du département en un temps éclair, car les journaux en avaient noirci leurs manchettes depuis plusieurs jours : son mari s'était suicidé en emportant avec lui leur jeune enfant. Une horreur sans nom à laquelle les journalistes avaient tenu à attribuer celui d'Alexandre, sept ans. J'avais vu sa photo à la une. Plus le drame est épouvantable, plus ils s'avèrent mignons. Il y avait franchement là de quoi tremper son oreiller pour tout un chapelet de nuitées. J'avais les pieds dans le ciment devant l'embrasure de la porte, interdit par l'écoute du spleen inconsolable. Sans autre option qu'une intrusion risquée, je suis allé avertir l'infirmière de garde en lui donnant le numéro de la chambre. Puis je suis allé me coucher, tout chaviré.

Ça m'a pris un tel scénario pour me remuer le cœur *formerly known as* Yokohama. Paul m'avait bien ému par moments, mais jamais de quoi me rappeler mes élans empathiques de l'été, dans les rues de Montréal. Là, c'était autre chose, et il me faisait presque horreur de constater que d'un contexte aussi tragique puisse jaillir ma première parcelle de bonheur depuis des lunes : mon cœur se remettait à battre...

■ ■ ■

Le lendemain matin, je me suis rendu au Petit Café en compagnie de Paul, dont l'humeur matinale conservait malgré tout des relents positifs de son passé de facteur. Il a tenu à ce que nous nous attablions face à l'un de ces duos thérapeutiques que le Département 31 semblait s'être donné pour mission d'assortir : Marika la femme battue, riant aux éclats des pitreries de Bruno le colossal frappeur de femmes repentant. J'ai vu au changement d'air de Paul que la situation ne faisait pas son affaire. Ce qui s'est confirmé par le retour de son entrain après que Bruno se fut excusé pour « urgence biologique ». Marika était une quinquagénaire aux charmes fanés par les ravages d'un alcoolisme désormais traité. Parmi nous, elle avait cependant conservé de sa maladie des manies séductrices dignes des bars westerns de banlieue, qu'elle avait dû fréquenter, c'est-à-dire une manière doucereuse plaquée d'intimité trop facile, laquelle avait peut-être exacerbé la jalousie destructrice de son mari. Paul semblait ne pas être insensible à ses minauderies. Il s'efforçait d'ailleurs avec brio d'égaler les talents d'humoriste de celui qu'il avait mépris pour un rival; et Marika se voulait bon public.

Alors que pour ma part je m'emmerdais ferme, est soudain apparue une jeune femme si frêle que le moindre vent aurait pu l'emporter. Elle a zieuté droite-gauche-droite comme une bête effarouchée avant de prendre place devant moi, tout à côté de Marika, qui l'a accueillie d'une main maternelle sur l'épaule. La jeune femme lui a retourné l'attention, sans sourire, d'un timide hochement de tête. Elle semblait vouloir se préserver pour elle-même. Tout autour, plusieurs chuchotaient en lui jetant des regards furtifs.

C'était *elle*. Il fallait que ce soit la veuve du journal.

Je lui ai dit bonjour. Elle ne m'a pas répondu, préférant réserver son attention à la bouillie pâteuse d'un gruau qu'elle considérait avec un dégoût apparent. J'ai pour ma part édenté ma fourchette de plastique sur une tranche de jambon trop coriace. Elle n'en avait rien manqué : ses yeux se sont arrondis, m'adressant finalement un premier regard, et elle n'a pu retenir un demi-sourire.

— Je n'étais pas certaine, mais j'ai apparemment fait le bon choix, m'a-t-elle dit d'une voix très douce, presque éteinte.

C'était bien *elle*, Christelle de son prénom. La jeune veuve n'est pas entrée dans les menus détails de son drame, quoique suffisamment pour que je renonce au reste de ma semelle de jambon. Ce que j'ai d'autre part appris, c'est que Christelle partageait la chambre de Marika, d'où la tendre familiarité entre les deux femmes.

Alors ce n'était pas Christelle qui sanglotait dans la nuit.

Au terme du petit déjeuner, je suis passé devant la chambre attenante au boudoir, curieux de grappiller un indice ou deux sur la provenance des pleurs nocturnes. La porte était toujours légèrement entrouverte. Un transistor grésillait un blues lancinant de Stevie Ray Vaughan à l'intérieur.

J'ai osé glisser un regard…

Ça ne peut être lui, quand même!

Et pourtant ça l'était… Jean l'Intelligent se prenait la tête, assis sur le bord d'un des deux lits. Celui du fond de la pièce était impeccablement fait. Il était donc le seul à crécher là…

J'ai cogné. Lorsqu'il m'a permis d'entrer, Jean l'Intelligent a relevé un visage boursouflé aux yeux rougis. Il ne m'a pas salué. Je me suis permis d'insister doucement :

— T'as pas l'air de filer… Je peux rester un peu?

— Prends la première loge mon vieux! m'a-t-il dit en me désignant, d'un geste désabusé, un fauteuil de vinyle vert comme son teint.

C'est à ce moment que nous nous sommes réellement rencontrés pour la première fois. Peu de mots, beaucoup d'émotions. Il occupait cette chambre depuis la veille. Celui avec qui il partageait l'ancienne, un vieux grincheux un peu sénile, avait fait pression pour qu'on l'en débarrasse. C'est qu'il n'arrivait plus à fermer l'œil du fait que Jean l'Intelligent sanglotait jusqu'à l'aurore.

Toutes les nuits. Sans arrêt. Comme l'âme d'un damné.

Ce n'est que plus tard qu'il allait me révéler le drame qu'il remâchait depuis l'enfance. Pour l'instant, il avait moins besoin d'une oreille que d'une épaule pour accueillir son mal-être. Je crois qu'il n'existe rien ni personne de plus décontenançant pour moi qu'un gaillard à la couenne dure qui, inconsolable, braille un bon coup dans mes bras. Rien ne vient me chercher autant, pas même le regard éteint d'une frêle petite mère fraîchement faite veuve par l'assassin de son môme. Quelle souffrance avait dû l'aveugler pour que son mari ne voie plus qu'une telle issue devant lui? J'aurais bien aimé le tenir dans mes bras avant qu'il ne commette l'irréparable, celui-là...

20

Hôpital Saint-Jude, bureau de D^{re} Morgane St-Clair.
Vendredi 27 septembre 1991, matinée.

— Tu crois que t'aurais pu devenir un saint homme comme l'était le frère André, ou encore le Padre Pio?

C'était une courbe que Morgane me lançait. Le genre de question chargée de sous-entendus qu'elle aurait pu poser la veille au tribunal, dans son tailleur d'avocate. Je me suis senti minuscule dans mon fauteuil de patient. Mais je comprenais aussi qu'à ce stade, la question se devait d'être posée : aurais-je pu devenir l'un de ces bienheureux extatiques un peu illuminés vouant leur vie aux pauvres et aux âmes en peine, qui ont fait la marque de commerce de l'Église catholique?

— Aujourd'hui, je dirais que oui, pourquoi pas, j'aurais bien pu, ai-je lancé en blaguant à moitié. Mais j'ai échoué le test d'admission... alors...

Alors on ne le saura jamais.

■ ■ ■

Dans ce cœur Yokohama, il s'est généré tant d'amour concentré qu'on aurait pu en faire un terreau propice à l'établissement d'une cour des miracles montréalaise. Pour peu qu'on y croit – dans un état pareil on croit à tout sauf à l'impossibilité –, et avec un brin de coaching de la part du fantôme d'un frère André, il y avait bien dans ce cœur de quoi guérir les aveugles et les paralytiques d'une génération entière. Oui, tant d'amour à donner. Mais il y avait aussi l'amour du baseball, du rock musclé, de la romance et du cul multiethnique de

Montréal… Alors c'est seulement que je n'avais pas la vocation suffisamment exclusive – je voulais prodiguer mon amour de multiples façons.

J'avais l'amour un peu trop universel…

Et on ne parlera pas de doctrine. J'aurais été tout sauf un saint catholique, ou même soufi ou bouddhiste. J'étais illuminé de toutes ces lumières à la fois… et de bien d'autres encore.

Je rêvais d'une Église un peu trop œcuménique…

Mais la question avait-elle été bien posée par ma thérapeute?

Allez, Morgane, pose-moi plutôt la question qui te brûle les lèvres : est-ce que je croyais être un élu privilégié, un Sauveur sur le retour, ou encore la réincarnation d'une figure catho légendaire?

Non, non et… non!

Alors pourquoi ce cœur Yokohama? Pourquoi les leçons à 4 h 44? Pourquoi… moi? À ce point de l'histoire, je ne le savais pas encore. Mais j'allais l'apprendre, et vous de même, soyez sans crainte. Une chose est certaine : je n'étais pas prêt pour toute cette surcharge d'amour, cette ascèse subite, ces dons psychiques surprises. À la fin, je n'étais simplement pas prêt pour une telle neuvaine tripative. Qui aurait pu l'être…? Un saint homme véritable, voilà la réponse. Je ne m'en veux donc pas d'avoir raté le coche. Et je l'ai raté.

Mais ce n'est pas faute d'avoir essayé d'être à la hauteur de la situation…

Nous en étions donc au 15 juillet 1991, trois jours avant l'explosion psychique, deux mois avant l'internement.

Je me suis de nouveau réveillé à 4 h 44, le cœur en feu, avec une leçon programmée la veille. Comme j'en avais pris l'habitude, j'ai retranscrit l'enseignement sur une tablette de feuilles lignées. Celui-là portait sur quelque chose comme l'importance de suivre son cœur pour trouver le chemin menant à l'ultime but de son existence. J'aurais pu en écrire un best-seller avant son temps, car ça illustrait entre autre assez bien le «secret» de la loi de l'attraction, mais je n'avais pas encore trouvé ma réelle vocation. Cela dit, une fois la leçon onirique intégrée par l'exercice d'écriture, j'avais tout de même déjà développé le réflexe de donner au suivant… par tradition orale, comme chez les premiers chrétiens. C'était moins efficace que l'imprimé, mais la rétroaction du public avait le mérite d'être immédiate.

Pourquoi cette impulsion? Ça allait avec l'amour du prochain, la désinhibition et le reste : dans un tel état nirvanesque, on ne peut rien garder pour soi.

J'ai cette fois pris le téléphone pour appeler un ami prénommé Richard. J'y suis donc allé de mon élan magistral du jour, ne lui épargnant aucun détail. De temps à autre, il me montrait son intérêt pour mon enseignement, envisageait même d'en appliquer les principes. Il pourrait ainsi faire une plus grande place à ses ambitions de peintre amateur dans son horaire chargé d'un gagne-pain qui ne l'enthousiasmait pas. C'est alors que je l'ai invité à tout balancer! Car tout est illusion! Après tout je suis si bien, depuis que j'ai largué ma fiancée et le président à la tronche de grenouille! Je lui ai encore clamé que s'il veut peindre, qu'il peigne! Que la vie lui répondra! Que la loi de l'attraction le comblera de ses trésors dès qu'il aura manifesté son intention!

— Qu'est-ce que t'attends? lui ai-je demandé sans même avoir vu une de ses œuvres.

Le type était un vendeur d'assurances tous risques fraîchement marié, à la philo de vie plutôt terre à terre, équipé du sens de l'humour nécessaire à son emploi. Il m'a rétorqué sans ambages :

— Il faut que je te raconte une histoire, mon Sylvain…

«Il était une fois un yogi qui enseignait la voie de l'illumination à ses disciples. La leçon du jour portait sur la loi de l'attraction. "Ne ne vous limitez pas à méditer vos rêves en attendant passivement que les bonnes choses viennent à vous d'elles-mêmes, dit le yogi, il vous faut aussi foncer vers les choses qui, au plus profond de vous-mêmes, vous attirent le plus." Un malin dans l'ashram chuchote à l'oreille d'un condisciple : "On voit bien qu'il n'est pas marié, lui…"»

C'était la première occurrence où j'ai senti que ma courroie de transmission avec la réalité s'étiolait. Sauf que dans mon état permanent d'euphorie, ce qui me peinait n'était pas le fait de perdre contact avec la réalité humaine, mais bien que l'humain ne soit pas habilité à prendre contact avec ma nouvelle réalité d'amour et de possibilités infinies qui, elle, faisait fi de concepts terrestres comme le temps, l'espace ou toute autre dimension cartésienne. Alors si mon ami ne pouvait me suivre, tant pis, et au suivant !

Le hic, c'est que le suivant sur ma liste était mon père.

Après un frugal souper arrosé au jus de légumes, je me suis rendu au nouveau condo de mes parents, en banlieue sud de Montréal, niché au onzième étage d'une tour émeraude dominant le fleuve. Un nid d'oiseau contemporain, presque zen, magnifique. Les vieux meubles du bungalow de Boucherville avaient tous été sacrifiés. Comme si mes parents tentaient de se faire accroire qu'ils repartaient à neuf. Sauf que, derrière leur couple rapiécé, la vue imprenable sur les lumières de Montréal perdait de sa magie. Elle donnait plutôt le vertige et n'offrait point de lune de miel à l'horizon. Ma mère était devenue l'ombre de la sublime princesse de banlieue qu'elle avait jadis été, jusqu'à en faire tourner les têtes. Une ascèse dépressive l'avait rendue rachitique, alors que son mari, mon père, ne prenait plus sa présence en compte que par de brèves tirades impatientes. Lorsqu'elle osait sortir de son mutisme pour émettre une question ou une remarque, il la jugeait invariablement aussi impertinente qu'idiote, et cela dans un langage machiste à faire éclore le renouveau féministe.

L'atmosphère ne prêtait pas aux confidences.

D'un côté, l'extrême fragilité de ma mère. De l'autre, le réalisme intransigeant de mon père. Et je devais leur dire que je quittais tout pour une quête existentielle, eux les premiers, avec du coup leurs idéaux, leurs ambitions, leurs croyances, et surtout leur vision de ce qu'un fils à succès doit accomplir dans sa vie.

Mais ma conscience flottait un peu au-dessus de tout cela. Je leur ai donc raconté mes cinq derniers jours (et un peu plus) avec toute la verve et toute la passion que me conféraient mes nouveaux dons d'orateur, et à partir de là, mes parents n'ont plus été capables d'un traître mot. Muets comme des carpes. Plus je leur parlais de l'oracle de la kabbaliste, de l'*ayahuasca*, de mon cœur Yokohama, de mes leçons oniriques, de mes rencontres miraculeuses, de Jonathan Livingston et de sa soif à tout prix de liberté… plus ils voyaient l'image de leur fils unique se désintégrer devant eux. Je n'avais pas à les convaincre qu'il me fallait les quitter, et tout le reste avec. Pour eux, je m'étais déjà envolé beaucoup trop haut dans le ciel pour qu'ils puissent me rattraper par les pattes et me ramener sur Terre. Tout espoir, toute tentative de leur part était vain. Les mots sortaient de ma bouche, mais j'aurais aussi bien pu parler l'araméen. Tout ce qu'ils entendaient était le babil d'un étranger qui s'était emparé de mon corps pour vêtement. Chacune de mes effusions de joie ne servait qu'à alourdir leur perte d'un fardeau de peine qui luisait maintenant dans leurs yeux.

Je n'avais d'ailleurs jamais vu mon père comme cela auparavant : ébranlé, sans ressources, parfaitement impuissant. Est venu l'instant du départ, et lui qui n'avait ménagé de ses critiques aucun de mes projets idéalistes dans le passé, il m'a laissé partir vers mon projet le plus fou sans un mot, après une accolade comme il ne m'en avait pas donné depuis la tendre enfance.

Je le *sentais*, mon père, ce soir-là. Surtout à cet instant-là.

Un peu à la manière des anciens qui, lors de l'initiation, larguaient leurs rejetons mâles dans la jungle hostile pour des semaines dans le but d'en faire des hommes, résignés à la possibilité de les abandonner aux griffes des bêtes sauvages ou aux sortilèges des esprits mauvais, mon père me laissait, oui, partir.

Mon père disait adieu à son fils.

21

Hôpital Saint-Jude, Département 31.
Vendredi 27 septembre 1991, midi.

En revenant de ma consultation avec Morgane, j'ai trouvé ma chambre plongée dans l'obscurité. Paul gisait sur son lit. Il avait fermé les stores, fermé les lumières, fermé ses yeux. Cette fois, c'est lui qui pleurait en silence, alors que j'approchais à pas de loup.

— Sylvain, c'est toé? a-t-il demandé d'une tonalité glissante un peu rauque qui tentait en vain de camoufler sa détresse.

Je me suis assis sur mon lit, face à lui. *Oui, mon vieux, c'est moi, ça ne va pas? Qu'est-ce que je peux faire pour toi?* ai-je tenté de lui transmettre d'un sourire compatissant. Paul a ouvert les yeux. À contre-jour, je pouvais tout juste saisir leur expression. Ils me semblaient petits, endoloris, noirs comme le fond luisant d'un puits. Il m'a regardé comme si ce n'était pas tout à fait moi devant lui. C'était une impression bizarre. Il a d'abord dit d'une voix basse «Mon gars...», il a ensuite répété plus fort «Mon gars!», puis il a crié, à m'en transpercer le corps et d'un élan mêlé de chagrin et de rage :

— J'VEUX RAVOIR MON GARS!

Et encore...

— J'VEUX RAVOIR MON GARS...

Cette fois, il regardait vers le plafond comme s'il enguirlandait je ne sais quelle déité :

— ... T'ENTENDS-TU?

«Tu m'entends-tu, crisse?... Tu m'entends-tu... », chialait Paul d'une voix qui s'est perdue en hoquets incontrôlables pendant qu'il m'ouvrait ses bras pour que je l'étreigne.

Ce n'était pas moi qu'il appelait ainsi, c'était son fils. Je ne le savais que trop. Malgré la pudeur qui ralentissait mon élan, je ne pouvais lui refuser la chaleur de son fils. Lorsqu'il a enfin pu me prendre dans ses bras, il m'a serré si fort que je pensais qu'il allait me rompre les os. Quand, par quelque mystérieux jeu de l'esprit, il a pu se convaincre que j'étais sa chair et son sang, et que je n'allais pas résister à son emprise, Paul s'est enfin laissé aller à mugir ses pleurs en saccades, son corps se convulsant, arrivant de peine et de misère à trouver son air entre deux interminables gémissements plaintifs aussi intolérables que les cris de douleur d'une bête agonisante sous l'assaut d'un prédateur sans merci.

Ce père-là avait déjà dû dire adieu à son fils comme mon père l'avait fait, croyant accepter le risque de le perdre à jamais, espérant silencieusement le revoir un jour transformé en homme fier.

Sauf que Paul, lui, n'avait jamais revu son fils. Et, manifestement, le vieil homme savait qu'il ne le reverrait plus jamais.

22

Hôpital Saint-Jude, Département 31.
Samedi 28 septembre 1991, au lever.

— Hihiiii… Sylvain… Viens iciii…

C'était Hugo, l'ado aux mandalas. Je venais de me réveiller, il devait être tout au plus six heures. Le soleil rayait mon lit de stries blanches à travers les stores de la grande fenêtre de la chambre.

Qu'est-ce qu'il me veut à cette heure? ai-je pensé avec impatience.

Je n'étais cependant pas surpris de l'apparition inopportune du jeune homme. Depuis deux jours, sa situation se dégradait. Non seulement avait-il goûté à la chambre d'isolement, mais son caractère était nouvellement marqué de l'extraversion la plus débridée. D'artiste reclus, replié et jaloux de son univers tapissé de symboles ésotériques, Hugo s'était transformé en *showman* exubérant qui se donnait en spectacle à toute heure du jour… et de la nuit. Il avait d'ailleurs réveillé en sursaut la moitié des patients du département vers deux heures, la nuit précédente, pour nous faire la démonstration de sa capacité nouvelle à opérer un *moonwalk* à la Michael Jackson.

— C'est les zombies du vidéo de *Thriller* qui m'ont montré comment faire dans un rêve! avait-il expliqué.

Bref, il décompensait solide.

Toujours est-il qu'Hugo a fini par m'entraîner dans son enthousiasme jusqu'à la chambre qu'il partageait désormais avec un trentenaire absent au monde, terré à longueur de journée sous ses draps. J'ai jeté un coup d'œil furtif à l'intérieur avant d'entrer. Visiblement, le jeune artiste avait drastiquement changé de période alors que son tempérament avait mué. Exit les mandalas aussi abstraits qu'harmonieux, les murs étaient désormais à moitié rongés par des croquis d'inspiration gothique. C'était un sombre étalage de crânes, de pierres tombales et de scènes de torture ne laissant rien à l'imagination. Et l'énergie propre au fusain rendait l'ensemble encore plus lugubre.

— Où est passé Siddhârtha ? lui ai-je demandé spontanément.

Hugo s'est approché de mon oreille pour susurrer :

— M'en parle pas… Siddhârtha est parti, c'était plus sa vibration… Y a tellement d'ombres depuis que ce gars-là couche ici, a-t-il conclu en désignant discrètement son voisin de lit.

— Des *ombres* ?

— Des entités négatives, Sylvain. J'arrête pas de faire des cauchemars ; c'est eux autres, ça se tue pis ça se torture, c'est effrayant. Pis je les entends toute la journée… Ils me parlent pas à moi, mais lui, ils le lâchent pas… En plus, pour lui c'est pire, parce qu'il les voit… Il se réveille en pleine nuit pour leur dire de reculer ! Regarde-le dans son lit, il est mort de peur !

On ne lui voyait effectivement que les yeux dépasser de la couverture ; des yeux affolés aux prunelles en vigie, sur le qui-vive. Je n'avais pas remarqué ce dernier détail en rentrant. Puis Hugo repart sur son délire :

— Écoute, Sylvain, je voulais te prévenir de leurs plans de nègres… Si tu savais comment ils sont méchants…

Il avait articulé ce dernier qualificatif comme l'aurait fait un enfant de cinq ans, les sourcils froncés comme ceux des hiboux de bandes dessinées. J'avoue qu'il m'intriguait, malgré sa déraison.

— Quels plans, Hugo ?

— Depuis avant-hier soir que les ombres se sont mises en tête de tourmenter tous les patients du Département 31… Pour leur faire avoir des idées noires, leur faire faire des crises de nerfs, les convaincre de se tuer… C'est pas *méchant*, ça?

Et comme s'il essayait de me persuader par des arguments supplémentaires, il a ajouté en m'agrippant l'avant-bras, les yeux allumés d'une lueur inquiétante :

— J'suis sûr que c'est à cause d'eux autres si je me suis ramassé en isolement après que mon frère est venu me voir… Tu t'es pas aperçu que tout le monde a l'air plus déprimé depuis deux jours?

Hugo ne m'a pas laissé le temps de répondre.

— Pis je veux pas qu'il t'arrive la même chose, Sylvain, a-t-il poursuivi. Parce que je sais que Siddhârtha t'aime bien, pis qu'il m'en voudrait de pas t'avoir prévenu…

Tout cela n'avait aucun bon sens, mais je n'ai pas su quoi faire d'autre que lui dire d'une voix douce :

— Merci, Hugo, t'es fin…

Le jeune schizophrène a enfin relâché son emprise en souriant, avec la satisfaction du devoir accompli. Puis son visage a subitement changé d'expression. Comme je quittais, il a conclu étrangement, les mains jointes et le ton suppliant :

— Je sais pas si je vais tenir le coup, Sylvain… Prie pour moi, mon ami, ok? Prie pour moi, parce que Siddhârtha m'a dit qu'ils avaient déjà été plusieurs à pouvoir t'entendre, en haut…

Je me suis retourné. Le regard d'Hugo s'agitait désormais comme celui de son compagnon de chambre, zieutant de tous bords tous côtés, apeuré par l'invisible.

— Qu'est-ce qu'il y a, Hugo?

Son ton est devenu pleurnichard :

— Les maudits, ils commencent à me parler à moi aussi… Ils sont pas contents que je t'aie dit de prier… Ils m'en veulent à mort… C'est terrible, ce qu'ils me crient par la tête… Si tu savais… Mais prie quand même, Sylvain, ok? Parce que sinon, c'est vrai que je tiendrai pas le coup... Prie pour moi... Ils vont t'entendre, en haut... Prie... Ok?...

J'étais immobilisé et ne pouvais émettre le moindre son. Que pouvais-je pour lui? Ses yeux se sont faits insistants. J'ai fini par lui dire : « Ok. » Puis je suis sorti sans demander mon reste.

■ ■ ■

Hôpital Saint-Jude, Département 31.
Samedi 28 septembre 1991, après-midi.

Lorsque je me suis rendu à ma consultation du jour avec Morgane, j'étais toujours hanté par la détestable impression de malaise que m'avait laissé l'épisode avec Hugo.

Ce n'était pas tant que je craignais l'assaut des ombres dont l'adolescent m'avait entretenu. Mais toute cette affaire me replongeait dans de pénibles souvenirs. Et c'étaient précisément ces souvenirs que j'allais confier à ma thérapeute cet après-midi – un samedi après-midi radieux présageant l'été des Indiens et qui gorgeait le bureau de Morgane d'une lumière aussi vivante et joyeuse que son occupante. La belle était d'humeur rigolote, légère, comme si elle prenait tout bonnement sa journée de congé pour venir me visiter en toute amitié. C'est d'ailleurs le ton qu'elle a employé en m'accueillant...

— Je dois t'avouer que ton histoire me passionne, Sylvain, m'a-t-elle dit tout de go. Tiens : j'ai même eu de la misère à m'endormir, hier soir, tellement j'avais hâte de t'entendre me raconter la suite!

Morgane a ajouté que la scène où j'avais eu le sentiment que mes parents croyaient déjà avoir perdu leur fils l'avait profondément émue. Son emploi du mot *scène* m'a frappé. Je lui en ai fait part.

— C'est vrai, a-t-elle admis, j'ai l'impression de tout voir sur écran géant quand tu me le racontes.

Son ton léger m'a fait du bien, il évacuait l'étrange mise en garde d'Hugo. J'ai déconné un peu sur le thème cinématographique. Elle en a rajouté :

— Tu sais, y a que ma réserve professionnelle qui m'a empêché d'apporter un sac de pop-corn aujourd'hui !

— En tout cas, t'as la boisson jumbo pour passer tout l'après-midi devant moi, ai-je répliqué en pointant le méga café qu'elle sirotait justement.

— T'inquiètes, c'est pas parce que j'ai peur de m'endormir, m'a-t-elle répondu du tac au tac en me tapant un clin d'œil. Je suis une maniaque des longs films à rebondissements, et j'ai bien l'intention de ne sortir d'ici qu'au générique de la fin… J'ai tout mon temps !

La conversation a tout naturellement dévié vers le cinéma et notre passion commune pour l'œuvre de Stanley Kubrick, pour les dialogues de Woody Allen et pour les comédies romantiques américaines à la *When Harry Met Sally*. Nous avons même échangé quelques répliques bidonnantes.

— Mais on se jouera pas la scène où Meg Ryan feint l'orgasme au restaurant, m'a prévenu Morgane, espiègle. J'ai pas envie de me faire radier !

Puis elle a partagé son appréciation du film *Ghost*, et surtout du fait que sa popularité garantissait, selon elle, l'ouverture des bonzes hollywoodiens pour la mise en chantier d'autres longs-métrages grand public à saveur spirituelle.

— Qui sait ? Cette conversation sera peut-être reprise à l'écran, un jour, au Parisien, par un aussi beau samedi après-midi qu'aujourd'hui, a lancé Morgane, enjouée.

— Je vois déjà des problèmes avec l'obtention de la cote « admission générale », ai-je badiné.

— Oh! a fait la jolie thérapeute de service en arrondissant la bouche et les yeux. J'oubliais presque… Nous en sommes à l'ouverture de la deuxième porte de ta quête spirituelle…

Oui, la porte de la sexualité.

Mais avant même d'en arriver là, il me fallait d'abord lui relater une nuit où la gentille aventure initiatique allait brusquement virer au film d'horreur…

■ ■ ■

Je venais de quitter mes parents, en ce fameux lundi 15 juillet où mon père m'avait dit adieu. C'était par une fin de soirée caniculaire et collante, voire étouffante, comme elles peuvent l'être au milieu de l'été dans la région de Montréal. Le puissant phare du cœur Yokohama allait vaciller, puis s'éteindre, quoique je ne le pressentais pas encore de façon aussi définitive. On aurait simplement dit qu'un mauvais présage flottait dans l'air. Le ciel changeait d'humeur. Son haleine torride poussait d'un vent mauvais une nuée dense et noire. Mon bolide en perdait sa stabilité sur l'autoroute qui menait à Sainte-Thérèse, et je devais tenir le volant à deux mains pour ne pas dévier dangereusement. Malgré la concentration accrue qu'une telle conduite exigeait, je n'avais de cesse de me tarauder l'esprit avec l'empreinte que m'avait laissée l'accolade de mon père. Il m'avait ainsi fait ses adieux. Du moins, c'est ce que je croyais. Et moi qui étais si sûr, avant cette étape de mon envolée, d'avoir fait le bon choix en quittant tout pour un prodigieux saut de l'ange dans l'air libre des goélands de Richard Bach, on eût dit tout à coup que ma foi faiblissait à mesure que je m'éloignais du nid parental. Pour la première fois, je commençais à douter de mon destin.

Même l'orientation du moment me semblait menaçante. On aurait cru entendre tonner les dieux au loin, là où des éclairs de chaleur embrasaient l'horizon noir, par brèves saccades, d'une lumière irréelle, comme sous le coup de la mitraille des flashes d'un appareil photo titanesque. C'était comme si la ville que j'habitais subissait un bombardement en règle mené par quelque ennemi invisible. Lorsqu'un panneau m'a averti de ma sortie prochaine de l'autoroute, la pluie fouettait déjà si violemment le pare-brise que j'ai eu peine à le déchiffrer, et une fois dans le parking de mon sixplex, j'ai dû me couvrir de mes bras pour me protéger de la grêle jusqu'à l'entrée du logis.

Quand j'ai réintégré l'appartement, un petit quatre et demi d'aspect banal, je me suis dirigé directement vers ma chambre, j'ai allumé ma lampe de chevet à son degré le plus tamisé, me suis défait de mes vêtements trempés pour ne conserver que mon boxer, me suis agenouillé sur le tapis industriel gris, et j'ai prié. Mon visage ruisselait encore de la pluie tiède de l'extérieur, mais plus je songeais à mon père, plus de chaudes larmes s'y mêlaient. Je m'inquiétais pour lui, et plus je m'inquiétais pour lui, plus se précisait le pressentiment de ma propre chute.

C'est que j'avais effectivement *senti* mon père alors qu'il me serrait fort dans ses bras. Sauf qu'il m'est venu à l'idée que cet homme, qui ne renonce pourtant jamais, avait peut-être abdiqué, mais pas tant à mon sujet que pour lui-même. Je le revoyais engueuler sèchement ma mère dans cette cage vitrée avec vue sur un fleuve qui symbolisait autant la liberté pour lui, l'ancien marin, que le ciel bleu du large pour Jonathan Livingston le goéland. Il devait mourir par en-dedans, là-bas, mon père. Je revisitais en pensée ce bocal par beaucoup trop restreint pour deux poissons venimeux de leur passé commun. Ils allaient s'entretuer, dans ce condo. Et voilà que je les larguais. Comme un lâche. Et de me rappeler soudain l'offrande faite au Divin Père, lors de cette prière en voiture où je lui avais dit ne pas pouvoir accepter le paradis d'un *party* éternel sur le toit-terrasse, pendant qu'un holocauste immolait ne serait-ce qu'un de mes proches au sous-sol de la maison. Cette prière qui avait suivi le cauchemar de mon père plongeant dans une mer de brasier parce que je n'avais pas eu la force de le tirer vers le haut. Cette prière où j'avais offert de prendre sa place pour l'éternité – cette prière insensée.

Mais dans l'état où je me trouvais depuis cinq jours, le cœur en feu, planant entre deux mondes parallèles, il n'y avait plus de prière insensée. Le doute ressenti plus tôt n'impliquait pas la réponse aux prières, mais ma capacité à avoir le courage de boire jusqu'à la lie la coupe que j'avais moi-même commandée. Car elle m'était maintenant servie. Le temps était venu d'y plonger les lèvres, à ce moment précis, quelques minutes avant la vingt-deuxième heure. L'impasse de ma propre théologie m'avait conduit tout droit à cette coupe : comment avais-je pu me permettre de conserver intacte la joie parfaite de mon cœur jusqu'au nid parental, alors que mes parents y brûlaient vifs ? Comment pouvais-je les y laisser se calciner mutuellement au lance-flammes de leur rancœur, et cela, qui sait, au-delà même de leur propre mort ?

Ma quête spirituelle, c'est de la foutaise, dans ces conditions... Ce n'est qu'un grand œuvre égoïste ! Livrez-moi donc aux démons qui torturent mon père et ma mère pour les en délivrer ! Faites-le cette nuit même, pendant que j'en ai le courage ! Sacrifiez ma joie parfaite !

Connecté comme je l'étais alors, avec la sincérité naïve que j'y investissais, avec mon cœur qui pulsait encore plus fort que lors de ma randonnée avec l'autostoppeuse, je ne doute pas une seconde que, comme le prétendait Hugo, mes prières puissent un jour avoir été entendues aux quatre coins des cieux, si un tel royaume existait, et surtout jusqu'aux oreilles du Divin Père. Et j'ai déjà évoqué sa souveraine impatience ; qu'avec des milliards d'enfants à sa charge, le Père ne pouvait se permettre de répéter deux fois ses consignes. Il m'entendait donc pour la deuxième fois. Celle-là serait la bonne. Celle où j'allais recevoir son divin coup de pied au cul...

À l'instant même où je hurlais par en-dedans « Sacrifiez ma joie parfaite ! », un tonnerre assourdissant s'est fait entendre, comme si l'éclair était tombé tout près. La seconde d'après, une rafale puissante a forcé les battants de la fenêtre à s'ouvrir et à heurter violemment le mur de ma chambre, la tringle du rideau s'est décrochée, puis a chuté par terre, la porte de la pièce a claqué et l'électricité a coupé. J'étais plongé dans le noir, et terrifié à telle enseigne que cette terreur prenait la place de tout l'amour que j'avais ressenti jusqu'alors dans mon cœur Yokohama – qui s'était également éteint comme une chandelle dans le vent. Je me suis alors étendu sur le lit, serrant l'oreiller contre ma poitrine, doublement effrayé à l'idée que ma félicité m'ait quitté si brusquement. Le vent envahissait la demeure par violentes bourrasques. Il sifflait sa colère, vociférait avec menace, crachait sa pluie sur moi. Au bout d'un temps, je me suis dominé, me suis levé et j'ai entrepris de fermer les battants ruisselants de pluie. L'ondée me fouettait les joues, et comme je luttais pour combattre le vent, j'aurais pu jurer avoir vu quelque chose bouger dans l'obscurité de la cour arrière – comme des ombres se mouvant vers le bloc. Et juste avant de barricader la pièce, un dernier filet d'air, celui-là pestilentiel, s'est infiltré par l'ouverture restante. Dès cet instant, j'ai eu la sordide impression de ne plus être seul. Je me suis recouché dans les ténèbres, l'orage cinglant les fenêtres. J'ai tenté la méditation pour me calmer, recroquevillé sur mon oreiller. Toujours avec cette impression d'une présence plurielle, glauque, menaçante. Puis comme je sombrais avec la récitation d'un mantra improvisé, j'ai revécu, en plus véhément, l'expérience du purgatoire de la session d'*ayahuasca*.

Peu importe ce sur quoi je désirais fixer ma pensée, une autre s'imposait à moi, chargée de fiel, de reproches, de regrets, de réminiscences sombres au sujet de mon passé, de mes parents s'entre-déchirant, et tout cela m'assaillait tout à fait contre ma volonté. Pour la première fois se formait en moi une boule d'angoisse – un gros point lancinant au centre de mon corps. J'ai songé à une pique fichée dans le plexus solaire et qu'on faisait tournoyer comme la broche d'un méchoui au pays de Dante… S'est-il écoulé cinq minutes ou cinquante de cette torture insoutenable ? Je ne saurais le dire. Mais au fil du temps, tout mon corps est devenu gourd. J'étais devenu catatonique, physiquement paralysé, complètement paniqué, ne pouvant mouvoir que la prunelle de mes yeux affolés… Je ne savais pas ce qui m'arrivait, et je voyais toujours ce diaporama, cette compile des scènes les moins reluisantes de ma vie… Par-dessus tout, il y avait cette sensation définitive de rejet, d'exil, de damnation… Comme je regrettais ma prière, alors que la coupe déversait son acide en moi.

Je n'ai vécu aucun répit pendant cette première phase de la nuit, jusqu'à ce qu'enfin une sensation de brise caressante frôle mon corps nu… Un visage s'est imposé à mon esprit… Une femme… Je me rappelais le sourire et le regard de pure bonté de cette femme que j'admirais tant, lorsque j'étais enfant… C'était ma tante préférée, l'aînée de la famille de ma mère, une religieuse prénommée Fernande… Mais comme je la percevais à ce moment, elle ne souriait pas, son front était anormalement soucieux, et elle semblait m'envoyer une onde de prières inquiètes… Mais n'était-ce qu'un jeu de l'esprit? Se pouvait-il qu'elle priât à ce moment même pour moi?

Peu en importait la véritable source, la pause fut brève. Toujours paralysé, je ne pouvais même pas remuer le gros orteil, et l'angoisse reprenait le dessus sans peine. Puis, de loin en loin, les brises d'accalmie revenaient m'apaiser. Lors de la dernière, je me suis senti enveloppé d'une ouate de paix, comme s'il m'était accordé, du moins c'était ma sensation, la grâce de quitter pour quelques minutes ce corps au sein duquel j'étais paralysé. Alors que j'en remerciais le ciel, j'ai réalisé que j'étais peut-être en train de mourir… Je me suis senti partir vers le haut… Mais j'ai songé à nouveau à ma prière de sacrifice, et aussitôt j'ai recalé vers le bas. J'ai pris peur… Il me semblait devoir combattre mentalement pour freiner ma descente. J'ai pensé à mon corps… Sans même avoir eu le temps d'émettre le souhait de le regagner, sa seule évocation a semblé m'y propulser. Alors que je le réintégrais, un rugissement furieux, hostile – égal au fracas de mille chutes d'eau –, a résonné dans mes tympans… D'un coup j'ai pu regagner ma motricité, avec ce sentiment d'avoir échappé à la gueule d'un monstre… J'ai littéralement sauté hors du lit, tenté d'allumer la lumière, mais l'électricité n'était toujours pas revenue.

Je me suis agenouillé et j'ai prié, surtout pour ne pas succomber à la somnolence, car j'avais une peur mortelle de retomber en catatonie… Je me suis ainsi battu pendant des heures, jusqu'à ce que la tempête au-dehors se calme, et que mon corps rompu de fatigue capitule devant Morphée…

Sans en avoir cette fois formulé le souhait au préalable, un songe est tout de même venu à moi.

Dans mon rêve, je me retrouve dans un bar mal famé, sordide, où des filles de joie repoussantes embrassent à pleine bouche des soulons hideux, bedonnants et verruqueux. Soudain, deux mains colossales m'empoignent par les épaules. Je me sens démasqué comme si je n'avais pas d'affaire là. On me roue de coups, me traîne par les cheveux vers une trappe par laquelle on me jette. Je roule dans un escalier jusqu'au palier du dessous, et me voilà dans une scène grotesque où des espèces d'ogres jouent aux quilles avec les têtes tranchées de leurs suppliciés décapités. Par dizaines et centaines, elles bondissent vers moi; ce ne sont plus que des amas de chair purulente aux traits presque tout à fait gommés par le supplice. À mes pieds, des lambeaux de peau grasse jonchent partout le sol qui ruisselle de sang. L'air empeste le musc et les déjections jusqu'à l'écœurement. Jamais, sans cet ahurissant étalage, je n'aurais pu imaginer une pareille concentration d'horreurs…

J'étouffe, il *faut* qu'on me sorte de là…

Derrière les monstres apparaît une femme enveloppée d'une cape grise. Je devine l'énergie de ma tante religieuse. Elle me désigne par bonheur une sortie de secours que nous empruntons ensemble. S'y trouve une échelle qui mène à l'appartement de sa sœur Lauraine.

Nous sommes sauvés.

D'autres de ses sœurs se joignent à l'assemblée familiale. Je vais me poser sur la seconde marche d'un escalier menant à l'étage au-dessus. Je m'en sers comme d'un podium et me mets à discourir sur je ne sais quel thème. Toutes boivent mes paroles, sauf l'une d'entre elles, qui me tourne le dos. Derrière la religieuse, les têtes aux aguets d'une poignée de gnomes pointent par la trappe du plancher par laquelle nous avons investi le logis de tante Lauraine. Comme je désire en avertir tante Fernande, je me réveille en sursaut. C'est le téléphone qui sonnait. Un coup d'œil au cadran du réveille-matin à batteries…

Il était 4 h 44.

La lampe de chevet s'était rallumée. L'électricité était revenue. J'étais trop ensommeillé pour songer à éclairer mon chemin vers le téléphone de la cuisine. Je me suis cogné le tibia contre une table basse du salon. La sonnerie a bien retenti six ou sept fois avant que je me rende à l'appareil. J'ai décroché… Grésillement au bout du fil… « Allô ?… » Que de la statique, et une voix lointaine au fond… « Allô ?… » La statique s'est transformée en une toux rauque… « Allô, qui est-ce ?… » Soudain le rire sardonique d'un enfant s'est fait entendre… « Qui est-ce ?… » D'autres rires semblables se sont entre-mêlés au premier en une cacophonie délirante. « Qui… ? » La clameur démente s'est intensifiée… Je me suis demandé s'il s'agis-sait d'un coup pendable de mômes au téléphone… Sans y croire, car les voix n'avaient à peu près rien d'humain… Je voulais les faire taire à jamais, et il ne suffisait pourtant que de couper la communi-cation, mais je restais figé là des secondes entières à subir le sar-casme démoniaque… Puis je me suis ressaisi et j'ai raccroché d'un coup si sec que j'ai risqué de mettre le récepteur en morceaux.

Mon cœur battait la chamade. Cette fois, j'ai allumé partout dans l'appartement, et me suis affalé dans la chaise capitaine où ma mère, quelques mois auparavant, avait vidangé les flots de sa peine d'épouse cocufiée. À bout de nerfs, j'ai ouvert les valves à mon tour, y laissant mon dernier litre d'énergie, puis me suis enfin assoupi sur la chaise droite.

Cette fois, le sommeil fut sans rêves. Au bout de quelques heures, c'est à nouveau le téléphone qui m'a réveillé. J'ai hésité à répondre, mais la clarté du jour, le regain de vie des rues alentour, jumelés aux pas des voisins du dessus, m'ont rassuré suffisamment pour décrocher le combiné.

C'était sœur Fernande.

■ ■ ■

— Ta mère m'a parlé de ta tante Fernande, m'a interrompu Morgane. Elle dit regretter de t'avoir confié à elle… Tu peux m'expliquer ? Parce qu'elle n'était pas très claire à ce sujet.

— Ma mère lui en veut injustement, mais je peux la comprendre. De sa perspective, entre la dernière fois où elle m'avait vu et celle suivant l'implication de ma tante, mon état avait empiré jusqu'à l'anéantissement…

■ ■ ■

Fernande d'Arcy est une sœur de la Charité en mission d'enseignement auprès des Autochtones de la réserve de Longue-Pointe-de-Mingan depuis les années 1970. La première impression qu'on a d'elle en la rencontrant, et que le temps ne fait que confirmer, est celle d'une infinie bonté, d'une infinie douceur, d'une infinie patience – d'une très sainte femme. Je ne sais pas si elle discernait en ma nature introvertie une quelconque disposition pour son univers, mais nous avons toujours nourri l'un pour l'autre une affection réciproque, et cela depuis aussi longtemps que je me souvienne. Chaque été, je profitais de son pèlerinage familial à Montréal pour échanger avec elle sur les questions spirituelles sur lesquelles mon jeune âge butait.

Depuis quelques années, le rythme impétueux de ma course aux ambitions avait mis sœur Fernande à l'écart de mes préoccupations. Le matin de son appel, j'ignorais totalement qu'elle était arrivée chez ma tante Lauraine deux jours auparavant. Aussi, malgré la perception de ses prières et sa présence dans mon rêve au salon de quilles de Belzébuth, j'ai été surpris de la retrouver au bout du fil.

— Bonjour mon cher Sylvain, c'est ta tante Fernande, s'est-elle annoncée, de son savoureux accent du bas du fleuve.

Je l'avais à peine saluée qu'il m'a fallu lui demander si elle avait réellement prié pour moi au cours de la nuit. Elle m'a informé que ma mère l'avait appelée à la suite de mon départ du condo, la veille, transie d'une inquiétude qu'elle lui avait communiquée. C'est ainsi que la religieuse avait fait oraison à mon sujet presque sans arrêt jusqu'à ce que le sommeil ait eu raison d'elle.

— Si tu es libre de ton temps, aujourd'hui, j'aimerais beaucoup que tu viennes me voir chez ta tante Lauraine, m'a-t-elle proposé.

Le temps de me doucher et j'étais parti sur l'heure en direction de la tour d'habitation du parc Lafontaine où ma tante Lauraine résidait. La perspective de retrouver ma bien-aimée tante religieuse avait mis l'anxiété en veilleuse et, du coup, avait remis mon cœur Yokohama en marche. Arrivé à destination, j'étais d'une franche bonne humeur, ce que mes quatre tantes présentes n'ont pas tardé à remarquer. C'est ainsi qu'elles m'ont suffisamment mis en confiance pour que je partage mon aventure spirituelle des derniers jours – et ainsi s'est réalisée la seconde partie du rêve de la nuit, car toutes, sauf une, m'ont écouté avec grand intérêt. J'ai cependant réservé le chapitre cauchemardesque pour l'oreille avertie de sœur Fernande lors d'une marche dans le parc sous le soleil cuisant du midi.

La religieuse m'a cité approximativement sainte Thérèse d'Avila en ces termes :

— Tu sais, sainte Thérèse a vécu ce genre d'épreuve lors de ses oraisons. Elle disait que les chutes dont tu me parles sont fréquentes sur le chemin de la perfection. Parce qu'après tout, le Seigneur nous a invités à prendre notre croix et à le suivre, et Lui-même a chuté trois fois. Il est notre modèle, souviens-t'en toujours…

« À l'avancement spirituel qu'il découvrira en lui, disait encore sainte Thérèse, un fidèle comprendra que le démon ne peut rien contre lui, parce qu'il pourra tomber, mais aussi toujours se relever promptement. N'est-ce pas ce qui s'est passé ce matin? C'est une preuve que Dieu est là pour toi, cher enfant. »

Ces paroles m'ont été d'un grand réconfort. Car je devais reconnaître que, même dans la pire des nuits, on m'avait permis de ressentir la douceur des prières de tante Fernande. Et dès le lendemain matin, on la mettait sur ma route. Le Divin Père ne m'avait pas abandonné. Je n'étais donc pas seul.

— Merci d'être là pour moi, ma tante… Je ne vois personne d'autre qui aurait pu comprendre ce que je vis depuis quelque temps.

Et moi de lui faire savoir encore qu'à l'instar de ses sœurs, les gens se montraient inquiets, admiratifs ou pantois, et que bien peu comprenaient ce qui se jouait en moi.

— Merci, ai-je répété.

— Je suis bien contente de t'être utile, mon cher Sylvain, mais j'ai aussi mes limites, m'a-t-elle répondu avec l'humilité caractéristique des âmes de cet acabit.

— Et moi aussi je touche les miennes, ma tante, ai-je admis. Tout ça me dépasse, et un peu plus. Parfois j'ai peur de devenir complètement dingue, comme l'une de tes sœurs semble le croire…

Sœur Fernande s'est arrêtée, insistant pour un contact des yeux. Elle a voulu se faire rassurante. Elle m'a remis une petite médaille de Lourdes en argent qui n'allait pas quitter mon cou pendant des années, puis son visage s'est éclairé d'une telle bienveillance radieuse que le soleil haut perché pâlissait devant la comparaison.

— Que cette médaille te protège et te rappelle, mon cher Sylvain, de toujours rester branché sur ton amour et ta foi, m'a-t-elle intimé. Et puis sache que l'extase est souvent la lune de miel d'une première rencontre avec Dieu… Tu vis ce que saint François et bien d'autres ont vécu, y compris sainte Thérèse d'Avila… Tu vis ta sainte folie, comme elle le disait ! Tout cela passera, tout passe… Il s'agira de bien te servir de cette expérience une fois ton cœur calmé…

« Car sainte Thérèse aussi a vu son cœur s'embraser d'amour et fusionner avec le divin dans ce qu'elle appelait ses plus hauts degrés d'oraison… Tout cela ne l'a pas empêchée d'accomplir de grandes œuvres pour la croissance de l'ordre des Carmélites. »

À les entendre, ces similarités me donnaient un peu froid dans le dos. Quelle étrange coïncidence que de me voir vivre ces expériences troublantes dans la ville dont la sainte mystique était patronne, à quelques rues de l'église qui portait son nom ?

— Quant à l'urgence de ne pas déraper dans les excès, voilà où mes limites sont atteintes, a conclu ma chère tante. En revanche, je connais quelqu'un qui pourra peut-être t'aider, si tu le veux bien…

J'allais accepter sans condition. Autant mon insouciance des premiers jours d'extase m'avait affranchi du besoin d'une aide quelconque, voilà que j'aurais volontiers marché pieds nus sur une route de gravelle pour un peu de guidance.

— Très bien, a-t-elle fait. Je vais appeler mon ami dès notre retour chez Lauraine.

La pauvre nonne ne se doutait pas une minute qu'elle déclencherait de sa référence l'ouverture de la deuxième porte de ma quête spirituelle : l'éveil des suaves énergies de l'éros.

23

Step into a heaven / where I keep it on the soul side
Girl please me / be my soul bride
Every woman / has a piece of Aphrodite
Copulate to create / a state of sexual light
Kissing her virginity / my affinity
I mingle with the gods / I mingle with divinity

RED HOT CHILI PEPPERS
Blood Sugar Sex Magik

La radio de mon bolide syntonisait CHOM FM. L'animateur, Too Tall, était en verve, nous apprenant que le groupe Red Hot Chili Peppers venait tout juste de boucler l'enregistrement de ce qui deviendrait son cinquième opus, intitulé *Blood Sugar Sex Magik*. L'animateur promettait de la controverse. On racontait par exemple que les paroles épicées d'une des chansons, *Sir Psycho Sexy*, la bannirait à coup sûr des ondes américaines. Anecdote intéressante, surtout après ma dernière nuit d'horreur, le *band* avait aménagé son studio dans la maison Houdini, à L.A., laquelle traînait la réputation d'être hantée. Les musiciens y auraient séjourné un mois entier pour enregistrer l'album. Après avoir constaté la fâcheuse manie de certains meubles et objets de la maison de s'autopropulser, le batteur Chad Smith avait décidé d'aller plutôt dormir chez lui. Les autres membres du groupe ne niaient pas avoir observé des phénomènes étranges, mais ils jugeaient les esprits de la maison amicaux. L'histoire ne disait pas si certains esprits l'avaient été au point d'avoir inspiré à Anthony Kiedis les lignes de la chanson-titre…

Tout ce badinage autour de la maison Houdini ne faisait que renforcer mon bonheur de ne pas réintégrer mon appartement. En effet, ma chère tante avait tout arrangé pour qu'un de ses bons amis du clergé me reçoive chez lui pour la nuit. Son prénom était celui d'un ange – je m'en tiendrai à cela pour le désigner –, et elle le décrivait comme étant ouvert, jeune de cœur et profondément humain.

— Peut-être saura-t-il te guider pour un bout de chemin, m'avait-elle souhaité comme je prenais congé après un souper tardif.

Je me dirigeais donc vers l'église d'une paroisse dortoir de la couronne nord de Montréal lorsque le DJ a eu la bonne idée de faire résonner les cloches annonciatrices du classique *Hell's Bells*. Mauvais *timing*. J'ai fermé la radio *illico*. De toute façon, mes récentes tentatives pour ajuster mes fréquences intérieures au hard rock avaient toutes été vaines. Moi qui, encore tout récemment, atteignais le nirvana quadriphonique en piochant sur ma Fender les riffs d'AC/DC et de Led Zeppelin, leur décharge incendiaire me suggérait désormais la destination de *Highway to Hell* bien davantage que celle promise par *Stairway to Heaven*.

Pour l'heure, ma destination gisait quelque part entre les deux extrêmes, sous la forme d'un édifice contemporain qui aurait ressemblé à presque tout sauf une église, n'eût été la croix de métal incrustée dans sa façade. Mais je n'étais pas d'humeur capricieuse, d'autant que le vieil ami de ma tante profitait de la belle fin de soirée pour fournir l'âme accueillante à la structure de béton, assis dans une pose décontractée sur l'estrade nue qui servait de parvis. Le quinquagénaire a lestement bondi sur ses jambes dès que j'ai mis le pied hors de ma rutilante Talon noire.

La quiétude des lieux compensait la froide architecture de l'église. Tout le voisinage semblait se reposer d'une longue journée de canicule, apaisé par la veilleuse d'une brunante rosée et la caresse d'une brise du nord embaumant l'herbe fraîchement coupée. Le calme régnait jusque sur l'expression zen de mon hôte, qui me tendait chaleureusement les deux mains en me souhaitant la bienvenue :

— Ah! Tu dois être Sylvain!

J'ai acquiescé. J'ai été frappé par son étonnante ressemblance avec le père Ralph de Bricassart, joué par Richard Chamberlain dans la télésérie *Les Oiseaux se cachent pour mourir*.

— Très heureux de te recevoir dans cette humble demeure, a-t-il continué. Mon amie Fernande m'a dit de bien belles choses de toi…

Au-delà des traits harmonieux et de la chevelure poivre et sel que le personnage présentait vers la fin du feuilleton, le prêtre au nom d'ange en partageait surtout l'aura de mystère. Pendant que nous contournions l'église pour gagner l'entrée arrière de son logis, et qu'il m'exposait en peu de mots l'essentiel de son existence, je devinais déjà chez lui cette coexistence fragile de la sérénité et du désespoir, cette compartimentation délicate de la plénitude et du vide.

J'ai pu déposer le peu de mes effets dans la chambre des invités – une bouteille de jus, mon journal personnel et de quoi écrire –, laquelle n'était séparée de la sienne que par un couloir dont l'un des murs était percé de hautes baies donnant sur un paisible jardin de saules aux rameaux frémissants. Le vent se levait.

Le religieux a servi un pot de tisane à la cuisine, puis m'en a dit un peu plus sur la vie qu'il menait, sans s'attarder, désirant surtout m'inviter à la confidence…

— Apparemment que tu vis le grand éveil! m'a-t-il d'ailleurs lancé, avant de poursuivre son élan sur le ton d'une mélancolie assumée. Il fut un temps où j'espérais que ce genre de chose vienne chez moi… Peut-être suis-je passé à côté parce que je l'espérais un peu trop!

Le prêtre au nom d'ange m'a ainsi confirmé l'impression que j'avais de faire face à un homme autrefois vigoureux, idéaliste et passionné, et dont les deuils s'évanouissaient tranquillement dans le flou des souvenirs. Il m'a adressé un regard franc et sincère pour compléter sa pensée :

— Maintenant, je me contenterai bien d'accompagner qui bénéficie de cette grâce et me donnera celle d'y goûter du plus près que je le peux…

La connexion fut immédiate. J'avais la certitude que tante Fernande, dans son infinie perspicacité, m'avait déniché le père spirituel idéal. Nos motivations étaient complémentaires, et que demander de plus qu'un mentor aussi bienveillant que motivé? Je désirais tout partager avec lui sur l'instant! Il ne demandait d'ailleurs pas mieux, mais pour une fois, le manque de sommeil me rattrapait, ou était-ce la camomille? Reste que j'ai pris congé, à regret.

■ ■ ■

Le religieux était parti prier à l'église lorsque je suis sorti de la salle de bain pour me diriger vers mes quartiers. J'étais ravi de cette rencontre, je flottais presque, dans le couloir séparant nos deux chambres. S'évanouissait le souvenir de ma dernière nuit, mon cœur Yokohama battait son plein, j'étais aux anges… à tel point que, lorsque je suis passé devant l'une des baies donnant sur le jardin, il m'a semblé entendre le lointain murmure d'une musique. J'ai interrompu mon élan vers l'entrée de ma chambre, tendu l'oreille par la fenêtre ouverte, et j'ai cru distinguer un filet de chant aérien… N'était-ce que le sifflement du vent? J'ai redoublé d'attention… Je ne me trompais pourtant pas : me parvenait bien le sanctus d'un chœur… angélique. Son intensité variait, et j'ai remarqué qu'elle le faisait selon l'ardeur du vent qui se faufilait entre les rameaux des saules… Quelle sublime musique! Un hymne sans paroles… Sans autre instrument que les anges eux-mêmes… Un *a capella* aux riches tonalités glissantes, charmantes, élevantes. Oui, mon âme s'élevait… Comment ne pas être ému par tant de beauté?

J'ai ouvert toute grande la fenêtre de ma chambre, me suis installé en boxer sur la couverture; je voulais que la brise enveloppe mon corps et l'emporte au-dehors par les cieux… Je voulais rejoindre ces voix qu'aucun organe humain ne saurait reproduire, flotter sur cette mélodie de transe, qu'aucun compositeur, serait-il Mozart, ne saurait rendre. Les anges me berçaient, me semblait-il, pour apaiser mes souffrances de la veille et me rouvrir les portes du paradis céleste de leur chant épuré qui, malgré sa richesse, demeurait limpide et sobre. Mozart devait jadis avoir entendu ce chœur, lui qui abhorrait la surabondance des notes. Là-haut, même le sublime *Amen* de son *Requiem* n'aurait pas résisté à la comparaison, face à la mélodie angélique que j'entendais, les larmes aux yeux d'admiration.

On dit que la psychose module et distord les perceptions de stimuli réels. Je veux bien être occasionnellement psychotique, dans ces conditions! De toute ma vie, je n'ai rien entendu de si parfait.

Les anges m'ont ainsi bordé jusqu'à ce que je m'endorme malgré moi. J'ai poussé le caprice jusqu'à leur demander de m'indiquer, en rêve, quelle serait la destination ultime de ma quête spirituelle…

Ils m'ont répondu.

Phénomène extraordinaire : le songe de la veille a repris là où les démons téléphoniques l'avaient interrompu. Le rêve débute donc dans l'appartement de tante Lauraine, avec sœur Fernande et les autres tantes. Une fois terminé mon monologue à leur intention, je les salue et amorce la montée d'un escalier sur trois étages. J'accède ainsi à une espèce de grenier luxueux qui me sert de chambre. Comme j'y pénètre, deux minuscules chérubins en sortent, drapés de rouge et couronnés de camélias bleus. Ils ricanent de façon espiègle comme s'ils avaient tout à la fois préparé ma chambre et un coup pendable. La pièce est vaste et le plafond, haut. Tout au fond, un lit au baldaquin tendu d'une étoffe carmin trône sur un piédestal. J'y monte dans un sentiment de paix totale et, alors que je m'y allonge, j'aperçois un livre posé sur l'oreiller. C'est un vieux livre épais à la tranche dorée, et je sais qu'il s'agit *du* Livre, de celui qui contient tous les arcanes de l'Univers, toute la sagesse divine. Quelque chose me dit qu'à l'intérieur se trouve le but de ma quête spirituelle. Comme je vais l'ouvrir, je me réveille.

Coup d'œil au voyant numérique du radio-réveil…

Il était 4 h 44.

La chorale avait remballé ses lyres, mais je bénéficiais toujours de la paix absolue qui m'habitait à la fin du rêve. Je me suis souvenu de l'appel au saut de l'ange que m'avaient inspiré les clochers de Montréal, sur le promontoire de l'oratoire Saint-Joseph. J'y avais vu autant de havres hospitaliers que de croix dressées vers un ciel bleu de promesses. Et voilà qu'après une nuit au paradis, je m'éveillais dans une église comme si j'étais chez moi.

J'arpente donc le bon chemin.

La nuit terrifiante de l'orage me semblait dès lors comme l'épreuve imposée au novice pour tester sa volonté de demeurer dans la voie du cœur. D'ailleurs, si une telle chose était possible, le purgatoire nocturne m'avait rendu ce cœur encore plus pur qu'au début de ma neuvaine. Cela avait été aussi, somme toute, un test assorti d'un possible message visant à ralentir les ardeurs salvatrices de mes prières. Le Divin Père m'avait-il ainsi averti de ne pas souhaiter pour une éternité ce que je ne saurais souffrir le temps d'une simple nuit ?

Au point du jour, animé par ces réflexions, je me suis rendu à l'office. N'y assistaient que trois ou quatre têtes blanches éparpillées dans la nef. Le prêtre au nom d'ange prêchait à toutes fins pratiques dans le néant, amplifié par l'écho de sa voix. Je n'ai pas eu pitié. J'ai tout au contraire entretenu l'idée folle que je l'aiderais à repeupler son église. Nous en avons discuté librement au petit déjeuner sur le ton de la belle humeur. Tout était ainsi : léger, facile, complice. Il m'a demandé où je vivais, je lui ai raconté ma nuit cauchemardesque à Sainte-Thérèse, que j'hésitais à retourner à l'appartement, car les énergies y étaient désormais hostiles. Il a cherché à me rassurer, comme sœur Fernande l'avait fait, puis, me voyant bien disposé, a proposé de m'accompagner au logis pour le purifier, l'aérer, le remettre en ordre et laver la vaisselle empilée depuis des jours.

Nous ne nous sommes pas quittés de la journée, ni de la soirée, nous avions tant à nous dire, car à qui un jeune homme peut-il de nos jours parler de foi, de religion, et même de spiritualité au sens élargi? Avec qui un prêcheur dans le vide comme le prêtre au nom d'ange peut-il partager ses rêves déçus?

À la tombée de la nuit, de retour au presbytère, mon ami le curé et moi étions allongés sur mon lit encore fait, on discutait de projets, de voyages… Je lui ai parlé de mes trois portes à ouvrir pour ma quête spirituelle… Je lui ai dit que côté cœur, ça ne pouvait être plus ouvert, et que les rêves pouvaient indiquer un passage clair au niveau de l'esprit, mais que la question sexuelle bloquait sur une impasse, car comment ouvrir cette porte et demeurer chaste tout à la fois?

— J'ai peut-être la solution pour toi, m'a-t-il dit. Mais dors là-dessus, je tombe de sommeil. On verra ça demain…

Le religieux a donc pris le chemin de sa chambre, tandis que je me destinais à la seule nuit sans rêves de toute la neuvaine.

Au matin, mon nouveau père spirituel n'avait pas oublié sa promesse. Après les laudes, il m'a conduit à une petite étagère de livres qui auraient pu être à l'index des grenouilles de bénitier. Des livres concernant les théologies orientales, la méditation transcendantale, le tai chi, le tantrisme, la médecine holistique et la psychologie transpersonnelle, qui, m'apprenait-il, intègre les apports des autres courants de la psychologie en y ajoutant sa spécificité psycho-spirituelle. Une pensée m'amusait : ma tante Fernande avait-elle idée à quel point était ouvert son grand ami le prêtre au nom d'ange?

Il s'est saisi d'un bouquin portant sur les massages énergétiques et les soins reiki, puis m'a entraîné dans sa chambre.

— Je n'ai pas de table de massage ici, comme tu peux bien l'imaginer! m'a-t-il dit en me demandant d'enlever mon t-shirt et de m'allonger sur le dos.

Alors le religieux m'a expliqué ce qu'est le reiki, c'est-à-dire une technique nippone de soins énergétiques basée sur l'imposition des mains au-dessus des zones corporelles nouées de tensions.

— On cherche ainsi à rééquilibrer et à faire circuler l'énergie dans tout le corps, et c'est ce dont je crois que tu as le plus besoin en ce moment. Du moins c'est ce qu'on va vérifier…

■ ■ ■

— Je connais, a approuvé Morgane. Ma mère suit des cours. Il paraît que ça fait des miracles pour son bien-être.

— Oh… Tu vas voir… Côté miracles, tu vas être servie !

■ ■ ■

En attendant le miracle en question, je me sentais un peu mal à l'aise, comme ça, presque nu sur le lit d'un curé alors qu'il se frottait les mains pour les échauffer.

Il faut ce qu'il faut !

Par bonheur, ses mains ne m'ont jamais touché le corps alors qu'il les imposait au-dessus de ce qu'il appelait mes centres énergétiques ou encore mes chakras. Il a débuté par les centres énergétiques secondaires des pieds jusqu'au nord de mes cuisses, évoluant ainsi assez rapidement jusqu'au premier chakra principal, siège selon lui de notre énergie vitale. Mon malaise a cependant augmenté d'un cran lorsque l'homme d'Église s'est attardé beaucoup plus longuement au-dessus du deuxième chakra principal, celui qui avoisinait mon pubis, sa main frôlant au passage mon pénis. Il m'a confirmé de manière très affirmative que c'était à cet endroit que tout bloquait solide. Il a survolé mes autres centres énergétiques, me disant n'avoir jamais senti un chakra du cœur et un troisième œil aussi intenses. Puis il est revenu là où était requise son attention, juste au-dessus de la base de mon sexe. J'ai fermé les yeux pour ne pas croiser son regard alors que la chaleur de sa main imprégnait toute la zone érogène. Malgré l'inconfort, je sentais l'efficacité apparente de la technique, car pour la première fois depuis longtemps, coulait vers le haut de mon corps une énergie abondante à partir du bas-ventre. Le hic, c'est qu'avec le flux énergétique est venu le flux sanguin. Une érection s'est manifestée. Embarras titanesque. Je me suis crispé. Le réalisant, le prêtre au nom d'ange m'a dit de ne pas m'en faire. Que c'était normal…

Normal?

Heureusement, le traitement pouvait cesser et je me suis redressé aussitôt, les bras croisés sur le giron, les joues empourprées. Le prêtre au nom d'ange rigolait en façade, mais je sentais chez lui un trouble qu'il a réussi à masquer tant bien que mal en changeant de sujet. Il m'a parlé de l'éventualité possible d'une montée de Kundalini lorsque tous les centres énergétiques turbinaient à fond, comme les miens dans le moment. Ça a été la seule occasion où j'ai entendu prononcer ce terme exotique avant qu'Hugo ne réfère à la Déesse de la Kundalini, peu après mon arrivée à l'hôpital. C'était du chinois pour moi, et distrait comme je l'étais par mon involontaire réaction physiologique au traitement de reiki, je n'ai pas eu l'inclinaison de creuser le sujet. Tout ce dont je me souviens est qu'il tentait de me convaincre de la nécessité d'apprendre à contrôler ma respiration par une technique prônée par les maîtres bouddhistes.

C'est alors que tout dérape.

Une intuition venue de Dieu sait où m'envahit : je me jette au cou du prêtre au nom d'ange pour l'échange d'un bouche-à-bouche qu'il méprend pour un baiser. Je refuse toutefois sa langue. Je ne veux que son souffle de vie en échange du mien; j'ai l'intuition folle, mais certaine, que c'est le mouvement primal de la vie, que j'activerai mon énergie de cette façon… Inspiration, expiration, inspiration, expiration… Le religieux participe volontiers à l'élan… Une énergie fleuve commence à monter en moi… Inspiration, expiration, inspiration, expiration… La communion respiratoire durera tout au plus deux minutes, car soudain, quelque chose en moi résiste… Je me jette violemment en arrière… Le prêtre en sort secoué, estomaqué, mais s'il est choqué, il ne le laisse pas paraître.

Après un temps pour se remettre partiellement de ses émotions, il m'a interrogé des yeux.

— Excuse-moi, je ne sais pas ce qui m'a pris, me suis-je justifié.

— Sais-tu ce que tu as fait ? m'a-t-il demandé avec une pointe d'étonnement dans sa voix encore haletante.

— Écoute, je ne sais pas quoi te dire. C'était comme si une partie de moi savait que je devais faire ça…

— … pour actionner ta Kundalini, a complété le prêtre au nom d'ange. C'est un baiser tantrique, qu'on s'est échangé, Sylvain, et tu me dis que tu ne connais rien à tout cela ?

Le prêtre est allé chercher un petit bouquin sur son étagère, l'a feuilleté, et m'a appris que plusieurs livres sacrés circulaient sur la vie de Jésus, lors des balbutiements de la chrétienté, dont notamment ce qu'on appelle les évangiles apocryphes. L'un d'eux, l'évangile de Philippe, tirait ses influences du gnosticisme, courant religieux où le salut s'obtient par un processus initiatique.

— Il y est écrit que les initiés recevaient la nourriture spirituelle par la bouche, et ainsi pouvaient aspirer à renaître dans l'expérience d'un baiser menant à l'illumination.

Le prêtre au nom d'ange m'a aussi appris que les chrétiens orthodoxes avaient espionné les activités rituelles des auteurs de l'évangile apocryphe. Ils exerçaient ce qu'ils appelaient le « culte du serpent », lequel titre faisait référence aux pratiques yoguiques visant à stimuler l'énergie de la Kundalini.

— Car il faut savoir que les mouvements chrétiens gnostiques s'inspiraient des courants orientaux, a-t-il précisé avant de me lancer, le regard un peu trop mielleux : Un passage poétise aussi que « l'amour est le vent par lequel nous croissons ».

Comme cela avait été le cas pour les autres événements hors du commun de ma neuvaine, je me sentais à nouveau dépassé – idem pour le prêtre au nom d'ange. Il me paraissait surexcité et, à l'évidence, ses sens avaient été exacerbés par l'expérience. Ses prunelles étaient dilatées, son souffle était toujours un peu court. J'entrevoyais l'un des deuils qu'il avait dû faire dans sa vie. Et je ne parle pas ici du deuil de l'expérience mystique, déjà évoqué, mais du deuil d'un amour défendu. Il allait me tendre une perche à ce sujet, je la sentais venir, peut-être même voulait-il me provoquer, mais je l'ai devancé.

— Tu crois que je suis homosexuel?

Il se tenait là, debout devant moi, son évangile interdit à la main. Avec toute la prestance d'un père spirituel, avec tout ce pouvoir que je lui accordais, il a proclamé :

— Oui, et je crois que tu refuses de l'admettre...

Le ton employé était moins affirmatif que ses paroles, mais il n'aurait jamais dû me dire ça...

J'étais par trop vulnérable...

Je me suis levé du lit d'un trait, j'ai quitté la chambre, puis me suis effondré sur une chaise de cuisine, troublé :

Est-ce possible? Comment serait-ce possible, alors que je ne me suis même jamais posé la question?... Peut-être parce que la question ne se posait pas... parce que le Divin Père, par la bouche biblique de saint Paul, les fustige, les homos. Alors c'est que ma quête spirituelle est vaine... Suis-je condamné? Et elle ne s'est jamais posée, cette fichue question, surtout parce que... parce que mon père, si je lui avais révélé une telle chose, il m'aurait détesté, renié et jeté manu militari *à la rue, banni de sa famille jusqu'à ce que mort s'ensuive...*

Le prêtre me parlait pour tout récupérer, mais ses paroles n'étaient pour moi qu'un souffle en sourdine...

— C'est normal de vivre sa sexualité...

Le fils de Martial Roby, ce chef syndical viril aux larges épaules... Le fils de Martial Roby... gai? Lui qui raconte à qui veut l'entendre que les deux choses pour lesquelles il avait prié, à ma naissance, c'est que je ne sois jamais ni handicapé ni tapette… Comme si on pouvait déceler ça dès la coupe du cordon, pour ensuite se targuer de la virilité de son fils à la distribution des cigares…

— C'est ok d'être gai en 1991…

Mais alors, pourquoi étais-je si obsédé par les nichons et les derrières des gonzesses de papier glacé, à l'adolescence ? Pourquoi ne pouvais-je souffrir la vue de deux gars qui s'embrassaient ? Pourquoi n'avais-je jamais fantasmé sur une bitte dans ma bouche ou dans mon cul ?

— Tu n'as qu'à te laisser aller…

Mais comment concilier mon trouble avec cet amour fou que je vivais, bien chastement il est vrai, pour cet émule de père spirituel aux airs de Richard Chamberlain ? Pourquoi avais-je toléré sa main sur mon sexe, sa bouche contre la mienne, son haleine dans le fond de ma gorge ? J'étais perdu, oui, totalement confus… Si confus que je me suis habillé en vitesse et qu'en moins de temps qu'il ne le faut pour dire « adios », je laissais le pauvre prêtre au nom d'ange tout aussi embrouillé que moi dans les rétroviseurs de mon bolide noir…

■ ■ ■

— Il a abusé de la situation, a jugé Morgane.

Je ne savais que répondre. J'étais encore confus. Je *sentais* les gens, à ce moment là, et je n'avais pourtant pas détecté chez lui l'ombre d'un tempérament manipulateur… Sauf à cet instant précis, peut-être, sur le coup d'une impulsion qu'il aurait, qui sait, regretté après. Nous ne nous sommes jamais revus pour corriger le tir. Une larme dévalait ma joue. Non, ce n'était pas une confusion sexuelle qui avait persisté, c'était ce déplorable gâchis qui m'avait éloigné d'un père spirituel potentiel, dont la seule tare avait été une sexualité trop refoulée. Je le pleurais comme on pleure la perte d'un père de substitution.

Morgane s'est montrée particulièrement présente, ce jour-là. Spontanée, comme l'était sa nature, elle s'est levée de son fauteuil, est passée derrière ma chaise, et m'a placé les mains sur les épaules, tendrement. C'était notre premier contact physique proprement dit. Il aurait pu durer une éternité, tellement j'avais besoin à ce moment précis d'un tel contact féminin.

À l'instant opportun, elle m'a demandé si j'étais en état de poursuivre. Et c'est alors que j'ai pu lui raconter la suite…

■ ■ ■

**Une heure après avoir laissé
le prêtre au nom d'ange.**

Je me suis retrouvé chez moi, nu devant la glace, fraîchement sorti d'une douche d'eau froide. Je ne m'étais jamais attardé sur le nouveau regard que j'arborais depuis la mise à feu de mon cœur Yokohama. Je ne m'étais jamais non plus attardé sur la transformation de ma morphologie, sur le fait que mon récent ascétisme avait élancé mes membres et ma taille. L'aspect exorbité de mes yeux et le glacis vitreux qui leur donnait un éclat particulièrement vivant m'ont frappé. Je les maudissais d'avoir subjugué le prêtre au nom d'ange. Je maudissais ce grand corps d'éphèbe de l'avoir séduit. Je me maudissais tout entier d'avoir vécu un tel épisode d'ambiguïté sexuelle.

J'ai quitté le poste de Narcisse pour aller me promener du côté de la chambre dans le but d'y cueillir des vêtements. Près de la garde-robe, j'ai pris conscience que la fenêtre aux battants ouverts exhibait mon corps maudit jusque légèrement sous la taille. La canicule persistait. La chaleur était suffocante. Je cherchais désespérément une camisole et un pantalon cargo pendant que je glissais un regard furtif à l'extérieur pour m'assurer de ne pas être ainsi surpris en tenue d'Adam.

À ce moment-là, j'ai reçu la vision la plus suave de ma neuvaine, bien incarnée celle-là, au beau milieu de la cour arrière du sixplex. Il s'agissait d'une jeune femme vêtue uniquement d'un slip de costume de bain et d'un *tank top* orange. Elle s'alanguissait sous le jet d'eau d'un tuyau d'arrosage. Sa peau mate perlait et sa nuque luisait de sueur. Elle me présentait, légèrement de biais, un dos cambré afin de doucher des cheveux blonds aux mèches sauvages. Elle n'avait rien de ces nymphes délicates, c'était plutôt une fille généreuse de ses courbes, aux jambes vigoureuses. Je la détaillais donc, heureux, et même soulagé de prendre conscience de mon sexe dressé devant la belle, oubliant jusqu'à son exposition possible à ma fenêtre. Puis, d'un geste brusque elle a tourné la tête pour ébrouer sa tignasse, m'a vu, oui, nu comme un ver et figé devant elle. Nous sommes restés ainsi près de cinq secondes, le temps que se dessine un trait mi-amusé mi-coquin sur ses lèvres, que je puisse déceler dans son œil un éclair salace, et qu'enfin je réagisse et me tire de là, le cœur battant un peu trop fort.

Quelques minutes plus tard, passées à faire les cent pas de l'embarras dans le couloir (seul recoin aveugle de l'appartement), toujours nu comme au premier jour, on cogna à ma porte.

Bref instant de panique.

Je ne voulais pas repasser à poil devant la fenêtre de ma chambre pour y prendre des vêtements et que la déesse de banlieue me surprenne à nouveau, et je pouvais encore moins répondre dans l'état où j'étais; alors j'ai couru à la salle de bains pour me couvrir d'une serviette un peu courte pour la situation, et à bout de souffle, j'ai gagné la porte pour l'entrouvrir. C'était la déesse de banlieue, toujours habillée aussi légèrement, toujours le corps perlé d'eau, le cou luisant de sueur, la bouche coquine et l'œil lubrique, avec en sus la pointe des seins bien dressée et auréolée d'un cercle foncé au travers son *tank top* trempé.

— Mmm… Salut! m'a-t-elle simplement envoyé.

— S-s-salut, ai-je bégayé, empoté, une main sur la poignée et l'autre retenant la serviette mal nouée.

— Moi c'est Julie, on est voisins… Je crois qu'on s'est croisés tout à l'heure… Fait chaud, non?

— O-oui… C'est la canicule, juillet, l'humidité, les douches de midi dans les cours arrière pour les pauvres gens comme nous sans piscine…

— C'est que, oui, il fait terriblement chaud, j'ai terriblement soif, je n'ai plus rien au frigo et, puisque t'es le seul voisin que je sais à la maison, je me demandais si t'avais pas un peu de jus pour moi… Avec peut-être un peu de glace pour me refroidir…

— Du… j-j-jus… Euuh… oui… haha… bien sûr… J'ai bien un peu de jus de pomme… Si ça peut t'aller…

— De pomme… Ouais… Ça me semble parfait pour l'occasion…

Elle a vraiment dit ça. Puis elle a sans trop insister poussé la porte, que j'ai bloquée du pied.

— Je ne peux pas réellement, ai-je fais en désignant la serviette qui ne tenait qu'à un fil.

La déesse de banlieue m'a chatouillé d'un regard grivois qui disait à peu près « t'inquiète, t'en auras pas besoin », mais elle m'a plutôt lancé une invite :

— Prends ton temps, mets quelque chose de pas trop encombrant, il fait tellement chaud, et viens me rejoindre avec ton jus à mon appart. Je reste au numéro 6, c'est tout en haut, près du septième…

Ciel! Oui, je pigeais. Elle avait de l'esprit, en plus, la déesse de banlieue.

Sûre d'elle-même, la Julie n'a pas attendu que je lui balbutie mon accord avant de tourner les talons et de dandiner son cul vers l'escalier. Rendu à ce point de l'histoire, la serviette tenait toute seule et les mains m'arrachaient les cheveux d'un désir aussi fou qu'incrédule.

C'est ici que le vœu de chasteté de ma neuvaine a pris le corps... je veux dire le bord.

Je me suis au final retrouvé à trinquer au jus de pomme dans le bain de cette Julie, la lueur des chandelles jouant sur le corps de bronze de la déesse, cette fois tout aussi nue que moi. Nous nous sommes longtemps caressés des yeux avant d'user du bout des doigts. Je crois qu'elle voulait tout comme moi s'assurer de vraiment bien étirer l'élastique de notre désir avant qu'on se jette l'un sur l'autre. Après avoir ainsi dégusté suavement le panorama, nos regards se sont dit que ce n'était plus qu'une question de secondes avant que l'élastique ne soit fatalement bandé.

Peu me croiront, mais à ce moment – eh oui! – j'ai eu une pensée pour les anges, pour mon vœu puéril de chasteté. Cependant, tout, intérieurement, me disait oui, à commencer par mon cœur Yoko-hama, qui ne manquait pas d'allant. Même le prêtre au nom d'ange avait dit que je devais me laisser aller...

Alors au diable!

Comme je dévorais la déesse de banlieue, mon âme bien incarnée devait fredonner pour elle-même ma traduction libre de la chanson des Red Hot Chili Peppers :

Pénètre au paradis / où j'mets mon âme sur le vibreur
Fille comble-moi / sois mon âme sœur
Toute femme / possède une part d'Aphrodite
Copuler pour créer / l'illumination érotique
Embrasser sa virginité / mon affinité
Je fraie avec les dieux / je fraie avec la divinité

■ ■ ■

Peut-être en avais-je un peu trop mis dans la narration...

Morgane a piqué des yeux vers le plancher en se raclant la gorge.

— Ça va ? lui ai-je demandé innocemment.

— Oh ! oui, oui, ça va… Humm… On va prendre une p'tite pause, ok ? On se remet… non… j'veux dire… on reprend ça… (Elle s'est levée et s'est dirigée vers la porte sans me regarder.) Cinq minutes, ok ?

24

Remember when you were young / you shone like the sun
Now there's a look in your eyes / like black holes in the sky
You reached for the secret too soon / you cried for the moon
Threatened by shadows at night / and exposed in the light

Pink Floyd
Shine On You Crazy Diamonds

J'étais de retour, seul, dans mon appart et, oui, de nouveau plongé dans mon bain. J'avais ajouté de la glace à l'eau, car mon corps bouillait et il devait bien faire cent degrés dans le four qu'était devenu le sixplex.

La baignade olé avec Julie… J'en étais tout retourné.

Dire que ça avait été bon serait nettement insuffisant… Intense ? Un euphémisme. Disons qu'avant la déesse de banlieue, je ne pensais pas avoir refoulé mes désirs à ce point. Mais à bien y songer, je n'avais pas joui solitairement en près de douze jours (un record personnel absolu depuis mes douze ans), je n'avais pas joui avec une femme en près de deux mois, et surtout, je n'avais jamais joui *dans* une femme… point à la ligne. Mon ex-fiancée avait voulu préserver sa virginité pour le jour de notre mariage. Ça n'avait jamais été un point de discussion parce qu'on avait su faire montre de beaucoup d'imagination, mais une heure plus tôt, ça faisait tout de même de moi un puceau. Alors, oui, à vingt-quatre ans, mes gonades étaient dues pour se décharger d'un retentissant coup de canon.

À partir de cette prémisse, la tête en surchauffe et le cœur Yokohama fou de reconnaissance envers la blondinette au corps de bronze, voilà que j'étais tout bonnement en train de me poser une question alors que je me savonnais la zigounette :

Ma deuxième porte est-elle ouverte ?

Après tout, si le prêtre au nom d'ange avait par le reiki dénoué la tension judéo-chrétienne qui s'érigeait en barrage devant la porte de ma sexualité, la Julie avait sûrement fait jaillir l'énergie vitale des écluses…

Je me suis remémoré mon dernier rêve, celui où j'ascensionnais par un escalier jusqu'à une chambre dans laquelle, sur l'oreiller d'un lit, deux chérubins avaient posé un livre dont j'avais l'intuition qu'il contenait les arcanes de l'Univers, toute la sagesse divine. Je n'avais jamais cru important de croiser la signification consensuelle des archétypes avec celle qu'on me suggérait lors des leçons matinales, à 4 h 44. M'a alors pris l'idée de vérifier. J'ai étiré le bras hors de la baignoire pour cueillir mon livre sur les rêves, dans le panier à magazines. J'ai cherché sous la rubrique « ange » : il y avait une note sur les chérubins, expliquant qu'ils font partie de la hiérarchie angélique la plus proche de Dieu, qu'ils symbolisent l'effusion de la sagesse et qu'ils sont chargés de la communiquer aux esprits prêts à la recevoir. Ils seraient en bref les gardiens des secrets divins, car dans la Genèse, il est dit que ce sont des chérubins qui gardent l'arbre de vie depuis que le Divin Père a chassé Adam et Ève du jardin d'Éden.

Elia la kabbaliste avait-elle donc visé juste en prédisant que je recevrais toute cette sagesse, et ce, dès cet été-là ?

Étais-je prêt ?

Serai-je jamais prêt ? Qui suis-je, pour recevoir tant de grâces… Qui suis-je, moi, pauvre crétin nouvellement allumé d'une flamme au cœur que je n'ai pas méritée… Qui suis-je, pour… accéder au Divin Père ?

Peu importe qui j'étais, j'ai entrepris de méditer la programmation d'un rêve pour tester mon intuition. Mon cœur serait le gardien de mon humilité. J'ai prié de recevoir ce don de sagesse et, tant qu'à accomplir un périple jusqu'aux archives divines, aussi bien poser

LA question, à savoir pourquoi et comment l'Univers a été créé, et quel rôle avons-nous à y jouer, en tant qu'êtres humains conscients?

Pendant la méditation, j'ai visualisé puis ouvert mentalement le livre sur l'oreiller de mon songe.

C'est à cet instant que j'ai rencontré Dieu.

Je croyais que, dans le bain, je m'assoupirais et rêverais doucement.

Erreur.

Ce n'est pas ainsi que Dieu se présente.

Rencontrer Dieu, ce n'est pas ce que tentent de vous faire avaler les gourous du Nouvel Âge. Ce n'est pas une voluptueuse envolée éthérée vers une lumière inconditionnelle, ce n'est pas une douce conversation avec le dieu intérieur de votre cerveau droit qui vous affranchit de toutes les vacheries que vous avez pu commettre ou déblatérer, éradiquant du coup le principe du mal en trois best-sellers. Du moins, ce n'est pas mon expérience. Et admettez que cette version doucereuse de la mystique évoque davantage la rencontre avec la Mère miséricordieuse, l'archétypale Marie, que le principe plus viril du coup de pied au cul donné par le Père au fils pour l'éveiller aux âpres réalités de la vie.

Pour moi, l'expérience de Dieu s'est apparentée à une rencontre des hautes lames de Bali pour un *surfer* novice… Non, pas assez fort, je rectifie : demander une audience avec Dieu, c'est plutôt comme souhaiter en toute innocence se laver sous le jet continu de la douche du Niagara. Pour un gars qui, comme moi, savait à peine nager dans la médiocre barbotteuse de sa propre vie…

Comment vous décrire…

Dépeindre une expérience mystique n'est jamais une mince affaire. Alors débutons par une précision qui s'impose : quand je dis que j'ai rencontré Dieu, je ne prétends pas qu'un sage à barbe blanche est venu s'asseoir dans mon salon pour me raconter la genèse de sa création d'une voix tonitruante ! Au fait, je n'ai pas entendu de voix, si cela peut contribuer à vous rassurer.

Voici comment cela s'est plutôt manifesté…

Tout le phénomène a démarré comme une réponse spontanée à la question que j'avais posée à Dieu. Il ne serait pas trop fort de parler d'une vision, comme celles que les mystiques ont rapportées depuis que le monde est monde. Donc Dieu, ou peu importe quelle puissance cosmique daignait communiquer avec moi, m'a projeté quelque chose comme un film muet dont la première scène me relatait les débuts de la Création.

L'image initiale qu'on m'a transmise était celle d'une énorme boule de lumière palpitant d'amour dans le néant. C'est la représentation la plus proche de Dieu qu'on puisse fournir pour que je comprenne qu'il s'agissait bien de Lui. Je voyais donc la boule qui palpitait, mon intuition mystique captant que nous étions au premier jour de la Création, et mon cœur ressentant l'amour de Dieu… C'est comme cela que la vision se rendait intelligible à ma cervelle de non-initié au cours de Mystique 101.

Évidemment, j'ai sursauté de surprise dans mon bain. Après tout, je n'étais qu'un visionnaire recrue. Rien de ce que j'avais vécu auparavant n'approchait une telle projection surnaturelle. Mais à ce stade initial, une voix intérieure – la mienne – me conseillait de me calmer et de faire confiance.

Et la vision de progresser…

Dieu *est* amour, rien de révolutionnaire jusque-là, et l'amour est expansif, il crée librement et continuellement… C'est comme ça ! Alors le Dieu de ma vision expulse le germe de l'Univers d'un élan d'énergie gigamégatonnal, qui n'est pour Lui qu'une simple expiration. Et au sein de l'Univers, dont on me présente l'expansion en accéléré, la caméra divine opère un *zoom in* sur la création de la vie sur Terre.

Pour l'instant, ça va, c'est simple. Les images défilent à un rythme normal, tout va bien. Me vient même la géniale idée d'aller courir à la cuisine, toujours nu comme Adam le jour où il croqua la fameuse pomme, pour m'équiper d'un kit papier-crayon. Soyons humbles, quel plumitif ne rêve pas de tenir le stylographe du scribe de Dieu, ne serait-ce que pour quelques minutes ? Je m'assis donc à la table de cuisine et arrive même à rédiger trois ou quatre lignes descriptives pendant que ma vision se poursuit.

Mon tome personnel de *Conversations avec Dieu* s'achèvera malheureusement au premier quart de page.

Car ça se complique un peu…

Entrent en scène les équations mathématiques et la pléiade de calculs qui président à la création évolutive de la vie sur notre planète. J'apprends que le vocabulaire de Dieu semble être celui des symboles et des nombres, car ils se mettent à défiler sur l'écran de ma vision comme une liste de fichiers dans l'éclair d'un *download* informatique traversant la couronne de mon crâne pour m'inonder la cervelle.

Chose miraculeuse, malgré la vitesse inouïe à laquelle cela m'est présenté, je capte et comprends tout. Mais oublions ici les ambitions sténographiques : ma main de scribe ne pourra jamais suivre la cadence.

Scène suivante de ma vision : j'observe l'avènement de l'Homme, et avec lui s'incarne un niveau de conscience qui n'ira qu'en s'élevant vers le Divin Père. Car le rôle de l'Homme semble d'être le lien de conscience entre Dieu et sa création, laquelle ne cesse jamais d'évoluer sous mes yeux, de s'amplifier, de féconder, et avec ça, les équations se multiplient au rythme de la prolifération de la vie… et ça prolifère ! L'énergie divine se manifeste à moi comme un flux ininterrompu d'amour créatif échangé entre Dieu, le cœur de l'Homme et la matrice terrestre de sa création et c'est ainsi que, peu à peu, je vois la réplique éthérée de cette création s'élever du cœur humain jusqu'à différents degrés du Ciel, pour le peupler de l'imago des montagnes, des arbres, des fleurs, des cours d'eau, des soleils et des âmes de toutes les créatures – un vrai paradis se déploie ainsi sous mes yeux de mystique en herbe.

Ce qui était particulier à cette vision, c'était qu'elle ne me limitait pas qu'à *voir* cet Homme, elle me permettait d'*être* cet Homme, d'expérimenter de première main cette énergie divine. Mon cœur Yokohama devenait le carrefour me liant à Dieu et à tout l'Univers, où l'amour allait et venait dans une interactivité fulgurante, pour me faire vibrer au diapason du cœur de l'Homme, dans une extase sans nom.

Dans l'apothéose de l'expérience mystique, je voyais les âmes humaines s'élever à la droite de Dieu pour y pulser d'un même Amour dans une relation Père-Fils avec Lui. Dans les faits, Dieu prenait ainsi conscience de lui-même et se dupliquait tout à la fois. La matrice de sa création le remettait en quelque sorte au monde sous la forme d'un Fils de Lumière, et on me faisait comprendre que c'est pourquoi l'Univers était représenté chez les chrétiens par l'archétype de la Vierge, et qu'on la disait Mère de Dieu, de même que les Amérindiens parlent d'une Terre Mère.

Au cours de ma vision, des questions surgissaient de ma pensée. L'une d'elles : pourquoi est-il nécessaire à l'âme de transiter par le corps humain pour bêtement terminer sa trajectoire dans le ciel, à un nuage près du Créateur ? Réponse intuitive donnée immédiatement : *le Créateur crée l'âme pure, mais ignorante, pour la retrouver à ses côtés parfaite, gorgée des connaissances que seule l'expérience de l'incarnation pouvait lui apporter.*

Plusieurs années plus tard, sœur Fernande me dira : « Tu as reçu la révélation de la sainte Trinité, mon cher Sylvain. »

Mais à la vérité, ce rendu n'est qu'une pâle réplique intellectualisée d'une fresque visionnaire déferlante et indicible qui surclassait de beaucoup ce tableau partiellement brossé, limité par le cadre restrictif du verbe et de ma pauvre caboche.

Sur le coup de l'illumination, j'étais en réalité subjugué par la vivacité de la vision, par la foudroyante surcharge d'amour qui m'unissait à Dieu à ce moment. J'étais en fusion avec Lui comme je l'avais été avec la version onirique de Siddhârtha. Mais c'était beaucoup plus puissant – trop puissant pour mes neurones. Je n'ai pas paniqué immédiatement, car je croyais pouvoir ralentir le débit du téléchargement par moi-même. Nenni. Peu importaient mes efforts en ce sens, le flux d'images et de nombres accélérait de façon exponentielle. La tête me grillait. Un signal interne flashait : INSUFFICIENT CAPACITY, BRAIN OVERLOAD, GET THE FUCK OUT OR YOU'LL BLOW UP IN 10, 9, 8, 7, 6…

Un court-circuitage en règle s'annonçait effectivement si je ne faisais pas quelque chose – et *presto*. La meilleure image que je peux fournir pour illustrer cette manifestation, tirée du dernier *Indiana Jones*, est celle du personnage d'Irina Spalko, campé par Cate Blanchett, qui, recevant d'un crâne de cristal tout le savoir de l'Univers, une masse incommensurable de connaissances impossibles à gérer, supplie vainement pour l'arrêt de la transmission, qui finit par lui flamber la cervelle et la réduire en un misérable tas de cendres.

La fumée devait d'ailleurs commencer à me sortir par les oreilles et, réalisant bien mon impuissance à gérer le phénomène, j'ai paniqué.

Première impulsion : appeler un ami. Ma capacité de concentration était par contre trop sollicitée pour me rappeler de quoi de ce fût, et *a fortiori* d'un numéro de téléphone, avec l'avalanche de nombres que ma cervelle avalait. Mais qu'ai-je vu sur la porte du frigo ? Le nouveau numéro du condo de… mes parents ! Et le *download* qui accélérait, et accélérait encore… Je surchauffais, littéralement, je me tenais la tête à deux mains… Le dernier que je voulais alerter de la sorte, c'était mon père, car que penserait-il de toute cette folie ? Mais voilà que je n'avais plus d'options… J'ai composé le numéro avec grande difficulté… Il a répondu.

— P'PA ?

Ma voix devait être atrocement fébrile, comme s'il y avait le feu chez moi.

— Sylvain?

Son ton était inquiet.

— Oui… oui… oui, c'est m-moi…

Dans ma tête, ça turbinait à une vitesse ahurissante, les images et les chiffres défilant comme sur les rouleaux mécaniques d'une machine à sous…

— Ça va?

Sa voix était réellement inquiète.

— Écoute, p'pa…

J'ai peiné à assembler mes idées, et encore plus mes mots, pour lui dire :

— P-pose p-pas de questions… J'peux p-pas t-t'expliquer… P-parle-moi de… g-golf!

— De golf? Mais…

— Pas de m-mais, p-p'pa… Le g-golf! Les *d-drives* t-tout… croches, les *g-greens* t-trop… rap-pides, les t-trappes… de s-sable… N'imp… p-porte quoi… M-MAIS F-FAIS-LE!!!

Et, assurément abasourdi, décontenancé, il s'y est mis, a même épuisé le sujet, s'est par la suite nerveusement attaqué au baseball, au tennis, au hockey, au football… Avec le temps, le phénomène du *download* a ralenti. Faire diversion avait été la bonne stratégie. Je récupérais progressivement la capacité d'engager une conversation à moitié intelligible, et là mon père m'a dit :

— Faut que tu me dises ce qui se passe, Sylvain. Ça a pas d'allure ton affaire!

— Plus tard, pas là… On ira luncher ensemble un de ces quatre j-jeudis…

Je viens pour raccrocher.

— Non, non, non… Tout de suite, mon gars… Tu veux luncher, on va luncher… J't'ai laissé partir l'autre soir, pis j'aurais pas dû… Rejoins-moi au Mâs des Oliviers dans deux heures…

— Mais…

— Là, c'est à moi de te dire qu'y a pas de si pis de mais…

Je pissais la sueur de partout. Je n'étais pas présentable. J'ai donc effectué ma quatrième (!) visite de la journée aux bains-douches, ai enfilé jeans, chemise et sandales. J'ai pris le volant, les facultés altérées par une cervelle court-circuitée, et si j'ai pu retrouver mon chemin jusqu'à l'autoroute des Laurentides, lorsque je suis arrivé à Montréal, j'ai eu peine à reconnaître les voies d'accès au centre-ville. J'ai abouti sur l'avenue du Parc, ai pris Mont-Royal par erreur, illégalement à gauche, puis j'ai réalisé que je ne savais plus distinguer la gauche et la droite, l'ouest et l'est. Je me suis égaré, ce qui m'a frustré car j'avais suivi mon cours universitaire dans le quartier où mon père m'avait donné rendez-vous. Toutefois, comme par enchantement, ma mémoire émotive a récupéré le souvenir des directions pour me rendre jusqu'à l'appartement d'Andrée, l'amour désormais avoué de mon secondaire. J'ai garé ma voiture devant, sonné à sa porte, puis cogné, mais (heureusement, allais-je me dire après coup) personne n'a répondu. Une chaude énergie noire se mouvait en moi, j'avais la moitié de la tête qui ne m'appartenait plus, et l'autre me semblait calcinée. La canicule m'étouffait, mes cheveux et ma chemise étaient trempés, je titubais en marchant, car toutes mes capacités motrices étaient déréglées… Je devais appeler à l'aide… Mais qui appeler ? Je ne me rappelais plus du numéro de mes parents, de toute façon mon père devait déjà m'attendre au resto-bar à cette heure. Et puis j'ai songé à Caroline, la seule dont le numéro m'a sauté à l'esprit. Mais nous n'étions pas à l'ère du cellulaire, et il me fallait trouver un téléphone public… Pas de monnaie… J'ai dû partir à la quête des vingt-cinq cents nécessaires… Je devais d'ailleurs avoir l'air d'un sans-abri fraîchement désinstitutionalisé, le visage déformé par des tics, la paume trémulante, la démarche boiteuse… Personne n'osait même m'approcher, on avait peur de moi… Je ressentais alors dans le plus profond de mes tripes le mépris que les mendiants doivent endurer quotidiennement… J'étais désespéré… Complètement déboussolé… J'étais au beau milieu de la rue Saint-André… Une voiture a manqué me buter… Un bon Samaritain m'a par la suite approché, me demandant ce que j'avais, si j'étais dans le besoin de quoi que ce soit… Il m'a offert d'aller téléphoner chez lui… J'ai appelé Caroline, lui ai donné les coordonnées du bon Samaritain, lui ai demandé de joindre mon père au resto.

Mon père est venu me repêcher dans la rue quinze minutes plus tard, et je ne peux décrire son expression lorsqu'il m'a vu. En chemin vers le condo, il m'a posé mille questions alors que je me réfugiais dans le mutisme. Ma cervelle avait été le siège d'un attentat à la bombe, je sentais se creuser un cratère au sommet de mon crâne. Il me semblait qu'on y avait versé un litre d'essence qui coulait jusque dans le fond de mon cœur. Une énergie étrangère, noire, chaude, malsaine, semblait faire son nid en moi. Une impression de possession. Mes facultés mnémoniques étaient passablement touchées. Je me rappelais avec quelque difficulté les événements marquants de ma jeunesse, par exemple, mais ne pouvais me les attribuer. C'est comme si quelqu'un d'autre les avait vécus à ma place. Je me sentais carrément à côté de moi-même.

Je suis foutu… Quel con! Avec quelles forces t'as joué? Tu l'as eue, ton ouverture du chakra de la couronne… Toutes tes portes spirituelles étaient béantes… Bravo! T'es foutu maintenant!

À mon arrivée au condo, ma mère a dit ne plus me reconnaître. Elle était morte d'inquiétude. C'est pourtant elle qui allait devoir aider son fils à rassembler les morceaux. Mais plus elle essaiera, moins elle en sera capable. Le soir venu, mon père était parti, ma mère s'est bercée fébrilement. Il régnait un silence qu'elle ne brisait que pour me supplier, toutes les dix minutes, de me reposer. Comment pouvait-elle m'aider? Ma pauvre petite maman douce comme le sucre d'orge était elle-même à ramasser à la petite cuiller.

Nous avons passé la brunante devant la vue imprenable sur le fleuve, qui me donnait le vertige, en nous balançant le torse d'avant en arrière. Un oiseau blanc a voltigé près de la baie vitrée du salon avant de s'éloigner à tire-d'aile, allègre, vers l'horizon. J'ai songé à Jonathan Livingston, à l'euphorie de la liberté, aux rêves perdus. J'avais lamentablement échoué. Gisaient près de ma mère les restes du fils blessé à mort de sa rencontre avec le Père.

Ainsi prenait fin ma neuvaine.

Ainsi commençait ma quête de la Déesse-Mère.

TROISIÈME PARTIE
LA QUÊTE DE LA DÉESSE-MÈRE

Les couleurs de ma nuit d'automne

Les soirs illuminés par l'ardeur du charbon,
Et les soirs au balcon, voilés de vapeurs roses.
Que ton sein m'était doux ! que ton cœur m'était bon !
Nous avons dit souvent d'impérissables choses
Les soirs illuminés par l'ardeur du charbon.

La nuit s'épaississait ainsi qu'une cloison,
Et mes yeux dans le noir devinaient tes prunelles,
Et je buvais ton souffle, ô douceur ! ô poison !
Et tes pieds s'endormaient dans mes mains fraternelles.
La nuit s'épaississait ainsi qu'une cloison.

CHARLES BAUDELAIRE
Le Balcon

25

Arrache-moi à cette mort,
Mon Dieu, et fais que je vive.
Ne me tiens pas ainsi captive
de ce lacet serré si fort.
Pour te voir quel cruel effort
et si total est mon pâtir
que je meurs de ne pas mourir.

SAINT JEAN DE LA CROIX

J'ai d'urgence contacté Elia deux jours après l'atterrissage catastrophique de ma neuvaine mystique. Elle m'a dit qu'après avoir vécu l'expérience d'un pur esprit dans les hautes sphères du Père, et m'être brûlé les ailes à la gloire de son soleil, il me fallait revenir sur Terre, me réincarner dans la matrice. La quête du sein d'une Déesse-Mère, c'était bien de cela dont il s'agirait pour la suite des choses.

— Je suis anéanti, j'agonise, je ne sais même pas si je vais pouvoir survivre psychiquement ! lui ai-je presque crié au téléphone. Ce n'est pas ce que j'espérais de la quête spirituelle que tu m'as promise !

— *You're experimenting death*, Sylvain, m'a répondu Elia d'une voix très calme. Et il n'y a pas d'initiation sans mort. Pour renaître, il faut d'abord mourir. Pour revenir à la vie, tu devras passer par ce tunnel d'angoisse… *And it's a very black, cold and narrow passage.*

— Mais pourquoi ne m'as-tu pas prévenu que ça finirait comme ça ? C'est ton rôle de voyante, non ?

— *No*, Sylvain. *It's not my role*, s'est défendue la kabbaliste. Mon rôle est de te mettre sur le chemin de ta quête. Alors je ne pouvais tout te dire. *Anyway*, ton *accompagnateur céleste* me l'aurait interdit.

Si je t'avais prévenu des souffrances de l'initiation, aurais-tu consenti à son expérience ? *You see*, j'aurais risqué de te priver de la quête la plus importante de ta vie…

— Mourir ? ai-je ironisé.

— Ta quête est loin d'être terminée, Sylvain, elle ne fait que commencer…

— L'objectif était d'accéder à toute la sagesse divine, non ?

— Il est certain que tu as eu accès à beaucoup de… *connaissances*, a nuancé Elia. Et avec ce que tu m'as raconté de ta vision, je sais qu'elles sont authentiques. Mon maître de la Kabbale me disait que le parcours du sage débute lorsqu'il s'est rapproché de l'Aleph, ce lieu de tous les lieux de l'Univers, la première lettre de l'alphabet sacré, dont le tracé s'étire tel un homme reliant le ciel et la Terre, tel un vecteur de conscience portant en lui une carte du monde inférieur, qui est à l'image du monde supérieur. Là résidait le lieu de ta vision, là réside la connaissance.

« *However*, la sagesse n'est pas la connaissance, a-t-elle poursuivi. La sagesse est l'intégration de cette connaissance dans ta vie consciente de tous les jours. La sagesse, c'est de rendre cette connaissance *utile*, et pour toi et pour les autres. Quand tu arriveras à cela, tu toucheras le but ultime de ta quête. »

— Mais comment y arriver ? ai-je presque supplié, mu par le désespoir.

— Il te reste des étapes à franchir, dont la première est la mort. *And I want to tell you something… so listen close* : il n'est pas encore assuré que tu réussisses ce passage. Tu traverseras un désert, Sylvain, et la tentation sera forte de mourir pour vrai.

J'ai dégluti bruyamment, le combiné téléphonique me semblait soudain bien lourd à porter. Elia a continué :

— Si tu passes cette épreuve, viendra la guérison, qui sera une quête en soi.

— Et en quoi consistera-t-elle? ai-je demandé d'une voix blanche.

— Si tu réussis à vaincre la mort, tu en sortiras encore meurtri. Tu devras aller vers les pouvoirs guérisseurs de la Terre Mère, t'enraciner dans son humus, marcher dans ses sentiers, te baigner dans son eau, goûter à ses fruits. La Terre Mère, c'est aussi la Déesse-Mère. Entoure-toi de femmes. *And I'm not only talking about sex, here…* Rappelle-toi la leçon de tarot, et apprends que l'énergie féminine ne se résume pas qu'à cela. Il y a bien sûr l'énergie de l'amante, mais aussi celle de la mère, de la fille, de la sœur, de l'amie, et celle de l'amoureuse. Ta quête de la Déesse-Mère s'achèvera lorsque tu auras trouvé, reconnu, aimé et séduit la femme qui comprend toutes ces femmes, et je parle ici d'un amour réciproque.

— Comment ferai-je pour la trouver?

— On mettra cette femme sur ton chemin, m'a prédit Elia. Ton défi sera de la reconnaître, et de te faire reconnaître d'elle.

— Peux-tu me donner des indices?

— Je t'en ai déjà suffisamment dit, Sylvain. Pour le reste, *follow your heart. Even better : follow your soul…* Plus tu guériras, plus tu pourras te fier à tes instincts. C'est l'un des dons de l'expérience mystique : elle donne des yeux qui t'aideront à reconnaître les gens et les synchronicités qui sont bonnes pour toi, pour ton âme. Tu ne pourras plus jamais voir la vie comme tu la voyais avant…

Elle a pris une pause, puis a ajouté, sans compléter sa phrase :

— À moins que…

— À moins que quoi? ai-je demandé, inquiet.

— Sais-tu quel est le pire danger qui te guette, Sylvain?

— Mourir… Tu me l'as déjà dit.

— Pire encore que la mort physique, c'est l'oubli. Ne laisse jamais ta souffrance, la guérison ou encore le succès te faire oublier ce que tu as vécu de beau dans ton cœur cet été. Cela pourrait non seulement ralentir énormément ton évolution, mais aussi celle des personnes qui te sont chères, et en particulier ton père. Je ne peux t'en dire plus aujourd'hui. *But please, always remember to remember...*

— Cela m'étonnerait beaucoup que j'aie un rôle à jouer dans la vie de mon père... Je ne le vois pratiquement jamais. Sa vraie vie semble ailleurs que dans la mienne, ai-je réagi amèrement.

— Et il en sera ainsi pour toute ta convalescence, Sylvain. Mais viendra un jour où il aura besoin de toi. Ce jour-là, ne le laisse pas tomber...

— Que me faudra-t-il faire pour mon père?

— Être là pour lui, simplement. Mais tu ne pourras l'aider que si tu arrives à lui pardonner. Pour cela, tu devras avoir réalisé le but ultime de ta quête, soit l'intégration dans ton cœur de ta rencontre avec le Divin Père. À sentir ton amertume, je constate qu'il te reste du cheminement à faire... et je t'annonce qu'il te faudra le faire sans moi, car ton *accompagnateur céleste* me dit que je ne serai plus là pour te guider.

J'ai reçu ça comme un coup de Trafalgar.

— Non! T'as pas le droit! J'ai besoin de toi!

— Je ne suis pas ta Déesse-Mère, Sylvain. Je dois laisser à cette femme la place qui lui revient dans ta vie, *sorry...*

Un profond sentiment de désespoir s'est emparé de moi. Comme si j'étais perdu en forêt dans la nuit et qu'on me privait de l'éclairage d'une pleine lune.

— N'oublie pas, Sylvain, m'a dit Elia avant de raccrocher. Résistes à l'envie de mourir. Car tout ce que tu souhaiteras ardemment t'arrivera, y compris la mort. Tu es maître de ton destin...

Pour l'instant, tout ce que je savais, en ce 20 juillet 1991, un peu moins de deux mois avant mon hospitalisation, c'était que je ne désirais pas mourir – du moins pas *maintenant*.

Car dans l'état pitoyable où j'étais après la rencontre du Père et l'abandon d'Elia, alors que je me berçais des heures durant aux côtés d'une mère atterrée, les ailes brûlées jusqu'au dos, je craignais en vérité que même en mourant, je ne quitterais pas ce corps fourbu pour une destination éthérée. Je m'enliserais plutôt dans les profondeurs de la Terre, bien incapable de m'envoler jusqu'à la lumière du soleil comme l'avait fait ce goéland venu m'observer furtivement par la baie vitrée du salon, deux jours plus tôt.

Alors j'étais somme toute poussé par un étrange instinct de survie à m'accrocher à mon corps déréglé qui goûtait le sel alors qu'il croquait un fruit sucré, qui suait de la glace alors que ses entrailles flambaient, qui se sentait prégnant d'avoir outremangé alors qu'il n'avait bu que de l'eau et ne vomissait que de la bile.

Un corps débile.

Ce qui me rappelle le premier visiteur qui s'est pointé au condominium de mes parents…

C'était mon ami d'enfance, ce toujours fidèle et loyal Marc, l'étudiant en médecine. C'était l'après-midi du 25 juillet, une semaine après mon arrivée à moitié mort, psychiquement, chez mes parents. Ils étaient sortis prendre l'air ; ils en avaient grand besoin. Les haut-parleurs crachaient à tue-tête une chanson du groupe rock québécois Too Many Cooks. Il avait fallu qu'elle s'achève avant que je puisse entendre la sonnerie de l'entrée. Dès que j'avais ouvert à Marc, j'avais refais jouer le tube, *I Don't Want to Die*, que j'écoutais en boucle depuis des heures. Comme si je désirais mobiliser toutes les forces restantes de ma volonté pour la survie de l'étincelle de vie précaire qui me tenait lieu d'âme.

Lorsque j'ai candidement expliqué le stratagème à mon grand ami, il m'a servi le même regard, le même sourire – ému, poli, timide et triste – que celui qu'il allait me resservir à l'unité de psychiatrie, deux mois plus tard ; cette expression pathétique d'un frère qui ne sait pas s'il retrouvera un jour le dégingandé maladroit avec qui il se marrait en arrachant des pissenlits, à philosopher sous les étoiles, à refaire le monde sur la pelouse de son bungalow de banlieue. Mais nous n'en étions plus à ces jours prometteurs. Et alors qu'il m'accompagnait pour ma première promenade à l'extérieur depuis que la foudre s'était abattue sur moi, j'ai dû m'asseoir sur un banc et constater une panne d'énergie après quelques mètres seulement d'une pénible procession. J'avais réagi à l'effort physique tel un centenaire tremblotant au bout de son souffle de vie. C'est là que Marc a avoué qu'il avait rêvé à moi une semaine auparavant, alors qu'il était parti à la pêche dans quelque lieu reclus :

— T'es soudainement apparu dans mon rêve, Sylvain, comme un fantôme dans le noir, les cheveux blancs, les traits tirés, l'air épouvanté…

L'image évoquée m'a rappelé une scène des *Dix Commandements*, alors qu'on avait teint en blanc les cheveux de Charlton Heston, après la rencontre de son personnage avec Dieu. Moïse était monté sur le mont Sinaï jeune et vigoureux, et en était redescendu vieux et voûté. C'est l'effet que l'audience privée avec le Père avait eu sur moi. J'avais d'un élan déterminé atteint la cime de la sagesse, pour aussitôt chuter, tel un vieillard croulant dans une nuit noire de folie.

■ ■ ■

Hôpital Saint-Jude, bureau de D^{re} Morgane St-Clair.
Samedi 28 septembre 1991, matinée.

Je décrivais cette résignation à la folie, lorsque Morgane s'est rebiffée :

— Ne sois pas trop rapide sur la gâchette de ton propre fusil à étiquettes, Sylvain. Y a pas que du mauvais dans ce que t'as vécu.

Son ton se voulait très doux, rassurant, maternel.

— J'sais plus trop quoi penser de ces expériences surnaturelles, ai-je répondu. J'suis pas capable de les rejeter, ni de les accepter. J'peux pas en nier la richesse, pourtant elles m'ont ruiné. C'est un trésor de fou, que j'ai déterré!

Morgane fronçait les sourcils, comme chaque fois où sa spontanéité cherchait impatiemment les mots pour s'exprimer.

— Écoute, Sylvain, j'ai besoin de temps. Il me manque des éléments, je dois fouiller la littérature médicale, trouver certains bouquins, recoller les pièces du puzzle ensemble... Mais je ne crois pas que tu sois fou...

— Avec son diagnostic de psychose maniaco-dépressive, le docteur Tomate Pourrie n'a pas l'air de ton avis...

— Les psychiatres ont tendance à ne jurer que par le DSM-III comme s'il s'agissait d'une Bible, mais ce n'est pas une Bible, justement, parce qu'en a été évacué à peu près tout aspect spirituel ou mystique...

« Je n'adhère pas à la thèse de la psychose, du moins pas à cent pour cent, et non plus à celle de la maniaco-dépression... Je ne vois pas d'antécédents d'*up and downs* répétitifs... Tu as conservé un regard autocritique sur tes expériences et, Sylvain, tu possèdes un système de croyances cohérent pour les arrimer ensemble...

« Mais j'peux juste te donner des impressions, à ce moment-ci... J'ai besoin de les appuyer d'arguments, d'études de cas précis, de l'avis de psychiatres ouverts d'esprit et qui ont immanquablement croisé des cas comme le tiens... »

Morgane a quitté son siège et est venu s'accroupir près de moi, le regard sincère, prenant mes mains dans les siennes.

— Donne-moi jusqu'à mardi, ok? Trois jours, c'est d'accord? m'a-t-elle demandé. D'ici ce temps-là, tiens-toi loin d'Hugo et des énergies plus sombres, prends avantage du beau temps, des couleurs de l'automne, de la beauté de la terre... Quitte un peu le ciel.

« Il est clair que tu n'es plus un risque pour toi-même, alors je vais te donner les permissions de sortie nécessaires… On fait ça et je te reviens avec du neuf mardi… ok ? »

L'élan de Morgane me touchait. Mais intérieurement, j'étais bien obligé de constater qu'elle y croyait plus que moi. Je devais donc m'en remettre à ses pouvoirs guérisseurs et espérer qu'elle accouche de ses promesses.

26

**Hôpital Saint-Jude, Département 31.
Dimanche 29 septembre 1991, 8 h 30.**

Le lendemain de la proposition de ma thérapeute d'aller me changer les idées à l'extérieur, je déjeunais tranquillement au Petit Café du département en me préparant mentalement pour ma première journée à l'air libre. Christelle, la femme dont la petite famille avait tragiquement disparu, avait pris l'habitude de partager ses repas avec moi. C'était une compagnie moins verbeuse que celles de Paul et Marika, qui n'avaient de cesse de roucouler des niaiseries. Alors nous nous tenions un peu à l'écart. Christelle disait que je savais respecter ses silences, et je la remerciais de respecter les miens. Vers la fin du petit déjeuner, Jean l'Intelligent est venu briser notre petite quiétude avec une bonne humeur éclatante. Il venait ainsi m'apprendre, baluchon sur l'épaule, qu'il allait poursuivre sa propre quête hors des murs de l'hôpital. On lui avait donné son congé.

Et il en semblait ravi.

Je m'en trouvais pour ma part inquiet. Autant pour lui que pour moi, je dois l'avouer. Car je ne pouvais comprendre qu'on puisse libérer un suicidaire qu'on avait récemment changé de chambre sous prétexte que les gémissements de sa peine tenaient son cochambreur éveillé. Et je trouvais suspecte cette soudaine légèreté chez Jean, alors qu'il me pleurait son désespoir dans les bras deux jours auparavant. Ça renforçait un doute dans mon esprit sur la capacité du personnel soignant à bien suivre ses patients, et du même élan, je remettais en question le désir de Morgane de me voir prendre l'air avant notre prochaine rencontre. Tout cela préludait-il à une prochaine sortie, obligée et définitive ?

— Comment ça, tu pars? ai-je bafouillé.

— Il était plus que temps! Mais je tiens à te dire que t'es le seul icitte que je quitte à regret, m'a avoué Jean l'Intelligent en me tendant trois feuilles de papier sur lesquelles il avait gribouillé un mot. Lis ma petite histoire, elle est pas mal, tu verras!

Sur le coup, j'ai pris la lettre sans trop savoir quoi dire pour le retenir. Comme il devinait ma désapprobation, il m'a adressé un clin d'œil, m'a dit «On se revoit au paradis!», et il est reparti saluer une préposée qui desservait les tables. Toujours interdit, je me suis mis à lire, espérant une explication…

Dialogue au Paradis

Deux âmes sœurs se rencontrent au paradis après une vie de déprime. Celui qui avait passé l'arme à gauche en premier somnole doucement dans un hamac, bercé au son d'une lyre angélique. Son visage est celui d'un jeune homme très détendu. L'autre traîne un air fatigué avec son teint blafard, sa couronne de cheveux gris et son dos courbé. Il se meut difficilement jusqu'à son ami, sur le lit des nuages, à l'aide d'une canne.

— Jean? Bon Dieu de merde! (Le vieillard à la canne regarde tout autour en mettant la main sur sa bouche, lorsqu'il réalise ce qu'il avait échappé en plein royaume des cieux.)

— Sylvain! Y a pas de problème, tu peux blasphémer tant que tu veux ici : le Vieux est plutôt dur d'oreille. Mais je ne t'attendais plus, moi… T'en as mis du temps!

— À qui le dis-tu… C'est long, une vie de déprime… J'en perdais des bouts, vers la fin; je crois qu'ils ont même fêté mes cent ans… Tu sais, la science et tout… On ne meurt plus, en bas! Mais l'important, c'est que j'ai fini par crever! (Il regarde la peau ridée de ses mains aux doigts tordus par l'arthrite.) C'est quoi cette idée de conserver l'apparence

qu'on avait à notre mort ? Toi, t'as l'air de plutôt bien t'en tirer ! T'as pas changé depuis la dernière fois que je t'ai vu…

— Quelques cicatrices ont mis un temps fou à s'estomper, par contre, dit Jean en s'observant les poignets.

— Puisque tu en parles… Je t'avoue que je ne pensais surtout pas te revoir en-haut !

— Ben pourquoi donc ?

— C'est la façon dont t'es parti, Jean. Tu sais…

— Tu parles de mon suicide ?

— Je ne…

— La meilleure décision que j'ai jamais prise ! Ça m'a épargné au moins cinquante ans d'ennuis. Surtout que le plan karmique me prévoyait une faillite, deux divorces, trois calculs aux reins et quatre autres hospitalisations… On est pas mal mieux ici, j'te jure !

— Alors l'enfer, les flammes éternelles et les maître-rôtisseurs cornus…

— Une légende pour engraisser les coffres des Églises et des compagnies pharmaceutiques !

— Pas même un coup de baguette sur les doigts de la part de ton ange gardien quand t'as vu défiler le film de ta vie ?

— Tu blagues ? Pourquoi je me farcirais un navet pareil ? Et puis, me parle pas de notre ange gardien… Parce que t'as le même empoté à ton service, en passant…

— Ah oui ? Mais, euh ! Qu'est-ce qu'il a, notre ange gardien ?

— Il s'est trompé de code génétique à notre conception, l'imbécile heureux ! Dosage hormonal fatal dans le choix de nos parents ! On s'est tapé toutes ces thérapies pour une foutue erreur de débutant ! Tu iras voir notre curriculum aux archives akashiques, mon Sylvain, ça vaut le coup ! Des vies et des vies de service… On nous en devait une *à se la couler douce… Les tropiques, la Ferrari, les quarante vierges… La totale! Mais non… Notre ange a merdé et j'en ai été quitte pour dix années de Zoloft! Et pas mal plus pour toi, à ce que je vois!*

— …

Réalisant ce qu'il avait enduré pour rien, le vieillard se remet à déprimer en plein paradis. Du coup, il devient si lourd qu'il crève le nuage et chute en enfer… c'est-à-dire sur Terre.

— Mais quel con! s'écrie le suicidé.

Il hausse les épaules et avale une dernière lampée de cidre avant d'appeler son ange gardien par télépathie.

L'ange dépose sa lyre et accourt :

— Que se passe-t-il?

— T'es pas censé être omniscient?

— …

— T'occupe! Bon, remballe ta lyre, fini les vacances! Mon âme sœur est retombée sur Terre… Il faut que j'aille rejoindre Sylvain avant qu'il n'aggrave son cas : c'est l'heure de la réincarnation…

— Ah non, pas encore!

— Fais pas cette tête-là, ça me tente pas plus que toi!

— Bon, attends, je vole chercher le catalogue parental…

— Oui, pis trouve-moi les bons parents c'te coup-ci! Si tu te goures encore, la prochaine fois ce sera pour toi l'incarnation, les rages de dents, les cours d'algèbre, les dettes étudiantes et le rouleau à pâtisserie de Bobonne!

Fin de l'histoire sans fin.

L'humour de Jean avait souvent eu le don de me glacer, mais jamais autant que ce matin-là. C'était peut-être la lettre de suicide la plus originale qu'on ait pu imaginer, elle n'en demeurait pas moins une lettre de suicide. Je me suis levé aussitôt la lecture terminée, espérant qu'il n'ait pas encore quitté. Jean l'Intelligent me tournait le dos dans le couloir menant à la sortie de l'unité, quand je l'ai aperçu. J'ai couru vers lui, mais il a ignoré mes appels et a franchi la porte sécurisée, qui s'est refermée avant mon arrivée. L'infirmière n'avait pas été prévenue de mes nouveaux privilèges de libre circulation. Le temps de retracer mon dossier, Jean s'était évanoui dans la nature.

Dans les jours suivants, je n'ai pu savoir ce qu'avait fait le personnel de la lettre, ni même si on avait opéré un suivi auprès de mon ami. Une chose est certaine, je n'ai plus jamais revu Jean l'Intelligent au sein de l'unité.

Ce ne sera que bien plus tard que j'aurai des nouvelles de lui… et ce ne sera pas en provenance du paradis.

27

Hôpital Saint-Jude, Département 31.
Lundi 30 septembre 1991, début de soirée.

Bien qu'apaisé de pouvoir revenir à la sécurité de l'hôpital le soir venu, le dimanche après-midi passé hors de ses murs m'avait aéré l'esprit. Je m'étais offert des plaisirs simples : lire les chroniques sportives du *Journal de Montréal* en bouffant un hot-dog au stand de patates frites, discuter musique avec le marchand de disques au centre d'achats, marcher le long du fleuve en prenant bien soin de méditer à tête vide. Sur la berge, je m'assurais d'être conscient du souffle du vent qui balayait mes cheveux, gonflait mes poumons d'une vie nouvelle, gorgeait mon sang d'oxygène frais. La nature ravissait au soleil ses plus belles couleurs, éclatait d'un dernier sursaut de vie avant de mourir du spleen automnal. Tout cela m'inspirait un certain degré d'insouciance. Du moins, momentanément, j'oubliais Jean, mes inquiétudes et tout ce qui, en dehors des murs de l'hôpital, constituait une source potentielle de pression. Je n'avais pas prévenu mes parents de mes privilèges de sortie, n'avais pas ressenti le besoin de partir assez loin pour leur demander les clés de mon bolide sport. J'ai répété le même manège le lendemain : journal, musique, plein air. Chaque fois, oui, je revenais fort aise à l'unité après le souper, non pas sans m'être précédemment goinfré d'un festin au resto pour me changer de la bouffe d'hôpital. Mon appétit revenait, c'était bon signe. Comme le chantait Obélix, quand l'appétit va…

Le lundi soir, je suis revenu assez tôt pour trouver tout le monde en train de terminer son repas au Petit Café du département. Christelle était seule dans un coin de la salle, et elle m'a accueilli avec un petit air de reproche. C'était gentil, sans grande conséquence, juste ce qu'il fallait pour me faire comprendre son désarroi lorsqu'elle devait prendre un repas seule, avec autour d'elle tous ces vautours qui parlaient de son histoire en chuchotant. Je lui ai fait signe de m'accompagner vers le noyau de la bande du nid de coucous. Nos amis piaillaient fort au milieu de la salle où on avait regroupé trois tables. Paul, Marika, Bruno et quelques autres, parmi les plus lucides, y étaient. Christelle m'a pris à contrecœur par le bras, peinant juste à la pensée de se lever et de se rendre jusqu'à eux. Elle me faisait penser à moi, lorsque je marchais péniblement aux côtés de Marc, près de la tour d'habitation de mes parents. Ça m'a permis de constater qu'en deux mois, mon énergie avait repris du poil de la bête. Et mon cœur aussi, car la frêle Christelle m'inspirait une belle émotion, depuis sa rencontre. Ce n'était pas le Yokohama, mais ça répandait au moins un certain niveau d'empathie – l'étalon de mesure avec lequel les patients de l'aile psychiatrique jaugeaient le plus souvent leur estime personnelle.

Car dans leur conciliabule, les patients parlaient justement d'aider les plus mal en point, de jouer aux cartes avec eux, de leur donner du temps, de l'importance, voire de l'affection. On citait Hugo en exemple, lui qui n'habitait plus sa chambre que physiquement depuis deux jours, bourré qu'il était de tranquillisants. Tous le prenaient en pitié, car c'était le bébé du département, et on en venait même à regretter la nuit où il avait réveillé tout le monde pour faire une démonstration de son *moonwalk*. Les patients voulaient aussi inciter les préposés à accompagner plus souvent les dépressifs à l'extérieur, les jours de beau temps. Ils désiraient proposer leurs services aux psychiatres, pour de petits gestes pouvant s'adresser aux cas les plus graves. Ils esquissaient jusqu'à l'idée d'en aider certains à réintégrer le quotidien à l'extérieur des murs. Quelqu'un projetait la mise sur pied d'un service bénévole pour les sans-abri, une fois son séjour terminé, et deux autres lui ont remis leur numéro de téléphone afin d'être avertis en temps opportun. Tout ça me rappelait ce réflexe premier que j'avais eu alors que j'étais moi-même au fond de l'abîme.

Je comprenais donc cet élan altruiste des patients. En contrepartie, je connaissais aussi par expérience le piège de cette illusion. Car un peu comme la nature qui brillait depuis deux jours de tous ses feux avant de mourir, le don au suivant en pleine noirceur n'avait pu que rallumer temporairement mon cœur Yokohama avant une pénible traversée du désert…

■ ■ ■

Août 1991.

Ça faisait deux semaines que je me berçais aux côtés de ma mère en regardant le fleuve, et je n'allais fichtrement pas mieux, puis un matin, j'ai lu un article sur la disparition du gîte Dernier Recours, à Montréal, et le malheur des défavorisés qui se retrouvaient ainsi à la rue. Les sans-abri campaient sur un terrain vague situé face au gîte, au coin de Sainte-Catherine et de Sanguinet. Un mouvement bénévole s'était improvisé dès l'irruption de la crise. Ça m'avait ravivé une étincelle au cœur, je m'étais senti interpellé.

Sur le site de Dernier Recours, j'ai vécu une seconde neuvaine qui ne sera que le pâle écho de la première. Lors des deux premiers jours, j'avais pris mon premier bain de foule depuis mon arrivée au condo de mes parents. Plusieurs itinérants me reconnaissaient parce que je les avais côtoyés dans la semaine ayant suivi l'ouverture mystique de mon cœur. Au milieu d'un véritable cirque médiatique, je m'étais limité à leur distribuer sandwiches, rafraîchissements et vêtements devant l'entrée condamnée du gîte.

De l'autre côté de la rue, sur le terrain vague où campaient les sans-abri, quatre hommes en jeans et chemise noire leur servaient deux fois par jour la soupe populaire. Au troisième jour, lors d'une pause, j'étais assis sur le trottoir quand l'un d'eux était venu à ma rencontre. C'était un jeune homme de mon âge, doux, souriant et très avenant. Au cours d'une brève conversation très animée, nous avions constaté que nous partagions la même passion pour les démunis, le service et la spiritualité – il était, comme ses trois compagnons, frère franciscain. Nous partagions jusqu'au même prénom !

Le frère Sylvain m'avait présenté au reste de sa petite communauté, tout comme lui rieuse et sans prétention. La connexion avait été instantanée. Quand les frères avaient appris que je résidais en banlieue, ils m'avaient invité à demeurer temporairement dans leur humble couvent aménagé dans le haut d'un duplex de la rue Saint-Zotique. Le frère Sylvain m'avait cédé sa cellule. D'après les affiches tapissant les murs et les icônes encombrant la commode, mon nouvel ami vouait un culte spécial à la Vierge de Medjugorje, en plus de sa vénération naturelle pour saint François d'Assise. Cette présence féminine sacrée de la Vierge ajoutait à l'atmosphère apaisante des lieux, et je m'étais immédiatement senti chez moi.

Chaque jour nous donnions tout ce que nous avions aux démunis. Chaque soir, les frères préparaient un copieux repas qui devenait prétexte à la fête ; nous partagions des anecdotes savoureuses, nous chantions, nous rigolions sans cesse. Les religieux prenaient plaisir à m'en apprendre sur les Franciscains et leur saint fondateur. Les frères badinaient à ce sujet, car ils avaient entendu parler de moi par les miséreux. Ils aimaient souligner les similarités de parcours entre saint François et moi, car lui aussi, à vingt-quatre ans, avait tout plaqué – sa vie aisée, son père et son commerce – pour aller serrer dans ses bras les S.D.F. de son époque, les lépreux.

Malgré la légèreté et l'amour enveloppant des membres de la communauté, je n'ai pu, parmi eux, recontacter la force de mon cœur qu'une seule fois.

Je résidais chez ces franciscains depuis une semaine lorsque c'est arrivé. Pendant la soupe du soir, un jeune homme très maigre s'est présenté au terrain vague, le visage noirci et les vêtements lacérés. Il échangeait avec quelqu'un qui a montré notre marmite du doigt. Le jeune homme nous a considérés d'un air découragé et s'est écrasé d'un seul trait sur un bloc de ciment, comme si les quelques mètres à parcourir semblaient de trop pour sa constitution anémique. J'ai rempli de potage un bol de styromousse et le lui portai. Il a eu peine à saisir le contenant sans que la soupe éclabousse, tellement il tremblait de faiblesse. Sous la crasse, son visage imberbe était vert, et ses lèvres, bleutées. Ses yeux gris étaient brumeux et sans vie. Lorsque je lui ai souhaité bon appétit, il m'a dit un bonjour éteint en me tendant une main glacée, molle et timide.

— Bonjour! Quel est ton nom, mon ami? lui ai-je demandé.

— Je n'ai pas de nom, m'a-t-il répondu d'une voix veule.

— Tout le monde a un nom! Tiens, moi, c'est Sylvain!

— Oui, j'ai déjà eu un nom, a-t-il précisé. Mais je l'ai perdu.

Le jeune homme m'a raconté, entre d'avides lampées de soupe, qu'il s'était réveillé parfaitement amnésique, par un beau matin, à Vancouver. Il avait l'écume aux lèvres, du sang séché sur le visage et personne susceptible de le mettre sur la piste de son identité.

— J'ai cherché de l'aide… J'en ai trouvé, sauf qu'on me demandait mon nom, et c'était comme si je l'avais sur le bout de la langue mais que je ne pouvais pas le sortir.

Le jeune amnésique étant francophone, il s'était instinctivement mis en route vers le Québec en autostop. Il venait d'arriver depuis deux jours.

— J'suis fatigué… Tellement fatigué, si tu savais…

Touché par son histoire, je lui ai promis mon aide pour retracer famille et amis. En attendant, je lui ai conseillé de se reposer un peu. Il faisait beau temps. Je lui ai déniché un coin d'ombre sur le terrain vague, puis lui ai empli les bras de couvertures et de deux oreillers plutôt qu'un. Pendant ce temps, les frères remballaient leurs marmites.

— Il faut que je quitte, l'ai-je averti. On se revoit demain, ok?

Ses yeux gris ont semblé momentanément prendre vie, dessinant deux ronds d'inquiétude. Il a laissé couler des larmes de pur désespoir, à bout de nerfs, et m'a tendu ses bras en laissant choir la literie, comme un enfant qui ne veut pas que sa mère l'abandonne à la faveur de la nuit.

C'est à ce moment que ça s'est produit.

J'ai accepté son étreinte, l'ai serré à mon tour très fort dans mes bras. Et puis je me suis rappelé qu'il y avait à peine quelques semaines, je titubais sur la rue Saint-André, totalement désorienté, jusqu'à ce qu'un bon Samaritain m'invite à son appartement le temps d'un appel au téléphone qui m'avait permis d'alerter un proche. Qui sait si les foudres de Dieu n'étaient pas passées à quelques neurones près de griller l'essentiel de mon identité?

Je pourrais être à la place de ce jeune-là aujourd'hui...

Me rendant compte de cela, mon cœur s'est empli d'une compassion sans borne, et ce fut le carburant nécessaire à la remise en route du Yokohama. Le jeune était si frêle dans mes bras que j'aurais pu le casser en deux. Mais il en redemandait, me serrant encore plus fermement à son tour, trouvant des forces je ne sais où dans son corps osseux. Je nous sentais reliés l'un à l'autre par le cœur. Pourquoi tant de souffrance, pourquoi un tel enfer, pourquoi faire courir un tel péril à nos âmes? Je ne comprenais rien à rien. Puis j'ai vu l'un des frères s'approcher de nous pour m'avertir qu'il était temps de partir. Une croix franciscaine sautillait à son cou. J'ai songé à saint François. Seule l'évocation intérieure de son nom a suffi à décupler la charge me reliant au jeune amnésique, puis une décharge électrique fulgurante m'a traversé le corps pour monter vers l'extase d'une vision, ma dernière, qui déchira le ciel en un éclair. Cela prit la forme d'une longue chaîne d'hommes et de femmes qui s'étirait du sommet d'une falaise jusqu'à sa base, où se brisaient des lames de feu, chaque être humain tirant vers lui celui qui se trouvait dessous. C'est ainsi qu'on m'enseignait que tous seraient ultimement sauvés, sans qu'on en oublie le plus petit, serait-il le plus vil, serait-il tordu jusqu'à la moelle de son âme. À la suite de cette révélation, un nouvel éclair d'une joie indicible m'a foudroyé l'intérieur alors que je m'effondrais, les joues trempées de larmes, aux pieds du jeune homme qui, s'il ignorait toujours son nom, connaissait désormais celui de François. Car c'est le prénom qu'il a prononcé avant de s'endormir, quelques minutes plus tard, un sourire étirant ses lèvres bleues.

Je suis donc rentré au bercail en abandonnant l'amnésique sur le sol terreux du terrain vague. Au couvent, le ciel s'est couvert pendant le souper. Une fois la nuit tombée, vinrent la pluie battante, le tonnerre et les éclairs. J'imaginais le jeune amnésique dans la boue du terrain vague en train de grelotter; je n'ai pu m'empêcher d'y aller, sous la pluie, trempé, désespéré de le retrouver, mais il était évidemment parti. Les frères allaient me dire plus tard qu'ils ne l'ont jamais revu – il s'était évanoui avec son mystère entier, et mes promesses ne furent jamais honorées.

Mortifié par le remords de ne pas avoir cédé ma cellule du couvent franciscain au jeune homme alors qu'une chambre hospitalière m'attendait chez mes parents, je n'ai pu fermer l'œil jusqu'au matin. Ce fut ma dernière nuit chez les Franciscains. Je ne pouvais plus occuper un lit si précieux qui n'était pour moi qu'un luxe.

La communauté m'a tristement laissé partir, me remettant un exemplaire de l'hagiographie de leur saint fondateur. J'y lirai le soir même que saint François avait un jour serré le lépreux le plus dégoûtant d'entre les lépreux, dans un fort élan de sympathie, et qu'il avait alors senti son cœur s'embraser pour la première fois. Il avait appelé ça l'Oiseau de la Joie Parfaite. Il a toujours recherché cette extase par la suite, sans jamais retrouver cette perfection. Pour moi aussi, ce sera le cas – et j'en avais déjà le pressentiment. Quand j'en ai pris conscience, j'ai eu les bleus, on pourrait appeler ça les bleus mystiques… le *mystique blues*.

Trois jours plus tard, je partais pour la Floride.

■ ■ ■

Hôpital Saint-Jude, bureau de D^{re} Morgane St-Clair.
Mardi 1er octobre 1991, matinée.

— C'est le voyage que t'avait prédit la voyante, non ? m'a demandé ma thérapeute.

— Oui. À mon retour de chez les Franciscains, mon père m'a annoncé qu'une de ses connaissances lui offrait gratuitement, pour une période de deux semaines, son condo de Pompano Beach, plusieurs kilomètres au nord de Miami.

Le président à tronche de grenouille s'était quant à lui senti tellement coupable de ma débâcle, qu'il avait pris sur lui de m'octroyer quelques milliers de dollars de dédommagement pour services rendus. J'ai réglé mes dettes, cassé mon bail, remisé mes effets à l'entrepôt. Tout ça m'a permis de partir presque un mois…

■ ■ ■

Août-septembre 1991.

Ce voyage dans le Sud, débuté en solo, a aussi été la traversée du désert annoncée par Elia…

Selon les évangiles, lors de son baptême dans le Jourdain, Jésus de Nazareth a vu l'Esprit descendre sur lui et ensuite l'entraîner dans le désert pour quarante jours, où l'on permit à Satan de tenter le nouvel initié.

Voilà pour la référence, et loin de moi l'idée de me comparer au Fils de Dieu ! C'est seulement que mon voyage de quelques semaines sera de la même manière un parcours d'épreuves et de tentations…

Première tentation : la liberté inconsciente.

En chemin vers la Floride, j'ai tout d'abord joui d'un total sentiment d'évasion. Pour l'heure, je ne désirais plus songer aux miséreux et aux élans mystiques. Je voulais seulement m'amuser comme les jeunes hommes de mon âge… Comme j'en étais encore capable quelques mois auparavant.

Deuxième tentation : le retour aux idéaux matérialistes.

Une fois sur place, l'État de l'Orange me fournissait tous les mirages nécessaires pour m'inciter à revenir à mon ancien mode de vie : il y avait la joie factice des parcs d'attractions, les sourires faciles des vacanciers, la beauté des *beach girls*, les décapotables clinquantes des *beach boys*, les yachts, les restos et les hôtels de luxe. Bref, toute la parure du rêve américain que je savais à ma portée si je réempruntais la voie du carriériste ambitieux – celle qui avait conduit à ma perte. Cependant, chaque fois que la tentation me prenait de dénicher un job payant en marketing dès mon retour au bercail, j'imaginais qu'un nœud de cravate me serrait la gorge jusqu'à l'étouffement. N'eût été que pour cette raison, il devenait évident que mon arrêt de travail serait de longue durée. Alors à force de vivre chez ses parents, les idéaux matérialistes…

Troisième tentation : la sécurité affective antérieure.

Mon père, inquiet de me savoir seul à 2 600 kilomètres de lui, a eu la joyeuse idée de m'expédier en première classe l'ex-fiancée qui revenait *subito* dans le décor, nommément celui du condo floridien, lorsque j'y suis arrivé. Immanquablement, loin de nos soucis passés, nous avons renoué d'un baiser langoureux au-dessus d'un festin de homards, pour évidemment rompre – oui, ce sera la troisième fois – dix jours plus tard, sur la plage, devant un coucher de soleil vermillon… Nouveau coup au cœur, nouveaux adieux déchirants… Je l'ai reconduite à l'aéroport, et son avion est parti, m'abandonnant avec l'amère impression d'être seul au monde.

Quatrième tentation : l'étourdissement.

Après le départ de Caroline, j'ai quitté le condo, puis ai passé le reste de la semaine à errer de chambre de motel en chambre de motel, tout en migrant vers le nord. De jour, je me suis arrêté à Cap Canaveral, Epcot Center, Universal Studios… mais rien à faire :

même le monde de Disney n'arrivait pas à m'émerveiller. Je me sentais de nouveau à côté de moi-même, j'emmagasinais les images féeriques comme un film dont je jouirais plus tard, étrange procédé que j'oubliais dans l'alcool le soir venu et jusqu'à tard dans la nuit; je ne dormais plus. Puis, las de toute cette épopée, j'ai décidé de quitter la carte postale pour regagner la maison.

Cinquième tentation : la pensée magique.

L'expérience de l'étreinte du jeune amnésique m'avait démontré la capacité dormante de mon cœur. Peut-être n'avais-je eu besoin que de quelques semaines de repos pour qu'il retrouve un peu de sa constance… À la hauteur de Jacksonville, une autostoppeuse m'a inspiré l'idée folle de réessayer mon Yokohama calé dans l'huile. La femme était une malade mentale démente, son énergie était plus noire que noire, je l'ai embarquée, silence, je me suis concentré : *Dieu t'aime, Dieu t'aime, Dieu t'aime…* Le truc n'a pas fonctionné, il s'est mis à pleuvoir, on a roulé jusqu'à Savannah. Nous y avons soupé tardivement. Aucun dialogue possible alors que la femme semblait mieux habilitée à converser en des termes fort peu convenables avec la fourchette et le verre d'eau. Encore une chance qu'elle ne se soit pas découvert une complicité avec le couteau à steak ! De retour à l'auto, il pleuvait des cordes; je ne pouvais la laisser dehors par un temps pareil. Nous avons donc partagé une chambre, mais elle allait s'enfuir en hurlant en pleine nuit, me prenant pour une sorte de démon. Puis j'ai enfin fermé l'œil pour trente minutes, mais me suis réveillé en sursaut. En demi-sommeil, j'ai vu pour le temps d'une seconde l'image de mon propre spectre; il était d'un blanc laiteux taché de cendres, et son expression était celle du plus lourd des chagrins. Ça n'allait décidément pas…

La dernière tentation : le saut de l'ange.

Plus j'approchais du Québec, de Montréal, du condo de mes parents, de l'anxiété de ma mère, des pressions de mon père, plus je paniquais intérieurement. Deux autres nuits d'insomnie après mon arrivée, je regardais le fleuve du onzième, et j'ai dit à ma mère : « Si je ne vais pas à l'urgence tout de suite, je saute. » Et selon ma logique du moment, j'ai tenté de me convaincre que si je sautais, les anges constateraient mes ailes brûlées et viendraient me cueillir pour me donner un *lift* jusqu'en haut !

C'était l'épreuve de la mort dont m'avait prévenu Elia. Et la tentation était très forte. Heureusement, je n'y ai pas cédé.

■ ■ ■

— C'était la scène d'intro du film, n'est-ce pas ? ai-je ironiquement demandé à Morgane, qui m'a fait signe que nous avions effectivement fait le tour de la question.

Et qu'elle était parée.

Nous étions mardi.

J'étais tout fébrile.

Tel que promis, la thérapeute allait rendre son verdict…

28

Il faut donc commencer à échapper à la contamination freudienne et reconnaître que tout le monde peut vivre des expériences transcendantes parce qu'elles sont authentiques et réelles.

STANISLAV GROF

La citation du psychiatre tchèque était le principal message que Morgane me destinait, en ce matin du 1ᵉʳ octobre. Et pour appuyer sa thèse, ma thérapeute amatrice s'était armée de deux piles de livres et de documents divers qui encombraient le bureau devant moi. Ne manquaient plus que son tailleur d'avocate, ainsi que les juges et jurés.

Elle me citera non seulement Grof, mais d'autres bonzes de la psychologie transpersonnelle, et encore les écrits de sainte Thérèse d'Avila, saint Jean de la Croix, Victor Hugo et Carlos Castaneda, puis elle me lira des passages entiers du Livre des Morts tibétain traitant de la Kundalini[2], me parlera d'un certain Gopi Krishna, que l'expérience avec cette énergie primale avait convaincu qu'elle était à la base de toutes les grandes religions ayant commencé par une révélation personnelle. Le mystique oriental croyait aussi que cette énergie avait de tout temps participé à la croissance du niveau de

---

2. La Kundalini est l'énergie vitale (le *prana*) de l'Univers telle qu'elle se manifeste chez l'être humain. Elle est souvent représentée par un serpent lové au niveau du sacrum. L'énergie vitale, pour s'élever, emprunte le *sushumna*, canal psychique qui correspond à l'intérieur de la colonne vertébrale. La montée de la Kundalini est souvent évoquée comme l'éveil du serpent qui se dresse pour atteindre le sommet de la tête, entraînant au passage l'éveil progressif des *chakras* que sont les plexus, au nombre de sept, correspondant aux différents niveaux de conscience entre les pôles de l'instinct et de l'intuition. C'est alors que l'énergie vitale arrive au chakra supérieur (par la pratique du yoga, de la méditation, de la prière, ou accidentellement à la suite d'une crise physique ou émotionnelle), et que se produit l'expérience extatique de l'illumination. Lors de celle-ci, le sujet peut expérimenter plusieurs phénomènes psychiques, dont un état d'accès à la connaissance universelle. (Sources : Jacques Languirand, site Web de Radio-Canada, et Stanislàv Grof, *Psychology of the Future*).

conscience de l'Homme, et, parallèlement, au développement du cerveau humain. En raison de l'accès, lors de ces expériences, à une connaissance infinie transmise sous formes d'idées élevées, de théorèmes mathématiques et de symboles archétypaux, Gopi Krishna émettait l'hypothèse que la Kundalini avait inspiré les grandes avancées scientifiques et artistiques ayant marqué l'évolution de l'humanité. L'*Institute for Consciousness Research*, un organisme canadien qui s'est donné comme mission de sensibiliser le grand public au potentiel de l'activation de la Kundalini, aurait cherché à retracer ses effets dans la vie et l'œuvre de grands génies tels que Gandhi, Hugo, Johannes Brahms, sainte Hildegarde de Bingen et Rudolf Steiner.

— Tiens, lis ces vers, m'a dit Morgane en me tendant une feuille sur laquelle elle avait retranscrit ces quelques mots :

J'écoutai, j'entendis, et jamais voix pareille
Ne sortit d'une bouche et n'émut une oreille.
Ce fut d'abord un bruit, large, immense, confus,
Plus vague que le vent dans les arbres touffus, [...]
C'était une musique ineffable et profonde,
Qui, fluide, oscillait sans cesse autour du monde, [...]
Le monde enveloppé dans cette symphonie,
Comme il vogue dans l'air, voguait dans l'harmonie.

— Ça ne te fait pas penser à la fameuse chorale céleste qui t'avait ému chez le prêtre au nom d'ange ? m'a-t-elle demandé.

— Qui a écrit cela ? me suis-je enquis, tout aussi intrigué par la citation que nostalgique de cette nuit me semblant déjà si lointaine.

— C'est un extrait du poème *Ce qu'on entend sur la montagne*, de Victor Hugo. Il avait manifestement entendu la même musique ineffable et profonde que toi. Mais j'ai mieux encore, a-t-elle ajouté en sortant d'une des piles de documents la brique des *Misérables*.

— Il y décrit la vie d'un juste, monseigneur Bienvenu, dont les élans mystiques dans son jardin m'ont rappelé les tiens.

Puis elle me cite des bouts de paragraphes :

« Il était là, seul avec lui-même […] ouvrant son âme aux pensées qui tombent de l'inconnu. […] offrant son cœur […] allumé comme une lampe au centre de la nuit étoilée, se répandant en extase au milieu du rayonnement universel de la création, […] il sentait quelque chose s'envoler hors de lui et quelque chose descendre en lui. Mystérieux échanges des gouffres de l'âme avec les gouffres de l'Univers ! »

Puis encore…

« Il songeait à la grandeur et à la présence de Dieu […] Il considérait ces magnifiques rencontres des atomes qui donnent des aspects à la matière, révèlent les forces en les constatant, créent les individualités dans l'unité, […] et par la lumière produisent la beauté. Ces rencontres se nouent et se dénouent sans cesse ; de là la vie et la mort. »

— Et ta tante religieuse disait vrai, a-t-elle confirmé en me désignant les biographies des saints dont elle m'a théâtralement remis les exemplaires.

Hildegarde de Bingen, François d'Assise, Thérèse d'Avila et Jean de la Croix : tous, selon ce que Morgane m'en rapportait, avaient connu cette fulgurante ouverture du cœur, tous avaient nourri le fantasme de sauver les âmes des enfers, tous avaient vécu l'impulsion de l'ascétisme, tous avaient eu accès à des visions transformatrices, et tous avaient souffert de moments troubles où le doute, l'angoisse, et la peur d'une nuit sans fin les avaient rongés.

— Surtout, tous ont vu comme toi leur ego voler en éclats du jour au lendemain. Si tous les mystiques chrétiens sont des fous, alors l'Église triomphante où les papes les ont élevés au rang de saints et de saintes n'est qu'un vulgaire asile d'aliénés ! Et idem pour les maîtres soufis, les initiés de la kabbale et les moines bouddhistes… Tous des psychotiques !

« L'initiation décrite dans le Livre des Morts tibétain prévoit une montée de Kundalini nécessaire à une communication avec le Divin Père qui, une fois établie, illumine le cœur du disciple d'une Claire Lumière. Dans leur imagerie, les Tibétains parlent d'un Divin Père assis sur le trône du Lotus aux mille pétales…

« Et tu sais où se situe ce Lotus aux mille pétales, Sylvain ? Sur le sommet de la tête, là où tu dis avoir perçu l'entrée de l'énergie électrisante du *download* de la connaissance universelle ! Et mieux encore, cette énergie vitale est celle de la sexualité, que tu as pu éveiller par les pratiques tantriques en compagnie du prêtre au nom d'ange, et déclencher par la relation sexuelle avec ta déesse de banlieue. »

J'étais soufflé.

Tout ce que j'ai vécu ferait donc sens, procéderait d'une logique mystique ?

— Ralentis un peu, tu veux ? ai-je imploré ma thérapeute, absorbant tant bien que mal l'avalanche d'informations.

J'ai pris une brève pause réflexive, et mon avocat du diable intérieur s'en est mêlé.

— Tu sais que de tout temps, plusieurs ont catalogué les prophètes et les poètes de fous sympathiques, ai-je fait remarquer.

— Tu veux un exemple plus cartésien ?

— Cause toujours…

— Isaac Newton !

Morgane m'a raconté que le célèbre physicien avait reçu la révélation des bases de ses célèbres théories vers l'âge de vingt-quatre ans, alors qu'il était au Trinity College, à Cambridge, sous le mentorat d'un certain Isaac Barrow. C'est au cours de cette période prolifique qu'on situe l'épisode légendaire de la pomme qui tomba sur Newton – d'où lui serait venue l'inspiration des lois de la gravitation universelle.

— La symbolique du fruit défendu qui chute de l'arbre de la connaissance au jardin d'Éden est assez claire, il me semble ! s'est-elle exclamée. Note au passage qu'elle lui tombe sur la tête. Ce n'est pas tout… Veux-tu une anecdote savoureuse ? Le mentor de Newton a fini par lui céder sa chaire de Cambridge au profit d'une carrière en théologie !

D'ailleurs, Newton, un alchimiste notoire, aurait, selon ce que m'apprenait Morgane, écrit davantage sur la théologie que sur la physique ou les mathématiques. Et il a passé trois longues années sous le coup d'une terrible dépression nerveuse ponctuée d'épisodes hallucinatoires.

— S'en est-il relevé ? ai-je demandé avec fébrilité.

— Professionnellement, il n'y a pas de doute, m'a-t-elle répondu. Et la profusion de son héritage laisse croire qu'il a retrouvé un équilibre plutôt sain. Mais ces périodes de noirceur totale ne sont pas rares après une fulgurante montée de Kundalini…

Elle me parle ensuite de Jacques Languirand, le grand sage des ondes radio-canadiennes. Dans un témoignage sur ses propres expériences mystiques, il parlait lui aussi de la Kundalini comme d'une énergie puissante qui l'a amené dans un état spirituellement élevé qu'il qualifiait de nirvana, pour ensuite le plonger dans les affres d'une « angoisse ramenée à l'essentiel : la peur de devenir fou, la peur de mourir, la peur de ne plus être. »

Des peurs qui faisaient désormais partie de mon quotidien. J'étais rassuré d'apprendre que de telles pointures étaient passées par les mêmes épreuves que moi…

— Languirand disserte sur la nécessité, pour l'initié, d'accepter une mutation profonde l'obligeant à mourir à un niveau de conscience pour renaître à un autre plus élevé, m'a expliqué Morgane.

Pour qu'une telle mutation s'effectue, tout le processus exigerait que l'initié passe, toujours selon cette encyclopédie humaine de chez nous, par une sorte de descente aux enfers desquels il doit croire, momentanément, qu'il n'en reviendra pas…

— Regarde encore ce que j'ai trouvé, Sylvain. Dans un ouvrage datant d'il y a trois ans, deux profs de l'UQAM, Henri Cohen, du département de psychologie, et Joseph Lévy, anthropologue, soutiennent que l'étape de l'illumination peut être suivie de phases difficiles marquées par la souffrance et des sentiments d'abandon définis par Jean de la Croix comme une « nuit » qui affecte la santé physique et psychologique par de sévères périodes d'angoisse, de doute et de confusion.

Languirand regretterait par ailleurs que l'œuvre de Jean de la Croix ne soit pas encore au programme des études en psychologie, voire en psychiatrie.

— Des chercheurs spécialisés en psychologie transpersonnelle se sont penchés sur les symptômes de la montée de Kundalini, m'a encore informé la thérapeute.

Parmi ceux-ci, on en aurait observé plusieurs que Morgane a pu repérer dans mon témoignage : des épisodes de pression crânienne désagréable; la perception de sons internes, d'une lumière intérieure, de mouvements thermiques au sein du corps; l'anxiété; un sentiment de dépersonnalisation; des états de transe et de conscience paranormale; et l'accélération de la pensée. Certains ajouteraient à cette liste la diminution des besoins physiologiques en termes de sommeil et de nourriture, ainsi que l'accès à de grandes révélations touchant les sphères de la métaphysique, de la philosophie, de la théologie, de la psychologie, des sciences et des arts.

— Surtout, on reconnaît l'authenticité de la montée de Kundalini à la profonde transformation intérieure du sujet, à une modification parfois drastique de son mode de vie, à une augmentation de son sens moral et humaniste, à un penchant soudain pour l'existentialisme et la spiritualité.

Je devais moi-même admettre que tout y était…

— Et suggère-t-on un accompagnement médical plus appro-prié à cette condition que la médication prescrite par Tomate Pourrie ? ai-je demandé.

— D'après mes sources, la plupart des auteurs ne recomman-dent pas la médecine occidentale, m'a franchement répondu Morgane, qui était après tout elle-même médecin et aurait pu être tentée de contester ce conseil.

Stanislav Grof aurait insisté sur le fait que l'usage de médicaments psychiatriques pourrait dans certains cas entraîner un patient en montée de Kundalini jusqu'à la mort. Certains cliniciens, dont le psychiatre Lee Sannella, s'en tiendraient au degré le plus faible possible d'intervention psychologique – ce qui validait du coup l'approche qu'avait préconisée ma thérapeute jusqu'ici. Sannella est même d'avis que la montée de Kundalini constituerait un processus thérapeutique en soi, ayant pour fonction d'éliminer le stress en levant les blocages de notre système nerveux.

— Pas surprenant que tu aies vécu cette ouverture du cœur alors que tu ressentais un maximum de tensions dans ta vie affective et professionnelle, en a déduit Morgane. En premier lieu, tu as vécu ce qu'on appelle populairement un *burn out*. Puis, rendu au bout de ton rouleau, tu t'es mis à prier Dieu d'une façon que n'aurait pas renié sainte Thérèse. Et c'est par de telles oraisons qu'elle et ses sem-blables accédaient à leurs états mystiques. Alors une fois amorcée ta quête chez Elia, tout était en place pour la montée de Kundalini déclenchée par l'ouverture des écluses de ton énergie sexuelle.

Ainsi disséquée, l'expérience spirituelle perdait une partie de son aura mystérieuse. Cela confirmait mon intuition : réunissez les bons ingrédients, et quiconque pourrait être appelé à vivre un tel épisode mystique. Restait la question de la validation médicale…

— La montée de Kundalini est-elle reconnue comme un diag-nostic valable par la confrérie des psychiatres ? ai-je encore demandé, à la fois enthousiasmé par la logique apparemment implacable de ma thérapeute et inquiet des prémisses habituellement très rigides auxquelles se réfère sa confrérie.

Selon Morgane, certains psychiatres ont parlé du *syndrome de la Kundalini*, d'autres, comme Grof, tout en reconnaissant les phéno-mènes spécifiques à la Kundalini, ont abordé la problématique psycho-spirituelle plus largement. Leurs travaux décrivaient une émergence spirituelle qui vire à une crise existentielle impliquant des états de conscience modifiés et spontanés. Selon une source datant d'une année tout au plus, Grof appelait cette crise l'*urgence spirituelle*. Tout ce champ d'étude était encore à défricher. Et il y avait beaucoup de résistance du milieu scientifique occidental. Car on pouvait bien sûr compter sur un clan réfractaire, lequel considérait toute expé-rience d'ordre spirituel comme le terreau idéal des délires. Alors les grands prêtres de la profession ne s'étaient toujours pas entendus sur la question, et encore moins sur une dénomination.

— Mais il est certain que je rédigerai une note à ton dossier qui invalidera le diagnostic du Dr Ferland, m'a-t-elle promis. J'y expli-querai pourquoi je crois qu'on ne doit pas associer ton expérience mystique à une quelconque pathologie réductrice, et au pire…

Elle s'est interrompue d'un petit silence.

— Et au pire?… l'ai-je pressée de continuer.

— Au pire, on réglera ça en coulisses pour un délire religieux, a-t-elle risqué. C'est pas ce que je souhaite, mais avec les esprits bornés de l'étage, je n'aurai probablement pas le choix… Mais entre toi et moi, ce ne sera que de la bouillie pour satisfaire une poignée d'athées.

Une bouillie que j'aurais personnellement du mal à avaler. Mais avais-je d'autres options? De toute façon, ce qui prédominait chez moi était un sentiment de quasi-exaltation. J'étais tellement soulagé d'apprendre que je n'étais pas seul à avoir vécu pareille aventure déli-rante… et qu'elle n'avait pas été si délirante que cela, mon aventure. Je ressentais beaucoup de gratitude envers l'ouverture d'esprit, la sagacité et le dévouement de Morgane.

Nous avons dévié vers un véritable échange théo-philosophique. Au beau milieu d'un argument, la belle thérapeute s'est arrêtée et m'a spontanément dit :

— Dans un autre contexte, nous pourrions vraiment être des amis.

C'était l'évidence même.

— Ce n'est pas une possibilité à écarter, ai-je répondu.

Elle m'a brièvement entretenu des règles éthiques qui régissent les rapports médecin-patient.

Puis elle s'est rattrapée :

— Je n'aurais pas dû te dire ça, je suis désolée. C'est qu'avec toi, je suis toujours confrontée au besoin d'authenticité… Mais avant d'envisager quelque lien amical entre nous, il faudra que ta thérapie aille à son terme. Et il te reste un bout de chemin à accomplir. Mais pas ici… Pas à l'hôpital… Et encore moins en psychiatrie… Tu m'as parlé de tes deux derniers jours de liberté hors des murs, et je crois que tu dois maintenant envisager de laisser ta place à un plus nécessiteux.

— Oui, je sais. J'en ai eu la certitude pas plus tard qu'hier, lorsque j'ai rejoint les patients au Café. Je dois passer à la prochaine étape…

— Très bien, a approuvé la thérapeute. Je te signerai ton congé pour samedi. Ça te laissera trois jours pour t'y préparer… ok ? Pour ce qui est de nous deux, on se reverra à ma clinique externe pour poursuivre la thérapie dans trois semaines.

— *Trois* semaines ?

— Oui, je sais, c'est un peu long, s'est excusée Morgane. J'ai un voyage de planifié depuis longtemps, et puis je t'avoue que je dois régler certains dossiers personnels.

— Ça va ?

Une émotion a troublé son regard.

— Oui, oui, merci… C'est juste que je crois parfois que c'est davantage moi qui se fais brasser par ta thérapie… Tu m'as un peu forcée à ouvrir les yeux et à revoir mes priorités…

— Je vais le prendre comme un compliment…

— C'en est un. T'es une belle personne, Sylvain. Ne laisse jamais quelqu'un te faire douter de ça…

Puis elle s'est levée.

Je me rappelle toute la grâce, la fluidité et la beauté que je lui ai trouvées dans ce simple mouvement qu'elle a eu vers moi les bras tendus. C'était un élan aussi chaleureux qu'amical, qui m'a accueilli dans une étreinte d'au revoir. Je ne sais toujours pas aujourd'hui, faute de le lui avoir demandé, si elle avait cherché ce contact pour accueillir mon émotion ou pour exprimer la sienne. Peut-être en ressentions-nous tous deux le besoin…

— Sois fort, Sylvain, m'a-t-elle encouragé. Je sais que tu en es capable, je sais moi aussi que tu es rendu là.

J'ai relâché l'étreinte puis, ému, lui ai seulement dit merci.

— Allez! Tu vas encore faire couler mon mascara… Va!

Et je suis parti.

29

On juge les filles honnêtes dès qu'on les voit instruites
dans l'art de se taire et de mentir.

LEANDRO FERNANDEZ DE MORATIN

Trois semaines après mon admission, l'hôpital était devenu pour moi comme un hôtel dépourvu de vacanciers. Sa clientèle particulière était le plus souvent sans joie, me ramenait en arrière, me tirait vers le bas. Avec les permissions de Morgane, je quittais désormais chaque matin pour ne revenir qu'au couchant. Le jour de mon congé, il était temps que j'en sorte.

Il était temps, mais ça me faisait peur. Mon état général s'était amélioré, je n'étais plus en crise, cependant, au creux de mon âme… le vide. Comme je préparais mon bagage, je me sentais pris de vertige. Il ne fallait pas que je m'y arrête. Alors je fixais mon attention sur chacun de mes petits gestes, sur chaque effet personnel à ne pas oublier d'empaqueter, et sur Paul, assis sur le bord de son lit avec sa tête d'enterrement. Son regard de clown triste ne voulait pas me laisser partir, mais il s'échinait à me dire le contraire. J'avais de la peine aussi. Je me sentais coupable d'abandonner mes compagnons d'infortune – quasiment lâche. Ce sentiment suffisait à réactiver un point d'angoisse au thorax.

J'en ai trouvé la cure :

— Je pourrai vous visiter de temps en temps, ai-je proposé.

Paul a immédiatement objecté :

— Y a rien de bon pour toi icitte, mon gars. Non ! Non ! Non ! Tu vas me sacrer ton camp et jamais regarder en arrière, tu m'entends ?

J'ai zippé mon sac, l'ai posé par terre, me suis assis devant l'ex-facteur qui deviendrait d'ici quelques minutes mon ex-cochambreur.

— Écoute-moi bien, Paul, c'est pas vrai qu'il n'y a rien de bon ici pour moi, parce qu'ici, il y a toi, Christelle, Marika, Hugo et tous les autres. On s'est accompagnés dans ce qu'on a eu à vivre ensemble ici, et pour moi, ça veut dire quelque chose… Tu m'entends?

Les yeux bleus de Paul se sont mouillés, il a regardé par terre sans rien dire. J'ai répété :

— Tu m'entends, Paul?

Il a fini par me répondre, en évitant toujours le contact visuel :

— T'es un gars correct, tsé… Ben correct… Je t'oublierai pas…

— Ben moi non plus.

Je me suis levé, lui ai donné une tape dans le dos, puis je suis sorti de la chambre. Christelle m'attendait dans le couloir. Elle m'a tendu le bras. Elle tenait à m'accompagner jusqu'à la porte de l'unité. Sa démarche était encore aussi hésitante, son maintien faible. J'avais toujours cette impression d'une petite enfant fragile à protéger. Pour sa part, elle n'a pas caché son désir :

— Tu vas revenir me voir, hein? Au moins de temps en temps… Je pense que j'ai encore un bon bout à faire ici…

Je tenais la porte entrouverte d'un pied. Christelle attendait toujours ma réponse. Je n'ai pu que lui faire la même promesse qu'à Paul. Tant que ces deux-là se soigneraient ici, une partie de moi ne pourrait quitter le département. Je n'étais pas prêt à les ranger dans un album photo.

■ ■ ■

Ma mère m'attendait dans l'auto au débarcadère de l'hôpital. En m'apercevant, elle m'a ouvert la portière du passager et m'a décoché l'un de ces sourires-ébahis-de-voir-son-fils-unique comme seule ma mère en a le secret. Et des secrets, ma mère en jalousait beaucoup.

Je l'ai déjà évoqué, ma mère était une beauté. Comme l'avait souvent répété avec un fond de malice sa belle-mère, feu grand-maman Loulou : « une vraie catin », dans le sens d'une jolie poupée délicate et fragile… Un bibelot qu'on a peur d'échapper. Et depuis les vacheries de mon père, c'était pire encore, on aurait dû lui étamper sur le front une étiquette « À manipuler avec précaution ». Elle me faisait penser à Christelle. Sauf qu'au moins, Christelle se livrait petit à petit. Ma mère, elle, jouait à cache-cache dans son labyrinthe intérieur. Elle cherchait constamment à voiler ses émotions, ses pensées, ses blessures, qui devenaient ses secrets. Et derrière chaque secret s'en cachait un autre. Plus on fouillait en elle, plus les secrets devenaient gros… et la fillette petite. Ma mère est une *matriochka*.

Derrière son maquillage et sa coiffure de reine au foyer bien mise de la bourgeoisie distinguée, il y avait cette douceur de maman sucre d'orge qui tenait désespérément à recoller ensemble les morceaux brisés de sa petite famille dysfonctionnelle. Et Dieu qu'elle y investissait, quitte à la gaspiller, toute son immense capacité à nous aimer, mon père et moi. Toutefois, cette mission impossible cachait une angoisse d'épouse cocufiée qui lui crispait les muscles de la tête aux pieds – une carapace montrant déjà ses failles, dont celle, énorme, laissée par deux attaques de sclérose en plaque. La dernière datait de trois ans plus tôt. Par ces brèches s'écoulait le venin d'un mécanisme de défense forgé lors de l'échec d'un premier amour. Elle en fut tellement jalouse qu'elle pria pour la mort de son fiancé, et l'obtint quelques mois plus tard lorsqu'il périt écrasé sous le poids d'un tracteur de la ferme paternelle. Toute cette stratification de tourments et de ressentiments gravitait autour d'une psyché où régnait une dépendance affective sans nom – un trou noir qui trouvait son origine dans la mort précoce de sa mère. Morte au bout du sang de son treizième accouchement, elle l'avait abandonnée à l'adolescence aux soins d'un père qui cultivait le même art du jardin mystérieux. L'un de ces mystères familiaux était la blessure la plus profonde de ma mère : une plaie ouverte mal soignée au cœur d'elle-même, putréfiée par la haine de soi, la rancœur envers les hommes, le mépris pour les autres. Ma mère était une enfant de l'inceste. Elle a cessé de vieillir à quinze ans : à l'âge où l'on jalouse ses secrets, où l'on ment pour se protéger, quitte à se mentir à soi-même.

Alors depuis trente-trois ans qu'elle se mentait.

Et ça n'allait pas changer le matin de ma sortie de l'hôpital.

— Salut m'man, ça va ? lui ai-je demandé en bouclant ma ceinture de sécurité.

— Oh oui…, soupira-t-elle en se reprenant aussitôt d'un nouveau sourire plaqué de sucre d'orge. Et toi ?

Le hic, c'est que nous nous connaissions par cœur. Nous avions été colocs pendant près d'un quart de siècle. Par la fenêtre de ses yeux bleus, les carapaces superposées de sa poupée russe devenaient translucides : ce qui m'offrait le tableau troublant d'un amas de blessures, d'émotions et de pensées interdites, et c'était encore plus vrai ce matin-là.

— Papa est à la maison ?

— N-non… euh… pas aujourd'hui… il pouvait pas.

Parfois, ma mère me donnait l'impression de se mentir si grossièrement que j'en venais à penser qu'elle se croyait, ou encore que je la connaissais mieux qu'elle-même. Comme si j'entendais les mots de la poupée de surface qui jouait maladroitement à la maman de service, mais qu'en plus j'enregistrais le cri de détresse de sa petite fille intérieure en traduction simultanée. Et ça avait tendance à créer des conflits, parce que je m'évertuais (trop souvent) à confronter sa façade pour la faire éclater.

— Comment ça, il pouvait pas ? l'ai-je picossée.

— Bien, tu le sais, ton père travaille fort…

(Traduction simultanée : *Non, il ne peut pas être avec nous autres; il batifole avec sa maîtresse !*)

— On est samedi, non ?

— Mmm… Il est parti dimanche dernier pour Matane… Les négociations pour les gars des bateaux, tu sais c'est quoi, Sylvain, on sait quand ça commence, jamais quand ça va finir… Mais il m'a appelée ce matin, il a hâte de te voir, il va rentrer pour souper…

(Traduction simultanée : *Ton père avait de la job dans le Bas-du-Fleuve, puis il a dû s'accrocher les pieds hier soir, sa maîtresse ne doit pas le lâcher; il ne m'a pas appelée ce matin, mais il sait que tu sors de l'hôpital aujourd'hui, donc j'ose croire qu'il reviendra à temps pour souper…*)

— Tu crois encore à toutes ses conneries, m'man ?

— Ton père travaille fort parce qu'il nous aime fort, Sylvain. Tu devrais pas parler de même de ton père. On repart en neuf, ici, a-t-elle dit comme on arrivait au stationnement de la tour d'habitation.

(Traduction simultanée : … … …) Celle-là, j'avoue que je suis moi-même incapable de la traduire. L'idée qu'elle puisse même articuler le concept d'une foi en un départ à neuf avec mon père me dépassait.

En bonne maman poule pondant des cocos en sucre d'orge, elle me pondait deux fois plus de fiction qu'à quiconque. Parce qu'en plus de se protéger de la réalité, ses mensonges visaient aussi à *me* protéger. Il lui fallait préserver ce qui lui maintenait la tête hors de l'eau et le cœur en état de battre : l'amour pour son fils – la seule manifestation de ma mère dont je ne doutais jamais de la vérité.

Dès notre arrivée, elle s'est installée dans sa chaise berçante à lire une autre de ces biographies de gens riches et célèbres – celle-là de Liz Taylor –, dont elle se gavait jusqu'à en oublier sa propre existence. Une existence réduite à s'émouvoir par procuration des vies factices des vedettes, qui elles-mêmes, survolaient la notion de réalité. J'étais pour ma part étendu sur le sofa du salon à admirer la longue étendue du fleuve, et, de temps à autres, elle me jetait un regard pour me supplier de ne pas demeurer dans l'oisiveté, me reprochant de penser. Elle cherchait jusqu'à me protéger de moi-même…

C'en était trop. Trop étouffant, trop pathétique, trop mon enfance… J'ai fini par me lever. J'ai pris la poudre d'escampette au volant de mon bolide sport, me suis rendu au centre-ville de Montréal, au coin de Sainte-Catherine et Sanguinet. Midi approchait, j'espérais y trouver les franciscains en train de distribuer la soupe populaire au terrain vague. Il n'y avait plus âme qui vive, plus d'action, la crise était finie. J'ai croisé un sans-abri, mais le cœur n'y était pas, la magie n'opérait plus : je lui ai offert à dîner, mais il ne voulait que de l'argent. Je lui ai offert dix dollars, puis ai pris la direction du couvent franciscain, sur Saint-Zotique. Les quatre joyeux lurons y étaient. Ils venaient tout juste de se mettre à table, où était servi un véritable petit festin auquel ils m'ont convié avec la joie des retrouvailles.

— Et on trinque à quoi ? ai-je demandé alors que tous levaient un verre de vin bon marché.

— Alors tu n'en sais rien, jeune homme ? m'a questionné le frère Léon, l'aîné encyclopédique de la communauté.

— Nous sommes le 4 octobre aujourd'hui ! a lancé le toujours gourmand frère Gilles tout en engloutissant une bouchée de pain.

— C'est la fête de saint François, mon ami, a ajouté doucement frère Sylvain.

— Et ce midi, tu es notre invité d'honneur, alors je te cède ma chaise, m'a énergiquement offert l'abbé Élie avec une révérence rieuse.

Une fois à nos places définitives, les frères ont entonné le *Cantique des Créatures,* de saint François, dans la gaieté la plus totale, ce qui m'a redonné un zeste d'énergie et allégé l'âme… pour le temps d'une chanson. Car au fil du goûter, malgré les rires et les chants, j'ai appris que le modeste couvent allait bientôt devoir fermer ses portes. Quelques années auparavant, ces religieux avaient défroqué de l'Ordre des Frères mineurs du Québec en guise de protestation envers les richesses d'une congrégation dont le fondateur avait pourtant prôné la plus stricte pauvreté. Du coup, ils s'étaient vus excommuniés de l'Église catholique romaine et de ses goussets. Les idéaux étaient louables, mais il fallait toujours bien payer le loyer. N'y suffisaient plus les rares dons de charité et le boulot du frère Sylvain à l'Œuvre de Saint-Pérégrin. Ça m'a pincé le cœur… et confirmé que je ne pourrais pas compter sur les clochers pour mener à bien ma vie et supporter une quelconque vocation.

Mais nous étions le 4 octobre… et les frères avaient le goût d'oublier les tracas, et moi de même. Je les ai quittés de bonne heure, non sans tous les étreindre pour ce que je pressentais être des adieux. Le soleil était haut, la brise, d'une agréable fraîcheur, je leur ai signifié un goût d'évasion en nature. Je me suis rendu aux sentiers d'hébertisme du Camp Edphy, dans les Laurentides. J'ai alors pu célébrer à ma guise le royaume de notre mère la Terre, des frères soleil, vent et animaux, des magnifiques sœurs montagne, rivière et feuilles d'automne. J'y ai arpenté les sentiers tout en lisant une lettre de bons souhaits de guérison signée par Fernande, ma tante religieuse bien-aimée. Je ne pourrais appeler *paix* le sentiment qui m'habitait; mais plutôt un amalgame de tranquillité silencieuse et de doux spleen nourri de la distance intérieure qui séparait mon âme vide d'une telle force de vie naturelle.

Je suis revenu à ma mère vers les dix-sept heures.

Elle préparait un souper pour trois personnes. Aux alentours de dix-huit heures, mon père n'était toujours pas arrivé. J'ai accepté d'attendre une heure de plus. Elle s'est écoulée, ma mère a allumé le chandelier de la table, et nous avons partagé en silence son bœuf au jus, un couvert déserté au bout de la table. La mine de ma mère se défaisait à mesure que le temps passait. Elle mastiquait son bœuf presque par devoir, quatorze fois la bouchée, comme elle me l'avait toujours rabâché, quand j'étais petit, et même plus grand. Elle regardait l'horloge aux deux minutes. Je n'ai pas osé être cruel – je n'ai pas dit un mot sur mon père. Le téléphone a sonné au dessert. Elle a sursauté, puis s'est jetée sur le malheureux appareil plus lestement qu'un guépard affamé. Mais c'était sa sœur Lauraine. S'est ensuivie une conversation de trente minutes d'un ton monotone, chacune se faisant l'écho des malheurs de l'autre. Ma mère échappait de temps en temps une méchanceté sur le compte d'une absente qui avait tort, et parfois même carrément à l'adresse de son interlocutrice.

Même dans ses détours mesquins, c'était la mesquinerie des fillettes ; même dans ses mensonges – des plus véniels aux plus horribles –, elle préservait aux yeux de tous (y compris des miens), par un apparent miracle, son aura d'innocence. Car comme pour une fragile enfant, on ne pouvait lui faire porter tout le poids de ses actes. On ne pouvait que l'excuser, du fait même qu'elle aurait quinze ans jusqu'à sa tombe, l'âge où elle avait plus ou moins consciemment décidé de fermer le livre de sa propre vie, l'âge où son père l'avait tuée d'une invitation à vieillir trop vite qu'elle avait refusée.

Ces funestes conclusions me déprimaient. À rester près d'elle me reprendraient des fantasmes de saut de l'ange au bas des onze étages. Déjà, la poitrine me lancinait.

J'ai pris un Rivotril et suis allé me défouler à faire des longueurs à la piscine intérieure de la tour. Après l'effort, je me suis perdu en pensées dans le bain tourbillon. J'en suis arrivé à l'inévitable conclusion que je devais mener ma quête d'une Déesse-Mère ailleurs. De toute façon, malgré l'emboîtement de ses poupées intérieures et la perfection de l'amour qu'elle me portait – combien de fois m'avait-elle répété qu'elle aurait voulu souffrir à ma place ? –, ma mère ne pouvait évidemment pas être cette femme dont Elia m'avait dit qu'elle devait jouer pour moi tous les rôles de la femme à elle seule. Et puis j'avais besoin d'une nouvelle famille d'appartenance. Car celles de mon passé devenaient comme des portes qui se refermaient sur moi : ma cellule familiale m'offrait une sécurité matérielle temporaire et un décor de sanatorium au climat pourtant aussi malsain qu'étouffant ; le Département 31 recelait deux ou trois amitiés de passage, mais avait épuisé ses ressources curatives; tandis que la communauté franciscaine agonisait, rendrait bientôt l'âme, et puis la quête spirituelle des frères était, je le savais, trop aérienne pour l'ancrage que ma guérison exigeait.

Il y avait bien l'amitié de Marc, nos parties de billard et nos dérapes philosophiques de pizzéria, mais le pauvre diable avait peine à me suivre dans mes péripéties, et sa disponibilité d'étudiant en médecine ne suffirait pas au grand besoin de filiation que je ressentais.

Oui, il allait me falloir chercher ailleurs.

Regarder devant.

30

Placez votre main sur un poêle une minute et ça vous semble durer une heure. Asseyez-vous auprès d'une jolie fille une heure et ça vous semble durer une minute. C'est ça, la relativité.

Albert Einstein

Regarder devant, c'était forcément aller vers d'autres gens, et les gens que je désirais le plus au monde rencontrer étaient ceux qui avaient touché le fond comme moi… et avaient regrimpé la falaise – indemnes.

Car tout ce que je voulais en sortant de l'hôpital, c'était savoir si je me remettrais un jour à cent pour cent, si mon mal de vivre cesserait complètement, si mon insouciance d'antan me réanimerait. Malgré son diagnostic adouci, malgré sa compréhension de mon mal, Morgane n'était pas en mesure de se commettre sur le pronostic de mon rétablissement. Parmi les cas recensés de montée de Kundalini, certains avaient vécu dans le chaos pendant plus de douze ans, et d'autres, parmi les plus mal accompagnés, ne s'en étaient jamais sortis. Oui, j'avais vécu une fascinante aventure existentielle, mais j'avais aussi hérité d'une trouille existentielle. Je redoutais ultimement d'avoir à constater, puis à accepter, que mon âme soit désormais fêlée sans possibilité de recouvrer son intégrité – ainsi qu'un pot d'argile antique rapiécé, si fragile qu'on doive le protéger sous une bulle de verre dans le style du condo de ma mère ou, pire, de la salle d'observation d'un hôpital. Je ne savais pas si je survivrais à un tel constat, à pareille rechute. Et quiconque me donnerait l'espoir d'une totale rémission serait le bienvenu dans ma vie.

Je n'ai pas pu rencontrer de cas de Kundalini; ça ne court pas les rues et, en Occident, quand ils courent dans les rues, on les enferme! De toute façon, il est plutôt rare que ceux chez qui l'énergie vitale s'active si violemment aient une quelconque idée de ce qu'une telle foudre puisse être – et encore moins de la raison pour laquelle elle leur est tombée sur la tête comme le ciel des Gaulois.

Par contre, je n'ai pas eu à chercher longtemps pour trouver des survivants au trajet de l'ascenseur en chute libre. On attire souvent ce qu'on dégage. J'ai croisé plusieurs de ces spécimens : le proprio du dépanneur du coin, dont les cernes lui noircissaient jusqu'aux joues; la cousine qui a réussi à se hisser à la tête d'une fondation hospitalière prestigieuse pour s'abîmer dans le marasme de la dépression nerveuse; le beau et grand mec de six pieds six rencontré dans un déjeuner causerie, et nouvellement investi dans la noble cause de l'écologie après une perdition dans l'enfer psychédélique de la drogue; le gars qui a perdu sa femme à la faveur de son meilleur ami de l'équipe de softball, peinant à se refaire une vie qu'il a maintes fois voulu s'enlever. C'était une faune diverse et prometteuse pour mes questions : « Est-ce que vous vous en êtes remis complètement? En êtes-vous ressorti aussi fort qu'avant? » Chaque fois la même réponse, c'est-à-dire, brutalement : « Non. » À divers degrés, ces rescapés étaient tous demeurés fragilisés, meurtris, à peu près vides intérieurement. Des âmes de verre soufflé aux contours parcourus de fissures.

C'était à une telle survivante que l'une des sœurs de mon père me destinait lorsqu'elle m'a référé à une cousine par alliance dont je ne connaissais pas l'existence. Elle habitait le Plateau, avec comme coloc une cousine de son côté paternel, donc tout aussi étrangère à ma famille. La tante m'a arrangé un rendez-vous à l'aveugle. Je n'avais même pas entendu la voix de sa filleule au téléphone, n'avais aucune idée de ce qu'elle avait l'air. Tout ce que je savais était qu'elle s'appelait France, avait vingt-cinq ans, et que, selon les dires précis de ma chère tante, elle était « aussi fuckée » que moi… Merci!

Autre détail, l'appart des filles était situé sur la rue… Saint-André (oui, la rue d'Andrée, le destin a de ces clins d'œil ironiques parfois). Je m'y suis donc rendu à l'heure prévue. J'ai cogné à la porte après avoir gravi l'un de ces escaliers de fer forgé qui font partie du folklore architectural du quartier, au même titre que les murs extérieurs aux couleurs vives de ses maisons en rangée et que les devantures au genre artistico-bohème de ses cafés branchés.

À travers la porte-moustiquaire, j'ai vu arriver une jolie rouquine aux cheveux ébouriffés, au visage arrondi, à la peau laiteuse et aux yeux alourdis de fatigue, qui m'a accueilli d'un « Oui ? » ensommeillé. Elle avait pour tout vêtement un t-shirt qui lui tombait à mi-cuisses. Elle s'est étirée de tout son long sans m'accorder un premier regard, me flashant sa petite culotte verte qui pointait sous le t-shirt sollicité vers le haut par le mouvement paresseux. J'avais l'impression de rencontrer la version *pin-up* de Garfield. Lorsque enfin elle m'a ouvert la porte et a braqué ses yeux émeraude sur moi, ceux-ci se sont vivement arrondis, je lui ai dit « bonjour, moi c'est Sylvain », et elle m'a lancé :

— Sylvain ? Oui, oui… euh…

— Tout va bien ?

— Oui, oui, entre, c'est juste qu'on ne t'avait pas décrit comme… Disons que je t'imaginais autrement…

Elle m'a fait la bise sans se présenter.

— Tu es France ?

— Oui… non… euh oui ! S'cuze, je viens de me réveiller.

Il était dix-huit heures.

La rouquine m'a invité à suivre la marche titubante de ses jambes nues jusqu'à la cuisine, tout au fond de l'appartement. Elle m'a désigné une des chaises entourant une petite table ronde en bois qui éclaboussait le décor de sa teinte jaune moutarde.

— Chouette appart ! Comme ça, tu vis ici avec ta cousine Stéphanie…

— Steff, c'est un ange, tu vas voir… Une fille *cool,* facile à vivre, et irrésistible avec ça… Après l'avoir rencontrée, on ne veut plus rien savoir de France ! a-t-elle balancé en affectant une moue légèrement défaite par une envie blasée.

Et nous avons badiné ainsi pendant près de quinze minutes. Elle avait la répartie tellement allumée que par moments, je ne savais pas si nous faisions semblant de jouer une scène de séduction dans une sorte de vaudeville improvisé, ou bien si nous étions vraiment en affaires. Puis soudain, comme un missile lancé de la salle de bains attenante à la cuisine, est apparue un trait de femme à la course vers sa chambre, tignasse trempée et à peine couverte d'une serviette de bain. En deux bonds gracieux, la gazelle fraîchement ébrouée avait gagné sa cache et s'y était barricadée…

J'étais tellement sous le charme de l'autre que je n'avais pas entendu la douche couler. Un doute sur l'identité de la dragueuse a commencé à poindre.

— Tu comptes sortir comme ça ? lui ai-je demandé.

La jolie rouquine a esquissé un sourire coquin.

— Ben, comme tu vois, c'est dans l'esprit de la maison, moi pis ma cousine on a une tendance vestimentaire marquée vers la simplicité volontaire… T'as quelque chose contre ?

On rigolait encore, moi tout rougeau, lorsque la gazelle est sortie de la chambre, cette fois vêtue d'une robette d'été, les cheveux enturbannés dans sa serviette. On aurait dit l'entrée en scène d'une ballerine, avec sa taille effilée et son minois tout délicat. Une brindille. Qui s'excusait de son retard, promettant qu'il ne lui restait que ses cheveux à sécher et qu'elle était à moi – selon ces mots précis.

Et l'autre qui haussait les épaules en me balançant tout naturellement :

— Ben oui, c'est elle, France ! Fait que là, c'est à toi de choisir… Tu veux que *je* sois à toi, ou bien encore France… (Elle s'est ensuite adressée à sa cousine.) À te voir les yeux, l'offre tient toujours, ma chérie, hein ?

— Steff… a répliqué la ballerine sur un doux ton de reproche, rougissant à son tour.

Décidément, c'était un don chez Stéphanie, qui a rajouté, comme s'il en fallait davantage :

— Bien sûr, cousine, on pourrait aussi lui offrir le spécial deux pour un !

Il y a eu un silence gêné. Je crois qu'à cet instant, nous avons tous eu des couleurs aux joues, et pour ma part, des sueurs au front…

C'est ainsi qu'ont démarré sur des chapeaux de roues les trois mois suivants de ma vie, pour l'essentiel passés à faire la navette entre une chambre du condo de mes parents et une vie nouvelle sur le Plateau que subventionnait une assurance-salaire pendant ma convalescence.

Cultivée, libertine et rebelle, France était une fille perdue, au chômage, qui travaillait au noir comme serveuse au Tarte Folie en attendant d'intégrer l'École nationale de théâtre. Elle s'alimentait de romans européens et s'abreuvait tout autant de vin rouge que de vains rêves romantiques au sujet d'un certain Marc Déry, dont le *band*, Zébulon, débutait alors timidement sur la scène musicale locale. C'était une fille de la bohème.

Dès le premier tête-à-tête, ça a été la complicité immédiate par la communion de nos passés aux origines floues, peintes abstraitement par des pères absents et des mères dépendantes affectives, et surtout par le partage du *nowhere* de nos vies dépourvues de promesses. Nous nous sommes tout dit, nous nous sommes juré être des amis à vie, mais nous nous sommes aussi dit tout simplement « Amants : jamais ! » Je l'ai trouvée trop *wild* pour moi à l'époque…

Et elle a dû me croire trop coincé, avec mes principes de fidélité. Les deux cousines sont en revanche devenues de solides compagnes de route. Et dans le cas de France, une vraie sœur – celle que je n'avais jamais eue.

Sur le Plateau, avec ces deux filles, je retrouvais l'équilibre par le déséquilibre. France m'a initié aux restos branchés, aux trésors de la musique du monde, à la littérature réaliste magique, aux nuits à planer aux effluves du hashish, aux arômes des vins suaves. Avec elle, je m'enracinais dans la vie avec un grand V, je retrouvais les joies simples de l'amitié, je redescendais des hauts cieux de l'héliosphère pour me réconcilier avec la planète et tous ses excès.

Cependant, même si j'oubliais parfois mon expérience de la psychiatrie et mes obsessions spirituelles de l'été, je n'étais pas dupe, je me savais encore fragile. Mon sommeil, mon cœur, mon énergie étaient fragiles… Un souffle mauvais et je serais retombé. Ce n'était pas dit entre nous, mais les filles se sont faites encore plus maternelles que de simples amies. Elles ont su m'accompagner dans un passage important de mon existence, jetant comme elles le pouvaient leur lumière là où il faisait toujours sombre. À la vérité, nous avancions tous à tâtons dans le tunnel noir de notre vingtaine. Nous étions après tout d'une génération où plusieurs s'y perdaient – surtout sur le Plateau, qui sous ses airs de fête, recelait plusieurs carrefours de la désillusion.

L'appart des cousines en était, et à ces carrefours j'ai fait la rencontre d'autres filles hautes en couleur, d'autres mecs, aussi, des modèles inconscients pour moi, que j'observais comme on observe un animal méconnu mais qui fascine par je ne sais trop quelle impression de s'y sentir apparenté; des oisifs, des tripeux, des philosophes de fin de party, des artistes, certains ratés, d'autre beaucoup moins, mais qui préféraient l'anonymat au fait de perdre leur intégrité. C'était toute une faune nouvelle qui s'offrait à ma vue, à mes oreilles, et qui développait mon palais et mon pif, me désignait un monde de possibilités à mettre à ma main.

C'est beaucoup grâce à eux que j'allais courir la chance de m'en sortir.

Et grâce à Morgane…

31

Clinique médicale.
Montréal.
Mardi 22 octobre 1991, début de soirée.

Je verrais ma thérapeute en clinique externe toutes les semaines. Lors de la première rencontre, Morgane était d'humeur agréable, le teint agrémenté d'un hâle de vacancière. Elle se disait fort satisfaite de mon progrès, voyait d'un bon œil la joyeuse bande un peu gitane de mes nouveaux amis. Elle s'est montrée curieuse au sujet de France, me demandant si mon cœur y percevait un quelconque intérêt. Je ne lui ai pas caché un certain attrait pour la bohème à la silhouette de ballerine, mais lui ai révélé que j'en avais fait volontiers une amie et que, même si je nous trouvais des affinités certaines, mon cœur n'était pas prêt, n'aurait su s'abandonner.

C'est là qu'elle m'a mentionné un prénom, le ton chargé d'un défi…

Au cours des huit derniers mois, il est vrai que c'est ce prénom qui était le plus apparu alors que je me décapais le cœur de celui de Caroline. Avant de pouvoir en graver un nouveau, il me fallait d'abord régler ce dossier…

Celui d'Andrée.

. . .

Oui, il me fallait la revoir.

Et pour débuter, il me fallait bien l'appeler.

Une connaissance commune m'a donné son numéro. J'ai mis trente minutes à user le tapis du condo avant de décrocher le combiné.

Elle sait que tu l'as déjà aimée... Que lui diras-tu? Comment réagira-t-elle? Pourquoi la revoir? As-tu réellement besoin de ça? C'est bien toi, ça, te foutre dans une situation pareille...

Une de mes mains moites s'est saisie du combiné. De l'autre, j'ai composé à quatre reprises les six premiers chiffres avant de raccrocher chaque fois.

Bon, Sylvain, je crois que c'est un cas qui exige un peu d'aide extérieure...

J'ai sorti mon vieux dé.

« *Un ou deux* », je l'appelle maintenant. « *Trois ou quatre* », ce sera demain. *Cinq ou six, ce sera jamais.*

J'ai fait rouler le petit cube...

Deux!

Ainsi en avait décidé Fortuna...

Dring... Dring... Dring...

— Allô! a-t-on répondu à l'autre bout.

C'est le mec... Merde!

L'amie d'Andrée m'avait prévenu que son coloc était de fait son compagnon de vie. Ils complétaient leur maîtrise ensemble; ce n'était supposément pas l'amour fou, mais ils étaient inséparables.

— Euh... Je peux parler à Andrée?

Il me l'a passée. Je me suis annoncé, elle a paru surprise de mon appel, mais sa voix me souriait. Je la connaissais comme étant d'un tel mystère que je ne pouvais deviner si c'était un signe de gêne ou de moquerie, ou si elle était simplement contente de m'avoir au bout du fil. Après les politesses d'usage, je suis allé droit au but et lui ai demandé de la voir, car ce dont je désirais discuter avec elle prendrait plus de cinq minutes… et surtout que ça ne se faisait pas au téléphone.

Elle m'a surpris par sa répartie simple, rapide et amicale :

— Oui, quand ?

Je lui ai résumé que j'étais en arrêt de travail et que mon horaire était assurément moins chargé que le sien. Elle a opté pour le surlendemain matin à dix heures, et m'a invité chez elle. Nous avons raccroché là-dessus… Tout ça pour ça !

Et je n'avais pourtant pas terminé de m'en faire tout un cinéma !

Dans les vingt-quatre heures qui ont suivi, j'en ai éventé le scénario à Paul lors d'une visite-déjeuner à l'hosto, à Marc devant notre sempiternelle pizza, et à France en prenant le dessert au Tarte Folie. Stéphanie s'est jointe à nous, et m'a lancé, de sa dégaine de *pin-up* désabusée :

— Tu sais, chéri, je saurais te détendre…

Malgré les gros yeux dont France tançait sa cousine, je n'ai pu qu'éclater de rire.

— Tu viens de le faire, *chérie*, lui ai-je répondu.

■ ■ ■

Le matin du rendez-vous, la nervosité était toutefois revenue au galop, et même ma mère a eu droit au chapitre.

— Fais-toi z'en pas, Sylvain, a-t-elle cherché à me rassurer. Sois juste toi-même puis ça va aller… Elle va te trouver beau comme un cœur !

C'était bien là ma mère : un cancer du nez me rongerait le visage qu'elle me trouverait beau comme un cœur !

Du reste, l'important n'était pas qu'Andrée me trouve beau ou non, mais que mes neurones ne se figent pas dans la gélatine. Parce que lorsque j'étais trop nerveux… je devenais d'une stupidité à en bêler !

Toujours est-il que je me suis finalement présenté à temps à la porte d'entrée de l'appart d'Andrée, rue Saint-André, le cœur battant la Marseillaise.

Ding dong !

Et remerde… encore son copain !

Il n'était ni beau ni laid. Ce qui m'a frappé était la santé qu'il dégageait – une belle énergie, humble mais forte… aussi forte que profondément humaine. Je n'avais pas mis le pied dans le vestibule qu'il avait déjà allégé l'atmosphère d'une vanne hilarante. C'était assurément un bon gars… Un bon gars pour Andrée, qui est apparue, tout de noir vêtue. J'ai déjà parlé de l'impression que son ombrageuse beauté me faisait, ne revenons pas là-dessus, elle n'avait pas changé depuis février. Nous avons finalement convenu d'aller prendre un café à une rue de chez elle.

C'était une belle matinée, fraîche mais ensoleillée. Et ça a été une belle rencontre, tout aussi fraîche et ensoleillée.

Au contact de son copain, j'avais eu la prémonition que ce rendez-vous ne serait pas compliqué… Car mes attentes désormais réduites avaient dégonflé mes poumons de ce qu'ils contenaient d'anxiété. Je ne pourrais jamais piquer la blonde d'un gars pareil… Et une fille de principes comme Andrée ne lui ferait jamais un tel sale coup. Au fait, je ne connaissais qu'un gars qui aurait pu lui inspirer un brusque retournement de cœur, et ce n'était pas moi. La conversation a d'ailleurs pris une toute autre tournure que celle que j'avais préalablement envisagée. J'ai tout bonnement abordé le sujet des retrouvailles du collège, et lui ai demandé s'il elle s'y était rendue pour un certain… Daniel.

Petite parenthèse pour clarifier son entrée en scène ici…

Nous sommes en 1984, toute ma classe de secondaire V se retrouve en week-end supervisé dans un chalet des Laurentides. Le premier soir, notre bien-aimé prof de français, qui assure l'animation du groupe, vient me chercher au dortoir du grenier, car j'y joue seul de ma guitare classique, trouve mon morceau joli et m'incite à en jouer pour tous mes compagnons au salon principal. J'ai le trac, mais j'assure, et tous en redemandent, surtout Andrée, la belle gothique aux grands yeux foncés, étendue à plat-ventre devant moi à rêvasser en noir et blanc pendant que je lui rejoue *Stairway to Heaven* en troisième rappel. C'est alors que ce type se pointe, Daniel de son prénom, du reste un ami, car il était l'ami de tous, intelligent, raffiné, vif et cultivé… Le genre de gars aux mille anecdotes captivantes en provenance des quatre coins du monde où il a habité, parce que son père militaire habitait pour sa part une valise… et qui vous émouvait au final en évoquant son manque d'enracinement, son manque d'attachement, son manque d'appartenance à une quelconque patrie – et du coup les filles ne demandaient qu'à l'enraciner, l'attacher et lui appartenir. Bref, oui, j'en étais jaloux, oh moi le vilain petit canard de l'époque. Alors voilà que non seulement il débarque, mais il me demande gentiment de lui passer mon bout de bois pour y gratter *Hotel California*, je m'en souviendrai toujours. Daniel s'en tire, Andrée semble un peu trop apprécier, et lorsqu'il me demande si j'ai aimé, non seulement je me dis qu'il n'est pas de calibre… mais je commets la gaffe de le dire devant tout le monde. Daniel, surpris et blessé dans son amour propre, fronce les sourcils et s'en va. Andrée fige cinq secondes, me regarde, incrédule, le regarde, attendrie, me regarde, fronce les sourcils et s'en va le rejoindre. Ils ne se quitteront plus pour les trois années suivantes, formant *le* couple modèle du collège, envié de tous, surtout de moi. Voilà pour Daniel.

Donc…

— Es-tu allée aux retrouvailles du collège en espérant que Daniel y serait? ai-je demandé à Andrée, qui ne s'est pas défilée.

— Oui, a-t-elle fait en dodelinant de la tête avec une pointe d'embarras.

Puis elle a lâché un triste soupir, celui de la nostalgie des premières amours, qui nous réunissait en une parfaite complicité dans ce café d'un carrefour de la désillusion du Plateau. M'est venu à l'esprit cette citation d'Oscar Wilde : « L'homme veut être le premier amour de la femme, alors que la femme veut être le dernier amour de l'homme.» Sur ces deux points, nous étions plutôt mal foutus…

Andrée m'a raconté leurs déboires de fin de relation, comment il l'avait jetée après l'indifférence de quelques mois d'infidélité. Elle m'a aussi raconté sa déprime de laissée pour compte, sa plongée vers les obsessions suicidaires, puis l'arrivée dans sa vie merdique de son copain actuel, un compagnon de classe rigolo qu'elle aimait bien, sans plus, qui avait joué aux anges gardiens et l'avait prise sous son aile. Au fil du temps, elle s'en était éprise…

— Il m'a sauvée, rien de moins, m'a-t-elle avoué avec une émotion à peine contenue. Daniel a tenté de revenir dans le décor un an après le début de notre relation, mais je l'ai reviré de bord.

Andrée croyait qu'elle aimerait toujours Daniel, elle m'a avoué qu'elle avait failli flancher, mais qu'elle ne pouvait pas planter un tel couteau entre les omoplates de celui qui l'avait remise sur les rails dans les mauvais jours.

Pour ma part, je lui ai déclaré, sur le ton d'un hommage dépourvu d'attentes, les qualités qui m'avaient tant fasciné chez elle depuis l'adolescence. Andrée en a semblé flattée comme au soir de l'aveu de mon amour pour elle. Je lui ai résumé les mois de dérive depuis nos retrouvailles, ma chute, ma présente tentative pour me relever. Elle a admis sa peur toujours actuelle de retomber, cette fois fatalement, car elle vivait toujours de sérieuses grisailles.

Nous avons tout de même fini ça en beauté, discutant de ce qui nous rassemblait : notre goût pour la musique, le rêve et les voyages… trois mots pour fuir.

Et bientôt, il nous a fallu tous deux fuir. Elle vers sa vie. Moi vers la mienne. Il était treize heures passé. Malgré ses airs compréhensifs, son copain serait inquiet. Nous nous sommes promis des au revoir devant le café. Comme j'allais tourner les talons, elle m'a tendu les bras. J'ai eu droit à une longue caresse, d'une chaleur que je n'aurais pas devinée possible, considérant son univers froid, noir et blanc.

J'ai songé à Elia la kabbaliste, qui m'avait prédit que cette rencontre serait la dernière, et, ne voulant pas jouer avec le destin, j'ai prévenu Andrée que ce serait à elle de m'appeler le prochain coup.

— Sois-en certain, m'a-t-elle promis.

■ ■ ■

Dix-huit ans plus tard, elle ne m'a toujours pas rappelé.

32

Clinique médicale.
Montréal.
Mardi 29 octobre 1991, 9 h 45.

Dans la semaine suivant ma rencontre avec Andrée, plus je ventilais cet épisode nostalgique en compagnie de mes confidents, plus l'image de la jolie gothique s'évanouissait. C'était une saine sensation que d'avoir effectué le ménage, d'avoir fait de la place au grenier des souvenirs pour y ranger le futur. Et puis cela faisait trois jours consécutifs que je ne ressentais pas de points d'angoisse au thorax – un record, depuis la mi-juillet.

Lors de ma consultation hebdomadaire avec Morgane, nous avons évidemment abordé ces sujets, et la thérapeute a tenu à souligner mes progrès. Naturellement, elle est revenue à la charge et m'a demandé si je destinais ce nouvel espace au grenier pour la fille à la silhouette de ballerine. Erreur sur la personne. Car plus mon cœur se dégageait, plus il réservait ses élans sentimentaux pour... Morgane.

À la vérité, je m'étais préparé à cette possibilité, Morgane m'ayant prévenu du phénomène assez fréquent où les patients projettent leurs idéaux sur un thérapeute. Le problème, c'était qu'à ce moment, je me sentais en voie de guérison, et surtout, la transparence de Morgane me donnait le privilège d'un panorama somme toute assez fiable de ses richesses intérieures. Mais ces élans du cœur étaient encore naissants, fragiles et intermittents. Je n'avais aucune idée de leurs chances de survie. J'ai donc jugé bon de me limiter au cadre précis de sa question, à savoir si je développais des sentiments amoureux pour ma nouvelle amie du Plateau...

— Non… France, c'est autre chose, lui ai-je répondu. Je l'adore comme si elle était ma grande sœur. Nous nous entendons à merveille, elle est belle comme tout, mais c'est sur le plan des valeurs que ça accroche…

La fidélité amoureuse était une vertu morale non négociable pour moi, et la bohème n'aurait pu se contraindre à la respecter sans me donner l'impression de l'étouffer net.

Morgane a voulu flairer la piste…

Je lui ai confié que ça remontait à mes onze ans.

■ ■ ■

À cette époque, j'étais inconscient des infidélités de mon père. Quant à ma mère, malgré ses petits mensonges habituels, comme cette manie qu'elle avait de fumer en cachette, jamais il me serait venu à l'esprit qu'elle puisse tromper mon père.

Jusqu'au soir où elle était venue me border, à moitié nue, deux heures après que je me fus couché, pour s'assurer que je dormais aux anges. Nous étions en juillet 1978, il faisait chaud, et ma fenêtre avec vue sur la cour arrière était ouverte. Quelques instants après son apparition dans ma chambre, elle était sortie dehors. Quelques minutes plus tard, ça respirait profondément dans l'arrière-cour. Il y avait un trou de mite dans la toile du store pendu à ma fenêtre. J'y avais introduit un doigt pour l'agrandir et y avais jeté un œil. Je ne pouvais y voir grand-chose, mais tout de même suffisamment pour réaliser que ma mère était étendue de tout son long sur l'un des bancs de la table à pique-nique. Elle était nue comme Ève, sans même une feuille comme parure, avec plutôt la tête d'un homme entre ses cuisses écartées. C'était elle qui haletait comme une femme qui accouche – c'était la seule comparaison à laquelle je pouvais recourir à onze ans –, et le hic, c'était que ce ne pouvait être la tête de mon père entre ses cuisses, car la tête de ce type frisotait et celle de mon père était à Québec. Comme chaque fois où mon père partait en voyage, et il partait souvent, le bon fils unique que j'étais se sentait échu la responsabilité d'être l'homme de la maison. Et ainsi je me sentais étrangement bafoué par cet étranger entre les cuisses de ma mère. Une fureur était montée en moi comme je m'étais poussé de la fenêtre, mais je ne savais que faire avec.

Une fois les exercices respiratoires aboutis, je n'avais qu'une obsession : voir le visage de l'envahisseur. Est-ce que je le connaissais ? Était-il un de nos voisins ? Est-ce que je jouais avec sa progéniture ?

J'avais jeté à nouveau un œil par le trou de mite. Le type était debout, se pavanant à poil sur le patio situé directement sous ma fenêtre. Mais par une si petite ouverture, je n'arrivais qu'à lui voir un rond d'épaule, un biceps ou encore l'abdomen. Il me fallait risquer. J'avais rasé le mur à la droite de la fenêtre, tiré la toile légèrement vers moi, et, merde, nos regards s'étaient croisés.

Deux secondes, peut-être trois.

Mais elles avaient suffi à ce que je n'oublie jamais ce visage de boxeur aux yeux pochés à la Normand D'Amour. Je ne pourrai non plus effacer de ma mémoire cette façon qu'il avait eue d'exhaler sa bouffée de cigarette, et ce regard triomphant d'un roi ennemi qui venait de planter son drapeau sur le territoire de mon père.

J'avais cru mourir juste parce qu'il savait que je savais…

Ma cervelle d'enfant m'alertait que ces deux-là voudraient assurément se débarrasser de moi. Le mec avait la tête de l'emploi. Il allait même se faire un plaisir de me zigouiller. Je m'étais donc terré sous les draps, les yeux en vigie pendant des heures, de peur que le roi ennemi débarque dans ma chambre au faîte de la nuit, un couteau à dépecer entre les dents. Et avec ça, je vivais la honte de ne pas avoir eu le courage des armes pour défendre l'honneur déchu de mon père.

Le lendemain, je fuguais.

■ ■ ■

— Cette fugue, elle a duré longtemps? m'a demandé Morgane avec un accès d'intérêt, elle qui était arrivée les yeux rougis à notre rendez-vous matinal, en retard d'une bonne demi-heure.

— Non, c'était la fugue d'un jour d'un fils unique sans débrouillardise, qui n'aurait pu survivre à l'idée de passer une nuit dans les rues de la banlieue. Les policiers m'avaient repéré peu après l'heure du souper.

— Tu m'as raconté la propension de ta mère à ne pas admettre la vérité… A-t-elle abordé le sujet de son infidélité à ton retour?

— Penses-tu! Une fois ma peur calmée, c'est-à-dire plusieurs jours plus tard, j'ai voulu confronter ma mère pour qu'elle admette ses actes, et elle a tout nié en bloc…

Morgane était sidérée, abasourdie.

Ce déni n'avait pas empêché ma mère de poursuivre son manège pendant des jours, me bordant en tenue d'Ève presque chaque soir où mon père déclarait forfait. Sauf qu'après ma fugue, elle allait au moins avoir le bon sens de monter dans la voiture du mec pour aller faire son truc je ne sais où.

— Je comprends maintenant ta sensibilité aux infidélités, a dit Morgane. Et c'est sans compter le côté volage de ton père…

Les incartades beaucoup plus durables du paternel m'avaient cependant moins marqué du fait qu'elles avaient échappé à mes yeux d'enfant. C'est d'ailleurs de l'épisode maternel qu'est né mon tremblement persistant aux mains.

— Le garçon a grandi, la blessure est demeurée vive, me suis-je borné à dire en guise de conclusion.

Suffisamment vive pour que je sois incapable de ce genre de trahison en vieillissant. Les danseuses du Red Light avaient constitué mon pire écart de conduite, mais au début des années 1990, on ne les touchait même pas…

— Cela dit, oui, la fidélité est un critère incontournable, mais il n'y a pas que ça pour me dicter le choix d'une femme, ai-je voulu nuancer.

Le chic bureau aveugle de la clinique privée offrait un halo tamisé qui prêtait davantage à l'intimité des confidences que la froide lumière des néons du Département 31, et c'est peut-être cette ambiance feutrée qui a favorisé l'échange risqué que nous nous apprêtions à amorcer…

J'ai exprimé à Morgane que je souhaitais un jour fonder une famille, que ça exigerait une fille aux valeurs compatibles avec les miennes, comme la volonté de bâtir, des idéaux humanistes, une ouverture spirituelle.

— Prends Andrée, par exemple, elle m'a appris qu'elle est athée, et ça élimine du coup tout un pan de vie où l'évolution pourrait s'effectuer en parallèle. Si Richard Bach avait admis une compagne pour son héros le goéland, il l'aurait imaginée tout aussi passionnée des hautes voltiges que lui. Je ne connais pas beaucoup de filles comme ça en ce moment…

Morgane m'a semblé interpellée par ce que je venais de lui dire. Elle n'avait pas l'air tout à fait dans son assiette lorsqu'elle a fait remarquer au passage qu'il était tout aussi rare qu'un gars possède de tels idéaux de nos jours.

— Dis-moi, Morgane, pourquoi t'es-tu autant investie pour chercher les éléments nécessaires à l'invalidation de mon diagnostic de psychose maniaco-dépressive ? Pourquoi m'as-tu dit, à l'hôpital, que je venais brasser des choses en toi ?

« C'est sûrement que toi aussi, tu *sais* qu'il doit y avoir un autre but dans la vie que le métro-boulot-dodo… Toi aussi, tu vibres ou aspires à autre chose, et tu *sais* qu'il est impossible de partager une telle quête avec quelqu'un qui se contente de planer sur pilote automatique… En fait, tu dois le savoir depuis très longtemps… Tu avais certainement l'instinct de ces choses alors que tu étais toute petite, mais jamais ça n'a été aussi clair que *maintenant*... Tu *sais* ce dont je parle, *non*? »

Songeuse, Morgane a poussé un long soupir. Après ce qui m'a semblé un bon moment, elle s'est penchée vers moi pour me poser une question, tout en me fixant droit dans les yeux, ses sourcils de hiboux froncés à l'extrême :

— Après avoir repris du poil de la bête et remis de l'ordre dans ta vie, crois-tu *vraiment* que tu pourras t'*engager* dans un tel pacte amoureux, humaniste, spirituel et familial avec une femme ?

Était-ce en réaction à l'intensité rare du regard de Morgane lorsqu'elle m'a adressé la question, ou encore mes sentiments pour elle étaient-ils plus mûrs que je ne le soupçonnais, mais j'ai pesé chacun de mes mots lorsque je lui ai déclaré :

— Si cette femme est de la trempe que j'ai décrite, c'est évident... C'est même ce que je veux le plus au monde...

C'était comme si je lui avais fichu un coup de massue : Morgane est demeurée figée quelques secondes dans sa pose inquisitrice. Ses yeux noisette se sont subtilement agrandis... Puis son visage s'est défait... Ses lèvres pulpeuses se sont tordues pour échapper un « Oh non ! », et la belle s'est affalée tête la première dans ses bras croisés sur la table, se refermant du coup sur elle-même... et cela pour longtemps... Assez longtemps pour que je m'inquiète de savoir si j'avais dit quelque chose d'inapproprié sans m'en rendre compte. Je m'en suis enquis. Aucune réponse. J'ai fait les cent pas dans le bureau tandis qu'elle se contentait de secouer négativement la tête entre ses bras. Elle a fini par me demander d'aller à la salle d'attente, le temps pour elle de récupérer sa contenance.

Une bonne dizaine de minutes plus tard, la thérapeute est remontée au front, m'a convié au bureau et m'a servi une nouvelle dissertation sur l'éthique, ponctuée de l'aveu qu'elle expérimentait avec moi l'envers de la médaille d'une pratique de proximité, alors qu'elle dévoilait ses opinions, son vécu et ses états d'âme.

Toute cette situation m'a pris de court. J'ai cru saisir qu'elle avait peur que je tombe amoureux d'elle, sans qu'elle le dise nettement ; alors j'ai dit, confus, que j'étais à même de discerner entre une dépendance affective et un amour véritable, ce qui l'a rendue encore plus nerveuse !

Elle ne cessait de se répéter à elle-même, tout bas, des formules du genre :

— Tu patauges en eaux troubles, Morgane… C'est délicat… Fais attention…

Notre communication, si claire depuis le début de la thérapie, s'était soudainement embrouillée au point où je n'y entendais plus rien. Nous avons mis un terme à la session, péniblement, abruptement, sans que je sache si j'avais bien fait passer mon message, et sans savoir quel message elle avait bien voulu faire passer !

J'ai coulé les deux jours suivants à la piscine du condo, inquiet de la tournure des événements. J'avais peur que Morgane cherche à se protéger pour des raisons d'éthique professionnelle. Je ne voulais pas saboter ma thérapie, ou encore être la raison d'une remise en cause de l'approche humaine qu'elle prônait avec ses patients. Après tout, sans cette approche thérapeutique où elle s'était impliquée personnellement, sans jugement, avec un esprit d'ouverture, je sais que je n'aurais pu progresser… Et sans elle, j'avais la trouille de ne plus pouvoir achever ma guérison.

Tout cela me confrontait à ma fragilité. Et justement, compte tenu de ma vulnérabilité, pourquoi m'avait-elle posé toutes ces questions concernant mes valeurs conjugales ?

Se pouvait-il qu'elle s'intéressât à moi ? Je ne savais à peu près rien de sa vie… Quels étaient ces dossiers personnels qu'elle devait régler pendant ses vacances ? Les avait-elle même réglés ? Sinon, était-ce la raison qui expliquait ses yeux rougis de ce matin ?

J'allais devoir lui poser ces questions… Mais j'avais peur que ses réponses mettent un terme à la thérapie, et surtout, je dois l'avouer, à notre relation.

33

Clinique médicale.
Montréal.
Mardi 5 novembre 1991, 21 h.

Aujourd'hui, Morgane portait un col roulé évasé qui ne laissait rien deviner de ses formes avantageuses. Bien que le mercure se contractât davantage de jour en jour, je devinais bien que tel n'était pas la raison de son choix vestimentaire. Son maintien était d'ailleurs inhabituellement rigide, sa délicieuse bouche, exceptionnellement pincée, et ses prunelles noisette, bizarrement fébriles.

J'ai tenté de détendre l'atmosphère en lui confiant d'entrée de jeu que j'avais rêvé à ma grand-mère Loulou, la nuit du 1er novembre. Elle me tendait les bras avec un sourire aussi épanoui que celui dont elle m'avait gratifié à l'apparition de la Sainte Vierge Marie sur son mur d'hôpital, avant de mourir.

L'effet voulu s'est manifesté : nous avons digressé sur un hypothétique complot ésotérique de nos grands-mères pour nous mettre en relation, et Morgane a pu baisser sa garde. À tel point que je me suis senti à l'aise de la taquiner :

— Tu sais, t'aurais aussi pu porter une cagoule… Des fois que je te sauterais dessus !

Elle a affecté un rictus ironique, se moquant du coup d'elle-même. Ce qui a esquissé un pont vers une mise au point plus que nécessaire…

Question de mettre de l'ordre dans le méli-mélo émotionnel de la semaine précédente, Morgane m'a confié qu'elle vivait des problèmes personnels depuis quelques semaines, qui allaient être réglés sous peu, et que toute cette situation la rendait très émotive.

— Je vis une séparation, m'a-t-elle admis sans ambages. Dans ce contexte, tes idéaux d'engagement ont touché leur cible au point de m'ébranler sérieusement.

— *Dans ce contexte*, nous pourrions simplement être amis, ai-je dit, autant pour ne pas la brusquer par des attentes trop élevées que par nostalgie de la formule qu'elle avait elle-même utilisée lors de nos au revoir à l'hôpital.

Elle a souri.

Bien qu'il fût hors de question de nous voir hors du bureau pendant la thérapie, Morgane n'excluait pas la possibilité d'une *relation* avec moi quelque temps après. Très consciemment, j'ai préféré maintenir élargi le sens ambigu du mot *relation*. Je ne lui ai pas demandé de précision sur son acception. Je ne voulais pas pousser ma chance, et du coup ma jolie thérapeute dans ses retranchements. Quoi qu'il en fût, cette petite victoire me suffisait…

Non seulement je me voyais rassuré sur la pérennité de ma thérapie, mais cette ouverture de Morgane raplombait mon estime personnelle, car pourquoi une telle déesse – humaine, superbe, spirituelle, autonome, riche et brillante – s'encombrerait d'une *relation* avec un mec qui n'en vaut pas la peine ? Toute la semaine suivante, je me suis senti le cœur allégé, voire porté par les ailes d'un ange. Et tant qu'à me voir pousser des ailes d'ange, aussi bien les utiliser…

C'est ainsi que j'ai multiplié les visites à l'hôpital.

Christelle tenait toujours à nos promenades en silence dans les corridors, son bras à mon coude. Le vendredi, elle s'était même permis une courte excursion à l'air libre. Et selon la frêle jeune femme, ces moments volés au malheur valaient tout l'or du monde. Je n'ai jamais vu une personne aussi reconnaissante des plus petits gestes, des plus petites paroles de réconfort. Elle était craquante lorsqu'elle me donnait ses deux becs sur les joues avant de la quitter – me faisant promettre de ne pas l'oublier dans le trou noir des soins psychiatriques. Il est vrai qu'elle me faisait penser à ma mère, qui pour sa part ne vivait cette semaine-là que pour les appels de mon père, parti en voyage d'affaires à Détroit.

Paul a cependant nécessité plus d'implication. Il allait obtenir son congé le week-end suivant et ne se sentait pas prêt à partir.

— J'suis à bout de nerfs, Sylvain, m'a-t-il maintes fois répété. Mentalement, je suis magané comme jamais.

De fait, toute sa gestuelle était celle d'un homme terriblement nerveux. Vers la fin d'octobre, Paul avait vécu une courte lune de miel avec l'instable Marika, au cours de laquelle il avait flotté sur un nuage. C'est probablement ce regain d'humeur qui a incité le personnel soignant à lui montrer la sortie. Le mois des morts avait depuis rempli les urgences de l'unité psychiatrique, et on cherchait à libérer des lits. Reste que dans sa vie hors des murs, Marika avait toujours un mari et un fils. Elle a fait part à Paul de son besoin de réflexion. La sentant plus froide depuis quelques jours, il s'est rendu compte qu'il avait malgré lui trop compté sur la séductrice pour recoller les morceaux de sa vie brisée. Ses idées noires ressurgissaient, et son retour à la réalité lui pesait. Alors j'ai voulu soulager mon ex-compagnon de chambre en l'accompagnant à la banque pour y ouvrir un compte, à la boutique photos pour faire développer ses pellicules de… Marika, et à la maison de chambres pour lui réserver une garçonnière – la même où il avait tenté de se suicider.

— Tu t'aides pas, Paul, lui ai-je doucement reproché.

— Je sais ce que je fais, p'tit gars ! m'avait-il retourné sèchement.

Fin de la discussion.

Nous avons pris quelques repas de *fast food* à l'extérieur. À ces occasions, il se faisait plus loquace. C'est ainsi qu'il m'a révélé que Marika lui faisait beaucoup penser à sa Nicole, qui éprouvait les mêmes penchants pour la bouteille et la drague facile. Lors d'un de ces snacks, il m'a raconté la *vraie* version de l'histoire qui l'avait séparé de sa famille, il y avait alors trois ans : dans la prise 2 de la même scène, c'était plutôt Paul qui s'était fait surprendre dans la douche avec une autre femme.

Selon ses dires, il n'en était pas à sa première incartade. Paul s'était désabusé de ses vieux principes depuis qu'il savait sa Nicole infidèle.

— C'est même ma femme qui m'avait incité à me débaucher pour se déculpabiliser, m'a-t-il révélé. Elle s'absentait en me laissant seul avec ses « amies » pour que je les baise, même qu'une fois, pour ma fête, elle m'a fait cadeau de deux putes !

Par ailleurs, il a ajouté que rien n'aurait porté à conséquence s'il n'avait pas été surpris par… son fils, qui avait décidé de sécher son cours de math du matin, au cégep.

— T'aurais dû le voir, Sylvain… (Les yeux de Paul sont devenus ronds comme des vingt-cinq sous.) Charles-Éric a attendu que je me rhabille, que la femme s'en aille. Il était d'un calme, Sylvain… Mais dès qu'on s'est retrouvés tout seuls, le diable l'a pogné au corps. Il s'est jeté sur moé, m'a frappé… Il aurait pu me tuer ! Il me criait tout ce qui lui passait par la tête. Pis il frappait encore… à coups de poings, à coups de pieds… Je pouvais pas le maîtriser. Il hurlait tellement fort qu'une voisine a appelé la police… Ils m'ont embarqué, les cochons… Pis j'suis pus jamais retourné chez nous… J'avais même pus le droit d'approcher à un mille de là.

La face de Paul était devenue rouge, sa mâchoire tremblait, ses yeux voulaient sortir de leurs orbites, en jaillissaient de petits jets de larmes. Puis, il a davantage expectoré que dit :

— J'ai essayé… de rebâtir les ponts… avec Charles-Éric…, de lui expliquer… Pis lui… le tabarnak… y a pas trouvé mieux à faire… que… que…

Il n'a jamais fini sa phrase.

■ ■ ■

Cette présence auprès de Paul et Christelle, cette capacité à m'émouvoir de leurs drames, et cela sans m'écrouler avec eux, étaient pour moi un gage de progression sur le chemin du rétablissement. Cette réalisation avait pour curieuse conséquence de fortifier mon estime personnelle sur la base (fragile, il fallait l'admettre) des sentiments que je percevais (ou espérais) de Morgane. C'était un peu comme si d'ouvrir mon cœur à l'une l'ouvrait aussi pour les autres, et ce, réciproquement. Aussi, plus la semaine avançait, plus mon cœur se revigorait, reprenait du volume et, sans l'y forcer, se gonflait d'un véritable souffle d'amour pour ma thérapeute.

Je me suis d'abord laissé planer sur ces béatitudes, allant jusqu'à composer un poème exalté. Mes ailes toutes neuves s'étaient même permis des envolées du genre :

Me guide ta Lumière, vers mes trésors réels.
Mille feux l'amour génère, où tremblait ma flammelle.

Mais à la veille de la revoir, un mauvais pressentiment s'est immiscé tel un grain de sable dans la délicate mécanique de mon Yokohama en convalescence. À telle enseigne que j'ai intitulé le poème, *Sentiments inopportuns.*

Et pour cause.

Car lors de notre rendez-vous du mardi 12 novembre, la déesse du divan m'attendait avec une brique et un fanal…

La thérapeute avait apporté mon dossier médical chez elle pour méditer dessus. Après trois jours de délibérations, elle avait pris trois décisions qu'elle est venue me larguer avec la froideur des annonces difficiles, sa jolie bouche à peine dégagée du fameux col roulé anti-séduction…

Bombe numéro un larguée par la jolie bouche :

— Tout d'abord, Sylvain, j'ai dû en venir à la conclusion que tu devenais affectivement dépendant de moi en tant que thérapeute, et que, immanquablement, cela se transférera sur moi en tant que personne si on en vient à se fréquenter, ne serait-ce qu'amicalement, hors du bureau…

Bombe numéro deux larguée par la jolie bouche :

— En découle le fait qu'il me faudra prendre mes distances avec toi après la thérapie…

Bombe numéro trois larguée par la jolie bouche :

— Et vu ma propre vulnérabilité, je suis obligée de constater que ta thérapie stagne, et que ça ne sert plus à rien de continuer ensemble… Je t'ai référé au Dr Ferland… Il saura décider lui-même s'il entend prendre ton cas ou le référer à un de ses collègues…

Tomate Pourrie?

La mâchoire m'a décroché. Impossible de riposter. Ses bombes avaient touché tous mes avant-postes, mes troupes battaient en retraite, je n'avais plus qu'à hisser le drapeau blanc.

La belle a perçu ma détresse. Son ton s'est humanisé. Elle m'a dit qu'elle ne pouvait croire que je sois prêt à entrer en relation amicale d'égal à égal avec elle.

— Pas après avoir été la thérapeute qui t'a aidé à dénouer une crise aussi aiguë que celle que tu t'es tapée l'été dernier…

Morgane a poursuivi en m'expliquant que de son côté, elle s'extirpait d'une relation tumultueuse, et que nos vulnérabilités mises ensemble ne pourraient que prolonger une relation d'aide…

— Ce serait la catastrophe, a-t-elle plaidé. C'est pour ton bien, crois-moi.

J'ai enfin pu me ressaisir pour placer un mot, ou plutôt quelques phrases amères :

— Et toutes ces *belles* paroles pour me dire que je suis une *belle* personne avec de si *beaux* idéaux, et que j'avais sonné ton *wake up call*…? C'était que de la foutaise pour me rehausser l'estime? Des paroles vides de thérapeute bidon?

Morgane a soupiré d'impuissance. Mais elle avait déjà préparé sa réplique :

— T'es un gars magnifique, Sylvain, je ne retranche pas un mot de ce que j'ai pu te dire…

Et la jolie bouche maintenant de larguer les fleurs…

Fleur numéro un larguée par la jolie bouche :

— Tu es brillant… ton potentiel est illimité !

Fleur numéro deux larguée par la jolie bouche :

— Tu es une bonne personne… tu as un grand cœur d'humaniste !

Fleur numéro trois larguée par la jolie bouche :

— Tu vas assurément trouver la fille qu'il te faut… tu mérites ça !

Ce à quoi j'ai répondu par trois haussements de sourcils consécutifs. Ne manquait que la médaille, et je l'ai eue :

— Je me compte vraiment chanceuse de t'avoir eu comme patient… et je ne veux pas fermer la porte définitivement. Je pense seulement qu'il est nécessaire qu'on fasse un bout de chemin séparément… Tu comprends ?

Non.

Elle n'a pas exclu de reprendre mon dossier après les fêtes.

Aussi bien dire après une éternité.

Aussi bien dire jamais.

34

Le désir est signe de guérison ou d'amélioration.

FRIEDRICH NIETZSCHE

Trois jours après m'être fait larguer... C'était un de ces soirs de déprime devant la télévision, à zapper entre deux soupirs d'ennui. Tout à côté de moi, ma mère se berçait en attendant le retour du père, dont le souper refroidissait sur un rond de poêle éteint. Comme pour faire écho à nos univers, je suis tombé sur un mélodrame. Question de retourner le fer dans la plaie, l'actrice principale était Elizabeth McGovern, qui à l'époque, avec ses sourcils graves, son regard émouvant et les rondeurs de son visage, était celle qui me rappelait le plus... Morgane.

Je me suis torturé en admirant ses suaves répliques pendant une vingtaine de minutes de pure agonie, puis, lorsque j'ai décidé que j'en avais eu assez, j'ai appelé France...

— Allô? a-t-elle répondu d'une voix éteinte.

— Salut France, c'est moi, Sylvain. Ça va?

— Bof...

La fille à la silhouette de ballerine ne filait pas un meilleur coton que moi. Elle avait perdu sa *job* de serveuse au Tarte Folie, et elle broyait du noir, allant même jusqu'à décider au bout du fil qu'elle renoncerait à ses aspirations théâtrales.

— Il est temps pour moi de grandir, qu'elle m'a dit pour conclure. Et toi, *come esta*?

— Bof...

Et nous avons disséqué ma dernière rencontre avec Morgane minute par minute, geste par geste, mimique par mimique, mot par mot… Vu les circonstances, Dieu qu'elle a été patiente! M'enfin, c'est une fille, j'imagine qu'elle avait l'habitude. Elle avait même l'air d'y prendre plaisir…

— Comment était-elle, lorsque vous vous êtes quittés? m'a-t-elle interrogé.

— J'sais pas… correcte… émue, peut-être? ai-je bafouillé sans être trop sûr.

— Te rappelles-tu de ses yeux quand t'es parti? m'a-t-elle demandé afin de secourir ma mémoire défaillante.

— Oui, là je me souviens, ai-je allumé. Elle avait les yeux pleins d'eau…

— Bon, c'est clair pour moi qu'elle a été ébranlée, Sylvain, sinon elle n'aurait pas réagi comme ça. Peut-être a-t-elle seulement besoin de prendre un peu de recul, a-t-elle suggéré pour m'encourager.

— Un *peu* de recul? ai-je presque explosé. Selon ma jolie thérapeute, ça va prendre DEUX ANS avant que je n'atteigne une *certaine* stabilité!

Les meilleurs efforts de France n'avaient pas eu l'effet escompté. Si je n'étais plus mélancolique, après avoir raccroché, j'étais en beau joual vert!

Et c'est dans cet état d'esprit que je me suis retrouvé le lendemain midi avec les deux cousines dans un bistro de l'avenue Mont-Royal. Je chipotais dans ma salade de poulet, n'ayant pas dit un mot depuis quinze minutes, lorsque j'ai lancé :

— S'cusez-moi les filles, je me sens tellement plate aujourd'hui! Je vous entends parler de la scène culturelle, des artistes que vous connaissez, du dernier *party* où vous vous êtes éclatées, du dernier gars que vous avez baisé… C'est comme si j'avais *aucun* vécu… Pogné dans ma cage de verre du 450 depuis l'enfantement… C'est pas pour rien que Miss Freud veut rien savoir de moi, c'est juste qu'a veut pas changer ma couche !!!

Les deux filles se sont regardées, tout d'abord circonspectes, puis ont pouffé de rire à l'unisson.

— Va falloir qu'on fasse quelque chose, hein, cousine ? a suggéré France.

— Tu joues de la guitare, toi, hein ? m'a demandé Stéphanie à brûle-pourpoint, avec le ton d'une fille qui a une idée derrière la tête.

— Mmmoui, ai-je répondu sans savoir où elle voulait en venir.

— Tu trouves pas que Sylvain a de beaux longs doigts ? a rappliqué la rouquine.

— Des doigts de pianiste, a renchéri France.

— Avec des mains pareilles, un gars pourrait pianoter partout où il voudrait, en a rajouté sa cousine.

J'ai bien sûr rougi, comme je rougissais à toutes les allusions grivoises de la version *pin-up* de Garfield. Elle le faisait désormais exprès.

— Mais mon ex les trouvait laides, me suis-je opposé. Elle disait que je n'avais pas les paumes assez viriles, que mes doigts étaient trop longs, trop croches, trop fins.

— Elle ne savait pas de quoi elle parlait, la pauvre, a souri Stéphanie. Comme tu l'as dit, je sais reconnaître une main d'artiste quand je la vois... et surtout quand je la touche, a-t-elle ajouté comme elle prenait une de mes mains dans le creux des siennes.

Par ce simple clin d'œil, les cousines me concédaient quelque parenté avec leur monde, la vague marque d'un artiste ; elles m'invitaient à voler dans leur ciel, comme elles, avec elles. Leur regard avait transformé mon appréciation de ces appendices gauches et maladroits qui tremblaient leur inefficacité dans l'univers qu'ils avaient jusque-là palpé. Par la magie guérisseuse de leurs yeux, qui décelaient un trésor où tous auparavant n'y avaient vu *nada*, mes mains devenaient l'albatros de Baudelaire, inadéquates dans le monde rationnel de mon père, où tout était régi par le pragmatisme, mais graciles et belles lors de l'envol vers les sphères plus élevées qu'habitaient les cousines de la bohème.

En quelques lignes de dialogue, mes deux amies m'avaient déjà rehaussé le moral. Mais ce n'était que l'amorce du scénario envisagé par Stéphanie.

— France, tu étais censée passer le reste de la journée avec Sylvain, non?

— *Étais?* a fait mon amie à la silhouette de ballerine, l'air intriguée.

Stéphanie n'a pas lésiné avant de poursuivre sur la lancée de son script :

— C'est dommage, cet appel de ce nouveau resto… comment s'appelle-t-il déjà… tu sais… ce nouveau resto-bar branché sur Saint-Laurent?

— Le Buona Notte? Ils ont…

— … appelé, oui, ma chérie, désolée… J'avais oublié de t'en faire le message, j'imagine… Tu dois être là-bas pour le *training* de quinze heures.

France semblait interloquée.

— T'es… euh… (Elle promenait son regard médusé de moi à Stéphanie, puis soudain la lumière fut.) Oh oui, j'suis bête! Le Buona Notte… C'est incroyable… Je n'y comptais plus, tellement ça faisait longtemps que je leur avais refilé mon cv…

— Félicitations, chérie, tu le mérites tellement, a ironisé la rouquine.

Puis France s'est tournée vers moi, mal à l'aise.

— Ben… euh… Sylvain… J'espère que tu penses pas que je te pose un lapin…

— T'occupe, cousine, il ne s'ennuiera pas de toi… Je vais prendre bien soin de notre bel-ami-aux-doigts-d'artiste ici présent, n'est-ce pas Sylvain?

Et pourquoi pas…

■ ■ ■

Non, je ne me suis pas ennuyé.

Nous avons passé notre après-midi dans les galeries d'art, pour finir dans une boutique de musique où je lui ai joué quelques sérénades à la guitare espagnole. La belle n'avait d'yeux et d'oreilles que pour moi. Pour un temps, elle était Andrée, je lui ai même joué *Stairway*. Elle m'a entraîné chez des potes à elle. Des musiciens. L'un d'eux m'a prêté sa Gibson. Tous se passaient des pétards. Nous avons jammé du bon rock chaud, la rouquine avait le diable au corps, elle roulait ses courbes d'enfer au rythme de mes *riffs*, ses yeux émeraude dansaient dans les miens. Le temps de quelques chansons elle était Julie, la déesse de banlieue, et une sauvage énergie déferlait tout en bas. Nous avons pris le large pour luncher en tête-à-tête au Buona Notte. Évidemment, France n'y était pas. Mais c'était comme si elle y était. Car nous partagions en toute transparence nos spleens existentiels, nos rêves les plus fous, nos envies les plus folles… Et pendant ces heures délicieuses, Stéphanie était France. Puis nous avons vogué en galère de bistro-bar en bistro-bar jusqu'au dernier *call* de trois heures du mat. Et après beaucoup, beaucoup de consommations, Stéphanie est devenue Morgane, surtout pendant que nous dégrisions en grande complicité au Rapido, à coups de cafés et de délires pseudo-philosophiques.

Puis il y a eu ce type un peu bourru qui est venu livrer l'édition matinale de *La Presse*. Le jour allait se lever. Nous ne voulions toujours pas rentrer. Il y avait cette énergie du désespoir entre nous. Il ne fallait pas que la nuit s'achève, que le soleil éclabousse le *stage* de notre magie comme un *spot* trop cru.

Tout au long de la virée, j'étais certain que la belle rouquine composait tout ce cirque pour sa cousine, ou mettons même pour moi, par sollicitude pour un paumé au bout de son rouleau. Je croyais qu'elle jouait à devenir pour moi : Andrée le premier amour, Julie la *wild*, France la confidente, Morgane l'âme sœur. Comme une actrice de talent. Comme une fille de joie dans son cœur. Mais là le soleil se levait, elle en avait déjà assez fait, elle aurait pu laisser tomber le rideau sans même la générosité d'un rappel. Mais non… Elle m'a plutôt parlé d'un point de vue surnaturel sur la ville…

— Tu peux chauffer ? m'a-t-elle demandé.

— Oui, oui, j'ai dégrisé…

Son enthousiasme était celui d'une enfant un peu surexcitée, lorsqu'elle m'a proposé :

— J'veux te montrer quelque chose !

C'est ainsi qu'à l'aube nous nous sommes ramassés sur l'île Sainte-Hélène, à partager un sac de couchage sur une pointe de gravelle qui plongeait dans le fleuve. Collés l'un contre l'autre pour nous réchauffer, nous avons admiré le spectacle surnaturel promis par la belle. Devant nous, des volutes de brume s'élevaient des eaux grises, donnant l'impression que Montréal se réveillait sur un nuage, lévitait sur la brise.

— T'as raison, c'est magnifique…

Stéphanie a tourné les yeux dans ma direction sans me regarder directement, pour m'avouer :

— C'est la première fois que j'emmène un gars ici.

Sa remarque m'a figé. Je ne me sentais pas digne de l'honneur.

— T'as pas eu l'occasion ? ai-je demandé bêtement.

Stéphanie a ri sarcastiquement.

— Ah! Des occasions, j'en ai eu!

Puis elle m'a accordé un regard d'une authentique douceur qu'elle ne devait pas se permettre d'exhiber trop souvent, avant d'ajouter :

— Je voulais un gars qui saurait l'apprécier…

Le masque de Stéphanie ainsi tombé, la fille m'a touché. J'ai eu l'élan de l'embrasser. Elle m'a arrêté de son index sur ma bouche, puis elle m'a chuchoté d'une voix un peu rauque qui m'a malheureusement rappelé ma thérapeute :

— Andrée?… France?… Morgane?…

— C'est correct, je les ai vues toute la nuit.

— Pis là?

— Les vois-tu à quelque part ici?

Satisfaite, elle a esquissé un tendre sourire, a fermé les yeux, m'a offert ses lèvres froides et son haleine chaude.

■ ■ ■

Après un lendemain de veille à végéter chacun de notre côté, Stéphanie a repris le métro-boulot-dodo au courant de la semaine, moi mon bénévolat hospitalier, mes parties de billard avec Marc, et mes escapades avec France.

Lors d'une halte-déjeuner au Café El Dorado, la coloc de Stéphanie s'est mise à jouer à l'inspecteur Columbo.

— Je sais pas ce que tu lui as fait, mais je reconnais plus ma cousine depuis votre galère de samedi, m'a-t-elle confié avant d'engloutir une bouchée de crêpe aux bananes et Nutella avec une telle voracité, que le mystère de sa taille de ballerine demeurait entier.

— Ah oui?

— Steff lévite hors du lit pour aller bosser, alors que ça lui prenait une fanfare pour se réveiller le matin ; elle ne me fait plus de remarques sur mes traîneries… C'est rendu qu'elle ne retourne plus les appels de ses millions de prétendants… Pire : elle ne m'en parle plus !

— Et… elle t'a rien dit sur moi ?

— Une tombe ! Y a juste ce sourire débile dès que je mentionne ton nom ! Tu vas me dire ce qui se passe ?

De mon côté de la table, j'avais de plus en plus de peine à déglutir mon petit-déj. C'est qu'en racontant mon escapade romantique du week-end, je réalisais que je n'y mettais pas la passion qu'anticipait France… et que semblait vivre Steff.

■ ■ ■

Jeudi matin, 21 novembre.

Je revenais de Dorval lorsque le téléphone a sonné vers les dix heures. C'était Steff. Tout à fait croustillante, comme à son habitude. Elle m'a dit qu'elle se faisait chier au travail, a admis qu'elle rêvassait sur mon compte, m'a demandé ce que je ferais de mon week-end…

Par compassion, il me fallait réduire ses ardeurs. C'était une amie, qui plus est la coloc de ma meilleure amie. Je ne me sentais pas à niveau avec elle. La jolie rouquine risquait de frapper le mur d'un cœur de pierre…

Mais en même temps, j'adorais sa compagnie, elle mettait du piquant dans ma vie, on se marrait tout le temps – et elle était si mignonne…

M'en priver serait me punir, non ?

Que faire ?

J'ai opté pour le choix facile…

Je lui ai raconté que je venais de mener mes parents à l'aéroport. Ils seraient partis à San Francisco pour dix jours…

— Tu veux dire que t'as pour toi seul la bulle de verre avec vue sur le Saint-Laurent et les lumières de la ville pour *dix* jours?

— Avec piscine chauffée…

— Et bain tourbillon…

— Et bar ouvert…

— Tu veux un forfait massage avec ça? m'a-t-elle susurré de sa voix sulfureuse.

La chair est faible.

■ ■ ■

Le soir même, Steff était chez moi à me préparer un petit souper avec des victuailles qu'elle était allée cueillir chez l'épicier en route vers le condo. Nous nous sommes fait ça aux chandelles avec un jazz sensuel et le grand Montréal en toile de fond. Tout était au beau fixe, les rires étaient faciles, nous sommes descendus au Jacuzzi avec nos verres de mousseux qui pétillaient comme ses yeux. Cette fille en bikini m'a fait oublier mon nom, et celui de Morgane reposait loin de mes lèvres alors que j'embrassais les siennes… Mais un peu avant minuit, j'ai eu une pensée pour Miss Freud. Nous avions gagné le lit, Steff portait le t-shirt qu'elle avait sur le dos lorsqu'on s'était rencontrés.

— Tu t'en souviens, non? m'a-t-elle chuchoté. Je savais bien que tu finirais par choisir la meilleure des deux cousines…

La remarque m'a grincé à l'oreille. Je n'aimais pas qu'elle se fasse du capital sur le compte de sa cousine, même à la blague. J'ai furtivement pensé que Morgane ne ferait jamais une chose pareille.

Qu'en sais-je? me suis-je repris en moi-même pendant que la rouquine me prenait d'assaut. *Après tout, je ne la connais même pas!*

Miss Garfield était pour sa part devenue tigresse. À cheval sur mes cuisses, elle a remonté sa tignasse en une pose de séduction. Malgré la lumière tamisée, j'ai remarqué que, cette fois, sous le t-shirt, elle n'avait plus son slip vert. Sans relâcher sa crinière, la belle s'est mise à mouvoir sa croupe tout en roulant des hanches à la manière langoureuse d'une danseuse exotique. Comme mon membre suppliait d'entrer en elle, la séductrice a laissé choir ses boucles rousses sur mon torse en me léchant l'abdomen, puis la poitrine et le cou, jusqu'à titiller ma langue devenue gourmande. Son sexe moite a quitté mon giron, s'est traîné jusqu'à mon nombril pour l'emplir de son liquide brûlant. Elle a lentement remonté son chandail pour exhiber lentement, très lentement, le dessous du galbe de son ample poitrine. La tigresse m'a empoigné l'arrière de la tête pour la glisser sous son vêtement, m'offrant ses seins blancs, doux, délicieux. Son sexe poursuivait cependant sa procession dansante vers le haut de mon torse nu comme ma langue humectait sa descente vers un ventre déjà humide. Lorsque enfin le fruit s'est offert à ma bouche, un animal affamé s'est dressé, des griffes et des crocs m'ont poussé, et la tigresse est redevenue chatte : elle s'est abandonnée, toute la nuit, tout entière.

■ ■ ■

Vendredi matin, 22 novembre.

Je me suis levé vers les neuf heures, longtemps après que la jolie rouquine soit partie au boulot. Était-ce dû à la fatigue, mais je me sentais lourd d'une sombre lassitude. Lourd mais… vide. J'avais faim, cependant rien ne me tentait au frigo pourtant plein. J'ai pris une rasade de jus d'orange à même la cruche, puis me suis habillé pour me dégourdir d'une marche de santé. Rien à faire : l'air froid me fouettait le visage, sans effet sur ma lassitude; il emplissait mes poumons, toutefois le vide persistait. En rentrant dans le lobby, j'ai cueilli le courrier. Il y avait là une lettre pour moi en provenance de la compagnie d'assurance qui couvrait mon salaire depuis l'été. Elle exigeait une mise à jour de mon dossier médical pour la poursuite de ma rente temporaire, et discutait la validité de la signature de ma thérapeute, puisqu'elle n'avait pour titre que celui de médecin généraliste.

J'allais donc devoir contacter Morgane…

À sa clinique, on m'a dit qu'elle était de garde à l'hosto. Je lui ai laissé un message. Elle m'a rappelé dans les quinze minutes. Sa voix était pausée, notre échange fut bref mais cordial. Je lui ai expliqué la situation, on a pris rendez-vous à la clinique pour le jour même à treize heures.

Dans l'intervalle, mon cœur s'est allégé sans que ma tête puisse tisser les liens de la raison à cela. Steff m'a appelé pendant sa pause, et nous avons déconné comme des demeurés. M'est venue l'inspiration d'écrire. Mais curieusement, ça n'allait pas être pour célébrer ma nuit d'amour. Ce qui m'est venu, c'était de rendre hommage à la thérapeute au regard vertigineux. Je devinais sa détresse des deux dernières semaines. Je lui ai donc vanté ses mérites, tout le bien qu'elle m'avait fait par la spécificité de son approche, de sa personne, de sa grandeur d'âme. Je lui ai raconté que je m'en tirais bien, de ne pas s'en faire pour moi, que j'étais bien entouré – sans pour autant entrer dans les détails.

À treize heures, je me suis pointé au rendez-vous. La salle d'attente était bondée. Un poupon pleurait dans les bras de sa mère, des vieux toussaient la crève, et moi je sentais monter la fièvre.

En ouvrant la porte de son cabinet, Morgane m'a aperçu mais j'ai fait semblant de ne pas l'avoir remarquée – comme un enfant qui regagne le bercail après une séance de bouderie. Du coin de l'œil, je l'ai vue afficher une petite mimique satisfaite. *Dieu qu'elle est belle*, me suis-je dis, comme si j'avais pu l'oublier. Mon tour est venu, sa jolie bouche a prononcé mon nom, mes jambes flageolaient.

L'accueil s'est encore une fois avéré cordial. Nous nous en sommes tenus aux distances des politesses d'usage. Je lui ai remis la requête de la compagnie d'assurance. Au lieu de me référer à un psy pour les papiers, comme la compagnie l'exigeait, Morgane a appelé elle-même l'assureur pour tirer l'histoire au clair. Elle n'a toutefois pu que laisser un message.

Après avoir raccroché, elle m'a demandé :

— As-tu réfléchi à notre dernière discussion ?

— J'ai suffisamment utilisé ton temps de bureau pour mes états d'âme te concernant, Morgane, ai-je dit en lui remettant l'hommage que je lui avais rédigé.

Puis j'ai ajouté :

— Tu liras ça chez toi…

Elle a échappé un « Sylvain » mu par une espèce de ravissement déguisé en soupir de douce exaspération. Nous avons convenu de nous revoir en début de semaine pour qu'elle me remette les papiers signés.

De retour chez moi, j'ai été pris d'une fringale.

Quand l'appétit va…

J'ai à peine eu le temps de mettre une soupe sur le feu que le téléphone a sonné…

— Salut Sylvain, c'est Morgane.

Sa voix était basse, discrète, comme celle d'un agent secret qui veut le rester. Elle s'est dite touchée par ma lettre, l'avait relue quatre ou cinq fois.

— Je te dois mes excuses, Sylvain, a-t-elle amorcé. Je t'ai collé un pronostic de dépendance que tu ne méritais pas… J'essayais de me convaincre que t'étais le genre qui allait chercher à me contacter cinq fois par jour après t'avoir banni de ma vie comme je l'ai fait… Mais j'ai eu tort… Dans le fond, je suis obligée d'admettre que j'aurais aimé ça que tu le fasses. C'est ça le pire !

« Tu vois, c'est moi qui me protégeais… Ça me saute en pleine face… J'ai beau essayé de les étouffer, de les refouler, de les nier, mais ça fait déjà un bout que j'éprouve des sentiments pour toi, Sylvain, pis je trouve ça seulement juste et équitable que tu le saches… »

Le cœur voulait me lâcher. Mais j'étais drôlement fait. J'ai aussitôt pensé à Steff, qui s'en venait souper, amoureuse et insouciante, et je n'ai pu taire sa venue dans le décor…

— Ouf… Notre sens du *timing* n'est pas grandiose, ai-je lâché.

— Quoi, tu veux me rappeler plus tard ? On peut se voir, si tu veux…

— Non, c'est pas ça, Morgane. J'ai quelqu'un dans ma vie.

Très long silence.

— C'est France ?

— Non, sa cousine Stéphanie…

Nous avons bredouillé des formules toutes faites. Elle s'est excusée, je me suis excusé. Je voulais juste lui avouer que je l'aimais. Je l'aurais hurlé tellement fort qu'on m'aurait entendu aux quatre coins de la planète ! J'aurais ainsi alerté le Collège des médecins, Steff aurait raté un feu rouge ; Morgane aurait été radiée et moi, largué, mais nous aurions au moins été libres…

Nous avons plutôt bêtement raccroché.

Sitôt fait, mon adulte aux grands principes avait beau être fier de sa contenance, mon âme m'a pris de court en lâchant le cri de joie que j'aurais dû laisser échapper deux secondes avant…

Deux secondes perdues pour une vie à gaspiller.

35

> *– Le sexe sans amour est une expérience vide.*
> *– Oui, mais parmi les expériences vides,*
> *c'est une des meilleures !*
>
> WOODY ALLEN

Lors de notre week-end au condo, Steff a tout fait pour que ça marche : les petits plats recherchés, les meilleurs crus, les déshabillés, les *stripteases*, elle est allée jusqu'à épuiser les possibilités du Kâma Sûtra en quarante-huit heures… Tout à coup, Garfield la Tigresse s'était métamorphosée en l'autruche la plus sexy de la planète : elle ne voulait rien voir, mais si mon anatomie répondait présente, mon cœur n'y était pas. Plus elle s'emplissait de moi, plus je me vidais de moi. Chaque extase ne me faisait grimper que d'un palier, pour plus tard me réveiller dix étages en dessous. Ça ne pouvait durer bien longtemps sans courir au désastre.

Je suis allé chercher mes papiers d'assurance à la clinique le lundi suivant. Morgane les avait laissés pour moi à la réception, accompagnés d'une enveloppe personnelle. Je l'ai décachetée sur place, dans la salle d'attente. Elle y décrivait ses états d'âme : sa frustration de s'être révélée trop tardivement, sa peine de me savoir dans les bras d'une autre, le soulagement de sa conscience éthique, aussi, car elle s'était fait taper sur les doigts par les bonzes du Département 31. On ne goûtait pas son approche informelle avec les patients de l'unité. En ce qui me concernait, elle allait jusqu'à leur donner raison.

J'ai perdu le contrôle de mes émotions, et ça me fait peur, concluait-elle avant de signer de son prénom.

En guise de post-scriptum, elle me souhaitait la meilleure des chances avec ma nouvelle flamme, et me prévenait qu'elle s'éclipsait une semaine ou deux, question de faire le point. La réceptionniste m'a confirmé le tout : elle n'avait rien au programme jusqu'au 6 décembre.

Sa lettre m'a filé les bleus.

Le lendemain soir, j'aidais les filles à décorer leur appart pour Noël. J'ai profité d'une course de France afin de tout déballer. Enfin, presque tout. Je me disais que Steff était forte, qu'elle le prendrait bien. De toute sa vie, elle n'avait pas conservé un amant plus de trois ou quatre mois. Peut-être serait-elle même heureuse pour moi.

Mais la vie est rarement aussi simple…

À ma surprise, lorsque je lui ai parlé de la fragilité de mes sentiments et que j'avais peine à oublier Morgane, son masque de femme forte s'est carrément désintégré sous mes yeux. Et dans les siens : la peur. Celle d'être jetée, d'être laissée seule à elle-même, de ne pas valoir le fait d'être aimée. Toutes des peurs que j'avais ressenties quelques semaines auparavant, lorsque Morgane m'avait largué… et que la belle rouquine était venue à ma rescousse.

— Je me suis fait prendre au jeu, m'a-t-elle dit. J'suis vraiment conne…

— Je suis vraiment désolé.

— Tu me dis qu'elle ne reviendra que dans dix jours ?

J'ai opiné du chef. Elle a déboutonné son chemisier.

— Alors reste avec moi jusque-là. Je ferai mon deuil avec toi. Ça sera plus doux comme ça… ok ?

Je n'ai pu le lui refuser.

■ ■ ■

Une semaine plus tard, la belle rouquine a pris un congé. Elle m'a invité au chalet d'un de ses potes musiciens pour y couler nos derniers jours dans une fiesta de *riffs* et de joints. Un de ces soirs, je la cherchais parmi la faune des éclatés. Je l'ai retrouvée dans l'une des chambres et dans les bras d'un autre. On a échangé un dernier regard, bref, mais aussi ému qu'entendu. J'ai refermé la porte, et le lendemain, je suis revenu vers France. Elle m'a tendu des billets pour un spectacle que Francis Cabrel donnait le soir même. Dans la folie des derniers jours, j'avais oublié que nous les avions réservés. Après m'être bercé l'orgueil meurtri avec les ballades de la chaude voix du Sud-Ouest, nous avons galéré une partie de la nuit, puis elle m'a invité à dormir chez elle. Avant le coucher, elle m'a fait découvrir Yves Duteil, tout en posant ma tête sur ses cuisses pour me caresser les cheveux.

— Ne lui en veut pas, m'a dit mon amie. C'était sa manière à elle de te libérer…

Sur ces mots, je me suis endormi.

36

Condominium parental.
Vendredi 6 décembre 1991, soirée.

Je n'arrêtais pas de penser à ce jour depuis que j'avais lu sa courte lettre, il y avait près de deux semaines : celui du retour au boulot de Morgane et qui marquait la fin de sa période d'arrêt pour « faire le point ».

Ce jour-là, ça allait être tout ou rien.

Ce jour-là, ça allait être un jour différent.

Avant de me rendre à la clinique privée pour intercepter la jolie thérapeute dans le stationnement, à la fin de sa journée de consultations, j'ai eu une hésitation. Je connaissais trop ces dilemmes. Je fonce, ou je me contente de ce que j'ai ? Je risque le va-tout, ou est-ce que j'assure la sécurité de ma mise en demeurant tranquillement chez moi, dans ma chambre, sur mon lit, à trembler de peur face à la vie, à rêver de ce qu'elle aurait pu être sur un air de blues ?

Bien sûr, il y avait cette fidèle Fortuna, ce dé qui régissait le dosage de mes élans en pareilles circonstances. Ce destin en cube qui me dégageait de toute responsabilité face à mes actes. Si je demeurais pétrifié, c'était « la vie » qui ne voulait pas que je risque, qui me signifiait que ce que je désirais n'était pas pour moi. Que c'était pour quelqu'un d'autre.

Alors oui, j'avais le trac à l'idée de confronter la jolie thérapeute. J'avais la trouille qu'elle se rétracte une fois de plus, que la vague de son ressac me refoule au large d'une mer d'angoisses qui m'entraînerait par le fond.

Mais j'avais connu ce fond au cours de l'été, et j'en étais remonté. Pourquoi avoir si peur ? Pourquoi passer à côté de la vie à cause de cette satanée peur ? Ne devais-je pas plutôt faire preuve de courage ? Car si, comme je le pressentais, la jolie thérapeute avait encore plus la trouille que moi, il allait me falloir du courage pour deux. J'ai toutefois succombé à la tentation du recours à Fortuna. On ne défait pas ce genre de lien en une seule résolution !

Mes parents étaient sortis pour souper. De leur bulle de verre, Montréal apparaissait tel un monde tapi à mes pieds. J'ai allumé une chandelle sur la table à café du salon, ai pris le petit dé dans ma main droite qui tremblait son appréhension du rejet de Fortuna. « Un ou deux », je me rendais à la clinique sur-le-champ ; « trois ou quatre », j'attendais que la poussière retombe après les fêtes, question de tester la pérennité de nos sentiments ; « cinq ou six », j'attendais que Morgane se manifeste d'elle-même.

Je me suis concentré sur la question une longue minute, puis j'ai lancé le cube de la destinée. Une petite voix, la plus petite, savait à l'avance ce que le dé me réservait :

Six… Hostie !

J'ai longuement médité sur les six maudits picots noirs que m'offrait Fortuna. Puis je me suis demandé :

Tout ça pour ça ? Vraiment, que souhaites-tu, Sylvain ? Étais-tu sérieux lorsque t'as dit à Morgane que trouver une femme de sa trempe était la chose la plus importante de ta vie ?

Et tu veux jouer ÇA sur un coup de dé ?

Comme dirait France, il serait temps que tu grandisses !

J'ai pris le dé de fortune que je traînais avec moi depuis l'enfance, je me suis dirigé vers la porte-patio du condo, en ai ouvert la partie coulissante. Un vent de mort tourbillonnant, froid et sec, m'a cinglé le visage. Je suis sorti sur le balcon, me suis appuyé à la rambarde, ai regardé tout en bas, là où j'aurais pu chuter quelques mois auparavant si j'avais suivi mon impulsion suicidaire. À travers le dôme de verre de la piscine, je distinguais deux nageurs faisant des longueurs. Du onzième étage, ils me semblaient minuscules. Le vertige m'a pris. J'ai tendu une main dans le vide, l'ai ouverte pour que s'en échappe le maudit dé… et avec lui l'emprise de Fortuna.

Ainsi la déesse de l'aléatoire est-elle sortie de ma vie.

Ce soir là, je le pressentais, c'était elle ou moi.

■ ■ ■

Clinique médicale.
Montréal.
Vendredi 6 décembre 1991, 21 h 20.

Le stationnement de la clinique baignait dans la lueur de l'astre mort et de deux lampadaires. Après la fermeture de la pharmacie et la sortie des derniers patients, il n'y avait plus qu'un seul véhicule de garé – la Jetta blanche de Morgane.

Je faisais impatiemment le guet, avec une cassette de Buddy Guy dans le lecteur et les effluves de mon Polo qui me chatouillaient les narines avec un peu trop d'insistance. Morgane devait selon moi être sur le point de sortir lorsqu'un véhicule a fait irruption dans le parking. La Lincoln beige s'est arrêtée à une dizaine de mètres de l'entrée arrière de la clinique. Sans couper le moteur, son occupant a jailli de l'automobile et pénétré dans l'immeuble trapu. Je n'avais pu déduire grand-chose de son apparence, autrement qu'il s'agissait d'un homme barbu d'une quarantaine d'années. Ce ne pouvait être un patient, et à cette heure, certainement pas un médecin. Un concierge ne débarquerait jamais en Lincoln. Qui diable cela pouvait-il être? J'imaginais le pire : un prétendant, un nouvel amant, son ex qui était revenu dans le décor… Je me sentais comme un espion de la vie privée de Morgane. Verrait-elle ma présence là comme une intrusion? Cela la rebuterait-elle?

Le type est ressorti seul de la clinique. Il a regardé dans ma direction. J'étais garé tout près de la Jetta de Morgane, assez loin des yeux inquisiteurs de l'inconnu, qui reprenait le volant de sa voiture pour la stationner encore plus près de la porte. Le coffre arrière de la Lincoln s'est ouvert. L'inconnu est ressorti du véhicule, a regardé une fois de plus dans ma direction, puis s'est engouffré à nouveau dans la clinique.

Au bout de quelques minutes d'une impossible attente, Morgane s'est pointée en compagnie d'une autre femme. Je la reconnaissais, c'était la réceptionniste. Qui est montée côté passager dans la Lincoln. Quel con, je n'avais pas songé à cette possibilité. Le barbu est apparu à leur suite, les bras chargés d'une boîte. Morgane a sécurisé l'entrée, salué le couple et s'est dirigée vers moi. Elle est passée devant mon bolide sans même cligner des yeux, est montée dans sa Jetta, l'a démarrée, et, pendant ce temps, je me suis dépêché d'aller vers sa portière pour frapper à sa vitre. Elle m'a dévisagé, stupéfaite, puis a baissé la glace pour me lancer des bouts de phrases dans la plus totale confusion :

— J'ai pas reconnu ta… Mais… Qu'est-ce que tu…?

— As-tu quelque chose de prévu à l'horaire? lui ai-je demandé un peu fébrilement sous les faux airs d'un charmeur sûr de lui.

— Je comptais me coucher de bonne heure, m'a-t-elle répondu platement, malgré le sourire qu'esquissait graduellement sa jolie bouche. C'est que je travaille tout le week-end de jour, et…

— Je veux juste t'emmener quelque part, pas loin, pour jaser…

Elle m'a dit nerveusement, comme si elle n'avait pas compris le sens de mon invitation :

— C'est que je ne suis pas habillée pour sortir ou danser…

Danser? Alors c'est qu'il y a de l'espoir!

— Je veux juste jaser, Morgane, ai-je répété. De toute façon, je suis en jeans… alors.

Levant ses yeux magnifiques, elle a soupiré :

— Mais qu'est-ce que j'ai fait au bon Dieu !?

Morgane a monté sa vitre, coupé le contact, et je l'ai galamment aidée à descendre de sa voiture pour lui ouvrir ensuite la porte de mon carrosse. J'ai senti une décharge électrique me foudroyer le bras lorsque je lui ai pris la main. Et ça n'avait rien à voir avec l'électricité statique.

Nous nous sommes dirigés vers le Tramway, sur Sainte-Catherine. La place grouillait de jeunes en tenue de ville qui célébraient le terme d'une semaine de boulot ou d'études. La belle riait à rien. Ses yeux pétillaient. Sa voix s'exclamait aux trois phrases. Je lui ai expliqué, pour moi et Stéphanie.

— C'est pour me voir comme thérapeute, que tu m'as offert de sortir ? m'a-t-elle demandé sans détour.

— T'as raison, renversons les rôles… Je devrais en profiter pour te faire parler un peu ! Je te commande quoi ? ai-je badiné en hélant un serveur.

— N'importe quoi… mais un double… non… un triple !

Le serveur est arrivé, l'air un peu stressé.

— Vous avez ça, un triple n'importe quoi ?

— Pardon ?

— Faites pas attention…. Mon copain est un peu cinglé, a fait Morgane en me tapant un clin d'œil comme elle commandait trois *shooters* de tequila.

— Tu ne blaguais pas pour le triple !

— Hé… À me retrouver ici avec toi… Non seulement j'en ai besoin, mais je le mérite ! De toute façon, comme ça tu pourras cesser de me parler de tes beautés du Plateau et me délier un peu la langue…

— Va pour te délier la langue de toutes les façons possibles, mais justement, pour en arriver là, je me disais simplement que t'aimerais savoir que ton patient favori est désormais libre comme l'air…

— C'est que t'es vraiment rendu au-dessus de tes affaires, toi ! On voit que ton estime a repris du poil de la bête… Une autre bénédiction que tu dois aux filles du Plateau, j'imagine ! Mais fais attention : j'suis pas gagnée d'avance !

— Ça, j'avais déjà remarqué…

Nous avons rigolé comme les complices que nous savions être. À coups de *shooters*, Morgane en profitait pour se détendre les nerfs. Mais elle se laissait aussi aller à ses états d'âme. Notamment sur la difficulté qu'elle rencontrait face à la rigidité de l'approche prônée par ses collègues du Département 31, et sur toute la compassion qu'elle ressentait au contact de la souffrance des patients les plus durement touchés par la maladie mentale.

— Parfois, je crois qu'on devrait imposer deux semaines d'internement aux psychiatres pour qu'ils expérimentent un peu le vécu de leurs patients, m'a confié Morgane. Oui, ils suivent des thérapies, mais jamais ils ne doivent endurer le regard des visiteurs à l'étage, jamais ils ne sont contraints à ne plus pouvoir décider de leurs actions par eux-mêmes, jamais ils ne doivent côtoyer la souffrance à un niveau égalitaire, sans la hauteur et le recul sécurisants de leur perspective professionnelle. Il me semble que ça les convaincrait de la nécessité d'inclure plus de chaleur dans leurs contacts avec les patients.

— J'ai beaucoup apprécié cette qualité chez toi, ai-je approuvé. Ça m'a été indispensable pour mon rétablissement que de me savoir reçu d'abord et avant tout par un être humain. Et t'étais tellement ouverte à toutes les possibilités du service à la clientèle, ai-je blagué. Comme lorsque tu m'as si chaudement proposé un forfait d'une nuitée aux frais de la maison dans la salle d'isolement. J'étais tellement touché !

Morgane a ri à gorge déployée.

— Ça c'est une autre histoire ! a-t-elle répondu dans la foulée. Tout le personnel de l'unité de psy bénéficierait d'une bonne rigolo-thérapie !

Les mots jaillissaient de sa jolie bouche. Une vraie fontaine de rires et d'aveux ! C'était comme si elle s'était retenue de parler pendant des mois. Presque sans transition, Morgane pouvait s'avérer sérieuse ou frivole, maternelle ou séductrice. Moi, j'appréciais simplement le spectacle, lequel me décontenançait à peine, car son authenticité au bureau m'avait déjà révélé son caractère spontané et la palette étendue de sa personnalité. Je désirais toutefois me pincer toutes les trente secondes à la pensée surréaliste que je prenais une cuite en la délicieuse compagnie de la thérapeute la plus sexy du Québec !

— Je pense que j'avais besoin de lâcher mon fou…, a-t-elle dit pour justifier ses envolées expansives.

— Oh… attention mademoiselle : calembour, ici !!

L'alcool nous aidait à embuer cette image du bureau de consultation qui, dans l'esprit de la belle, s'érigeait peut-être comme un mur infranchissable entre nous, mais qui, au fond, n'avait jamais empêché la proximité de nos âmes.

— Non mais, sérieusement, j'ai toujours des sentiments pour toi, tu sais, m'a-t-elle dit avec des yeux un peu trop givrés et des voyelles un peu trop glissantes. J'ai bien tenté de les étouffer et de trouver d'autres gars, mais ça n'a juste pas fonctionné.

Elle portait un chemisier qui s'était échancré d'un bouton de trop, la naissance de sa poitrine me faisant rêver comme elle se penchait vers moi à chacune de ses confidences.

— Tu dois les repousser, ça c'est sûr, ai-je blagué.

— Non, mais ils tripent raide sur moi, ces gars-là… Y en a un qui est avocat… un poète ! Je l'appelle mon Cyrano… C'est qu'ils ont le même nez… Oooh, que j'suis méchante ! s'est-elle exclamé en imitant Marie-Lise Pilote.

— Attention, Miss Freud, j'ai pas la profondeur de ses goussets…

— Qu'est-ce qu'ont les mecs, avec la profondeur de leurs goussets ? Cyrano n'arrête pas de répandre son *cash* devant moi comme un tapis de roses… Y a rien compris aux femmes… Il me dit qu'il *fly high* avec moi… Je l'ai prévenu que l'atterrissage pourrait être brutal…

— Et je suis le prétendant numéro combien, sur ta liste ? lui ai-je demandé alors que ma trachée rétrécissait d'un millimètre ou deux.

— C'est différent avec toi, Sylvain. J'ai plus de *fun*… C'est pas compliqué ! Enfin, si, c'est compliqué… Mais maintenant que t'es revenu dans le décor, j'vais briser des cœurs !

Comme j'allais la reconduire en taxi jusque chez elle, j'espérais seulement qu'elle ne brise pas le mien…

■ ■ ■

Le lendemain.

Morgane m'a appelé sur l'heure du déjeuner. Sa voix était un peu plus basse et rauque que de coutume. Elle s'est confondue en excuses pour sa cuite de la veille.

— Tu dois me prendre pour une belle alcoolo…

— Hey… Y a pas de mal… T'avais juste besoin de décompresser un peu…

— J'avais pas à assécher le Mexique pour autant…

— Écoute, tu devais te retenir depuis des semaines… Fallait juste que ça sorte… Tu me parlais d'ailleurs de suivre une thérapie pour apprendre à lâcher prise…

— Ayoye ! J'ai dit ça ?

— La tequila t'a servi de psy pour une soirée, c'est tout. Et puis fatigue-toi pas, t'étais marrante !

— N'empêche qu'il faudra nous séparer pour un bout de temps, et j'veux pas te laisser avec ce souvenir-là. Je peux t'inviter à souper ?

■ ■ ■

Montréal, le soir même.

De gros flocons tombaient comme si le ciel noir nous faisait cadeau de ses étoiles. Sous la magie de cette première neige, la charmante Morgane et moi avons arpenté la rue Prince-Arthur jusqu'au restaurant Vespucci. Le maître d'hôtel nous avait réservé ce qu'il appelait le « petit coin des amoureux », une alcôve discrète dans un coin reclus de la salle à manger. Lorsque je me suis approché d'elle et lui ai retiré son manteau de cuir, mes mains ont glissé sur la peau lisse de ses épaules dénudées comme son parfum me montait à la tête et qu'une mèche soyeuse de ses cheveux effleurait mon menton et mes lèvres.

Dans mon journal personnel, ce chapitre de ma vie est intitulé *Week-end de rêve*. C'est au moment précis où Morgane s'est retournée vers moi que le rêve a commencé. Avec la danse virevoltante des cristaux de neige en toile de fond, la déesse m'a adressé le sourire et le regard vulnérables d'une femme qui suppliait que je la découvre enfin sous un autre jour. Car ce n'était plus une fille, que j'avais devant moi, mais une magnifique femme dans toute sa maturité, dont la robe noire épousait les courbes avec audace, donnait toute sa prestance à son port de reine, allumait son teint satiné, rendait encore plus vertigineuse la profondeur de ses yeux sombres. Devant moi s'incarnait un hommage au sixième jour de la Création.

C'est l'instant où je suis réellement tombé amoureux.

J'ai songé à ce que m'avait dit Elia sur ma quête de la Déesse-Mère, qui s'achèverait lorsque je trouverais la femme qui comprendrait toutes les autres; et que mon âme la reconnaîtrait.

— Ce soir, je veux prendre le temps de m'imprégner en toi pour que tu ne puisses plus jamais m'oublier, m'a-t-elle dit au cours du souper à l'italienne. Hier, t'es sorti avec ta complice fofolle, ce soir, tu vas rencontrer la maîtresse que tu pourras peut-être aimer un jour…

Morgane avait certes plus d'une corde à son arc. Elle savait me faire rire ou m'émouvoir à volonté, me divertir d'une pointe de folie, puis échanger ouvertement des points de vue sur tout ce qui nous passait par la tête. Elle était la même que j'avais connue dès le premier jour : humaine, profonde, authentique, fascinante.

Après avoir payé l'addition, nous avons marché sur un tapis de poudreuse jusqu'au centre-ville. Malgré tout le romantisme de la rencontre et l'intensité évidente de nos sentiments, elle m'a dit préférer s'en tenir aux conventions de l'amitié pour l'instant, car elle était toujours hésitante sur la question éthique.

Puis elle a brusquement changé de propos pour me demander si je voulais prolonger la soirée dans un bar dont nous longions la devanture, sur le boulevard de Maisonneuve. J'ai accepté, mais je devais pour cela décommander une sortie prévue en toute fin de veillée avec France. Mon amie à la silhouette de ballerine a semblé déçue au bout de la ligne, s'est informée de l'évolution de mes amours, pour finir par me dire qu'elle devrait peut-être se brancher, dans la vie, avec les gars…

— C'est peut-être quelqu'un comme toi que ça me prendrait, finalement…

Mon cœur s'est serré.

— Ça sonne comme un compromis assez plate à faire ! (Elle a ri un peu tristement.) Sérieusement, je te souhaite de rencontrer le gars que tu mérites, France, et tu mérites le meilleur…

Avec tout ce qu'elle avait fait pour ma rémission, je me sentais égoïste de l'abandonner un samedi soir pour m'en retourner vers Morgane, qui m'attendait avec un sourire épanoui. J'ai eu un moment de confusion. Il me fallait sortir de ma léthargie, ne pas laisser ma profonde amitié pour France gâcher l'une des plus belles soirées de ma vie.

— Embrasse-moi, ai-je dit à Morgane, qui s'est figée.

Je lui ai caressé la nuque en m'approchant d'elle.

— On aura toute la vie pour l'amitié, on ne revivra peut-être jamais une soirée pareille, ai-je plaidé avant de plonger comme sa jolie tête me faisait signe qu'elle abdiquait.

Dès que mes lèvres ont touché les siennes, son haleine enivrante a distillé son élixir en moi jusqu'à me faire oublier tout ce qui concernait le passé et le futur.

■ ■ ■

Une fois installés au bar devant deux cocktails, surtout après un tel baiser, je m'attendais à ce que nous passions aux choses sérieuses. Et mon instinct ne m'a pas trompé. Morgane m'a appris qu'elle avait fouillé la littérature pertinente concernant notre situation, et que dans l'après-midi précédant notre soirée magique, elle avait entretenu l'idée fixe d'attendre un an avant qu'on se revoie. J'ai suffisamment écarquillé les yeux pour qu'elle me rassure du fait qu'elle constatait bien que ce serait impossible à respecter. Elle m'a fait lire un texte portant sur l'éthique médicale pour appuyer son propos. L'article n'interdisait pas les relations patient-médecin, mais suggérait effectivement une longue période d'attente d'un an pour des relations sexuelles. Les conclusions des auteurs étaient pessimistes :

le taux de succès de ces relations était dérisoire. Elle m'a demandé ce que j'en pensais. Je lui ai fait remarquer que la plupart de ces relations impliquaient un homme médecin et une femme plus vulnérable qui risquait qu'on veuille prendre avantage de son physique.

— J'ai beau être un fêlé irrésistible, ai-je plaisanté, mais entre nous, ça vole plus haut que ça, non?

Elle a acquiescé, me demandant à la blague si elle avait quand même le droit de me trouver séduisant. J'ai rougi, bien sûr. Nous avons finalement convenu d'une séparation de trois mois. Il était tard, mais nous ne nous résignions pas à mettre un terme à la soirée. Comme si, malgré nos bonnes intentions, nous reconnaissions elle et moi qu'il pouvait s'agir de la dernière. Morgane m'a beaucoup parlé d'elle, question d'équilibrer les forces, car elle connaissait tout de ma vie et moi très peu de la sienne. C'est alors que j'ai su, pour le tempérament sauveur de sa mère, une infirmière au grand cœur.

— J'ai un père schizophrène, tu sais. Je sais que tu ne l'es pas… C'est juste que je veux vraiment être certaine de faire le *move* avec toi pour les bonnes raisons, m'a-t-elle dit en peinant à soutenir mon regard.

Lorsque je l'ai reconduite devant chez elle, nous avons échangé, sans les lire, des poèmes que nous avions écrits l'un sur l'autre au cours du mois de novembre. Morgane m'a demandé avec une pointe de fragilité dans la voix si je croyais que mes sentiments pour elle étaient assez forts pour résister au temps. Pour sa part, elle m'a dit se sentir en harmonie avec notre décision, puis m'a laissé son numéro de téléphone.

— Appelle-moi le 8 mars… c'est la journée de la Femme, m'a-t-elle dit.

Je lui ai répondu du tac au tac que, si tout allait comme prévu, le 8 mars allait effectivement être sa journée. C'est la première fois que je l'ai vue rougir…

■ ■ ■

**Spectrum de Montréal.
Mardi 31 décembre 1991, 23 h 59.**

Cette naissance d'un amour interdit coïncidait parfaitement avec l'achèvement de la guérison de ma blessure née d'une initiation mystique interdite. Pour bien terminer l'année de cet éveil inattendu, j'assistais à un spectacle de Too Many Cooks avec France, Steff, Marc et quelques autres amis, au Spectrum. Sur le coup de minuit, en rappel, le band a joué *I Don't Want to Die*, dans l'un de ces clins d'œil que la vie offre aux initiés, et pour quiconque se donne vraiment la peine de regarder la magie du quotidien qui s'opère autour de lui. J'ai songé à la journée où mon grand ami était venu me visiter, alors que je m'accrochais au refrain de cette même chanson comme à ma dernière étincelle de vie. Il me semblait que la boucle était bouclée. Qu'une autre étape se profilait à l'horizon.

Car en attendant le retour de la sublime Déesse-Mère, il me fallait désormais reconstruire la vie dans laquelle j'allais l'accueillir.

S'amorçait donc une nouvelle démarche plus masculine, celle d'un printemps qui incite à la semence, à la création, à l'action. J'allais devoir me refaire, me réinventer.

Ce serait la quête de mon identité, de ma vocation.

Elle allait être initiée par l'intégration d'une énergie avec laquelle j'avais peine à composer.

Celle du père…

QUATRIÈME PARTIE
LA QUÊTE DU PÈRE SPIRITUEL

Le printemps de ma nouvelle vie

Avant l'illumination, coupe du bois, porte de l'eau.
Après l'illumination, coupe du bois, porte de l'eau.

WU LI

37

When your road deserts you / and your feet disappear
You'll find some orchards / Wasted one, without appeal
Where will you go from here?

AEON SPOKE
Emmanuel

C'est fou, la vie avec un ego anéanti.

Avant l'illumination, j'avais été une grande personne de vingt-quatre ans qui agissait comme si elle savait tout. *Après*, j'étais redevenu un enfant naïf qui s'ouvrait à toute chose, à tout le monde, et qui voulait tout apprendre – une âme neuve qui appréhendait la vie comme une page blanche à remplir. Tout, chez moi, était à réinventer. C'était excitant, car une page vierge est une porte vers l'infini des possibles, mais elle est aussi le nid de l'angoisse quand on ne sait par où commencer.

Cette angoisse de la page blanche trahissait la seule peur qui m'habitait profondément, qui était celle de l'abandon – la peur par excellence des enfants. Mes cauchemars étaient peuplés de scènes d'un 8 mars où Morgane me retrouvait sans rien devant moi, me jugeait dénué d'avenir, procédait à l'une de ses fameuses volte-face et dénichait meilleur parti. Bref, des cauchemars où mes malheurs gravitaient autour de la page vide.

L'abandonite aiguë n'avait toutefois pas que de fâcheuses conséquences…

Primo, elle m'incitait fortement à ne rappeler la jolie thérapeute qu'à la date convenue – car je savais qu'elle ne priserait pas un bris de condition.

— Et t'es mieux de t'y tenir si tu veux la revoir, m'a intimé Marc, mon ami médecin, sans qui ces trois mois d'attente auraient été infranchissables.

Deuzio, l'abandonite créait chez moi une urgence à me trouver, sinon une vocation, à tout le moins un gagne-pain.

Je commençais toutefois ma démarche avec un sérieux handicap. Après un *meeting* pénible avec le paternel et le président à la tronche de grenouille pour démêler la faillite de leurs affaires, il devenait évident que je ne pourrais revenir en arrière. Peu importait ce que je ferais de ma vie professionnelle, il ne pouvait être question de marketing, de gestion ou de finances – l'équivalent en écœurantite d'un doigt dans la gorge. C'était tout de même embêtant, car mon curriculum ne pointait dans aucune autre direction que celles-là, et dans l'état de vulnérabilité extrême où je me trouvais, il n'était pas si évident de sortir des sentiers battus. Si je m'étais refait un réseau social, professionnellement, c'était autre chose : je me sentais seul, désorienté et les piles à plat. Alors, oui, devant ma page blanche, par où commencer ?

Je me suis d'abord rappelé le défi qu'Elia la kabbaliste m'avait lancé : il me fallait intégrer dans ma vie quotidienne, donc à commencer par mon boulot, ce que j'avais appris lors de ma quête spirituelle de l'été. Pour les besoins spécifiques de la cause professionnelle, il s'agirait surtout de prendre en considération ce que j'avais appris sur moi.

Sous cet éclairage, si j'écartais pour l'instant le vaste champ de la spiritualité (par besoin d'enracinement), quatre fibres s'imposaient spécifiquement à ma fabrique : l'humanisme de mon élan vers les sans-abri; l'imaginaire que m'avait ouvert la porte des rêves et des visions; mon impulsivité à communiquer ce que j'apprenais; et tout le désir de liberté que représentait l'archétype du goéland.

Ça m'a fait penser à l'oiseau qui figurait tout en haut du sigle de mon identité profonde. Celui que j'avais dessiné à neuf ans, et qu'Elia avait exhumé pour me convaincre de ses dons. La kabbaliste m'avait expliqué que c'est souvent vers l'âge de neuf ans que l'enfant, désormais conscient du monde adulte mais toujours branché sur son intuition, vibre une première fois à ce que sera sa vocation d'adulte. « C'est dans ce sigle que tu trouveras les indices de ce que tu es venu faire dans cette vie », m'avait-elle dit.

Voilà par où commencer, ai-je décidé.

Je me suis assis par terre, dans ma chambre du condo parental, avec un chocolat bien chaud et, devant moi, le dessin d'Elia que j'allais étudier…

Tout d'abord, la pièce maîtresse du sigle était ce grand cœur rayonnant au milieu duquel se trouvait une croix portée par un bras puissant. Sa main tenait aussi une plume qui s'étirait vers le lobe gauche en suivant l'axe principal de la croix. Une clé de sol ornait pour sa part le lobe droit. À l'intersection des deux s'élevait un large faisceau lumineux où volait un goéland aux ailes déployées. La dernière figuration était un petit objet tracé sur la pointe inférieure du cœur, d'où originait la queue de la clé musicale, et qui détonnait par rapport à l'aspect symbolique des autres éléments graphiques : il s'agissait d'une balle de baseball ! Bon… j'avais neuf ans après tout, et je ne rêvais qu'à jouer au sein des Expos de Montréal !

Ignorons l'intrusion de la balle, malgré son attrait ludique, me suis-je dit tout en réalisant que je n'avais que jusqu'au 8 mars pour me dénicher une occupation qui répondrait aux valeurs humanistes de la croix et du cœur, m'allouerait la liberté du goéland, tout en tirant avantage de mes dons communicationnels plumitifs qui, eux, solliciteraient dans le meilleur des cas l'imaginaire créatif de la clé de sol.

La musique de *Mission : Impossible* m'est venue en tête…

Car voici la panoplie de mes vices semi-cachés : j'avais joué aux illuminés de la Kundalini pendant près d'un mois auprès de mes proches, me brûlant au passage toute chance d'accéder à leurs réseaux de contacts ; la compagnie qui m'avait employé était faillie ;

la référence du président à la tronche de grenouille serait au mieux coassante ; mon mois en psychiatrie laissait une grande tache à mon dossier médical pour qui y jetterait un œil ; au total, je m'étais creusé un joli trou de six mois dans un curriculum déjà mince et dont les quelques acquis ne correspondaient plus à mes aspirations ; et, à vingt-quatre ans, mes coordonnées étaient celles de mes parents ! Quel candidat au chômage éternel je faisais !

L'urgence (à tout le moins amoureuse, sinon financière) me portait cependant à l'action – alors j'ai agi. Encore une chance que mon ego fût celui d'un enfant, car il allait me falloir une bonne dose d'humilité pour affronter le désastre à répétition qui s'annonçait…

Au chapitre de la plume, j'ai tenté la traduction des conventions collectives du syndicat de mon père : je n'ai jamais si bien dormi ! Malheureusement, c'était au travail. Devenir journaliste ? Je n'avais aucune formation. La clé était-elle dans le domaine musical ? Non plus ! Aucun resto du Plateau n'a voulu de mes talents de guitariste classique, et, ma foi, je les comprenais.

Restait la carte humaniste. Je me suis armé du bottin des ressources communautaires de la métropole, et les ai toutes contactées. Une seule m'a retourné mon appel, et on m'a embauché pour faire partie d'une équipe… d'intervenant_es_. L'employeur était un centre de crise pour femmes en détresse, et mon rôle tout à fait expérimental était de proposer un modèle masculin positif. Je n'avais qu'à être moi-même, rien de plus facile. Le miracle n'a d'ailleurs pas été que les bénéficiaires m'aient adopté – elles m'ont pour la plupart adoré –, mais que les intervenantes rétives aient eu besoin d'un mois pour avoir ma peau. Mais elles l'ont eue…

Retour à la case départ.

Avec les semaines qui filaient, j'oubliais peu à peu mes intentions idéalistes pour considérer tout ce qui pouvait m'offrir une pitance. À la mi-février, j'en étais à placer des ouvriers étrangers en attente d'un visa d'immigration pour le compte d'une agence lorsque je me suis retrouvé dans le bureau du président d'une manufacture de lingerie féminine, à Ville-Saint-Laurent. Le grand patron était un quinquagénaire juif anglophone un peu bourru qui vous faisait sentir d'entrée de jeu qu'une perte de son temps était une perte de son argent. Il pianotait d'ailleurs impatiemment de la main gauche pendant que je lui présentais sans passion les profils télégraphiques des candidats. Petit, chauve et râblé, il m'a fait songer à l'acteur Bob Hoskins – le fameux détective de *Qui veut la peau de Roger Rabbit*. Après dix minutes d'une torture innommable, l'homme m'a arrêté sec d'un véhément « *STOP IT !* »

Puis une chose étonnante s'est produite.

En une fraction de seconde, son faciès crispé s'est détendu, son regard s'est approfondi et sa voix s'est adoucie. C'était comme si je n'avais plus le même homme devant moi. Il m'a gentiment intimé l'ordre de fermer le catalogue, puis m'a demandé :

— Qu'est-ce que tu fais ici ?

Je n'ai pas su répondre.

— Tu n'es pas à ta place, tu détestes ce que tu fais, m'a-t-il indiqué. Oui, tu perds mon temps, mais surtout, tu perds le tiens.

L'homme a reluqué sa montre en la désignant d'un index charnu.

— Il reste quinze minutes à notre rendez-vous, m'a-t-il indiqué. Faisons en sorte qu'elles soient bien investies…

Puis le manufacturier s'est mis à discourir sur ce qui l'avait amené à bosser pour cette entreprise.

— J'étais fou de la dentelle. (Son teint s'est éclairci, ses yeux se sont allumés.) Mon oncle m'a offert un emploi d'été dans son entrepôt, et dès que j'avais une seconde de pause, j'allais effleurer les tissus, détailler les patrons, questionner les tullistes…

Son père le destinait à des études de droit, que pour sa part il appréhendait. Il avait eu le courage de larguer les ambitions paternelles pour demeurer dans l'entreprise de son oncle.

— J'ai démarré au premier barreau de l'échelle, jeune homme, m'a-t-il chroniqué. Je brossais les planchers, récurais les W.C., sortais les poubelles. Par respect pour les idéaux de mon père, qui était son frère aîné, mon oncle a tout fait pour que je quitte sa fabrique. Mais ma passion me faisait rester après le travail pour servir d'apprenti aux employés du quart de soir. Ils m'ont tout appris, j'ai gravi les échelons, et puis me voilà aujourd'hui devant toi. La compagnie, elle est maintenant à moi.

Le tulliste juif a marqué une pause, le visage rayonnant de fierté.

— Trouve ta passion, jeune homme, m'a-t-il conseillé, et saches qu'elle n'est jamais très éloignée du plus grand talent qui t'as été offert – tel un fruit près de son arbre. La passion et le talent sont les partenaires de l'entreprise d'une vie professionnelle réussie. Il s'agit qu'ils arrivent à juxtaposer leurs visions, et ils formeront une équipe imbattable. Alors fais tout pour entrer dans une entreprise appartenant au domaine auquel tu aspires… Ta passion et ton talent feront le reste !

Puis il a ajouté, comme un père parle à son fils :

— *I see that you have it in you… son.*

Immédiatement après avoir prononcé ce dernier mot, son visage s'est refermé, ses yeux ont retrouvé leur éclat normal ; il a secoué la tête, consulté sa montre, et m'a dit en se levant pour me serrer la main :

— Je ne sais pas ce qui m'a pris de te dire tout ça ce matin… Enfin, fais-en bon usage… Et quitte cet emploi de merde aujourd'hui, tu m'entends ?

Secoué, j'ai pris congé du tulliste sur-le-champ et, d'un coup de téléphone, de l'emploi merdique la minute suivante. Quelques mois plus tard, j'allais faire bon usage de son conseil paternel.

38

Il est vraiment rare qu'on se quitte bien,
car si on était bien, on ne se quitterait pas.

MARCEL PROUST
À la recherche du temps perdu

Elia avait eu raison…

Mon aventure mystique m'avait donné des yeux neufs pour voir le monde, et surtout les gens, différemment – pour reconnaître ceux qui contribueraient à ma destinée. La magie de ce moment passé avec le tulliste juif m'avait ramené à la nécessité de trouver sur mon parcours des hommes qui connaîtraient le tabac et m'indiqueraient le chemin à suivre. J'apprenais ce qu'était censé être un père spirituel. Ce n'était pas un mentor qu'on devait nécessairement conserver pour la vie. En cela, le prêtre au nom d'ange avait aussi joué son rôle, et je le réalisais alors.

Car de fait, j'avais bien déjà un père pour la vie, et malgré son invisibilité, je pouvais compter sur lui : il s'assurait toujours que je ne manque de rien. Oui, il m'aimait donc, seulement il m'aimait à sa manière. Grâce à lui j'avais un toit, trois repas par jour, une mère aimante à la maison, de l'argent de poche, des petits boulots au syndicat. Reste que je devais néanmoins pallier son absence; mon père n'était pas celui qui me transmettrait obligatoirement l'intégralité du mode d'emploi de la vie. Pour cela, j'aurais besoin de pères de substitution.

Certains d'entre eux n'étaient cependant sur ma route que pour me rappeler l'importance de mon père naturel. C'était le cas de Paul, je le savais. Par le drame qui le séparait de son fils, il faisait écho à l'avertissement d'Elia sur ce que pourrait avoir comme conséquences l'abandon de mon père. Jamais il n'aura d'ailleurs reflété ce danger aussi bien que le jour de nos adieux.

Depuis sa sortie de l'hôpital, Paul et moi étions demeurés en contact de loin en loin. Nous avions peu d'affinités naturelles, et mon seul rôle dans sa vie semblait d'être le témoin privilégié d'une rechute imminente. Malgré toutes mes bonnes intentions, Paul se cherchait un fils – et je n'étais pas son fils.

Nous étions le 20 février en ce jour où nous nous sommes quittés. J'avais coupé les ponts avec l'hôpital le matin même, ayant appris que Christelle avait été transférée hors du Département 31. Je n'avais plus à y remettre les pieds et, mis à part Morgane, ceux qui me rappelaient ma « nuit » psychiatrique, je ressentais le besoin de les reléguer derrière. Concernant Paul, ce n'était pas une décision facile. Il s'était attaché à moi et je le savais seul au monde, exception faite des saoulons qui l'accompagnaient en beuverie.

Je suis passé le prendre à son mouroir de motel vers les onze heures. C'était par un temps ensoleillé mais si froid que le sang nous gelait dans les veines. Dès qu'il a pris place à l'intérieur de l'automobile, Paul m'a raconté dans un souffle de buée que Marika l'avait laissé pour compte au début du mois, car elle devait mobiliser toutes ses ressources intérieures pour gérer sa vie.

— La Saint-Valentin a été *tough*, m'a-t-il confié.

Je me suis senti encore plus mal de vouloir l'abandonner à ses malheurs. Mais moi aussi, j'avais une vie à gérer. Et j'y arrivais plus mal que bien.

Quoique… Ce n'est pas vrai qu'il doive absolument être seul au monde, pensais-je pour me déculpabiliser. *Il a un fils quelque part, cet homme-là…*

— As-tu essayé de recontacter ton gars ? ai-je tenté pour redonner à son fils ma place dans le cœur de Paul.

Il m'a répété que ça ne valait plus la peine, que Charles-Éric ne retournait plus ses appels depuis longtemps.

J'ai alors insisté, peut-être un peu trop :

— Sais-tu où il reste ?

— Oh ça oui…, a-t-il soupiré.

Puis une lueur étrange lui a embrasé le regard, dont la colère n'était pas la moindre lumière.

— Tu veux que j'aille le voir ? Ben viens avec moé ! m'a-t-il proposé d'une voix requinquée. Mais je t'avertis : ça me surprendrait ben gros qu'il se pointe le nez ce matin…

— Au pire, s'il n'est pas là, on l'appellera ensemble, que je lui ai promis un peu trop vite à mon goût.

Paul a reçu ma proposition d'un sourcillement dubitatif, puis m'a guidé jusqu'au cœur d'un village perdu à quatre kilomètres d'une autoroute. Il m'a demandé de garer la voiture dans le parking de l'église de pierre du patelin, devant un presbytère de même facture ancestrale. Je me suis dit que son fils devait demeurer dans l'une des maisons victoriennes bordant l'édifice cultuel, et que Paul ne voulait pas surgir importunément dans son allée de stationnement. Mais plutôt que de se diriger vers la Principale, il a emprunté le court trottoir déneigé qui menait au presbytère.

Quoi, il est devenu curé ? ai-je demandé d'un petit rire incrédule.

Paul n'a pas répondu un mot.

Nous avons bifurqué vers la gauche une fois rendus devant l'entrée principale de l'édifice. Son fils devait effectivement résider chez les prêtres, car nous nous dirigions vers l'accès dédié aux locataires. Nous en avons toutefois ignoré la porte, même que Paul accélérait le pas alors que nous passions tout droit. J'ai pensé que le courage lui manquait pour les retrouvailles.

— Veux-tu qu'on jase un peu avant d'y aller ? lui ai-je proposé d'une voix presque étouffée par le craquement de la neige encroûtée sous nos pas.

Il n'a pas réagi.

En tournant le coin de la bâtisse, j'ai été pris d'un petit malaise. Car devant nous s'étalait le cimetière. Le ciel à l'horizon était d'un bleu irréel, et les quelques nuages à son plafond moutonnaient en d'imposants reliefs que la lumière sublimait pour rappeler la majesté divine. À croire que les occupants des lieux ne gisaient plus sous terre, mais nous observaient plutôt de ces paradis tout en haut.

Nous avons passé le portail en fer forgé qui menait au boulevard des allongés. Et le pas de Paul s'allongeait, n'avait rien à voir avec la démarche incertaine du hasard pensif – il savait où il allait. Nous nous sommes arrêtés un peu plus tard… devant une stalle ouvragée… Elle me semblait vieille… Elle portait le nom de Béliveau, le patronyme de Paul. Mais ce n'était pas le prénom du fils qui y était gravé, et j'ai ainsi pu lâcher un soupir de soulagement. Lequel n'est pas passé inaperçu chez Paul qui, le bec pincé par la difficulté du moment, s'est penché pour déneiger de ses mains nues une dalle encastrée dans le sol gelé, au pied de la stalle. L'inscription se lisait : Charles-Éric Béliveau (1971-1988).

Mon cœur voulait s'arrêter de battre.

— Ça a fait trois ans le 17 septembre, a dit Paul d'une voix enrouée. Maintenant tu comprends pourquoi il ne retourne pas mes appels ?

Une bourrasque m'a traversé le corps comme pour m'en ravir l'âme. Pendant ce temps, Paul continuait de caresser la pierre funéraire de feu son fils dans le concert croassant des corbeaux.

— Je suis désolé.

C'est tout ce que j'ai trouvé à dire.

Sur le chemin du retour à pied, le vieil homme brisé m'a expliqué l'inexplicable…

Quelques semaines après son altercation avec son fils, alors qu'il était sous le coup d'une interdiction de le voir, Paul dépérissait à vue d'œil, en arrêt de travail, trimballant sa détresse et sa rage dans tous les bars qu'il pouvait écumer… Jusqu'à ce que son frère vienne un jour le retrouver. Ça lui aurait pris trois heures et autant de pichets de bière pour puiser le courage nécessaire à l'annonce de l'irrecevable : son fils s'était suicidé, sans laisser de lettre, avec pour seul testament un *Fuck You* sur le mur de sa chambre, juste au-dessus du lit où il gisait avec une cartouche du fusil de chasse de son père dans le crâne.

— Le pire, c'est que je haïssais la chasse, m'a-t-il confié. Je haïssais ça au moins autant que je haïssais mon père, l'hostie de chien sale qui m'avait acheté ce fusil le jour de mes dix-huit ans – le seul cadeau qu'il m'ait jamais fait. Ben tabarnak, la balle qui a tué mon gars, c'est la seule câlisse de balle que ce crisse de fusil-là ait jamais tirée… Ciboire ! Peux-tu me dire elle est où, la sacrament de justice là-dedans ? Peux-tu me dire yé où, ton Dieu, quand on en a besoin ?

Ce n'était pas le temps de lui parler doctement du karma et du libre arbitre. Pour moi, c'était le temps de compatir dans le silence. Pour Paul, c'était le temps de se noyer dans le houblon. Et ça urgeait. Nous avons abouti dans le trou infâme du seul débit de boisson du village. J'allais y passer tout l'après-midi à consoler l'inconsolable d'une main dans le dos, sous l'œil bienveillant d'un barman qui semblait bien le connaître, pendant qu'il me chialait la trop courte biographie de son gars, du premier au dernier cri, en passant par ses souvenirs père-fils les plus tendres. Nous avons ri, aussi, des anecdotes les plus drôles.

Après toute cette proximité, voilà que je le reconduisais à sa chambre de motel. Je devais lui expliquer qu'il fallait qu'on tourne la page, qu'il refasse sa vie, que je refasse la mienne, que je ne pouvais pas être l'ersatz de son fils, sa réincarnation, son émule – je n'étais pas Charles-Éric. Ça m'a brisé le cœur. Paul a compris, c'est sûr : il était tellement sans malice. Il voulait mon bien comme il l'aurait voulu pour son fils. Alors je l'ai laissé, planté devant la porte jaune pisseux défraîchi de la garçonnière avec kitchenette et air climatisé de son mouroir. Il m'a envoyé la main. Je me suis répété en mantra qu'il ne fallait pas me laisser obnubiler par les rétroviseurs dans lesquels il rapetissait. Mais je savais que c'était la dernière fois que je le voyais me saluer comme il avait salué quotidiennement, de sa manière touchante et bien à lui, tous les gens de son voisinage, du temps où il était facteur au village de Saint-Cuthbert; du temps où il aimait sa Nicole…

Du temps où il était père.

39

Mas des Oliviers.
Montréal.
Vendredi 6 mars 1992.

J'ai toujours adoré retrouver mon père dans l'un des chics établissements du centre-ville où il avait ses habitudes. Ça me rappelait nos nombreux dîners, du temps où je fréquentais l'Université Concordia, quand il était fier de présenter son gars à tous les *big shots* qu'il coudoyait. «Yé beau comme sa mère, intelligent comme son père!», avait-il coutume de claironner à la cantonade de sa voix forte. Pendant je dirais deux ans, on a été pas mal proches, lui et moi. On était même partis pour rattraper le temps perdu. Puis il m'a embauché dans la compagnie que dirigeait son *chum* à la tronche de grenouille, c'était censé nous rendre inséparables, mais, c'est bête comme ça, on s'est perdus de vue.

Ce jour-là, nous allions être réunis comme avant. Il était passé midi, la place grouillait de monde – tous des gens d'affaires, des avocats, des entremetteurs… Le Mas des Oliviers, c'était un aéroport de contacts haut placés pour projets lancés en l'air; c'était la bouffe provençale hors de prix servie aux caprices du chef; c'était Élyse, la *barmaid,* qui était aussi généreuse de ses courbes qu'elle l'était de ses gâteries sur le bras de la maison et de ses anecdotes croustillantes sur le milieu du septième art, où elle avait jadis fait de la figuration; et surtout, c'était… mon père. Le Mas, c'était *sa* place. Et le voilà qui entrait par la grande porte, comme le paquebot géant qu'il était pour moi, se frayant un passage entre tous ses amis les notables qui faisaient la vague pour l'accueillir, l'éclaboussant de leurs effusions de civilités informelles et de rires trop bruyants pour être sincères.

Mon père, lui, était resté vrai.

Là résidait son charisme : ses transports n'étaient pas feints. On le respectait parce qu'on ne pouvait détourner ce paquebot syndical vers une destination séduisante au détriment de tous les membres de son équipage. On le craignait parce que son franc-parler brise-glace ne connaissait pas les frontières de la bienséance – son étrave avait d'ailleurs déjà publiquement pourfendu quelques egos.

Bref, oui, je l'admirais.

Car non seulement il naviguait sur cette mer infestée de requins depuis plus de vingt-cinq ans, mais il était parti de son premier quai avec l'humilité d'un rafiot, sans cartes et sans bagage.

Voilà bien un exemple qui allait pouvoir me servir…

— Salut p'pa, l'ai-je accueilli avec un verre levé.

Il m'a posé une main sur l'épaule en guise de réponse, faisant signe à Élyse de lui apporter la même chose que ce que je buvais. Autour du bar fusaient les invites au badinage. Une fois leurs potins épuisés, nos verres vidés, nos assiettes remplies, la place s'était dépeuplée de moitié et l'attention de mon père m'était revenue. Après avoir mis à jour nos propres potins, j'ai voulu revivre la magie de ma rencontre avec le tulliste juif.

— P'pa, pourrais-tu me rappeler d'où t'es parti pour te rendre jusqu'à bon port, professionnellement parlant ?

Mon père m'a regardé comme s'il se demandait pourquoi je montrais de l'intérêt à lui faire rejouer cette vieille bobine de super-huit. Mais chaque fois c'était pareil : une lueur mêlée de nostalgie et de fierté lui embrouillait l'œil, et c'est tout juste s'il ne commençait pas l'histoire par : « Il était une fois un jeune homme… »

J'aurais voulu m'étendre dans le lit de mon enfance, fermer les yeux et démarrer mon cinéma intérieur. La caméra aurait ouvert sur le plan panoramique d'un village en bordure du fleuve. La trame sonore aurait joué *Demain si la mer* de Félix Leclerc, puis aurait enchaîné en fondu avec la voix *off* de mon père, qui aurait décrit son besoin d'évasion exacerbé par l'étouffement d'une famille de douze enfants. Puis la caméra aurait lentement zoomé sur un adolescent de seize ans, les pieds ballots au bout d'un quai, jusqu'à saisir, en très gros plan, son visage boutonneux fixant le large de ses yeux rêveurs. Y auraient miroité les longs chalutiers qui naviguaient majestueusement sur les flots verts du Saint-Laurent. La voix *off* nous aurait invités à imaginer avec le jeune homme les marins grisés par l'air salin, ivres de liberté. Je le sens, cet adolescent, mon père, envieux de leurs yeux pleins d'horizons bleus sans limites, de rivages exotiques aux villes portuaires grouillantes d'inconnu et de filles au sang chaud. Le film aurait repris l'action un an plus tard; on y aurait vu mon père, décidé à tout quitter pour réaliser son rêve, malgré la trouille lui bouffant les tripes, un baluchon sur l'épaule, embarquant sur un navire, cap sur les terres les plus lointaines – comme dans les aventures de Polo et de Magellan.

Quand le paternel me racontait son histoire, c'était comme si j'y étais. J'entendais les mouettes crier comme son bateau levait l'ancre. Grondaient les machines dont il assurait l'entretien, riaient grassement les marins au cours de leurs parties de cartes dans le carré. Je goûtais l'infâme potée qu'on leur donnait à manger, subissais les relents de bile lorsque les pires tempêtes retournaient les estomacs les plus solides; je me saoulais de l'alcool frelaté dont ils abusaient pour oublier celles qu'ils laissaient derrière eux pour des mois; je voyais les photos des *pin-ups* accrochées aux murs de leurs cabines exiguës, l'arc du saut des dauphins hors de l'eau calme les jours sans vent, l'horizon confondant mer et ciel les jours sans nuages. La scène suivante aurait montré mon père à peine plus vieux que moi, la peau ravinée de cicatrices, le front déjà haut, la colonne droite, rassemblant l'équipage lors d'une pause pour le convaincre de ne plus endurer les conditions misérables que les tyranniques compagnies maritimes lui imposaient. Puis en fondu serait entré en scène un fort en gueule mêlé aux premières tractations syndicales du milieu, et qui allait devenir le mentor et l'associé de mon père

devenu ingénieur de classe élevée par la seule force de son entêtement à faire sa place dans une hiérarchie hostile. Je les vois animer
les premiers *meetings* houleux, ériger les premiers piquetages cou-
rageux, remporter leurs premières luttes à coups de batte de baseball, de pancartes cartonnées et de slogans criés haut et fort. Je goûte
la Dow des premières victoires, le Dom Pérignon de l'inauguration
de leur premier bureau de la rue McGill. J'entends le moteur de sa
première grosse Buick Riviera de l'année, puis celui de notre première piscine creusée. Je sens le cigare de ses nouveaux amis. Je
touche à son succès. Mon père faisait rêver tous mes sens. Mon père,
c'était mon rêve américain. Et le *happy ending* ne ratait jamais :

— En tout cas, c'te fois-là, a conclu triomphalement le paternel,
on a fait chier Bourrassa dans ses culottes !

Mon père finissait toujours son histoire par le clou d'une scène
où il avait fait fléchir un ministre, si possible le premier.

Si ce n'était pas la première fois que j'avais droit au chapitre
de la grande épopée paternelle, cette fois j'avais eu *besoin* de m'y
ressourcer, et mon père l'a senti…

— Comme ça, c'est après-demain le grand jour ! m'a-t-il lancé
à brûle-pourpoint en faisant référence à mes retrouvailles avec la
bien-aimée Morgane. T'es toujours aussi sûr de ton affaire ?

Mes yeux ont suffisamment brillé pour qu'il n'attende pas ma
réponse…

— C'est beau l'amour, mais ça paie pas le loyer, fiston ! m'a-t-il
dit pour freiner mon enthousiasme.

— Ouin, j'sais ben… Mais j'ai tout essayé, pis j'sais pus trop
quoi faire, ai-je avoué. Si je pouvais au moins avoir une jobine,
n'importe quoi pour pas me donner l'air d'un profiteur qui en veut
juste après son *cash*. La fille doit se faire dans les six chiffres, facile…

— C'est pour ça que je voulais te voir aujourd'hui, m'a annoncé
le paternel. J'ai quelque chose pour toi…

Il m'a appris que le syndicat mettait son système informatique à niveau et qu'il embauchait pour l'opération le père de France, un programmeur qui gérait sa propre affaire. Étant tenu au courant de ma condition par sa fille, que je fréquentais toujours aussi fraternellement qu'assidûment, mon oncle par alliance acceptait de bon gré de me prendre sous son aile pour la durée du contrat.

— Je lui ai dit que t'avais conçu de petits logiciels dans tes *hobbys* du temps de l'université… C'est à ce moment-là que t'avais pris des cours complémentaires en programmation, pas vrai?

J'ai hoché la tête pour confirmer. Il a poursuivi :

— Ça te laissera le temps de te revirer de bord pendant que tu te places les pieds avec ton grand amour…

Je me suis senti tout ému.

— Je sais pas comment te remercier, lui ai-je dit.

— J'sais qu'on se voit pas aussi souvent que tu le souhaiterais, m'a dit mon père. Mais c'est ma façon de te dire que t'es important pour moi…

Son regard s'est perdu dans le vague, le ton avait été un peu trop solennel, considérant l'homme.

— T'es sûr que ça va?

Le paternel a poussé un long soupir.

— Tu sais comment c'est avec ta mère…

— Bon, là tu vas me lâcher m'man, pis tu vas me parler de toi un peu, l'ai-je houspillé un peu brusquement. Comment ça va… toi?

Mon père s'est ressaisi :

— C'est compliqué, on est au bar, c'est juste pas le temps… Profite de ta nouvelle blonde pis de ta nouvelle vie, pis tracasse-toi pas avec la mienne… Sinon une autre fois, ok?

— On peut aller ailleurs pour en jaser, si tu veux, j'ai tout mon après-midi, ai-je insisté.

Mon père a pris une brève pause réflexive. Sa bouche s'est tordue comme pour retenir l'appel d'un S.O.S., mais ses yeux ont viré à bâbord toute, côté sortie. Il a évidemment choisi de larguer les amarres. Puis, la proue toujours fière, il a quitté mon port pour écumer son chemin, sirène hurlante, sur la mer de ses faux amis les requins – vers je ne sais quelle île de perdition.

C'est la dernière fois que j'ai vu mon paquebot géant de père dans toute sa gloire.

40

Condominium parental.
Dimanche 8 mars 1992.
Journée de la Femme.
Journée de Morgane.

La catastrophe…

L'omelette qui colle, les toasts qui brûlent, la crêpe qui se déchire, les fruits surets, le café trop fort, la crème passée date.

Et pendant que, dans le condo déserté par mes parents, j'apprêtais le brunch comme un jongleur sur le *speed,* il y avait la belle Morgane qui se bidonnait, pliée en quatre sur le sofa du salon à me regarder faire.

— Y a-tu quelque chose de plus *cute* qu'un gars qui joue sa vie sur le premier lunch qu'il prépare pour sa blonde ? a lancé la bien-aimée dans un fou rire.

Oh, je riais moi aussi… juste un peu jaune.

— Allez, fais pas cette tête-là : c'est juste de la bouffe, a-t-elle dit pour me calmer les nerfs, que j'avais en boule depuis le petit matin.

Je l'avoue, j'avais même pris mon premier cachet d'anxiolytique en deux semaines au lever… juste avant de réveiller un peu tôt la Belle au bois dormant d'un appel auquel je rêvais, de nuit comme de jour, depuis trois mois…

— Si c'est pas mon prince charmant, m'avait-elle répondu d'une voix ensommeillée. J'ai dormi tout l'hiver pour que ça passe plus vite… Il était temps que tu me réveilles !

Son accueil m'avait tout de suite rassuré. Je lui avais rétorqué du tac au tac :

— Pour faire moderne, ce coup-ci, c'est la princesse qui va courir retrouver son prince. Prends ton cheval blanc Jetta, puis viens me rejoindre au sommet de mon donjon.

Deux heures plus tard, Miss Freud redébarquait dans ma vie pour, du moins l'espérais-je, ne plus en sortir…

Le brunch fut vite consommé, nos bouches s'impatientant pour d'autres délices qui nous ont tenus occupés, beaucoup plus longuement, devant le spectacle époustouflant d'un fleuve qui miroitait sous le soleil d'un horizon de promesses. Et justement, au bout de mon souffle, vers le milieu de l'après-midi, j'ai pu expirer une phrase inspirée pour lui faire cadeau d'un bracelet hindou dont le cuivre était orné d'une Shakti dansante aux multiples bras et têtes. Au revers, j'avais fait graver l'inscription : *À toutes les femmes en toi, ma Déesse.*

Morgane a ajusté le bijou à son poignet, ravie.

— Moi aussi j'ai quelque chose pour toi… m'a-t-elle annoncé avec l'excitation d'une enfant tout en pigeant une enveloppe dans son sac à main.

Je m'attendais à un mot d'amour, mais elle a agité une paire de billets sous mes yeux…

— Prépare tes valises, mon chéri… On s'envole pour la Colombie !

■ ■ ■

Le soir même.

Après quelques heures d'activité fébrile, nous nous sommes effectivement retrouvés côte à côte dans un Boeing qui roulait pépère sur le tarmac pour prendre position à l'extrémité de la piste de décollage.

— Ouin… Tu me tenais pas mal pour acquis, ai-je dit à Morgane d'un ton léger. Qu'est-ce que t'aurais fait des billets si j'avais décidé de ne plus t'attendre?

— Disons seulement que j'ai une *chum* de fille qui va te haïr un peu quand elle va partir son char sous le point de congélation demain matin, m'a-t-elle répondu en rigolant.

Ça m'a allumé sur notre réalité à venir…

— Puisque tu en parles, comment tes amis de la confrérie prennent ça, qu'on sorte ensemble?

Morgane a levé les yeux au ciel, refusant le terrain glissant :

— Laisse-nous le temps de décoller, veux-tu? On aura toujours bien le temps de redescendre…

Un singulier silence s'est installé, chacun de nous étant absorbé par le spectacle du hublot comme l'avion accélérait. Les roues ont quitté la piste, et l'appareil prenait toujours de l'altitude quand m'est revenu en tête ce jour ensoleillé, sur le promontoire de l'oratoire Saint-Joseph, lorsque je m'extasiais à vouloir prendre mon envol avec les oiseaux qui planaient dans l'azur du ciel.

— Sylvain… m'a presque chuchoté ma bien-aimée. Tu sais, l'histoire du goéland que tu m'as racontée en consultation…

— Oui?… ai-je dit, un peu stupéfait par la synchronicité de nos pensées.

— Ça m'a beaucoup parlé, cette métaphore-là…

J'ai souri en moi-même. C'était la première fois que je partageais une complicité pour l'univers de Richard Bach avec une compagne de vie.

— Mais je me posais une question… a-t-elle poursuivi. Penses-tu que Jonathan Livingston l'aurait eu plus facile si on lui avait inventé une blonde goéland pour triper avec lui dans le ciel?

— Tu veux dire une goélette? ai-je badiné.

Morgane a joué des cils dans une mimique séductrice à faire fondre un glacier, puis a poussé l'audace jusqu'à défaire un bouton de sa blouse déjà décolletée.

— Pas si *lette* que ça, quand même !

Les rires nous ont fait oublier les risques de l'atterrissage. Pour le meilleur et, pourquoi pas, pour adoucir les jours du pire, j'avais la conviction d'avoir trouvé ma partenaire de vol.

— Sérieusement, le couple est un chemin d'évolution en soi, ai-je philosophé. J'crois donc pas qu'il l'aurait eue plus facile, le goéland, mais il aurait été motivé à apprendre ses pirouettes plus rapidement !

41

Tomber amoureux, c'est comme tomber vers le haut,
ça donne des ailes mais... attention à l'atterrissage!

NOËL AUDET
Quand la voile faseille

Morgane avait eu une intuition de génie.

Pour s'apprivoiser l'un l'autre dans un minimum de temps, quoi de mieux que la bulle protégée du reste du monde d'un paradis tropical? Quoi de mieux, pour nous assurer que notre flamme était suffisamment forte, avant qu'elle n'ait à affronter la froidure d'une réalité réfractaire à notre liaison interdite?

Car notre amour était interdit.

Si notre relation était poétique, elle n'était pas éthique. Morgane risquait d'y perdre son droit de pratique, sa crédibilité, et bien des amis.

D'ailleurs, malgré notre vœu d'insouciance, il était hors de question pour la jolie thérapeute de se laisser aller à ses élans hormonaux. Afin de ne pas empirer le cas de Miss Freud par des circonstances aggravantes, nous allions devoir attendre trois *autres* mois pour nos premières relations sexuelles. Je n'étais pas contre la vertu, mais en Colombie, la tentation m'écorchait les sens. Je voyais ma déesse aux courbes de rêve à moitié nue sur la plage à cœur de jour; nous roucoulions suavement des mots doux au creux de l'oreille de l'autre à longueur de soir; tout cela, au final, pour avoir sa peau brûlante collée contre ma peau brûlante la nuit venue, et cela sans pouvoir assouvir nos bas instincts... Vous ne pouvez pas imaginer l'ENFER à 37°2 jusqu'au matin!!!

Si elle avait au minimum conservé son deux-pièces tout au long du séjour en Colombie, Morgane avait par contre poursuivi le *strip-tease* de l'âme amorcé avant notre séparation hivernale. Cette intimité a atteint son paroxysme lors d'un soir de pleine lune où une calèche nous a menés, par une route en bordure d'une plage éclairée aux flambeaux, jusqu'à l'ancestrale Carthagène. Une fois dans la partie fortifiée de la ville, désertée à cette heure tardive par les touristes, nous roulions sur le pavé raboteux d'un dédale de ruelles qui veinait l'entassement de hautes demeures. Une lumière spectrale vernissait les reliefs pierreux du pavé et des maisons. Nous avions l'impression d'un périple romantique dans le temps, qui nous a menés vers un sympathique petit resto espagnol. Les proprios de l'établissement nous avaient réservé l'intimité d'une table baignée par la lune dans une cour intérieure embaumée de rosiers grimpants. Morgane portait une robe flamenco blanche ne lui dénudant cette fois que les épaules, ce qui suffisait toutefois à déclencher mes soupirs… Après le délectable repas, alors que nous étions fin seuls dans la place, mis à part un guitariste discret qui chatouillait ses cordes avec une profonde sensibilité, la bien-aimée s'est exécutée…

— Je ne sais pas si c'est l'effet de la lune, mais je dois te confier des trucs importants qui nous concernent, m'a-t-elle annoncé en sortant une feuille, pliée en trois, d'une petite bourse en cuir achetée le jour même, tout comme la robe.

« Excuse-moi, a-t-elle repris. J'aimerais que ça sorte plus naturellement, mais j'ai besoin de te lire ce que j'ai écrit pour toi… ok ? »

Et sa jolie bouche s'est mise à lire…

— Tu sais, Sylvain, ta personne fondamentale, ton âme, si tu préfères, de même que ta personnalité, simplement en étant ce que tu es, ont touché et remué des choses très profondes en moi, qui n'avaient jamais été touchées par personne d'autre.

« Tes valeurs ont rejoint les miennes. Ta souffrance a rejoint une souffrance que j'ai déjà connue. (Sa voix a marqué une brève pause, ses yeux d'enfant blessée quittant la feuille pour me déstabiliser l'instant d'un bref regard.) J'ai entretenu des tendances suicidaires depuis mes treize ans jusqu'à mes vingt-sept ans. Je me suis occupée de mon mal, j'ai pris les moyens de guérir, mais je me suis progressivement rendormie jusqu'à ce que ta rencontre me réveille.

« Maintenant que tes blessures sont pansées, est-ce que la société ou ton insécurité… »

Elle a souri en disant :

— Avant que tu ne contestes mon « diagnostic », saches que je crois que nous sommes tous un peu *insécures*. Hmm! Je reprends : est-ce que la société ou ton insécurité propre vont enrober ton âme remarquable et l'endormir paisiblement pour que tu vives sur l'automatique comme tellement de gens?

Rejouant ainsi son rôle de Déesse-Mère, Morgane m'a remis cette lettre après lecture. C'est un mot que je relis encore souvent aujourd'hui, et qui nous a donné la direction à suivre après l'atterrissage. Car je mentirais en prétendant que nos débuts ont été à l'image de ce splendide jardin de roses de Carthagène.

Il nous a inévitablement fallu revenir sur Terre…

■ ■ ■

Printemps 1992.

De retour au pays, le cœur de la bien-aimée tanguait sérieusement. Dès que nous sortions dans des endroits publics, nous jouions aux chastes amis, et cette contraction sentimentale se transférait dans l'intimité des murs aveugles de son bungalow : elle avait peine à se laisser aller, refrénait ses élans, ses sentiments, ses pensées… et perdait ainsi tout le charme de sa spontanéité. J'étais par ailleurs le secret le mieux gardé de son univers : elle me refusait sa famille, ses amis; nous ne voyions personne… Enfin, pas tout à fait.

C'est que la vie personnelle de Morgane était plongée dans la confusion la plus totale, m'a-t-elle avoué, depuis mon entrée en scène comme patient, il y avait alors un peu moins de six mois. Et j'étais à même de le constater : sa maison, ses finances, ses relations – tout était sens dessus dessous.

Morgane avait gaiement fait le ménage dans ses fréquentations, pour en élaguer tous ceux qui, selon elle, ne partageaient pas ses valeurs – conjoint de fait compris. Mais Miss Freud avait simultanément ouvert toute grande la porte aux plus nécessiteux de ses patients, du moins ceux avec lesquels elle se sentait une quelconque affinité. Son cercle social était désormais scindé par un véritable mur de la honte, entre le gratin de sa profession et la misère de sa clientèle. Et, privé que j'étais du gratin, ces nécessiteux étaient les seuls que nous fréquentions ensemble dans un vague esprit humanitaire. Ajoutons à cela le fait que nous ne baisions pas : je sortais avec Mère Teresa !

Bon, d'accord… en plus sexy. Ce qui rendait la chose d'autant plus cruelle et non moins pathétique.

Parmi les gens dans le besoin que nous côtoyions ainsi, sans toujours avoir un impact bénéfique sur leur vie, il y avait une famille de six enfants sur l'assistance sociale, deux mères monoparentales sur les dents, une orienteuse désorientée, un massothérapeute gai qui n'acceptait pas son orientation, et puis il y avait…

Jean l'Intelligent.

42

Maison de Morgane.
Lundi 4 mai 1992.

À vrai dire, nous ne fréquentions pas Jean l'Intelligent. Tout au plus, Morgane et lui avaient maintenu une relation téléphonique de type Tel-Aide sans que je n'en sache rien.

Toujours est-il que le pseudo-humanisme de notre pseudo-couple ne menait nulle part. Lorsque Jean l'Intelligent a appelé chez Morgane, un soir où j'installais son nouvel ordinateur en son absence, nous en étions, elle et moi, à nous dire qu'il fallait qu'il se passe quelque chose. Il devenait impératif de faire dévier le cours de notre progression fulgurante vers la catastrophe du « nulle part » en question. Car ni elle ni moi ne voulions saboter ce que nous avions eu avant l'atterrissage dans la réalité quotidienne. Nous possédions les bons ingrédients pour réussir notre vie ensemble ; nous n'avions tout simplement pas choisi la bonne recette.

Dring!… Dring!… Dring!

Je ne répondais jamais les rares fois où je me trouvais seul chez Morgane. Sauf en cette occasion-là, par automatisme ; j'étais penché près d'une table de travail, le téléphone était à portée de main. J'ai réalisé ma gaffe potentielle comme je disais…

— Allô ?

— Euh… Bonsoir… euh… Morgane est là ?

Je n'ai pas immédiatement reconnu la voix de Jean l'Intelligent. C'était une voix basse, rauque, anémique. J'ai informé mon interlocuteur que Morgane était de garde à l'hôpital, lui ai demandé s'il voulait laisser un message…

— Non, non, pas de message urgent… Dites-lui seulement que Jean a appelé…

Là, j'ai cliqué.

— Jean ?… *Le* Jean du Département 31 ?

— On se connaît ?

— Ben, c'est Sylvain…

— *Le* Sylvain ?

— Celui qui est censé te rejoindre au paradis dans plus d'un demi-siècle, oui…

— Quossé que tu câlisses là ?… Dis-moé pas que tu…

Sans entrer dans les détails, je lui ai expliqué ce qui m'amenait à être au bout de la ligne chez Miss Freud. Je lui ai brièvement raconté ma nouvelle vie, il m'a raconté la sienne, sur fond d'une musique fuckée de Tangerine Dream qu'il avait sélectionnée.

Jean l'Intelligent s'était récemment installé dans l'ancien Faubourg-à-M'lasse du centre-sud de Montréal, près du pont Jacques-Cartier. Pour un suicidaire, c'était comme si un joueur compulsif décidait de crécher à deux pas d'un casino. Reste qu'il semblait vraiment déprimé, alors qu'il me chroniquait son quotidien sur le bien-être social, chaque journée recopiant la précédente, à toujours croiser les mêmes visages rabougris dans les cafés le matin, dans les tavernes l'après-midi…

— Pis la même crisse de face à claque dans le miroir le soir…

Et la nuit, il revoyait sporadiquement la même femme mariée un peu moche qu'il baisait sans âme pendant que son mari se crevait à sa deuxième job. Lysa, qu'elle se prénommait. Elle était devenue son pire miroir. Pour s'y brouiller le portrait, Jean avait troqué le lithium avec lequel il y voyait trop clair pour tout le fort qu'il pouvait se payer.

— Vu que t'aimes les robineux, Sylvain, j'pense que tu m'aimerais pas mal, ces temps-ci !

Jean prenait d'ailleurs un coup pendant qu'il me parlait au téléphone. De temps en temps, je l'entendais verser, puis déglutir un liquide, et plus ça allait, plus Jean lyrait, délirait ses pensées noires. La conversation s'est prolongée ; en fait, ce n'était pas une conversation : je ne faisais que l'écouter. À un moment donné, j'ai trouvé le fond de son histoire au fond de sa bouteille : il était suffisamment gelé pour confier la raison pour laquelle il avait braillé, lors des nuits passées à l'unité de psychiatrie.

— Tu veux l'savoir à quand ça remonte ?… Hein ?… Tu veux savoir si c'est vrai, les rumeurs comme quoi j'ai tué ?… Ben oui… j'ai déjà tué que'qu'un… Mais pas comme y pensent, non… Pas de sang froid comme un pro, pas en *tough* comme un Hell's, pas comme un hostie de psychopathe dans le fond d'une cave avec un attirail de torture médiévale, non… J'ai tué par amour, moé. Mais pas comme un mari cocu. Non, j'ai tué par amour pour mon frère… J'ai tué mon frère…

Un accident bête. J'ai pas tout compris, parce que Jean déparlait un peu… Il avait neuf ans. Son frère jumeau jouait là où il ne fallait pas, un truc lui a explosé en pleine face, ses vêtements ont pris feu ; il criait au meurtre quand il a rejoint Jean et leur mère dans la salle de lavage. Le premier réflexe de Jean a été de saisir le seau plein d'eau savonneuse qui était à ses pieds, puis, malgré les protestations de la mère, il l'a versé sur son frère. Résultat chimique irréversible : le jeune est mort de ses brûlures trois jours plus tard. Sa mère est devenue dépressive, les électrochocs l'ont achevée, elle est partie résider à Louis-H. Son père ne l'a pas pris, il s'est mis à boire, à le battre, puis l'a abandonné un jour où il avait failli le tuer.

— Y aurait pas dû me rater, le câlisse ! Y aurait donc pas dû…

Sa détresse m'engloutissait, c'était trop gros pour moi. Mes petits malheurs d'ado boutonneux, d'amours déçus et de père absent ne me donnaient pas le droit de parole. Je ne savais plus quoi dire. J'ai quand même fini par lui demander si la tentation du pont tout à côté était trop forte à ce moment.

— Chus tellement pissou que j'aurais peur de sauter, pis là je m'haïrais encore plus… À part ça, j'veux pas mourir au fond du fleuve, emporté comme les rejets des usines. J'étouffe tellement, toutes les crisses de journées dans c'te ville de marde, que j'veux pas mourir étouffé dans sa marde…

Dans ce temps-là, je ne savais pas qu'il fallait poser des questions pragmatiques du genre : sais-tu comment tu veux te tuer ? à quelle fréquence tu y penses ? ton moyen est-il accessible pour toi facilement ? maintenant ? sais-tu où tu veux le faire ? sais-tu quand ?

Moi je me suis égaré dans le « sais-tu pourquoi tu devrais pas le faire ? », et nous en avons été quittes pour une longue confrontation existentielle. Ç'a été passionnant, oui, mais ça nous a menés à raccrocher sur un point d'interrogation au bout d'une heure d'un délire philosophico-freudien à la Woody Allen…

— T'as conservé mon histoire des deux âmes sœurs au paradis ? m'a-t-il demandé comme je cognais des clous. Il devait bien être passé minuit.

— Oui… pourquoi ?

— Apprends-la par cœur, parce que j'vas vouloir que tu me la récites le jour où tu vas me retrouver sur un nuage pas trop loin de saint Pierre. D'ici là… *ciao !*

Je suis venu pour répliquer quelque chose, mais il avait déjà raccroché.

Comme il était tard, je suis resté à coucher chez ma blonde.

Le lendemain, Morgane est rentrée en coup de vent à la fin de son quart de travail. Son teint était blafard. J'ai d'abord mis ça sur le compte des heures supplémentaires. Après s'être douchée, loin de filer au lit détendue, elle s'est changée rapidement. Elle avait l'air décidément préoccupée.

— Ça va pas ? lui ai-je demandé avec précaution.

— …

— Il s'est passé quelque chose ? C'est grave ?

— Oui… C'est un de mes anciens patients qui est aux soins intensifs… Dans le coma… On sait pas s'il va s'en tirer…

— Je le connais ? ai-je largué nerveusement.

— Ça se peut, oui, m'a-t-elle dit en agrafant son soutien-gorge. Il a été à l'unité 31 pendant une bonne partie de ton séjour là-bas…

C'était Jean.

Nous nous sommes rendus à l'hôpital Notre-Dame aussi rapidement que nous le pouvions. Je n'ai pas parlé de l'appel de Jean l'Intelligent lors du trajet – nous étions tous les deux suffisamment sur les nerfs. Sur place, nous avons rencontré un urgentologue qui nous a confirmé l'état critique, mais stable, du suicidaire. Les policiers l'avaient trouvé gelé sur le plancher de la cuisine, dans une flaque de vomissure. Son voisin de palier les aurait alertés pour se plaindre de la musique trop forte qui provenait de chez Jean – qui devait donc à Tangerine Dream sa survie précaire. L'urgentologue nous parlait d'une sorte de coma éthylique. On avait découvert trois contenants vides près du téléphone, sur la table de cuisine : deux bouteilles de gin et un flacon de je ne sais plus quel médicament. Les ambulanciers étaient parvenus à réveiller Jean brièvement à leur arrivée. Le suicidaire leur aurait confusément dit qu'il avait pris les comprimés, un à la fois, tout au long de la soirée, en parlant à un ami… L'urgentologue n'a pu finir son histoire : les jambes m'ont lâché, j'ai pensé m'évanouir. Morgane s'en est aperçu, l'urgentologue m'a fait apporter une chaise.

— C'était moi, l'ami, que je leur ai dit, rendu blême par l'image de Jean l'Intelligent gobant la mort un cachet à la fois pendant que nous débattions des mérites de la résilience.

Ne restait plus qu'à attendre le verdict de la grande Faucheuse. Elle a mis quatre heures à le rendre…

Jean l'Intelligent s'en est tiré.

De justesse.

Quand je l'ai vu à l'hôpital, il était très faible, avait peine à arti-culer. Il m'a simplement dit : « Y a pas de beau nuage pour moi en-haut… T'avais raison : y a des places pires qu'icitte… »

Il n'a pas voulu en révéler davantage…

■ ■ ■

En revenant de l'hôpital avec Morgane, nous n'avons pas échangé un mot, dans la voiture. Il y régnait une ambiance de fourgon de pompes funèbres. Je l'ai reconduite chez elle, puis j'ai pris le chemin du condo parental.

Sur le coup de l'émotion qui nous avait engourdi le cœur d'une frayeur sans nom, ni moi ni Morgane, à ce moment précis, ne croyions désormais en notre avenir.

Le drame de Jean l'Intelligent avait confirmé notre échec.

43

À quoi bon fuir ? Oui, à quoi bon ? Puisque nul ne peut se
quitter lui-même. Toute la sagesse de vivre tient là-dedans :
savoir qu'il faut en sortir mais qu'on ne peut pas partir…

RÉJEAN DUCHARME
Les Enfantômes

Une crise peut tuer ou s'avérer l'antidote du poison de l'âme qui nous promettait une mort plus lente. Ça dépend de la profondeur de la blessure causée par la crise, et de la motivation à vivre du blessé.

Ainsi avais-je été secoué, presque un an plus tôt, et j'avais guéri au point de redécouvrir la vie sous un jour dont j'étais privé auparavant.

Ainsi en a-t-il été pour Jean l'Intelligent, car il se remettait lentement, le mot suicide désormais banni de son vocabulaire.

Et ainsi en serait-il pour notre couple.

Pour Morgane et moi, le drame de Jean a peut-être été ce « quelque chose » qu'il nous fallait pour éviter de justesse la catastrophe imminente. Je n'ose cependant imaginer le mur que nous aurions tous deux frappé s'il avait fallu que Jean complète son suicide.

Cela dit, le virage n'a pas été facile.

Comme j'avais coupé les ponts avec la psychiatrie en laissant Christelle, Paul et les autres derrière, il fallait que Morgane coupe les ponts avec ses ex-patients pour que sa vie ne se perde pas dans le flou des frontières entre son bureau et son bungalow. Et j'en étais, de ses ex-patients à *flusher*. Alors elle a coupé les ponts avec moi. Nous nous sommes accordé un *break*. Que je croyais définitif.

Sauf que dix jours après, Miss Freud m'a rappelé :

— Toi c'est pas pareil, c'est pas comme avec les autres. Chus pas capable de te laisser. Quand je réalise que j'suis en train de te rayer de ma vie, c'est comme si je reniais la mienne, m'a-t-elle dit, la voix éteinte.

« La vie peut pas avoir de sens sans celui qui a redonné son sens à ma vie. S'cuze d'être cartésienne, mais j'suis une fille de science, et c'est juste que, sans toi, la logique n'est pas respectée… Faut que je te garde dans mon équation. C'est comme ça. On réessaye-tu? »

Nous avons pris du temps pour tirer les choses au clair, puis nous sommes repartis sur de nouvelles bases. Non seulement Morgane avait mis de l'ordre dans ses relations, mais elle s'est résolue à me faire franchir le mur de la honte. J'ai commencé par rencontrer sa meilleure amie, le dimanche suivant je déjeunais chez son frère et soupais chez ses parents, puis elle m'a même invité à une fête organisée pour les familles des employés de l'hôpital. Au final, mon statut d'ex-patient n'allait jamais nuire à ses relations familiales, sociales ou professionnelles.

Sexuellement, ça s'est avéré plus compliqué.

Miss Freud me laissait oser certains premiers pas, mais devenait alors raide comme une barre, ce qui me ramollissait. Nous n'avions pas encore passé les trois mois d'abstinence prescrits, il n'y avait rien à faire. Mais un soir, je suis resté chez elle plus tard qu'à mon habitude, j'étais trop fatigué pour retourner au condo, elle m'a invité à rester :

— Viens me coller dans mon lit, qu'elle m'a dit. J'ai besoin de la chaleur de tes bras.

Autre tentative. Autre échec.

Dans la nuit, je me tourne d'un bord, puis de l'autre, un peu frustré de la situation, et vers les trois heures du matin, je suis dans un état semi-comateux quand la bellissime joue de son épaule, qui en perd la bretelle de sa robe de nuit, exposant du coup son sein mûr à la lumière lactescente d'une lune gibbeuse. Elle est trop magnifique, trop tentante. Je lui mordille l'oreille, lui en suce le lobe, affleure la pointe de son sein nu. La déesse soupire en s'éveillant à peine, étire son cou, cambre son corps comme pour l'offrir au sacrifice. Je glisse ma main lentement sur l'intérieur de sa cuisse, laissant la chaleur moite de son sexe la guider. Quand j'y suis, la belle gémit tout bas, sa jolie bouche approche la mienne. Et c'est dans cette énergie de transe que nous nous donnerons librement, hors de la geôle de nos cerveaux endormis.

■ ■ ■

À en croire le sourire épanoui de ma déesse, le lendemain matin, elle semblait pouvoir s'accommoder de nos écarts, et j'espérais même qu'elle envisagerait la récidive. Elle avait pris sa journée de congé, je suis parti travailler. Le père de France a dû se demander ce que j'avais mis dans mes céréales, mais je devais avoir l'air d'une pub de Viagra.

De retour chez Morgane, vers les dix-huit heures, je m'attendais à un fumet agréable flottant jusqu'au vestibule, à la romance d'un jazz sensuel, à tout le moins à des chandelles. Mais j'ai eu droit au néon de la cuisine, au beep du micro-ondes et à un concert de questions…

Des questions sur mes antécédents médicaux, sur ceux de ma famille, sur les facteurs qui avaient déclenché ma crise existentielle de l'été précédent.

C'était l'Inquisition.

Je me suis braqué.

Ce sera notre première scène de ménage.

— Aye… Ça va faire ! Je t'ai déjà tout dit en thérapie… Fait que, si c'est ça qui t'allume, va donc réexaminer mon dossier médical !

Je suis parti prendre l'air, claquant la porte derrière moi.

En revenant, j'ai trouvé Morgane dans son bureau. Sa table était jonchée de littérature concernant l'éthique des relations médecin-patient. Elle se prenait la tête à deux mains, semblait désespérée…

Dans un élan de compassion, je me suis penché derrière sa chaise pour entourer Morgane de mes bras. Elle m'a dit, tristement :

— Je suis désolée, Sylvain, j'suis en train de capoter…

— Qu'est-ce qu'y a donc de si grave… On s'est juste aimés…

— D'après tout ce que je lis, en me faisant l'amour, tu m'as d'une certaine façon demandé en mariage… Et en me donnant, c'est tout comme si je t'avais dit oui.

Elle m'a regardé de ses yeux plus vulnérables et plus vertigineux que jamais :

— Pis là, j'ai peur que tu te sauves en courant…

Je l'ai regardée tendrement, lui ai dit doucement :

— Pas autant que moi… Mais dis-toi juste une chose, ma belle : quand je vais te demander en mariage, j'vais m'arranger pour savoir que je le fais, pis y aura pas d'ambiguïté pour toi non plus… D'ici là? On peut-y oublier tes règles éthiques, oublier que tu m'as eu comme patient? On peut-y juste être un p'tit couple d'amoureux comme les autres, passer un bel été, se donner une vraie chance… et se donner, point?

Morgane a baissé les bras, vaincue.

— T'as raison. C'est rendu que j'ai peur d'avoir peur…

Après un instant réflexif, elle m'a souri de sa jolie bouche, m'a tapé un clin d'œil coquin, m'a attiré vers la salle de bains, y a tamisé la lumière, allumé des bougies, a fait coulé l'eau dans la baignoire, et m'a dit, en faisant glisser sa robe de chambre sur son corps de rêve :

— Viens-t'en mon goéland, je suis parée au décollage…

44

« *La fille du roi demanda au jardinier après son jeune apprenti. Le roi le fit donc venir. "Tu es le chevalier qui a réussi à prendre les trois pommes? demanda le roi. Si tu peux accomplir de tels exploits, alors tu ne peux être apprenti jardinier."*

Alors la jeune femme sourit et dit : "J'avais déjà vu à ses cheveux d'or, qu'il n'était pas un apprenti jardinier." Elle alla à lui et l'embrassa. »

LES FRÈRES GRIMM
Jean de Fer

Nous avons passé un été merveilleux. Tout ce que vous pouvez imaginer de romantique, nous l'avons fait… Un vrai montage de comédie sentimentale ! En juillet, tout allait d'ailleurs si prodigieusement bien que j'ai emménagé chez ma déesse. Mon boulot de programmeur ne m'enthousiasmait pas, mais il payait bien, et je pouvais contribuer de ma part au quotidien. Côté santé, je peinais avec mon degré d'énergie, mais mes points d'angoisse ne réapparaissaient plus – même l'épisode de Jean l'Intelligent n'avait su les réactiver. Tomate Pourrie, qui avait récupéré mon dossier en décembre, ne me prescrivait plus de Rivotril, et surtout, il avait invalidé le diagnostic erroné qu'il avait lui-même fait dix mois auparavant. Derrière moi, les portes du passé continuaient d'ailleurs à se refermer. Après la faillite du président à la tronche de grenouille, la fermeture de la communauté franciscaine et le fait de couper les ponts avec le Département 31 et ses patients, voilà que les deux cousines désertaient l'appart de la rue Saint-André pour voler de leurs propres ailes, loin du Plateau, aux côtés de nouveaux partenaires. Tout un chapitre de ma vie avait connu son épilogue.

Regarder devant, toujours regarder devant.

De notre côté, Morgane et moi parlions aussi de trouver un nid qui nous conviendrait mieux que ce bungalow qui s'entêtait à vouloir conserver les mémoires du lit qu'elle avait partagé avec son ex-conjoint. Au mois d'août, il nous plaisait d'ailleurs souvent de flâner par les rues ombragées des bourgades paisibles, en quête d'une demeure. Nous la désirions ancestrale et, selon les souhaits de la déesse, près d'un cours d'eau. Ce qui évoquait de futures charges monétaires et ranimait une autre quête. Car le contrat liant mon père à celui de France tirait à sa fin. Pour reprendre l'expression du paternel, je devais me « revirer de bord »… et vite.

Sauf que le bonheur en amour me faisait oublier un peu trop l'importance du bonheur au labeur. J'avais remisé les symboles de mon sigle identitaire un peu loin ; et j'avais fait tomber aux oubliettes les conseils du tulliste juif, qui valorisaient passion, talent et débuts au bas de l'échelle… Je me suis mis à viser haut. J'ai cherché à épater ma déesse. C'est ainsi que j'ai multiplié les candidatures à des postes de cadre et qu'au tout début du mois d'octobre, Léger & Léger me conviait à une pré-entrevue comme directeur des ventes et du marketing. Le diable ne me tente jamais avec n'importe quoi ! Tout s'est bien déroulé, et la semaine suivante, c'est rien de moins que Jean-Marc Léger qui allait me recevoir dans son bureau.

Mais la princesse du conte des frères Grimm entra en scène… Loin d'être émoustillée par ma convocation à la cour du roi des sondages d'opinion, Morgane a froncé les sourcils, est allée quérir dans notre chambre la lettre qu'elle m'avait lue en Colombie, et m'a rafraîchi la mémoire d'un ton peu amène :

— Maintenant que tes blessures sont pansées, est-ce que la société ou ton insécurité propre vont enrober ton âme remarquable et l'endormir paisiblement pour que tu vives sur l'automatique comme tellement de gens ? a-t-elle conclu avec un orage dans les yeux.

— Maudites femmes ! ai-je juré. C'est jamais possible de vous satisfaire ! Aye, veux-tu savoir ce qu'elle te dit, mon âme remarquable ?

Théâtrale comme toujours, Morgane m'a jeté la lettre au visage.

— Tu veux que je la déchire, Jonathan mon goéland? m'a-t-elle ri à la face, de sa jolie bouche qui s'est mise à tirer à boulets rouges avec la précision des missiles Patriot. Oh, si c'est ça que tu veux, va flasher ton sourire Pepsodent à tous les *big shots* de la rue Saint-Jacques, va parader une cravate en guise de nœud coulant au Mas des Oliviers pour acheter la fierté de ton père, sers-toi de mon titre pis de mon *cash* pour améliorer ton *standing* de vie…

« Mais viens plus jamais me " bullshiter " tes envolées mystiques, si tu redeviens aussi stupide que tu l'étais avant de t'éclater le coco sur une ligne directe avec Dieu! Parce que la prochaine fois, Jonathan, ce sera pas moi, la déesse qui te remplumera! »

Je l'ai pris en pleine poire, puis ai viré les talons pour me réfugier sans mot dire au sous-sol. J'y avais installé mes quartiers informatiques, et c'est avec hargne que j'ai tapé une frustration de mille mots dans mon journal personnel, devenu virtuel – l'une des conséquences de mon emploi temporaire au service du père de France. Une fois passée la tempête émotive, j'ai cliqué sur un logiciel ludique qui meublait mes temps libres, après avoir bordé ma blonde. Il s'agissait d'un petit programme de ma conception qui simulait des parties de baseball et en compilait les résultats. C'était un passe-temps qui me passionnait, maniaque invétéré de la balle que j'avais été jusqu'à ma dernière saison junior, à vingt-et-un an. Le logiciel me permettait aussi de garder le contact avec mon grand ami Marc, aussi mordu que moi. Nous confrontions ainsi ses Red Sox et mes Expos par la magie du dé électronique. Car c'était effectivement comme si, par ce logiciel, j'avais retrouvé la fonction première du dé que je portais sur moi depuis l'enfance, avant de l'expédier du onzième étage, en décembre.

Plus tard dans la soirée, Morgane est descendue me voir avec des sandwichs et un verre de jus. Elle m'a embrassé tendrement la joue en déposant le lunch sur ma table.

— Mange un peu, mon amour de goéland amnésique, m'a-t-elle chuchoté à l'oreille. T'as rien avalé depuis que t'es arrivé du boulot.

J'étais en train de rédiger l'un des articles fictifs dont j'accompagnais les résultats du logiciel pour donner vie aux chiffres dans l'imaginaire de Marc, mon unique lecteur. J'étais tellement pris à mon propre jeu que j'en avais oublié mon estomac, lequel criait pourtant famine.

— Tu sais, Sylvain, m'a susurré ma douce en me caressant la chevelure, quand je te vois passionné de même pour quelque chose, j'ai l'impression de te reconnaître.

— Tu veux quand même pas me sponsoriser pour jouer au baseball informatique dans ton sous-sol, ai-je dit ironiquement.

— Non, mais tu pourrais peut-être en faire ton métier, par exemple.

— Es-tu folle ? me suis-je moqué en pointant le texte à l'écran : Qui pourrait s'intéresser à ça, mis à part mon *chum* Marc ?

— Un quotidien, peut-être ? a suggéré Morgane. Tu pourrais devenir journaliste sportif.

Ça m'a fait penser à un vieux rêve si bien tué dans l'œuf qu'il n'avait jamais repointé le bout de son nez. L'assassin de l'embryon avait été Richard Desmarais, un ami de mon père, chroniqueur judiciaire à l'époque où je fréquentais le cégep. Le paternel lui avait demandé de me dégoûter de l'option journalisme, à l'université, n'y voyant aucun avenir. Ce que Desmarais s'était appliqué à faire avec une rare conviction : «Les journalistes sportifs forment une clique presque impossible à infiltrer, m'avait-il prévenu. Et si un jeune fait par miracle son trou sur les galeries de presse, il s'aperçoit assez vite que les couteaux volent bas dans ce milieu. Rares sont ceux qui percent et, mis à part la section sportive du *Journal de Montréal*, où il faut quasiment connaître un Péladeau ou l'un des chroniqueurs pour avoir sa chance, aucun employeur n'offre des conditions intéressantes ou une quelconque sécurité d'emploi. Conseil d'ami : t'es mieux d'oublier ça… »

J'ai résumé ce topo à Morgane, qui s'est contentée de hausser les épaules comme si les arguments du vieux routier ne tenaient pas la route.

— C'est toi, le goéland qui prétendait que rien n'est impossible quand on le veut vraiment, m'a-t-elle lancé par défi. Pis ça a l'air de fonctionner jusqu'à date : après tout... t'as « toutes les femmes en moi, ta Déesse », dans ton lit !

Un nouveau missile Patriot de la Déesse-Mère en question avait atteint sa cible...

— Touché... Coulé.

■ ■ ■

**Réception du *Journal de Montréal*.
Lundi 5 octobre 1992.**

Presque un an après être sorti de l'unité psychiatrique d'un hôpital, je tentais de me faire admettre dans une tout autre institution : j'allais jeter une ligne au service des sports du *Journal de Montréal* pour connaître les prérequis nécessaires à une position de journaliste.

Je me suis rappelé le conseil du tulliste, et j'ai contacté un préposé aux statistiques appointé au pupitre – la base de la chaîne alimentaire. Bon choix : le type était affable, il m'a suggéré de vendre ma salade au directeur des sports, François Leblond, qui commençait sa journée vers quatorze heures. J'ai pris la décision d'aller le rencontrer sans rendez-vous.

Par un lundi après-midi un peu frisquet, davantage transi par le défi que par Dame Nature, j'ai quitté Morgane d'un baiser un peu sec sur le palier de son bungalow. La déesse m'a repris par le collet de mon coupe-vent pour m'étamper d'un long baiser passionné.

— Ça te portera chance, a-t-elle dit, amusée.

Je me suis donc pointé au QG du *Journal de Montréal*, rue Frontenac, sans m'être annoncé, avec sous le bras un de mes cahiers de statistiques parsemé de textes amateurs. J'étais nerveux comme dix. Quand j'y repense aujourd'hui, la candeur de ce jeune de vingt-cinq ans m'attendrit. Inutile de préciser que je ne m'attendais guère à revenir chez nous avec un poste à la section sportive bénie par la convention collective la plus blindée d'Amérique du Nord.

À la réception du journal, j'ai insisté désespérément pour que la responsable à l'accueil, qui m'avait l'air d'une bonne maman-gâteau, tente de retracer le directeur des sports. Ce n'était pas dans les « habitudes de la maison », mais elle a pris sur elle d'appuyer ma démarche.

— Il n'est jamais dans son bureau !… Ça me surprendrait que tu puisses l'accrocher ! m'a-t-elle toutefois prévenu pendant qu'elle composait son numéro de poste.

Il était contre toute attente au bout du fil, et mon front perlait de sueur froide alors que la sympathique employée se démenait pour convaincre le très sollicité chef de section de prendre au moins trente secondes de son temps pour me parler.

— Il vient de loin ! a-t-elle plaidé sans rien en savoir, et elle m'a ensuite tapé un clin d'œil en me refilant le combiné.

Le chef de section ne pouvait me recevoir sans préavis… « Évidemment », ai-je réagi. En contrepartie, il m'a questionné sur mes motivations. J'ai dû bégayer la moitié de ma réponse et, allez savoir, peut-être lui ai-je rappelé la fébrilité de sa première demande d'emploi dans le milieu : je lui ai arraché un rendez-vous fixé pour deux heures plus tard…

J'ai failli « frencher » la réceptionniste !

■ ■ ■

Après deux heures d'une insoutenable attente, on m'a escorté jusqu'à la salle de rédaction du journal – une vaste ruche alvéolée de cubicules dont la gent ouvrière, pour l'essentiel, butinait les nouvelles du jour à l'extérieur. Comme je traversais l'aire ouverte, quelques scribes pianotaient sur leur clavier çà et là. Il n'y a pas de mots pour dire combien je les enviais.

J'ai aperçu le directeur des sports, qui m'attendait à la porte de son bureau. C'était un type longiligne aux cheveux filasse, traits tirés, fin trentaine, dont le tempérament visiblement nerveux trahissait le fait qu'il carburait probablement à la caféine. Il m'a désigné l'une des chaises réservées aux visiteurs. Je me suis assis. Devant moi, la surface de sa table de travail en L était encombrée de papiers divers, de bleus d'impression et d'un écran d'ordinateur qui présentait le gros titre d'un article sur la série de championnat de la Ligue nationale de baseball. Tout un pan de mur sur ma gauche était réservé au plan de mise en page de la rubrique sportive de la prochaine édition. En constatant le pain sur la planche d'un tel anxieux, je me suis cru sur un siège éjectable. Mais ce serait tout le contraire : François Leblond a été accueillant, sympathique et curieux de mes aspirations. Il a même pris le temps de feuilleter mon petit cahier amateur, s'est dit impressionné par mon amour des statistiques, heureux de ma maîtrise de l'informatique, et, après quelques questions pointues, satisfait de mes connaissances sportives…

— Tu cognes à la bonne porte au bon moment! m'a-t-il dit. Je cherchais justement un temps partiel pour les remplacements des fêtes.

— Comme journaliste?

— Non, comme préposé aux statistiques. Ce que tu me montres est insuffisant pour me faire une tête sur tes capacités journalistiques…

Leblond s'est gratté le crâne comme s'il remettait en question ce qu'il venait de me dire, a jeté un coup d'œil vers la télé suspendue près de moi, qui rediffusait les images du premier match de la série de championnat, perdu la veille par les Pirates, à Atlanta. Puis il a ajouté :

— T'as joué au baseball junior toi, hein?

— Oui.

— T'as joué au football collégial, aussi, hein ?

— Re-oui.

— Ok : ponds-moi un texte sur la *game* de balle d'à-soir, puis va me chercher une entrevue avec ton ancien coach des Phénix d'André-Grasset. Ça passera pas dans le journal, mais ça va me donner une bonne p'tite idée de ce que t'as dans le ventre. Je veux les deux papiers demain à midi tapant sur mon bureau… Une minute de retard pis tu peux même oublier le temps partiel aux stats ! Des questions ?

Je devais être bouche-bée. J'ai juste hoché la tête et je suis sorti du bureau avec un large sourire triomphant.

Ma bonne étoile n'en avait cependant pas fini avec moi…

En lévitant devant les bureaux réservés aux éditorialistes et aux grands patrons de l'information, j'ai vu le nom de Bertrand Raymond, inscrit en lettres blanches sur la plaque noire vissée sur une porte laissée entrouverte. Je n'ai pu résister à la tentation de jeter un œil à l'intérieur : le monument y était, absorbé par la rédaction de son édito du lendemain.

Bertrand Raymond, c'était une fenêtre ouverte sur toutes les idoles sportives de ma jeunesse. Non seulement il les avait interviewées dans leurs moments de gloire, mais sa plume avait raconté en lettres d'or leurs légendes. Et par-dessus tout, l'éditorialiste avait aussi greffé aux héros sportifs cette dimension humaine, j'oserais dire cette âme, qui me les avait rendus si attachants sur les murs de ma chambre. Cela, et cela précisément, Bertrand Raymond le faisait mieux que quiconque dans le métier. C'est ce don qui, du moins en grande partie, l'avait propulsé au Temple de la renommée du hockey.

Étais-je intimidé d'aller lui piquer une jasette ?…

— À qui ai-je l'honneur ? a-t-il demandé avec un sourire dans la voix.

— Hmm… Euh… J'viens de passer une entrevue avec monsieur Leblond et…

— Oh, une nouvelle recrue ! s'est-il exclamé. Ben reste pas planté là ! Entre un peu ! Viens t'asseoir !

Si tous les monuments savaient ce que dix minutes de leur sainte exposition peuvent faire comme différence dans la vie des jeunes aspirants à leurs grandes bottines à chausser…

— Ouin, recrue, faut l'dire vite, ai-je précisé en lui résumant ma situation.

— Ben, un temps partiel aux stats… c'est pas rien ça, le jeune ! a commenté le vétéran. C'est souvent de même qu'on rentre au *Journal*… Passe le test demain, et j'te devrai mes félicitations !

Sa remarque m'a rappelé ce conseil du tulliste : « Fais tout pour entrer dans une entreprise appartenant au domaine auquel tu aspires… »

Bertrand Raymond a rigolé lorsque je lui ai dit qu'au moins, contrairement au tulliste…

— … je n'aurai pas à brosser les planchers, à récurer les W.C. et à sortir les poubelles !

J'ai ajouté que l'exemple du tulliste m'inspirait, car il fallait du courage pour préférer de telles occupations à une carrière en droit, quitte à décevoir son père. Bertrand Raymond m'a d'ailleurs confié que son père ne supportait pas ses ambitions excentriques lorsqu'il avait scribouillé ses premiers textes dans une publication locale de Chicoutimi.

— Il me répétait toujours que je ne gagnerais jamais ma vie avec ça…

Puis il a conclu en disant :

— Tout le monde peut douter de toi, Sylvain, mais toi, t'as pas le droit de douter de toi-même… Saisis ta chance… Fonce !

■ ■ ■

Le hic, dans tout ça, c'était que le rendez-vous avec Jean-Marc Léger était prévu pour le lendemain…

Le soir même, j'exposais donc mon dilemme à Morgane :

— J'ai le choix entre A) me préparer pour une entrevue décisive qui pourrait me garantir un salaire dans les six chiffres dans le domaine des études statistiques de marché, et B) regarder un match de baseball pour l'écriture d'un texte qui pourrait me valoir un poste d'apprentis statisticien sportif à temps partiel pour la rondelette somme de, quoi, douze dollars de l'heure ?

— Tu les as devant toi, les six chiffres ! s'est-elle exclamée. Est-ce que ça faisait de moi une fille plus heureuse il n'y a pas si longtemps ?

Puis elle a sorti un sac de pop-corn de la dépense :

— Magne-toi, mon Jonathan : on a une *game* de balle à regarder !

Le lendemain, j'ai remis mes textes à temps, le directeur des sports les a lus en diagonale, m'a confirmé le temps partiel. Il me rappellerait quand on aurait besoin de moi pour un premier remplacement.

Dans l'après-midi, je me suis retrouvé en complet veston cravate devant le roi du sondage d'opinion. La pire entrevue de toute ma vie. Au milieu du désastre, j'ai arrêté la saignée.

Jean-Marc Léger a tenté de minimiser :

— Y a des journées de même !

— Oh, c'est la plus belle journée que vous ne puissiez imaginer ! ai-je lâché avec un soupir de soulagement.

Je me rappellerai toujours ce sourire aporétique que Léger m'avait adressé. Il devait se dire : « Si la tendance se maintient, on devra bientôt enfermer ce gars-là. »

Ce qui échappait au maître de l'analyse, c'était que je venais justement de m'affranchir de la cage dorée que son poste proposait. Je ne m'étais pas senti aussi libre depuis les cinq premiers jours de la neuvaine du Yokohama.

Et le futur me réservait de grandes surprises…

45

Maison de rêve.
Mercredi 21 avril 1993.

Six mois ont filé dans le temps de dire «ouf!» après mon incursion au *Journal de Montréal*. Le trajet parcouru n'avait pas été celui que j'avais anticipé. Malgré tout, mon élan goélanesque se poursuivait de plus belle. Ce matin-là, les feux verts du printemps et un ciel clair semblaient m'indiquer que la voie était libre pour un vol en haute altitude.

Je recevais la visite de l'antiquaire qui nous aidait à meubler notre maison de rêve, acquise l'automne précédent – quelques semaines après mon entrevue avec Jean-Marc Léger. L'antiquaire, un vieil homme à la fois sage et enflammé, avait jadis quitté sa Gaspésie natale, où il s'abrutissait ferme comme comptable d'une entreprise en déclin, pour vivre de sa passion du patrimoine aux abords de la Grande Ville. Il buvait mes paroles comme je lui relatais ma propre histoire, et ce qui avait présidé au choix de cette magnifique demeure seigneu-riale en pierres des champs, érigée en 1806 sur les rives d'une petite rivière tranquille.

C'était par un après-midi venteux de novembre, lui ai-je raconté, et au bout de plusieurs mois de recherches, que nous avons remar-qué cette robuste maison de pierre claire. Jusque-là, les visites nous avaient fait déchanter, car rarement le cachet extérieur avait été pré-servé à l'intérieur. Le plus souvent, des apparats modernes travestis-saient l'âme des lieux centenaires.

— M'en parle pas! Trop de gens n'ont aucun respect pour notre patrimoine! a approuvé l'antiquaire en fixant un Massicotte au mur chaulé du salon.

— Dès que je suis entré ici, ai-je poursuivi en désignant les deux gros foyers en pierre, le plafond en lattes épaisses, le plancher de pin d'origine, les armoires encastrées; je me suis vu transporté au siècle dernier, à l'époque des forgerons, des coureurs des bois et des patriotes. Et lorsque je suis monté à l'étage, je me suis senti chez moi…

— Oh oui! Je te comprends donc! s'est exclamé l'antiquaire. La conversion du grenier en mezzanine met en valeur le pan de mur en pierre et expose des croix de Saint-André comme il ne s'en fera jamais plus… Mais Morgane, elle, qu'est-ce qui l'a conquise ici?

— Le chapitre romantique de l'histoire, lui ai-je révélé sur le ton du secret. Lors de notre première visite de la maison, Morgane en a adoré l'intérieur, mais c'est dans l'arrière-cour que ça s'est passé pour elle… et d'une certaine façon pour nous deux.

Nous venions de sortir par la porte de la salle à manger ornée de violettes peintes sur la chaux. Elle était charmée, et c'est dans une extrême légèreté que nous avons dévalé le jardin vers la rivière. Puis, en se retournant vers le derrière de la maison, son visage s'est soudainement défait pour se reconstruire une émotion nouvelle, forte. C'était presque de la stupeur. Ses yeux avaient doublé de circonférence et luisaient de leur impuissance à traduire en mots ce qu'elle vivait, qui était assurément transcendant. Je l'ai trouvée si troublante, si belle, comme on trouve belle une fleur fraîchement épanouie, que je n'ai pu que…

— Mo…

Ayant lu ma pensée dans mes yeux, elle m'a dit :

— Je sais… Mais pas ici… Suis-moi!

Elle m'a pris par la main pour m'entraîner jusqu'à un vieil arbre au tronc large auquel était fixée une balançoire. Elle a insisté comme une enfant pour qu'on s'y asseye, puis m'a dit :

— Maintenant, mon amour, tu peux…

À la voir si empreinte d'émotion, ce à quoi je savais que je participais, je n'avais rien perdu de mon élan. Je lui ai déclaré :

— Tu m'as déjà demandé si, une fois que j'aurais repris du poil de la bête et mis de l'ordre dans ma vie, je serais capable de m'engager dans un pacte amoureux, humaniste, spirituel et familial avec une femme…

La bien-aimée hochait la tête. Elle se pinçait les lèvres pour ne pas interrompre ce qu'elle désirait entendre…

— Je t'avais répondu que c'était ce que je voulais le plus au monde, si je trouvais une déesse digne de cet engagement. Plus que jamais, aujourd'hui, je sais que tu es cette femme-là…

« Veux-tu m'épouser ? »

Morgane s'est jetée à mon cou et, avant de me répondre, m'a demandé au creux de l'oreille :

— Tu te rappelles, cette même journée, après que tu te fut dit capable de t'engager, j'ai figé, puis j'ai dit « oh non ! » avant de m'effondrer sur le bureau. (J'ai hoché la tête. Comment oublier ?) Eh bien, au moment où j'ai figé, j'ai eu un flash visuel de ta demande en mariage, ici même, sous cet arbre, en arrière de cette maison de pierre. C'est pour ça que je me dépêchais toujours de sortir dans la cour des maisons qu'on visitait, puis que, faute d'y trouver cette balançoire, aucune propriété ne m'a tentée… jusqu'à aujourd'hui.

— Fait que, c'est oui ?

— Oui pour nous deux ; oui pour la maison…

— Tu me racontes ça avec tellement de passion… Tu devrais écrire des livres, mon garçon ! m'a dit l'antiquaire en s'essuyant le coin de l'œil. En attendant, aide-moi à transporter cette table en-haut… Tu sais qu'elle a appartenu à la grand-mère de ma regrettée Aline?

— Vous êtes veuf depuis longtemps?

— Quinze ans déjà… m'a-t-il dit en négociant le coin de l'escalier pour ne pas esquinter la table contre la pierre du mur. Y a pas une journée où j'pense pas à elle. Ça me fait de quoi qu'Aline ne m'ait pas connu dans ma deuxième vie, celle d'antiquaire… Elle aurait vendu son âme pour que je lâche la compagnie qui nous rendait malheureux tous les deux.

« Elle me parlait de la Grande Ville, pis que je devrais m'occuper à temps plein des vieux meubles que je chérissais dans l'atelier chez nous. J'avais tellement peur, t'sais, j'voulais pas qu'elle manque de rien… Mais c'est pas la stabilité de mon chèque de paye qui l'a empêchée de mourir!»

Je comprenais maintenant la nostalgie mélancolique que ses rides me semblaient avoir tracée sur son visage, et qui m'avait rendu cet homme touchant dès le premier contact : l'antiquaire regrettait d'avoir attendu que son Aline meure pour tout abandonner et partir à la conquête de ses vieux rêves.

— Mais vaut mieux tard que jamais! a-t-il conclu en contemplant, satisfait, l'âme que la vieille table ajoutait au coin bureau de la mezzanine où nous venions de la déposer. Je comprends que tu veuilles écrire ici… Espérons que la table d'Aline te portera chance!

— Morgane vous a dit, pour le journal?

— Non, non, non… Ta fiancée n'est pas du genre à *dire* les choses… C'est une passionnée, comme toi pis moi… Ta fiancée, elle *raconte*… C'est tellement beau quand elle me parle de toi.

Je n'en doutais pas un seul instant.

— Morgane est comme votre Aline, elle ferait n'importe quoi pour que je réalise mes rêves…

— Pis toi, au moins, t'es assez sage pour l'écouter !

— Disons qu'elle sait se montrer convaincante ! ai-je gloussé.

— Et ça va plutôt bien, selon ta fiancée ; apparemment que tu te fais coacher par un membre du Temple de la renommée du hockey… Moi, j'suis un *fan*… T'sais, le hockey, c'est l'un des fleurons de notre patrimoine, mon garçon !

— Je ne bénéficie pas des conseils d'un seul, mais de deux journalistes intronisés au Temple, ai-je fièrement précisé.

J'ai raconté à l'antiquaire que le *Journal de Montréal* avait tardé à me confier des quarts de remplacement aux statistiques, mais que, dans un revirement des plus ironiques, mon père m'avait arrangé un rendez-vous avec le même Richard Desmarais qui m'avait pourfendu la profession sept ans plus tôt. Cette fois, dans sa nouvelle position à la direction de la station de radio CKAC, Desmarais avait un scoop à me refiler : la compagnie-mère, Télémédia, s'apprêtait à lancer un hebdomadaire sportif à gros budget. Et il m'a aussi appris que le rédacteur en chef à la tête du projet était Yvon Pedneault, qui, comme Bertrand Raymond, était membre du fameux Temple. Desmarais m'a mis en contact avec Pedneault, qui m'a reçu en entrevue pour m'apprendre que le nouveau périodique n'avait toujours pas déniché son futur statisticien. On m'a testé : il me fallait concocter des analyses, et non pas seulement colliger des données sportives comme au *Journal de Montréal*. Du coup, je devais pondre des textes… Pedneault a reconnu les qualités de ma plume, m'a prodigué ses conseils et, de fil en aiguille, comme la sortie du numéro inaugural approchait, il m'a fait suffisamment confiance pour me donner la couverture des Expos de Montréal… comme journaliste !

— Toutes mes félicitations ! Et quand sort-il, ce premier numéro ? m'a demandé l'antiquaire. J'aimerais bien te lire !

— Aujourd'hui même ! lui ai-je annoncé en lui tendant une des copies distribuées à l'avance aux membres de l'équipe éditoriale.

D'ailleurs, il faut que je file si je ne veux pas être en retard au lancement officiel !

— Alors je ne te retiens pas plus longtemps, m'a-t-il dit alors que nous descendions au rez-de-chaussée.

Puis, avant de reprendre le volant de sa camionnette, le vieil antiquaire m'a prophétisé un truc qui allait prendre une bonne dizaine d'années avant de s'accomplir :

— C'est beau, le journalisme sportif, et amuse-toi à fond là-dedans, mais je sens qu'un jour, tu deviendras romancier, mon garçon. T'as ça en toi… Fis-toi à un gars de la Gaspésie : par chez nous, on sait reconnaître un *raconteux* ! Les textes sur le baseball, ce n'est que la première étape d'un long voyage…

Voilà qu'un autre père spirituel me gratifiait de ses lumières. Dans mon bolide noir, en route vers la brasserie montréalaise où on lancerait quelques minutes plus tard le journal dans lequel serait publié le premier texte de ma carrière, je me suis mis à gamberger sur la piste que me suggérait l'antiquaire. M'est revenu en tête mon sigle identitaire. L'antiquaire m'en avait donné la clé initiale pourtant évidente…

La balle de baseball !

Plus d'un an auparavant, alors que je me cherchais d'urgence une vocation et que ma quête ne débouchait sur rien, j'avais mis de côté la petite balle de baseball dessinée au bas de l'esquisse par l'enfant que j'avais été, pour m'attarder sur les symboles plus profonds de la plume, de la clé de sol, du goéland, du cœur et de la croix portée par un puissant bras. J'avais ignoré la petite balle comme on ignore le rêve fantaisiste d'un enfant… J'avais du coup bafoué mon enfant intérieur. Et voilà qu'en écoutant la petite voix du bambin de neuf ans emprisonné dans ma tête d'adulte, elle m'a indiqué le chemin vers la possibilité de vivre de ma passion et… de ma plume ! C'était donc une véritable énigme, que ce sigle ! Peut-être qu'à parfaire l'art de la plume, j'en viendrais, comme l'anti-

quaire me le prédisait, à écrire des romans. Ce serait peut-être l'occasion d'explorer des thèmes humanistes, et pourquoi pas spirituels ?
Mon cœur, à ces présages, s'enflammait, ce qui d'ailleurs demeurait
le meilleur gage du fait que je me trouvais sur le bon chemin.

Et le moins que je puisse dire, c'est que mon cœur battait fort
en pénétrant dans le bar sportif où j'allais rejoindre les collègues de
ma nouvelle vie professionnelle. Je trinquais à la longue vie de
l'hebdomadaire, baptisé *Sportif*, avec les frères Houde et Michel
Bergeron, quand Yvon Pedneault est venu me présenter le journal
ouvert à la page où je signais mon texte. Au même moment, mon
père est arrivé comme par magie. Après les présentations, le célèbre
journaliste lui a lancé :

— Vous devez être pas mal fier de votre fils ! Il a du Philippe
Cantin dans le nez !

Puis, me prenant par le cou, il s'est foutu un peu de ma gueule
dans son style très théâtral :

— Vous avez lu son texte ? Son stylo, c'est une vraie mitraillette !
Al Capone, à côté, cette semaine… de la p'tite bière mon ami !

On m'avait demandé de décrier l'avarice de l'organisation des
Expos, et je n'avais pas ménagé un seul employé, du président
Claude Brochu à l'analyste radio Rodger Brulotte… qui signait une
chronique quelques pages plus loin !

— J'ai dû adoucir un peu les élans de votre fils avant la publication… Je l'aurai à l'œil, celui-là ! a blagué Pedneault avant de nous
laisser filer vers une table un peu à l'écart de la cohue.

Après avoir commandé nos consommations, j'ai remercié mon
père de sa présence. J'étais fier de lui exhiber ma passe média qui
me donnait accès à la galerie de la presse et au vestiaire des joueurs,
au Stade olympique. Il m'a félicité d'une formule un peu convenue,
en me regardant à peine dans les yeux ; ça ne lui ressemblait pas. Il
s'est inquiété de façon plus convaincante de ma capacité à gérer
mon stress.

— Je travaille fort, peut-être même que j'ambitionne, ai-je admis, mais faut pas t'en faire : je me sens rétabli à quatre-vingt-dix-neuf pourcent, et je n'accumule aucun excès de stress.

Le mois de pré-lancement s'était avéré un bon test en ce sens, avec les longues heures de boulot, la bouffe sur le pouce à des heures irrégulières, et les défis à la chaîne exigeant une bonne capacité d'adaptation…

— Mais tout est si exaltant, p'pa ! Mon énergie est au *top* !

La fatigue que j'ai ressentie par moments, c'était de la bonne vieille fatigue. Celle qui vous tombe dans les muscles plutôt que dans la tête, celle qui vous fait dormir, plutôt que tourner et virer dans le lit. Mon père, lui, me semblait vidé, rayonnant d'une énergie de surface. Pourtant, il revenait de voyage…

— L'Allemagne, comment t'as trouvé ça ? lui ai-je demandé.

— C'était bien de visiter un pays différent… Je n'avais pas vu un port européen depuis mes beaux jours en haute mer, a d'abord dit mon père, pour qui ce voyage était le premier bond outre-Atlantique qu'il se payait en compagnie de ma mère.

Après un bref compte rendu touristique, mon père a dévié vers l'anecdote qu'il lui brûlait de partager – à peu près le dernier genre d'expérience que je me serais senti en droit d'attendre d'un homme aussi pragmatique.

— Je te raconte ça juste à toi, parce que je sais que t'en as vécu des encore plus… flyées, m'a-t-il servi en préambule. Bon voilà : un taxi nous conduisait de l'aéroport jusqu'au quartier portuaire de Hambourg. Avant d'arriver à l'hôtel, nous avons croisé une place où se trouvait un mémorial. Tu sais, le genre où des soldats sont figés en position de combat, armés de baïonnettes comme celles qu'on avait accrochées au-dessus du foyer, dans le sous-sol de notre maison à Boucherville.

« Tout à coup, une chose incroyable est arrivée : tout le décor a changé d'époque, a poursuivi mon père en accélérant le débit. Je me retrouvais en pleine guerre avec des soldats et des civils qui tombaient partout autour de moi… »

Et le paternel de me décrire avec ses mots le cri des sirènes d'alerte, le bourdonnement des avions, le sifflement des bombes, la détonation des canons antiaériens…

— Tout était en ruines, en flammes. C'était l'horreur. Ça se passait réellement… comme si j'y étais. J'ai dû sortir de ce genre de transe au bout d'une bonne minute… J'étais en sueur… Marguerite m'a dit que j'étais blanc comme un linge… J'ai jamais cru aux vies antérieures, mais c'est la seule explication.

J'ai appris à mon père qu'il me relatait le Hiroshima allemand. La ville de Hambourg avait été à peu près rasée par les raids britanniques et américains, causant la mort de quarante mille habitants.

— On ne peut parler d'une mémoire de vie antérieure, parce que ça c'est passé en 1943, et que t'avais alors six ans. Mais t'as certainement pas déliré, ai-je nuancé pour le rassurer.

Je lui ai expliqué que, depuis que j'avais pris du mieux, j'avais effectué certaines recherches sur le sujet des visions paranormales. C'est ainsi que j'avais appris que des endroits chargés d'une mémoire aussi puissante pouvaient déclencher de telles expansions de conscience chez des sujets possédant certaines facultés médiumniques.

— Savais-tu qu'une étude auprès de trois cents universitaires de la Virginie a révélé que plus de soixante-dix pour cent d'entre eux avaient déjà vécu une ou plusieurs expériences paranormales au cours de leur vie ? ai-je demandé à mon père. On parle ici de rêves prémonitoires, de phénomènes de poltergeist, de communications télépathiques, de sorties hors du corps…

— Justement, Sylvain. C'est rendu que j'ai des projections de ma conscience, comme si je sortais de mon corps… Mais je veux pas ça… C'est paniquant, quand ça arrive…

— La plupart de ces expériences sont spontanées, p'pa. On ne peut contrôler grand-chose. Donc, oui, au début, c'est paniquant. Le hic, c'est que, plus tu résistes, plus c'est désagréable. Prends maman, par exemple…

— Quoi, elle a vécu ce genre de trucs, elle aussi ?

— T'étais pas au courant ? Faudrait vous parler, déjà que ça ne nuirait pas à votre couple, ai-je ironisé. Ben oui, elle a vécu deux trucs énormes avant de te connaître… Dans les six mois précédant les décès de sa mère et de son fiancé, elle a été hantée par des apparitions nocturnes. La première fois, à quatorze ans, elle a vu la robe de nuit de sa mère sortir d'une garde-robe pour flotter jusqu'à elle, des griffes lui sortant des manches. À la seconde occasion, à vingt ans, c'est l'une des chemises de son fiancé qu'elle a vu léviter dans l'embrasure de la porte de sa chambre. Elle n'est plus capable de dormir seule dans le noir depuis ce temps-là.

— Tu ne retiens donc pas des voisins !

— À qui le dis-tu ? Reste que, pour ta gouverne, la meilleure façon de contrôler ça, c'est de diminuer les facteurs contribuant au stress, car le stress augmente la sensibilité des pouvoirs paranormaux que les gens possèdent déjà de façon latente… C'est pas pour rien que ma neuvaine mystique a surgi à l'apogée de mon *burn out*, et tu me sembles en piteux état toi-même depuis un bon bout de temps…

Mon père a dévié le regard vers l'estrade où on présentait les principaux artisans de *Sportif*. Une fois de plus, il ne serait pas enclin aux confidences sur ses terrains les plus vulnérables.

— Écoute, p'pa, tu traînes une pseudo-sinusite depuis six mois, tes yeux sont rouges de fatigue, t'es sur une espèce de *speed* d'adrénaline, tu rentres de voyage plus vanné qu'avant de partir… T'es au bout du rouleau, point ! J'sais de quoi il en retourne… Pourquoi tu veux pas m'en parler ?

— Tu te maries dans un mois, non ?

— C'est quoi le rapport?

— Écoute, si je te disais tout ce que j'ai d'enfoui là-dedans (il pointait sa tête), tu voudrais pas de moi comme père le jour de ton mariage. Pis ça adonne que je tiens à être là…

— T'en es pas à une stupidité près de me perdre… J'veux dire, c'est pas faute d'avoir essayé! Aie donc confiance en moi, calvaire!

Mon père était fermé comme une huître.

— Bon, ok, on va se donner un autre délai de grâce, mais après le mariage, on se met à table, ok? ai-je fortement suggéré. Pis d'ici là, j'veux que tu me promettes une chose : si t'as besoin d'aide, n'importe quoi, n'importe quand, n'importe où, je veux que tu m'appelles… C'est clair?

— Y arrivera rien…

— Tu te rappelles la voyante kabbaliste que j'avais consultée avant de chuter? Ben, c'est pas son avis… Elle m'a prévenu d'être aux aguets et d'être là pour toi s'il t'arrivait malheur… Asteure que ton voyage à Hambourg t'a ouvert l'esprit un peu, tu peux comprendre pourquoi je prends son avertissement très au sérieux…

— Elle t'a dit quoi? a-t-il échappé d'un ton inquiet.

— Rien de plus précis… Mais à voir ta tête aujourd'hui, une image vaut mille de ses mots. Fait que tu me promets?

Le paternel a acquiescé.

Ne serait-ce que pour cela, il y avait de quoi s'inquiéter.

46

Journée de rêve ?
Samedi 22 mai 1993.

Tandis que je me lançais corps et âme dans l'aventure sportive, Morgane se chargeait des préparatifs du mariage avec un enthousiasme qui débordait sur tout ce qui m'arrivait : elle adorait mes anecdotes, lisait mes textes, assistait aux matchs, m'attendait à la sortie du vestiaire en grande conversation avec les femmes des joueurs, qui, parfois, lui refilaient même certains scoops !

Puis, le jour de notre mariage est arrivé, et il a passé si rapidement que la plupart des souvenirs que j'en ai conservé sont flous comme des photos prises à grande vitesse. Je me rappelle la simplicité rieuse du prêtre haïtien, qui allégeait l'attente de ma promise ; la nostalgie que m'inspiraient les fresques de l'église Sainte-Famille de Boucherville, là où, enfant, j'accompagnais ma mère presque tous les dimanches ; et Morgane, à contre-jour, au bout de l'allée, avec le fleuve en arrière-plan, comme l'apparition d'un ange à l'extrémité d'un long tunnel...

Curieusement, je n'ai pas souvenir de l'échange de nos vœux, de nos joncs et de l'ultime baiser. Mon incapacité à profiter pleinement de l'instant présent les aura sans doute gommés de mon album photo intérieur au profit d'un vague sentiment d'avoir pris un énorme engagement devant une centaine de témoins.

Parmi eux, outre mes parents – et j'y reviendrai –, je ne me souviens que de la chaleur de quatre amis : France, qui m'a serré très fort à la sortie de l'église, Stéphanie, qui m'a coquinement mis au défi de l'oublier lors d'une danse en fin de soirée ; il y a eu Marc, aussi, mon garçon d'honneur dans tous les sens de l'expression, qui, ému, a versé une larme comme on en verse seulement en retrouvant un être cher qu'on croyait avoir perdu à jamais.

Je garderai cependant un souvenir impérissable de Jean l'Intelligent, que j'avais décidé d'inviter, car je savais que lui, entre tous, saurait apprécier ce que ce jour représentait pour moi – c'est-à-dire la rédemption contre toute attente, et la victoire de l'amour sur la mort. Avant de quitter, peu après le souper, Jean m'a raconté une jolie remontée de falaise de son cru, loin des démons de l'alcool, grâce, entre autres, à l'ouverture spirituelle que lui avait procuré l'expérience infernale de sa tentative de suicide. Il apprivoisait la vie peu à peu, bossant comme assistant-gérant d'un disquaire, baignant dans son élément : la musique. Il prenait son lithium assidûment et se promettait de tout faire pour ne plus revoir ce qu'il avait rencontré de l'autre côté de la mort, alors qu'il gisait, inconscient, et qu'on tentait de le réanimer :

— Je ne pourrais même pas te décrire comment c'était, Sylvain, mais je peux t'assurer que tu ne voudrais pas passer une seule minute là où j'ai échoué…

Au moment où il relatait cela, juste avant de nous dire adieu sous la forme de souhaits de bonheur les plus sincères, j'ai aperçu mon père qui s'éclipsait tout au fond de la salle. Deux minutes plus tard, on tamisait l'ambiance pour les premières mesures de *Color My World*, et le chanteur de l'orchestre réquisitionnait les nouveaux mariés pour inaugurer la danse.

Je suis un éternel romantique incurable. Alors, la danse des mariés, c'était *le* moment sentimental que j'avais idéalisé toute ma jeune vie. Ça devait venir de loin, pratiquement du berceau, alors que ma mère me lisait *Cendrillon* et que je m'endormais tout probablement juste après la scène de béatitude, celle où le prince accorde une danse à la jeune ingénue dans la grande salle de bal du château.

Le chanteur a amorcé la ballade du groupe Chicago :

As time goes on…

Ma nouvelle épouse et moi joignions nos mains, nos corps et nos regards mielleux pour la danse tant attendue au son de *notre* chanson…

I realize / Just what you mean to me…

Puis je fus ébloui.

Non par Morgane, mais par la lumière aveuglante de la caméra du mec que nous avions embauché pour immortaliser la magie du mariage sur pellicule.

And now / Now that you're near…

Effectivement, notre caméraman était trop proche, et la magie s'évanouissait, à ma grande frustration. J'avais beau lui faire signe d'éteindre…

— J'peux pas couper durant la danse des mariés, c'est le moment le plus touchant à revivre au visionnement ! m'a lancé le mec.

— Pour le revivre au visionnement, faudrait d'abord pouvoir le vivre sur la piste de danse…, et j'ai mimé le sourire kabyle pour lui dire de couper.

Il a coupé.

Mais c'était trop peu…

— Trop tard, a confirmé ma belle en souriant tristement.

— On s'en remettra…, ai-je dit sur un ton plaisantin visant tout autant à la dérider qu'à me refaire une humeur. Après tout, il y a eu la Guerre du Golfe, la récession économique, mon arrivée catastrophique dans ta vie, et il y a Stéphanie qui vient de me taper un joli clin d'œil… mais… Est-ce sa petite culotte verte que je vois ?

Morgane a périscopé la tête vers l'arrière…

— J'savais bien que t'avais un p'tit côté jaloux ! ai-je gloussé après qu'elle se fut aperçue que je la menais en bateau.

— Bon, passons aux choses sérieuses, m'a-t-elle chuchoté à l'oreille. Nos parents sont censés…

J'ai senti une main sur mon bras.

— Tu as vu ton père, Sylvain?

C'était la mère de Morgane. Selon la tradition, les parents de la mariée devaient danser avec les miens. D'ailleurs, un peu plus loin, le père de Morgane escortait ma mère vers la piste. Elle titubait, mal remise de sa toute récente attaque de sclérose en plaque, et mon père, lui, avait choisi le pire moment de sa vie pour être… absent.

J'ai laissé ma déesse aux bons soins de mon homme d'honneur, puis je suis allé à la recherche de mon père. Personne ne l'avait revu depuis qu'il avait quitté la salle… Autre contrariété : les minutes ont passé, et toujours pas de nouvelles du paternel. Puis Morgane a jasé avec ma mère. Apparemment que mon père n'allait pas très bien. Il s'absentait du condo de plus en plus souvent, et revenait toujours aux petites heures, lorsqu'il ne découchait pas carrément, désormais sans avertir.

— Un soir, sa maîtresse, Martine, a appelé ta mère au condo, disant qu'elle pouvait reprendre son vieux mari, m'a rapporté Morgane…

Le fait que ma nouvelle épouse me raconte ça… Je veux dire : visualisez une nouvelle mariée, tout en blanc, misant son avenir sentimental sur vous, et qui décrit l'agonie du mariage de vos parents – lesquels sont les modèles que vous calquerez inconsciemment. Ça m'a foutu un tel coup que je me croyais en plein cauchemar. Ma bien-aimée a poursuivi :

— Tu imagines le choc! C'est après qu'elle a fait sa deuxième attaque de sclérose, ta mère. Elle est à bout, Sylvain, elle me fait peur…

Cette dernière remarque m'a fouetté. J'avais envie de lui dévisser la tête, au paternel…

Je me suis donc activé à sa recherche, et j'ai songé au stationnement souterrain de l'hôtel. J'y suis descendu, histoire d'aller vérifier s'il était parti avec sa voiture. Je m'approchais d'un recoin du parking lorsque j'ai entendu une portière claquer.

C'était lui...

Il m'a aperçu, s'est frotté le nez et a reniflé un bon coup avant de venir à ma rencontre d'un pas hésitant. Il arborait un sourire trop facile, ne pouvait me regarder dans les yeux; les siens étaient rouges... puis j'ai vu rouge moi-même lorsque j'ai remarqué la poudre blanche qui tachait le bord d'une de ses narines... Je ne peux pas dire que j'étais surpris, j'avais deviné qu'il touchait le fond, mais ne pouvais me résoudre à l'admettre....

J'ai d'abord songé à ma mère, à toutes les fois qu'elle braillait à l'attendre pendant qu'il baisait sa traînée de putain de maîtresse de mon âge. J'ai songé à sa sclérose en plaque, à toute cette souffrance inutile... Je tenais le coupable. Il était maintenant à la portée de mon poing dans la face. J'aurais voulu le geler d'aplomb.

Et il le savait.

— Calme-toi, Sylvain, j'avais mal à la tête, j'suis descendu faire un somme et...

Je me suis trempé l'index dans la bouche, puis l'ai utilisé pour nettoyer le nez enfariné de mon père.

— À ce que je vois, t'as pas fermé l'œil : tu te dirigeais plutôt vers une nuit blanche, ai-je ironisé en lui montrant le bout de mon doigt.

— Ça doit être le gâteau, a-t-il osé en bafouillant.

J'ai goûté la poudre.

— Y a rien comme un crémage au *speed*, ai-je répliqué. Je voulais tellement pas que la famille s'ennuie !

Pris d'un geste impulsif, j'ai bousculé mon père pour la première fois de ma vie. Rien de violent, mais il me fallait en partie traduire physiquement la charge émotionnelle qui m'habitait. Je l'ai seulement poussé un peu, tout en gueulant :

— TU ME PRENDS POUR UN CON, OU QUOI ?

Mon père, qui n'était pas solide sur ses jambes, est allé s'adosser un peu brusquement contre une voiture garée juste derrière lui. Il n'a pas répliqué. J'en ai remis :

— C'EST LE JOUR DE MON MARIAGE, CRISSE... RÉVEILLE ! ! !

Il a baissé la tête, a tenté une phrase d'esquive, puis a abdiqué sans que de sa bouche ouverte puisse sortir un mot. Je n'ai pas été beaucoup plus loquace. Je me disais que de lui remettre sur le nez l'aveu de ma mère au sujet de ses absences prolongées n'arrangerait rien. Pas plus que de lui asséner le fait que Morgane était au courant, ou encore de le culpabiliser davantage à propos de sa disparition ou, pire, au sujet de la sclérose de ma mère... Tout ça, je le savais, ne servirait qu'à le faire fuir, qu'à empirer la situation, qu'à me foutre dans un état qui gâcherait l'une des plus importantes journées festives de ma vie. Alors je me la suis fermée, j'ai pris une grande respiration, puis lui ai dit sur le ton de l'impatience :

— Envoye, viens-t-en ! On s'en reparlera une autre fois...

Mon père m'a suivi jusqu'à la salle de réception comme un petit garçon piteux.

Ne me demandez pas comment s'est terminée la soirée...

47

> *Bien des choses se produisent quand personne ne veille,*
> *peut-être justement parce que ce que nul veilleur*
> *n'est aux aguets.*
>
> ROBERT BLY
> *L'Homme sauvage et l'enfant*

Le lendemain des noces, Morgane et moi sommes partis en lune de miel en Californie. Le voyage m'a (presque) fait oublier cet épisode difficile. En fait, être malheureux lors de ce périple aurait été un effort de tous les instants : Morgane était aussi rayonnante que le soleil californien, et tout était mis en scène pour une parfaite conspiration du bonheur. Nous avons loué une jolie décapotable bleue à Los Angeles, puis nous avons longé la côte du Pacifique par la légendaire *Highway 1*, les cheveux au vent, à partir de la presqu'île volcanique de Morro Bay jusqu'à San Francisco, où nous avons logé dans un petit *bed & breakfast*. Nous y faisions l'amour jusqu'à midi entre deux bouchées de croissants frais, partagions nos après-midi entre la gigantesque marina et le verdoyant Golden Gate Park, tandis qu'en soirée, les restos réputés de la ville nous ont offert parmi les meilleures expériences romantico-gastronomiques dont un jeune couple puisse rêver.

Je ne sais pas si ça provenait de la légendaire ouverture d'esprit de ses habitants, ou encore de la forte impression artistique que m'ont fait les spectaculaires fresques murales du Mission District, mais je me suis senti un peu chez moi à San Francisco. Si j'avais eu à m'établir aux États-Unis en 1993, mon cœur aurait balancé entre *The City by the Bay* et La Nouvelle-Orléans – les deux villes les plus sujettes aux catastrophes naturelles du pays ! Ça en dit long sur la nouvelle tolérance au risque qui m'habitait…

Nous sommes retournés à L.A. pour écouler la dernière semaine de notre voyage, du 1er au 8 juin… et que se passait-il dans la mégapole américaine les 5 et 7 juin de cette année bénie par ma bonne étoile ? Par le plus merveilleux des *hasards*, le Canadien de Montréal y disputait les troisième et quatrième matchs de la série pour l'obtention de la sacro-sainte coupe Stanley ! Ce qui m'a valu le privilège d'une assignation pour un papier d'atmosphère ainsi qu'une entrevue avec nul autre que Wayne Gretzky, la légende vivante des Kings.

Au retour du voyage, le Canadien a remporté la coupe, et Pedneault, satisfait de mon travail, m'a demandé une analyse de ce que je croyais que le gardien vedette du Tricolore, Patrick Roy, commanderait comme salaire lors du renouvellement de son contrat. Roy venait d'être couronné Joueur le plus utile aux séries de fin de saison, et avec la ville en liesse, la parution de mon article a fait jaser dans toutes les tribunes sportives. C'était mon premier coup d'éclat, ce qui m'a valu une confirmation de mon statut de scribe permanent au journal. Mais j'avais besoin d'un vrai scoop pour faire ma marque, et c'est à ce moment que j'ai fait la connaissance d'un mystérieux personnage au sein des Expos de Montréal : John Wetteland, l'as releveur du club.

C'était un bouillant jeune homme de mon âge, qui revenait d'une blessure à un pied qu'il s'était infligée en bottant l'écran de protection après un mauvais tir… de pratique ! On ne savait que peu de choses de lui, ce qui était un phénomène inhabituel, car les journalistes ont tendance à fouiller la vie personnelle des vedettes sportives dès leur éclosion professionnelle. L'explication tenait en un mot : on le disait « inapprochable ». Le responsable de la couverture des Expos au *Journal de Montréal*, Serge Touchette, m'avait prévenu : « Au mieux, lors d'une bonne journée, il te dira qu'il gratouille la guitare et qu'il étudie la Bible… Et lors d'une mauvaise, il t'enverra promener comme il l'a fait avec moi et les autres. »

Toutefois, chaque fois que je croisais Wetteland sur le terrain ou dans le vestiaire, mon sixième sens me dictait que ce gars-là recelait une âme spéciale façonnée par les souffrances d'une enfance diffi-cile – et que cette âme était engagée dans une quête importante. Je ne pourrais expliquer cette intuition. Mon aventure mystique m'avait simplement procuré une paire d'antennes suprasensibles lorsque je me trouvais en présence d'un être humain – surtout si celui-ci partageait avec moi certaines préoccupations existentielles qui s'activaient.

Alors j'ai osé approcher la bête, un gaillard de six pieds et quatre pouces aux épaules aussi carrées que ses mâchoires d'acier. Dans un anglais approximatif, je lui ai demandé une entrevue avec la méthode conventionnelle…

— Bonjour, je m'appelle X, j'écris pour le journal Y, et j'aime-rais permettre à vos fans, qui nous lisent en grand nombre, de vous connaître davantage…

Il m'a à peine regardé.

— *Not interested !*

Je tombais sur ce que Touchette avait appelé un mauvais jour. Wetteland avait saboté une victoire des Expos deux soirs plus tôt.

Ok, sortons l'artillerie lourde…

Je me suis jeté à l'eau :

— Écoute, je sais que tu effectues un cheminement spirituel, et c'est mon cas également. En discuter nous changerait des papiers sur le 110 % à donner à chaque match et bousculerait les préjugés qu'on nourrit sur les vies superficielles des millionnaires du sport…

Là, il m'a regardé. J'ai poursuivi :

— Et puis, il y a à peine un peu plus d'un an, tu débarquais à Montréal en rêvant de percer en tant que baseballeur des ligues majeures, et moi je débute dans le métier de journaliste, en rêvant de percer en ajoutant une dimension humaine à mon boulot, et je *sais* que tu as quelque chose de précieux à partager… Aurais-tu une demi-heure à donner au suivant?

Wetteland n'a pu réprimer un sourire, puis il a cédé. Il m'a fixé un rendez-vous face au vestiaire le lendemain après-midi.

Le colosse s'y est pointé passé l'heure prévue. En comparaison avec la veille, ce qu'il dégageait détonnait. Vêtu d'un pantalon en velours côtelé et d'un coton ouaté aux couleurs mal assorties, Bible à la main, John ressemblait à un frère des Écoles chrétiennes. Ses cheveux blonds entouraient un visage affichant une mine douce et reposée, ce qui lui donnait un air à la fois collégien et angélique… Il s'est excusé d'avoir été retardé par une étude biblique où il prenait la parole.

Ce qui nous a amenés sur le sujet de la spiritualité.

— Je ne suis pas vraiment religieux, je ne me limite pas au dogme. Je me suis investi dans plusieurs courants spirituels au cours de ma jeunesse à San Francisco.

S'il n'achetait pas le carcan d'une religion en particulier, il désirait toujours approfondir sa quête. Il m'a parlé de bouddhisme, d'hindouisme, et des cultes de l'Antiquité qui le fascinaient. Le jeune homme parlait avec aisance et beaucoup de maturité. Nous partagions une passion pour la musique, et nous avons jasé des richesses de San Francisco. Pendant qu'il me parlait avec douceur de sa mère, de ses sœurs et de son frère, de ses compagnons d'équipe, et de sa femme, je me disais qu'il avait l'allure et l'éloquence de ces *all-American boys* de bonne famille. Toutefois, il y avait en lui une agressivité monstre qu'il canalisait et réservait pour ses sorties au monticule et lorsqu'il se défoulait sur l'une de ses guitares. Cette agressivité, d'où sortait-elle?

Une piste… En parlant de son père, Ed Wetteland, John en avait fait l'éloge professionnel de façon un peu distante :

— Mon père est compositeur, il adapte la musique, conduit et dirige des ensembles, et joue du piano. À quatorze ans, il faisait partie de l'Orchestre symphonique de San Francisco.

Il n'a pas lâché un traître mot sur la relation qu'il entretenait avec lui. Y avait-il un malaise ? Avec ce que je vivais en lien avec mon propre paternel, je ne pouvais qu'échapper cette question :

— Et ton père, comment c'était avec lui en grandissant ?

Il s'avérait que mon *timing* était extraordinairement parfait…

— Mon enfance a été pénible et douloureuse, a-t-il admis après une pause où il semblait fort songeur. Justement, il y a deux nuits de cela, je ne sais pas ce qui m'est arrivé, mais je commençais à discuter de mon enfance avec ma femme et, cinq minutes plus tard, j'étais en larmes. C'était vraiment l'enfer… Je ne sais même pas par où commencer… Il y a tellement de choses relatives à mon enfance que j'ai refoulées, ce n'était jamais vraiment sorti. Je pense que cette fois-ci, un peu de tout ça a émergé, et j'ai réalisé comment ça m'a fait mal.

Puis le colosse s'est pris la tête entre les mains, des larmes lui coulant sur les joues devant les joueurs et les journalistes qui circulaient pendant que je tenais mon enregistreuse avec la fébrilité tremblotante des recrues qui savent qu'un tel moment ne se représentera pas de sitôt…

Wetteland m'a raconté la violence du père, qui se déchaînait sur tous les membres de sa famille, obligée de se taire, l'introversion de sa personnalité, sa rage intérieure, l'aspect salvateur de la spiritualité pour donner un sens à toute cette souffrance, ainsi que ceux de la musique et du sport pour canaliser sa colère. Il se promettait de rétablir les ponts avec son père, pour passer à autre chose, pour trouver une paix qui lui échappait.

Je tenais mon scoop, avec en prime une communion humaine qui m'a pris aux tripes.

Comme j'écrivais mon article, je n'avais de cesse de penser à mon père. Je n'avais pas eu de ses nouvelles depuis le mariage, et trois jours plus tôt, son bras droit au syndicat avait tenu à me rencontrer. Il n'avait pas vu mon père depuis plus d'une semaine et s'inquiétait du fait que, pour la première fois de sa carrière, son patron n'honorait plus ses engagements professionnels. Il entendait des rumeurs qu'il n'a pas voulu ébruiter, mais qui l'alarmaient sérieusement.

— T'es le seul que je connaisse avec qui Martial a un vrai lien de cœur, Sylvain, m'a-t-il dit. J'espérais que tu en saches plus que moi, et que tu pourrais sonder en lui ce qui ne va pas… On est prêts à l'aider, tu peux au moins lui dire ça…

Après avoir mis le point final à l'article sur John Wetteland au faite d'une nuit de juillet, les propos de l'employé de mon père me hantaient, de même que la mise en garde d'Elia au sujet du rôle que j'aurais à jouer auprès de lui. Quelques minutes plus tard, le téléphone a sonné…

C'était mon père.

Il était dans un motel de l'Est.

Il me demandait d'aller le chercher.

■ ■ ■

C'était un de ces motels pour rendez-vous discrets où il ne risquait pas de croiser une connaissance. Il ne m'avait pas donné son numéro de chambre, me demandant de signaler ma présence à la réception dès mon arrivée. Mais sa voiture était garée devant une porte extérieure numérotée, alors j'ai cogné à la porte de métal. Quelque chose me poussait à *voir* : pour constater de visu la profondeur du puits noir dans lequel il était plongé, pour grappiller quelque indice sur ses béquilles et, oui, pour le surprendre en interaction avec cette fille de mon âge – ne serait-ce que pour mettre un visage sur le prénom qui faisait tant souffrir ma mère.

On ne m'a d'abord pas répondu. J'ai cogné trois fois plus fortement.

TOC! TOC! TOC!

J'ai entendu une voix féminine chialer à l'intérieur :

— Pourquoi tu l'as appelé, c'te crisse-là ? Pourquoi tu le mêles à ça ?

Un long silence a suivi. Je me suis impatienté…

BAM! BAM! BAM! ai-je vargé à coups de poing.

Quelques instants plus tard, la porte s'est entrebâillée. C'était la maîtresse qui se pointait, démaquillée, les cheveux châtains en bataille, le faciès haineux. Elle était vêtue d'une robe de chambre entrouverte sur un corps à moitié nu.

— C'est *ça* que tu veux *wouère*? m'a-t-elle accueilli d'une voix mal équarrie en élargissant l'ouverture de la porte et du vêtement tout à la fois.

— Ouin, c'est ça ; je voulais t'voir la face…

… Et plus encore. Derrière elle, il y avait des restants de lignes de coke sur une table foncée, et un immense vibromasseur gisait sur chacune des deux tables de chevet rattachées à la tête d'un lit défait. Je me sentais comme si je violais le journal intime de mon père.

— Empire pas les affaires, Martine… Pis ferme la porte, *christmas*! Sylvain… (le ton du paternel, que je ne pouvais voir, était moins directif à mon attention) attends-moi dans le parking, j'arrive dans cinq minutes… Ok?

La midinette m'a claqué la porte au nez.

J'ai donc été m'asseoir sur le capot de mon bolide pendant que le père tardait à sortir… Puis il est sorti. Je n'oublierai jamais sa tête de chien battu, piteux, honteux. Il me semblait que le clair-obscur de l'aube jetait une lumière trop crue sur la médiocrité de sa sortie de scène par la porte arrière d'un motel *cheap*. Il me semblait qu'aucun père ne devrait avoir son fils comme spectateur d'un tel moment. J'en ai eu pitié. Si j'avais songé de nouveau à ma mère, le sentiment se serait figé en mépris. Mais l'apparition d'une telle loque humaine consanguine monopolisait tout mon ressenti. J'ai pris place à l'intérieur du véhicule, ne serait-ce que pour porter mon attention sur autre chose. Je lui ai ouvert la portière du passager de l'intérieur. Il a mis une bonne minute d'un insoutenable silence avant d'oser me demander de le reconduire chez lui. Son ton était lugubre, caverneux.

— J'sais que le premier contact a pas été idéal, mais pourrais-tu revenir lui donner un lift jusque chez elle ? J'ai pus de *cash* pour lui payer un taxi… À moins que t'en aies sur toi ?

— J'ai rien sur moi, même pas mon porte-monnaie… J'suis parti trop vite, lui ai-je répondu. (J'ai poussé un soupir involontaire.) J'vais revenir, t'en fais pas…

— Sois pas trop méchant avec Martine, m'a-t-il dit en regardant de l'autre côté. Elle est pas dans un bon *mood*… Je lui ai annoncé que je la quittais. Ça peut pus continuer…

— Y a ben du monde de ton avis là-dessus, me suis-je contenté de commenter.

— Tabarnak ! a soliloqué mon père en fourrageant dans sa chevelure d'une main trémulante, comme s'il venait de prendre conscience, très récemment, du trou qu'il s'était creusé.

Il m'a dit, très émotivement :

— J'sais pas ce que je vais… J'veux dire… Merci d'être là.

J'étais déchiré entre l'envie presque irrépressible de lui régler son compte et celle de le prendre dans mes bras. Je me suis contenté d'étrangler le volant de ma main gauche tout en posant l'autre sur le genou de mon père en guise d'accueil, l'émotion brouillant la route devant moi tout comme ma conduite avec lui. Le reste du trajet a d'ailleurs été un des moments d'anthologie de notre relation où il y aurait eu tant à dire mais où aucun mot n'a été dit.

Une fois rendus à la tour d'habitation de la résidence parentale, j'ai escorté mon père jusqu'à la porte d'entrée du condo. Ma mère n'a pas mis dix secondes à ouvrir, et son visage s'est décomposé en nous voyant. Partie pour épancher son angoisse sous la forme d'un interrogatoire de police, j'ai posé mon index devant ma bouche. Elle a respecté le silence. J'ai laissé filer mon père jusqu'à la chambre conjugale, puis j'ai pris ma mère dans mes bras pour les cinq minutes où elle a eu besoin de verser son trop-plein d'émotions. Après les derniers soubresauts de ses épaules, je l'ai regardée avec compassion, lui ai demandé si elle tiendrait le coup en sachant qu'elle me dirait « oui » alors qu'elle pensait « non », et je suis parti sans vouloir même imaginer ce que serait pour eux l'enfer du jour naissant.

Quant à moi, je me suis épargné celui de reconduire chez elle la maîtresse éconduite.

48

Automne 1993.

L'article de fond sur John Wetteland a eu l'effet escompté : mon travail ne passait plus inaperçu dans la confrérie. Deux semaines après sa parution, j'ai d'ailleurs pu tester mes progrès alors qu'une occasion de carrière unique s'est profilée à l'horizon : le quotidien *Le Soleil* lançait un concours national dans le but de recruter dix nouveaux journalistes pour sa salle de rédaction. Plus de mille candidats se sont manifestés, dont plusieurs en provenance du *Devoir* – alors en situation de crise. J'ai postulé, sans espoir véritable, comme on rêvasse du million en achetant son billet de 6/49. Je savais la compétition féroce, et moi qui faisais dans le sport – le parent pauvre du journalisme, même si ce créneau nous a donné Foglia –, je serais assurément celui qu'on reluque de haut.

— Ce que j'admire de toi, c'est que ça ne t'empêche pas de postuler, m'avait dit ma bien-aimée.

— C'est que je n'ai rien à perdre ! avais-je répondu humblement. Mais je ne me berce pas d'illusions, je n'ai pas même un foutu cours de Journalisme 101 à mettre au curriculum... Et je ne suis officiellement du métier que depuis quoi... quatre longs mois ?

Ça n'empêchera pas le comité de sélection de m'inviter à passer des tests de rédaction et de culture générale, et c'est ainsi que je me suis retrouvé avec soixante et onze autres plumitifs dans une salle d'examen à Québec. Tout ce beau monde s'appelait par le prénom, s'échangeait les derniers potins de la profession. Je me sentais comme l'*outsider* à qui personne ne daignait adresser la parole. Avec un sourire en coin, j'ai pensé :

Imagine s'ils savaient qu'il y a moins d'un an, tu cognais à la porte du Journal de Montréal *avec un cahier de stats de baseball informatique sous le bras. Et encore, s'ils apprenaient qu'une année avant ça, tu croupissais dans l'aile psychiatrique d'un hôpital de banlieue!*

J'ai répondu aux questions de culture générale du mieux que j'ai pu et, l'adrénaline aidant, j'ai réussi à pondre un article complet en moins de quinze minutes. Quitter la salle d'examen le premier m'a inquiété plus qu'encouragé.

Je dois forcément avoir loupé quelque chose…

Mais non… J'ai miraculeusement résisté à la coupe lors de l'évaluation des tests de présélection. On m'a convoqué pour une entrevue – ou plutôt une séance de torture médiévale d'une heure devant trois cadres et une spécialiste en ressources humaines dont le seul rôle était d'étudier la raideur de ma posture, le trémolo de ma voix et ma maudite main droite qui tremblait en essuyant la grosse goutte de sueur qui perlait sur mon front. Et elle n'a pas dû rater la crispation de mon sourire lorsqu'on m'a appris que Louis Lortie était un grand pianiste, et non un tireur fou, comme je l'avais campé dans mon test!

Mais allez comprendre… ils m'ont embauché!

Je faisais donc partie de la fournée des Vincent Marissal, Marco Fortier, Jean-Marc Salvet et François Pouliot, qui sont tous devenus d'excellents chroniqueurs. En bon vilain petit canard, j'ai suivi un autre chemin qu'eux, mais à l'époque, j'avoue ma fierté lorsque l'éditeur du quotidien, J. Jacques Samson, a accueilli les cinq premiers arrivants d'entre nous dans une petite salle de réunion du *Soleil* pour nous féliciter :

— J'espère que vous réalisez que vous êtes les plus brillants espoirs en journalisme au Québec!

Pincez-moi quelqu'un…

Salvet l'a fait d'une remarque ironique chuchotée au creux de mon oreille :

— Yé! On se croirait aux *Jeunes talents Catelli*!

Lui, il s'était probablement informé – en bon journaliste – de ce qui nous attendait. La salle de rédaction n'allait pas organiser de fête de bienvenue en notre honneur, car on avait fait pression sur certains de ses vétérans pour qu'ils prennent une retraite anticipée afin de nous faire de la place. De plus, question de rendre la situation encore plus intéressante, on avait importé neuf des dix petits nouveaux talents Catelli de la Grande Ville rivale : Montréal. Disons que l'atmosphère n'était pas idéale. Pour nous faire apprécier des patrons, il fallait être irréprochables et trimer dur… sans qu'un employé permanent puisse nous accuser de faire du zèle. Personnellement, au cours de mon seul premier mois au *Soleil*, je me suis fait menacer d'un grief syndical, et deux fois plutôt qu'une, par un collègue qui ne voyait pas d'un bon œil ma propension à accumuler les heures supplémentaires.

Bref, j'ai rapidement regretté la bande de jeunes fous sympathiques qui se défonçaient joyeusement pour Yvon Pedneault.

Mon ambition m'a-t-elle encore détourné du bon chemin? me suis-je demandé. *Ou suis-je trop difficile à satisfaire?*

Après tout, j'habitais maintenant à temps partiel dans un magnifique loft avec vue sur le Vieux-Port de Québec, j'occupais l'un des jobs les plus convoités par mes jeunes confrères, mon salaire venait de grimper de plusieurs milliers de dollars…

Mais je ne m'amusais plus.

En sus, je devais me séparer de ma bien-aimée huit jours d'affilée toutes les deux semaines. Une toune sur un certain phoque en Alaska me revenait souvent en tête. Et toujours sur le plan personnel, la détérioration de la vie de mon père n'aidait en rien au constat général. Enfin, pour le peu que j'en savais, le paternel avait complètement perdu le contrôle. Ce que m'a confirmé un appel qu'il m'a logé au loft :

— Sylvain… Je file pas trop, ces temps-ci… Avec ta mère, c'est invivable, c'est tout juste si elle veut pas m'attacher dès que je rentre au condo… Peux-tu m'héberger à Québec pour quelques jours ?

Mon père qui me demande le gîte ? Ça doit être rendu grave quelque chose de rare…

Nous étions sur l'heure du dîner et je devais partir *illico* bosser sur un reportage à Beauport. Nous nous sommes donné rendez-vous en soirée dans un resto italien du Vieux-Québec. Quand je l'ai vu, il n'était plus que l'ombre de l'homme que j'avais connu : son visage avait maigri, sa peau était fripée, ses yeux avaient rapetissé et semblaient désertés de toute vie… On aurait dit deux signaux d'alarmes faiblissants.

— Faudrait que tu te fasses soigner, p'pa, que je lui ai dit. Ça n'a pas de maudit bon sens…

— Ça paraît pire que c'est, a-t-il tenté pour me rassurer. C'est juste que je n'ai pas dormi depuis que je suis arrivé à Québec.

La coke, ce n'est pas un somnifère, ai-je pensé.

Mon père peinait à soulever son verre de rouge, tellement il tremblait. Et il picorait sans appétit dans son plat de pâtes.

— Écoute, tu peux rester au loft aussi longtemps que tu veux pour t'y reposer… T'es à Québec depuis combien de temps, au juste ?

— Trois jours, m'a-t-il répondu en haussant les épaules et d'un ton qui voulait minimiser l'affaire.

— Tu dors pas depuis *trois* jours ? Peux-tu me dire qu'est-ce qui t'arrive ? lui ai-je demandé sur un ton moins calme que je l'aurais souhaité.

Mon père a levé les yeux comme s'il implorait une puissance invisible de ne pas avoir à mentionner *le* prénom… Mais l'aide providentielle n'est pas venue, parce qu'il l'a prononcé :

— J'avais des négociations à mener dans la région, et j'sais pas pourquoi je me suis fait ça, mais j'ai réservé ma chambre à l'hôtel où j'ai rencontré… Marielle.

Martine n'était pas la première maîtresse du passé chargé de mon père, et surtout, elle n'était pas la plus marquante. Il avait rencontré Marielle, une plantureuse rouquine au cœur d'or (selon les dires du paternel), lorsque j'avais sept ans. Huit ans plus tard, alors que j'étais en pleine crise d'adolescence, il m'avait invité à une sortie de ski en Estrie pour m'expliquer qu'il s'agissait du grand frisson de sa vie, de la raison pour laquelle il était mon Éternel Absent, et que cette femme dont je n'avais jamais entendu parler auparavant connaissait tout de moi. Il me jurait qu'elle serait ravie de m'accueillir dans sa petite famille à Québec pour qu'on reparte à zéro, moi et mon père – avec un frère et une sœur en prime. Moi qui étouffais au moins autant que lui sous le joug tout en dépendance affective de ma mère dépressive, et qui rêvais de passer du temps de qualité avec mon père… J'avais dit : «Oui, oui, oui… Quand est-ce que je fais mes bagages?» Il m'avait déposé à la bibliothèque municipale, au retour à Boucherville, et était allé annoncer à ma mère que c'était fini… Puis il était revenu me chercher, n'avait pas dit un traître mot dans l'auto, et une fois à la maison, j'avais devant moi un couple minouche-minouche. C'est Marielle qu'il avait finalement quittée, par pitié pour ma mère, qui menaçait de se laisser mourir s'il la plaquait pour une autre.

Ç'avait été un fait marquant pénible de notre vie familiale, mais tout ça s'était déroulé il y avait une éternité…

— Quoi? Tu l'as pas encore oubliée? Après toutes ces années?

Mon père a baissé les yeux sur son assiette à peine entamée, cherchant quelque exutoire.

— Le serveur n'a pas apporté de parmesan… On n'a plus le même service qu'avant, ici! a-t-il pesté en attirant l'attention d'un garçon de table.

— À quoi tu joues, p'pa? ai-je dit tout bas.

Le garçon arrivait, m'obligeant au silence. Mon père en a profité pour faire dévier la conversation, faussement enthousiaste :

— Pis, ton loft… t'aimes ça? J'ai hâte de voir comment tu t'es installé…

Le garçon a saupoudré le fromage, puis est reparti. Je n'ai pas lâché le morceau :

— T'as pas encore fait ton deuil de ta Marielle? Pourtant, ça fait plus de dix ans que tu l'as quittée, non?

La bouchée qu'il s'était forcé à enfourner passait plutôt mal. Ses prunelles ont glissé de côté pour éviter mon regard inquisiteur… Ça me confirmait qu'il me manquait un bout de l'histoire. Je fixais mon père pour lui faire sentir que je n'en démordrais pas.

— Lâche l'interrogatoire! m'a-t-il intimé d'un ton sec. J'suis pas un de tes sujets d'entrevue, *christmas*!

Ma réplique a été ferme :

— C'est pas comme si mon intérêt datait d'hier. Ça fait un an et demi que je te demande de te mettre à table! Fait qu'à soir, on est à table, pis c'est ici que ça se passe, crisse!

Se sentant cerné, le paternel s'est épongé le côté du visage avec sa serviette de table avant de la rejeter brusquement d'un geste de dépit. Pour la première fois de la soirée, il m'a regardé franchement dans les yeux pour passer aux aveux :

— Bon… Ben… Oui, sacrament! On s'est revus après notre journée au ski, Marielle pis moi… Pis oui, on a repris ensemble… Pis on s'est relaissés, pis repris, pis relaissés (il tapait du poing sur la table à chaque affirmation, attirant tous les regards des tablées voisines sur nous), pis repris, pis relaissés encore… Pis oui, y a eu un vrai point final quand j'ai vu que ça menait nulle part pour tout le monde. Pis ça m'a fait mal, câlisse… Un gars a-tu le droit de vivre une hostie de peine d'amour, crisse?

Il s'est aperçu de l'attention qu'il mobilisait tout autour, et c'est sur un ton de messe basse qu'il m'a lancé ces mots qu'il n'avait pas besoin de crier pour qu'ils m'ébranlent :

— Chus pas juste un père… pas juste un mari… pas juste une machine… Chus pas juste un *christmas* de chèque de paye, syphilis! Y a aussi un être humain – *un homme* – là-dedans, Sylvain, a-t-il dit en pointant le creux de sa poitrine. Tu peux me comprendre, avec tout ce que t'as vécu depuis deux ans, *non*?

Ma vue s'est embuée. J'ai hoché la tête, lui ai souri pour lui faire comprendre que je l'aimais sans conditions, du moins dans l'instant, puis je lui ai dit :

— Tu vas voir, tu vas triper sur le loft, je te laisse mon lit à la mezzanine, y a comme un genre de hublot avec vue sur le fleuve. T'aime tellement ça, le fleuve… Ça va être comme si t'étais chez toi. *C'est* chez toi, ok?

— Merci, a-t-il dit simplement pour conclure le chapitre confession père-fils, une sincérité plus sereine rallumant ses yeux rouges, pendant que je ravalais un sanglot en tassant mon assiette à mon tour.

■ ■ ■

Mon père n'a fait que passer au loft. Il est reparti le lendemain après-midi sans m'avertir, sans même me laisser une note sur le comptoir de cuisine. Je n'ai pas pu empêcher l'étreinte d'un vague sentiment égoïste : mon père manquait un nouveau rendez-vous sur l'agenda de nos vies – je me sentais laissé pour compte. Contre ma volonté, et malgré le mantra «n'entretiens pas d'attentes, pas d'attentes, pas d'attentes… », j'avais cru que cette occasion de cohabitation allait faire de nous deux doigts de la main, qu'il serait aux premières loges de ma réussite, dont il s'inspirerait pour opérer sa propre remontée de falaise…

Au cours de la semaine suivante, je n'allais pas pouvoir obtenir de ses nouvelles. Je me suis immergé dans le travail pour tenter d'oublier ce nouvel épisode pathétique. Mais la finale noire du drame sentimental qui s'était joué entre mon père et cette Marielle m'obsédait. À telle enseigne que j'en ai fait mon projet journalistique personnel : il me fallait retrouver la femme qui avait été le grand frisson de mon père. Quelque chose en moi flashait : danger ! Mais c'était plus fort que moi. Ça l'emportait même sur mon instinct de survie psychique.

Je ne suis donc pas revenu auprès de Morgane lors du congé suivant mes huit jours consécutifs au boulot. Je me suis plutôt mis à la recherche de la Marielle, dont je connaissais le patronyme. L'enfer de ma mère avait un nom de famille prédestiné, pour mon père : Paradis. Quand je disais que mes parents ont toujours résidé aux extrêmes de la vie.

À la vérité, ça ne m'a pas pris de temps à la retracer, mais j'ai mis trois jours à rassembler le courage nécessaire pour l'appeler. Chaque fois que j'empoignais le combiné, une mémoire cellulaire forçait ma main droite à raccrocher. C'est que la seule fois où j'avais entendu la voix de cette femme, c'était au bout du fil, alors que j'avais quinze ans, quelques jours après la remise en selle du couple parental. Elle me suppliait d'une voix rauque, en pleurs, de tout faire pour convaincre mon père de lui parler, parce qu'il l'avait laissée sans s'expliquer, alors qu'elle s'attendait « enfin, après huit années à en rêver », à nous accueillir de façon permanente dans sa vie. Je n'étais qu'un ado, je ne savais comment réagir autrement qu'en lui disant d'oublier mon père et que je ne pouvais rien pour elle. C'était cette femme à qui je devais maintenant parler, et même si le fameux appel datait de plus d'une décennie, il me semblait encore entendre l'écho de ses suppliques désespérées.

Quand j'ai compris que je n'arriverais jamais à me dominer suffisamment pour composer son numéro, j'ai décidé de prendre le taureau par les cornes et de me rendre directement chez elle sans m'annoncer.

C'était par un après-midi plutôt frisquet de la fin d'octobre. Je me suis rendu dans le quartier Limoilou, où elle habitait un bas de duplex en brique brune. Une fois devant la demeure, chaque pas qui me rapprochait de sa porte dissipait curieusement ma nervosité au profit d'une étrange sensation de trahir ma mère. Car ce serait à moi, désormais, d'entretenir un secret ; chaque fois que je la verrais, jamais je ne saurais lui parler de ce jour où j'ai rencontré son ennemie privée numéro un. Mais pourquoi étais-je si déterminé à la rencontrer ? Si le démon de la curiosité me brûlait les entrailles, je ne savais pourtant pas quel était l'objet précis de ma quête au moment où je pressais le bouton de la sonnette. Oui, je voulais la *voir*. Comme j'avais voulu voir Martine au motel. Car je n'avais même jamais eu accès à une photo de cette femme, et je désirais savoir de quoi pouvait avoir l'air quelqu'un de si important, pour qu'on m'ait privé de mon père ; je désirais savoir de quoi avait l'air une femme si *viscéralement* importante pour qu'un homme ne puisse être que l'ombre de lui-même sans elle. Mais quand elle m'est apparue dans l'embrasure de sa porte, et que j'ai enfin pu détailler les traits harmonieux de la rouquine dont le prénom avait de tout temps été tabou – que j'ai enfin pu plonger le regard dans le vert scintillant de ses yeux –, j'ai su que ça ne suffirait pas. Il me faudrait gratter plus profondément sous la surface des apparats.

Sur le coup, la Marielle a brièvement plissé le front de circonspection avant que son visage ne fige net lorsqu'elle m'a reconnu.

— Mais c'est… Sylvain ?

Sûrement que mon père lui avait maintes fois montré des photos de moi enfant, mais j'avais tellement changé en dix années que je me suis dit que, pour qu'elle me reconnaisse si rapidement, sa dernière rupture avec mon père ne devait effectivement pas remonter à des lustres.

— Bonjour Mme Paradis, l'ai-je saluée d'un ton courtois en confirmant mon identité d'un hochement de tête.

— Appelle-moi Marielle… et puis rentre, voyons! m'a-t-elle dit avec un sourire incertain. Mais ça parle au diable… Quel vent t'amène ici? (Puis son teint a viré au livide de l'inquiétude.) Y est pas arrivé quelque chose à ton père, au moins?

— Il file pas fort-fort, mais il va passer au travers, me suis-je contenté de dire sans en être moi-même convaincu. Y est fait solide, comme vous savez…

La Marielle a sourcillé.

— Ouin… Mettons qu'en dessous des carapaces les plus épaisses se cachent les cœurs les plus vulnérables… Assis-toi. Mets-toi à ton aise. Tu veux quelque chose à boire, à grignoter? S'cuze si je suis restée bête, mais je m'attendais tellement pas à ta visite…

— Ça va vous paraître bizarre, mais j'avais pas le courage de vous appeler pour vous prévenir. J'imagine que je savais pas trop comment vous alliez me recevoir…

Elle m'a regardé fixement :

— Si tu savais comment ça fait longtemps que j'espérais te rencontrer… (Ses beaux yeux verts se sont remplis d'eau.) En fait, j'avais cessé d'espérer. Si t'es pas venu me chanter des bêtises – je t'avoue que c'est la seule peur que j'ai, tu me comprendras –, je veux que tu saches combien ça me fait chaud au cœur de t'avoir ici.

— Ayez pas peur, je peux pas complètement détester une personne que mon père a tant aimée, lui ai-je confié pour la rassurer.

Ce qui m'a immédiatement frappé chez elle, c'est le contraste jour-nuit avec ma mère. Tout en elle dégageait la simplicité, la spontanéité et la franchise. L'intérieur de l'appartement témoignait aussi des qualités de l'occupante : il était peint de couleurs chaudes, agrémenté de boiseries naturelles et embelli de jolies pièces d'artisanat. Alors qu'au palais de glace régi par ma mère, tout était pastel, artificiel et froid. Elle portait un jean un peu usé ainsi qu'un pull vert qui avantageait des rondeurs féminines (absentes chez son ex-rivale, désormais maigrelette) et se mariait bien à la rousseur de ses cheveux et à l'émeraude de ses yeux rieurs – ces yeux qui lui donnaient une âme que ma mère avait éteinte. Tout ce contraste entre les deux femmes ne faisait qu'accentuer mon sentiment de trahir celle qui m'avait donné vie. Je me suis assis sur un des sofas confortables du salon, mais j'ai refusé poliment qu'elle m'abreuve ou me nourrisse. Une fois à l'intérieur, j'ai cherché furtivement des traces de mon père. Et j'en ai trouvé : un cendrier sculpté à l'image d'une ancre de bateau, une horloge en forme de barre à roue, un tableau représentant un chalutier, mais rien d'aussi évident qu'une photo…

— Vous avez deux enfants, non? lui ai-je demandé d'une voix assez forte pour qu'elle m'entende de la cuisine, où elle se versait un café.

— Loulou, qui est plus vieille que toi de huit ans, et mon fils Jano, m'a-t-elle répondu en revenant s'asseoir sur le sofa qui me faisait face. Mais parle-moi de ton père… J'ai pas eu de ses nouvelles depuis un bon bout de temps, tu sais…

— Depuis *combien* de temps?

La Marielle s'est mordu la lèvre inférieure en posant son café sur la table basse. Elle connaissait le personnage de mon père par cœur et se doutait bien que la vérité s'écartait probablement de la version officielle.

— J'ai vu ton père pour la dernière fois il y a plus de deux ans, vers le 13 ou le 14 mai; il était venu chercher une veste de cuir qu'il avait oubliée ici. Il m'avait donné des sous pour que j'achète quelque chose pour le bébé à Loulou, qui venait d'avoir trois mois.

Elle a pris une pause à l'évidence nostalgique, ses prunelles luisantes pointées vers le plafond, avant de poursuivre :

— Je peux t'avouer que je savais que c'était la dernière fois que je le voyais. Un bisou en disant « je t'appelle cette semaine », et va savoir pourquoi il a dit ça...

J'ai réalisé que cette date de rupture coïncidait assez bien avec la nuit où j'avais rêvé pour la deuxième fois à mon père qui disparaissait dans la mer de brasier d'un enfer. J'ai aussi calculé que leur union illégitime avait donc duré dix-sept ans... Ma mère a enduré ce supplice pendant *dix-sept ans*.

— Mis à part ma mère, vous saviez qu'il voyait une autre femme, dans le temps ? ai-je dit d'un élan malicieux visant à lui donner un aperçu du supplice en question.

Sa réaction m'a décontenancé.

— Oh ! Tu sais... Ça ne me surprend pas. Je savais que ton père butinait. C'est le genre d'homme qui a besoin de sa dose d'adrénaline pour croire qu'il est en vie. Oh ! Pense pas que j'étais si détachée, à une certaine époque. Ça nous a valu des scènes de ménage assez musclées ! D'ailleurs, j'avais refusé son invitation à partir dans le Sud avec lui, quand il a décidé de ne pas y célébrer son vingt-cinquième anniversaire de mariage ; c'était clair dans ma tête que c'était la place de ta mère. Je la respectais beaucoup, ta mère, tu sais. Tu peux me dire si elle va bien ?

La Marielle avait pris la précaution de m'adresser sa question avec beaucoup de douceur. Ce qui n'atténuait pas mon malaise pour autant. J'ai fermé la porte :

— J'aimerais mieux ne pas parler d'elle ici...

— Je comprends, Sylvain, excuse-moi, s'est-elle reprise. Pour finir de répondre à ta question, j'imaginais bien, en refusant de l'accompagner en voyage, qu'il allait donner mon billet d'avion à la première p'tite jeune venue. C'est ce qu'il a fait, non ?

— Ouais, on peut dire ça, ai-je dit en pensant qu'il avait fait pire, mais je ne voulais pas aborder le sujet de la cocaïne avec l'amour de sa vie.

C'était maintenant clair dans mon esprit que toute la dérape du paternel ne visait qu'à user de tous les moyens pour se détourner du deuil sentimental qu'il vivait mal. Cependant, je mentirais en prétendant que je m'apitoyais sur le sort de mon père à cet instant précis. Mon esprit était obsédé par les dix-sept années qu'avaient duré leurs fréquentations…

— Je pourrais voir des photos de votre petite famille ?

Une voix claire a retenti derrière moi :

— Pourquoi ? Je suis là en personne !

Est alors apparue une jeune trentenaire qui sortait d'une chambre avec un petit homme poil de carotte d'environ deux ans, lourd de fatigue dans ses bras. Nous nous sommes présentés. Elle s'est assise aux côtés de sa mère en lui donnant son fils sans détacher son regard du mien pendant toute l'opération. C'était Loulou, de son vrai prénom Louise. Tout comme sa mère, elle ne faisait pas dans la dentelle des circonvolutions conversationnelles, et ma rencontre l'avait manifestement rendue fébrile :

— C'est fou de te voir en chair et en os… Ton père nous a tellement parlé de toi… T'étais un peu comme mon petit frère imaginaire. Tu veux que j'aille chercher les vieux albums, m'man ?

La Marielle a acquiescé tout en appuyant son regard à mon attention pour s'assurer que c'était bien ce que je voulais.

C'est pour ça que je suis venu…

C'était clair, désormais : il fallait que je sache l'autre moitié de la vie de mon père. Celle qui m'avait tant manqué. C'était du pur masochisme, mais il le *fallait*.

Louise est revenue avec une pile de trois albums à la couverture en simili cuir. J'ai pris une grande respiration comme elle ouvrait l'un d'eux. C'est là que ça a fessé. Toutes ces poses d'une jeune Marielle épanouie au bras de mon père; tous ces clichés, surtout, où sa fille et son fils étaient grimpés sur ses épaules – les larges épaules de *mon* père – avec en arrière-plan une fête foraine, ou une partie de balle, ou les glaces du carnaval de Québec…

Je ne suis jamais allé au carnaval avec mon père.

C'étaient des photos banales, au fond. Sur l'une d'elles, un petit Jano de neuf ans soufflait les bougies d'un gâteau d'anniversaire…

— Il a quel âge, aujourd'hui, votre fils? ai-je demandé.

La Marielle a mis la main devant sa bouche pour s'éclaircir la voix d'un toussotement avant de répondre, ne sachant pas comment envelopper un fait qui me troublerait :

— Il est du même âge que toi…

C'est dur de décrire ce que j'ai ressenti à ce moment-là. Un tourbillon d'émotions me chavirait le cœur. D'une part, je voyais cet ersatz de demi-frère grandir en accéléré au fil des pages des albums. Il avait l'air sympathique; il aurait pu devenir un ami inséparable si mon père avait eu le courage d'exposer son amour au grand jour. Mais confronté à son image, je n'y voyais qu'un bandit de grands chemins, celui qui m'avait piqué mon enfance, m'avait condamné à croupir au cachot des bras serrés trop fort de ma mère éplorée, fantomatique, voire suicidaire. Sur un Polaroïd jauni, on voyait mon père soulevant un trophée avec ce Jano – il devait avoir douze ans. La scène avait été immortalisée devant les estrades d'un aréna. Avec tout ce que ça pouvait représenter d'idéal inaccessible pour moi au même âge. J'ai eu peine à retenir un cri tellement ça m'a fait mal.

Sa fille m'a dit, en regardant cette photo :

— C'était un père pour nous, il nous manque beaucoup…

— Il m'a beaucoup manqué, à moi aussi, lui ai-je répondu sans délai d'une voix émue dont je n'ai pas pu contrôler le trémolo.

Marielle m'a regardé avec toute la compassion du monde. Je me suis levé, me suis excusé. Je devais partir. Sur-le-champ. Elle s'est levée à son tour, puis s'est avancée d'un pas pour me tendre ses bras grand ouverts.

— C'est *too much* pour moi, tout ça, ai-je murmuré en levant les miens en bouclier pour refuser l'étreinte.

Et je suis parti, l'air assurément hagard, sans même les saluer.

■ ■ ■

Tout ça m'a évidemment fait vivre un sentiment de trahison : non seulement il avait triché ma mère, mais il avait vécu une double-vie familiale, il avait été selon cette Louise comme un père pour elle et son frère… Et donc les fois où il me manquait si cruellement étant jeune, il jouait peut-être avec eux autres en me laissant moisir dans ma solitude.

Il m'avait donc trompé, moi aussi.

Une semaine après cet épisode, mon père m'a rappelé au boulot en une fin de soirée où je coursais sur mon clavier contre le sablier d'une échéance presque impossible à respecter. Il se disait heureux de pouvoir me joindre. Il ne m'a cependant pas fourni d'explication pour justifier sa disparition depuis le jour où il avait déserté le loft, ce qui ne faisait que nourrir le ressentiment qui grondait en moi depuis ma visite chez la Marielle. À sa voix qui lyrait, je savais qu'il était intoxiqué. Il me suppliait d'aller le chercher à Montréal. Il logeait encore au même motel infâme, dans l'Est de la ville. Il me jurait que cette fois, il ne me ferait pas faux bond.

Je l'ai envoyé promener…

— Appelle donc ton autre fils ! lui ai-je proposé avec rancœur.

S'est ensuivi un silence de quelques secondes.

Ses dernières paroles ont été :

— Si tu me cherches, j'vais être au Quai Pie-IX. Je veux que tu saches…

Je lui ai raccroché au nez avant qu'il n'ait achevé sa phrase.

Je me suis rabattu sur mon texte, le cœur aussi insensible que de la pierre. Le téléphone de mon poste de travail a sonné à nouveau. Je l'ai ignoré, redoublant d'ardeur sur mon clavier dont je martelais désormais les touches comme un enragé. Le mérite de l'exercice aura été d'avoir remis à temps mon article à la con. En sortant des bureaux du *Soleil*, le nordet m'a cinglé le visage et secoué les idées. Je me suis tristement souvenu de Paul, dont le fils l'avait surpris en compagnie d'une maîtresse – ce qui avait mis fin à leur relation, et tragiquement, peu après, à la vie de l'adolescent. M'est revenue l'image de Paul rapetissant dans mes rétroviseurs devant son mouroir de motel. Mon père était présentement dans un motel du même genre, probablement à se ronger de honte et de regrets. Et à cette pensée, j'ai ressenti la main pesante de ces deux afflictions.

J'ai carrément abandonné mon père…

Je me suis rappelé la mise en garde d'Elia : « Viendra un jour où ton père aura besoin de toi. Ce jour-là, ne le laisse pas tomber. (…) Mais tu ne pourras l'aider que si tu arrives à lui pardonner. Pour cela, tu devras avoir réalisé le but ultime de ta quête, soit l'intégration dans ton cœur de ta rencontre avec le Divin Père. À sentir ton amertume, il te reste du cheminement à faire… »

Encore dans le mille, la kabbaliste…

« *Always remember to remember* », m'avait-elle aussi prescrit.

Mais voilà que j'avais oublié. Et je le regrettais déjà amèrement. À mon retour au loft, j'ai téléphoné au motel d'où il m'avait appelé :

— Je n'ai personne de ce nom cette nuit, m'a répondu le réceptionniste.

Évidemment, il ne devait jamais faire inscrire sa vraie identité au registre. Je lui ai décrit mon père…

— Oui, il était ici, mais il m'a redonné sa clé il y a environ deux heures.

J'ai appelé ma mère. Elle n'avait pas eu de ses nouvelles depuis une éternité. J'ai demandé au 411 pour le Quai Pie-IX. On n'avait rien à ce nom-là.

— Vous êtes bien certain? Ça doit être un bar ou une taverne quelconque sur la rue du même nom…

Rien.

J'ai appelé quelques-uns des établissements que le paternel fréquentait le plus souvent.

Toujours rien.

Je me suis résigné à monter me coucher sur la mezzanine, impuissant, puis n'ai pas vraiment fermé l'œil de la nuit. Au petit matin, j'ai eu un flash tellement évident concernant le Quai Pie-IX que je m'en suis voulu à mort de ne pas y avoir songé avant. J'ai appelé chez lui le bras droit de mon père au syndicat. Il était cinq heures du matin. Je l'ai évidemment réveillé, et il avait sérieusement peine à remettre ses idées en place alors que je lui demandais s'il avait des nouvelles de son patron :

— Sylvain? Euh… oui… Ton père?

Au bout d'une quinzaine de secondes, il est parvenu à me demander de patienter, le temps qu'il change d'appareil.

— Oui allô, Sylvain?

— Je suis toujours là…

— Ton père… C'est que… J'sais pas comment te dire ça…

— Il lui est arrivé quelque chose? T'es au courant? me suis-je impatienté, fou d'inquiétude.

— C'est que, oui, on l'a… Tu sais… On n'arrivait plus à savoir s'il s'occupait de ses dossiers. Des membres se plaignaient, je n'arrivais plus moi-même à lui parler, encore moins à le voir, et ça durait depuis des mois. On n'a pas eu d'autre choix que de le remercier…

— C'est arrivé quand?

— Hier. Il a paqueté ses affaires en fin de journée…

— Crisse!

— Pense pas que ç'a été facile, Sylvain. Il a bâti notre syndicat, il m'a tout montré. C'était comme un père pour moi…

J'avais déjà entendu cette phrase une fois de trop. J'ai coupé court :

— Le Quai Pie-IX, ça te dit quelque chose?

Il m'a répondu ce que je craignais d'entendre : il s'agissait d'un débarcadère du port de Montréal.

■ ■ ■

J'allais apprendre par la suite qu'après son congédiement, mon père avait été à la taverne, s'était gelé la gueule un bon coup, puis s'était enfermé, seul, dans sa chambre de motel. De là, il m'avait appelé pour que j'aille le chercher. Désespéré de ne pas au moins pouvoir compter sur la personne qu'il aimait le plus au monde, son fils, il avait filé vers son bar favori, Chez Georges. Selon ses faux amis présents, il affichait une gaieté peu commune, surtout considérant ce qu'ils avaient ressenti chez lui au cours des mois précédents. Il avait même étreint quelques-uns d'entre eux, ce qu'il n'avait jamais fait dans le passé. Il n'avait toutefois fait qu'un acte de présence éclair, ne prenant même pas un verre, et le bar était bondé, ce qui expliquait pourquoi le *barman* n'avait pas remarqué son passage, lorsque je lui avais parlé la veille. En quittant le bar, il avait pris le volant de sa Buick Riviera et, au lieu d'emprunter la direction nord vers la Métropolitaine, il avait mis le cap vers le sud – vers le port de Montréal. Son pare-brise était muni d'un laissez-passer autocollant qui l'autorisait à circuler à tout moment dans les installations portuaires. C'est donc sans craindre d'attirer l'attention qu'il avait gagné le quai de l'élévateur numéro trois, celui que les habitués nommaient le Quai Pie-IX, car il s'allongeait au sud de la rue du même nom. Il avait garé sa voiture à une douzaine de pieds du bord du quai, lequel n'était pas bordé de garde-fou. À sa droite s'élevait un gigantesque silo à grain près duquel était accosté un de ces chalutiers de la marine marchande qui le faisaient rêver lorsqu'il se balançait les pieds au bout du quai du village de son enfance.

Le parallèle était cruellement tragique : l'aventure de mon père avait débuté sur un quai, et il avait décidé qu'elle s'y terminerait. Assurément la mort dans l'âme, impulsif comme toujours, il n'a pas dû hésiter longuement avant d'embrayer la transmission sur le *drive*, mettant la voiture lentement en route vers les eaux noires et glacées où il désirait sombrer.

CINQUIÈME PARTIE
LA RENAISSANCE DES FILS

Ma cinquième saison

Dans les faits, nous traversons treize cycles lunaires par année, et ainsi, un treizième mois aurait donc dû, selon moi, être inséré quelque part entre l'hiver et le printemps : pour marquer la pause d'une cinquième saison, une saison à contempler la terre, à l'écoute de son message guérisseur – loin des mots de la tour de Babel. Ce serait une saison où se mêleraient des effluves de la mort… et de la vie.

49

Le malheur fait dans certaines âmes
un vaste désert où retentit la voix de Dieu.

Honoré de Balzac

Comme sa Buick franchissait la distance qui le séparait de ce qu'il croyait être l'aboutissement de son destin, mon père a fermé les yeux, les bras croisés sur la poitrine. Il n'avait pas besoin de contrôler le volant, car il s'était bien assuré qu'aucun obstacle ne le séparait du point de chute et que ses roues avant étaient braquées vers le fleuve. Ne restait plus qu'à attendre quelques secondes…

Mais voilà que, tout à coup, il a senti l'avant-droit de la Buick se soulever. La voiture a ralenti sa course, mais ne s'est pas arrêtée. L'impact a toutefois secoué mon père. Puis cette voix intérieure :

Mais qu'est-ce que tu fais là ?

Il a freiné.

Il n'était plus qu'à quelques pouces du gouffre.

La voix avait peut-être été la sienne, peut-être provenait-elle d'un espace-temps insondable où l'on se souciait de lui, n'empêche qu'elle l'a secoué. Mon père s'est jeté sur le volant, prostré en ouvrant les écluses de son désespoir.

« T'es rendu fou ! T'es malade ! » s'est-il dit après avoir vidé toutes les larmes de son corps.

Il s'est ressaisi, puis a fait marche arrière en évitant l'amarre contre laquelle l'automobile avait buté. Puis cette constatation :

C'est impossible… Elle était à cinq pieds à droite de mon char…
Mes roues étaient droites… Mon volant n'a quand même pas viré tout
seul…

Abasourdi par ce fait troublant, mon père s'est rendu à un téléphone public. Le ciel l'avait aidé sans qu'il s'aide d'abord, sans
même qu'il le demande. Il a compris toute la portée de ce signe.
Désormais, c'était à lui de faire un pas déterminant – il lui fallait
demander de l'aide. Dans un premier temps, il a appelé une amie
qui l'a sans peine convaincu de venir dormir chez elle. Le lendemain,
la bienfaitrice le décidera à faire son admission à la Maison Jean-
Lapointe.

C'est de là-bas qu'on m'a prévenu que mon père se portait bien et
qu'il allait être pris en charge. C'est aussi là-bas qu'il allait (re)trouver
Dieu, lui qui, comme presque toute sa génération, l'avait balancé
avec l'eau bénite du bain religieux de son époque, viciée par la
Grande Noirceur.

Après tout, la première étape en se relevant, n'est-ce pas de
s'agenouiller?

50

Notre plus grande gloire n'est pas de ne pas tomber,
mais de nous relever chaque fois que nous tombons.

CONFUCIUS

Mon père n'a peut-être pas complété son suicide, mais d'une certaine façon, il est mort ce soir-là au Quai Pie-IX. Comme moi j'étais mort le jour où mon père m'a ramené chez ma mère, au condominium avec vue sur le fleuve, la cervelle en éclats à la suite d'une montée de Kundalini mal négociée.

Il a commencé sa propre quête de renaissance à la Maison Jean-Lapointe – un processus qui, dans son cas, mettra près de dix années à s'achever avec succès. Car ses deuils étaient plus lourds à porter que les miens, et sa capacité à rebondir plus restreinte, en retraite forcée à cinquante-six ans.

Mais c'est assurément en cure de désintox que mon père a semé les premières graines de sa renaissance. L'une d'elles a été de m'écrire une lettre qu'il m'a postée lors de la deuxième semaine de son programme de vingt-huit jours.

On lui avait fait écrire un mot à l'attention fictive de son propre père, décédé avant même ma naissance. En la relisant, il a réalisé qu'il lui reprochait les mêmes choses qu'il reproduisait avec moi : l'absence, le manque de guidance et de démonstrations d'amour.

« Il est difficile de donner ce qu'on n'a pas reçu, a-t-il écrit ensuite. Mais je ne veux plus me servir de ça comme excuse. C'est juste une autre de mes béquilles, comme l'alcool et la cocaïne. Je me sens trop fragile pour te promettre quoi que ce soit que je ne pourrais pas respecter dans l'avenir, mais je peux au moins te dire que j'ai le

goût qu'on se rapproche, un pas à la fois, un jour à la fois, à partir d'aujourd'hui.

Puis il faut que je te dise quelque chose que je ne t'ai pas assez dit quand t'étais plus jeune, c'est que je suis fier, tellement fier de ce que tu es devenu aujourd'hui. T'es l'exemple dont j'ai besoin pour croire que je pourrai remonter la pente. Il y a deux ans, t'étais à peu près là où je suis ce soir en t'écrivant : dans une chambre à occupation double en cure fermée, à partager sur le trou que je me suis creusé, un peu perdu à pas savoir où j'irai en sortant d'ici. Toi t'en es sorti en me montrant qu'on peut vivre à nouveau, qu'on peut encore livrer (et gagner) des batailles, qu'on peut renaître de ses cendres.

Ici, on nous dit, entre autres, que le malheur a ça de bon qu'il nous apprend à reconnaître nos vrais amis. T'es le seul vrai chum que j'ai aujourd'hui. Fait que, j'espère que tu seras encore là quand je sortirai d'ici, et que tu viendras me chercher. Je sais que je t'en ai fait voir de toutes les couleurs ces derniers mois, et en fait depuis que t'es tout petit. Je n'ai pas toujours été le père que t'aurais mérité. Mais je veux que tu saches une chose, et c'est cette chose-là que je n'ai pas eu la chance de te dire au complet quand je t'ai appelé au Soleil avant ma tentative, c'est que je t'aime. Avec toutes mes tripes qui réapprennent à vivre, je t'aime, mon gars. Pour tout le reste, pour le mal que je t'ai fait, je te demande pardon. Puis tu ne peux pas savoir jusqu'à quel point j'ai besoin que tu me pardonnes aujourd'hui. »

Il a signé « *Ton père* », puis a inscrit la date et l'heure auxquelles je devais aller le chercher à la Maison près du Vieux-Port de Montréal.

Comment résumer ce que j'ai ressenti en lisant ses mots ? Ma première pensée articulée au milieu d'un maelström émotif a été…

Un quart de siècle de silence pour tout rétablir en une lettre de deux pages. Quel gaspillage de temps…

C'était ça, mon père : il pouvait m'égratigner d'une remarque maladroite étant jeune, puis l'instant d'après, il me demandait d'aller chercher mon gant de baseball pour qu'on se lance la balle dans le fond de la cour et je devenais tout à coup heureux comme un prince. Alors aujourd'hui, de recevoir de tels mots, d'où émanait une poignante sincérité… Je lui aurais pardonné une tentative de meurtre sur ma personne. J'avais juste de la peine de ne pas l'avoir devant moi dans l'instant, et ainsi pouvoir le serrer dans mes bras, puis, pour la première fois de ma vie adulte, lui dire que je l'aimais.

Mais c'est compliqué les rapports entre hommes, les cajoleries puis les *je t'aime* entre un père et son fils de nos générations. Ça allait me prendre jusqu'à mes quarante ans avant d'en arriver là… C'est tout dire de ce que je me suis empêché de lui dire. Y avait pas juste lui de fautif là-dedans. On a créé ça à deux…

Au matin du 1ᵉʳ décembre, lorsque je suis allé le chercher à la Maison Jean-Lapointe, je me suis reconnu en lui. Pour commencer, c'était un *kid* que je ramenais chez lui. Oui, comme moi à ma sortie de l'hôpital, il était redevenu enfant – signe incontournable du processus de renaissance. Épanoui, avec un sourire comme je ne lui en avais jamais connu, il m'a montré toutes les installations, sa chambre, m'a présenté les compagnons avec lesquels il s'était lié davantage, l'animateur énergique qui l'avait accompagné tout au long du processus et qu'il m'a vanté en sa présence. C'était tellement touchant de le retrouver ainsi, qu'à la première occasion que j'ai eue d'être seul avec lui, je lui ai ouvert mes bras pour une longue étreinte musclée où nos yeux étaient à la flotte.

— Ta lettre m'a tellement pogné aux tripes, p'pa… Merci. C'est le plus beau cadeau que tu m'aies jamais fait… Pis oui, si tu tiens à l'entendre, je te pardonne, pis j'vas être là à l'avenir pour toi… Je t'ai laissé tomber quand tu m'as appelé à l'aide juste après ton congédiement… Je m'en veux tellement… Toi, est-ce que tu me pardonnes ?

— Penses-y même plus, mon gars… Y a rien qui arrive pour rien, puis ça m'a permis de me retrouver ici…

Il a reculé la tête pour appuyer d'un regard aimant ce qui allait suivre :

— L'important, c'est ce qu'on va créer ensemble à partir d'asteure, ok?

J'ai opiné du chef.

— Ok… On va bâtir là-dessus.

51

Spectrum de Montréal.
Quelques mois plus tard.
Mardi 19 avril 1994.

— Là, on commence à parler…

C'était mon père qui contemplait une des affiches mise en valeur dans le hall d'entrée grouillant de monde du Spectrum. Elle annonçait les mises en nomination des finalistes au titre de journaliste sportif de l'année au Québec. Y figuraient entre autres les noms de Red Fisher, l'éditorialiste réputé du quotidien *The Gazette,* de mon idole de jeunesse Bertrand Raymond, ainsi que… le mien.

Dire qu'il y avait à peine un an et demi, je m'émerveillais juste à l'idée que *Bert* m'invite à m'asseoir dans son bureau !

— Avoue que ça te monte un peu à la tête, m'a taquiné ma bien-aimée, resplendissante dans une robe noire d'un chic fou qui lui dénudait le dos et se décolletait juste à point pour faire tourner les têtes sans qu'on puisse chuchoter au scandale.

— C'est toi, qui me monte à la tête, lui ai-je dit d'un sourire que je voulais séducteur. Après tout, c'est toi le trophée que je veux ramener à la maison ce soir…

— Macho ! m'a-t-elle rétorqué en pouffant de rire.

Ma mère nous a enlevés à nos taquineries, elle n'était pas pour laisser ma réussite passer inaperçue :

— Imagine, Martial, c'est la photo de notre fils, sur l'affiche !

J'ai voulu calmer son ardeur :

— On s'entend que c'est pas le prix Pulitzer, m'man ?

Reste que j'étais fier du symbole, considérant le chemin parcouru. Et lorsqu'on a pris place dans l'enceinte, j'étais surtout heureux de pouvoir me joindre à la bande de la table du journal *Sportif*. Car j'avais quitté *Le Soleil* pour retourner auprès de ma gang de tripeux sous-payés.

— T'as laissé ton job ? m'avait demandé Bertrand Raymond pour s'assurer qu'il avait bien compris.

Lorsque je lui ai fait signe que oui en disant que je n'en avais aucun regret, le vétéran n'en a pas cru ses oreilles.

— Des opportunités dans les quotidiens, ce n'est pas conseillé de les rejeter, m'a-t-il prévenu. Mais t'es jeune !

Question sécurité du chèque de paye, il avait raison. Mais toute l'histoire de mon père, et surtout le fait que j'avais failli l'abandonner pour le perdre à jamais, m'avait fait réaliser que je m'étais à nouveau endormi sur le pilote automatique – que je devais reconsidérer mes valeurs. J'avais beau bénéficier de plus de prestige et d'un meilleur salaire à écrire mes textes à la fabrique à saucisses d'un quotidien, si je n'y étais pas heureux, à quoi bon ? S'il y a quelque chose que je savais provenir de l'expérience de ma montée de Kundalini, c'était la certitude que le bonheur n'avait pas de prix ; ça, et aussi une forme de conscience intransigeante qui m'avait greffé des yeux pour me forcer à voir la réalité lorsque je m'éloignais de mon cœur. Mais comme je suis dur de comprenure, même avec l'évidence en pleine face, j'avais appris de cette expérience que je peux ignorer les signaux de fumée lorsque le bélier en moi fonce aveuglément vers l'objectif choisi. Et je n'avais pas fini d'apprendre sur moi – ce ne sera pas la dernière fois que je m'endormirai sur la *job* de la réalisation de soi. L'intégration de l'objet de cette quête n'était certes pas gagnée d'avance juste parce que j'avais vécu une neuvaine mystique tripative…

Mais en cette soirée magique au Spectrum, il n'était pas question de me décourager à propos du chemin qu'il me restait à parcourir.

Il me fallait au contraire célébrer celui que j'avais accompli. Et même s'il ne s'agissait pas de la remise du Pulitzer, j'avais les entrailles qui papillonnaient joliment lorsque, vers la fin d'une soirée riche en divertissements, l'animateur Pierre Houde, aux côtés du coureur automobile Jacques Villeneuve, a annoncé le nom des finalistes du prix que je convoitais pendant qu'un montage vidéo débitait nos articles sur écran géant. Lorsque mon nom a été prononcé, j'ai éprouvé de la gratitude envers John Wetteland, dont le visage remplissait l'écran. C'était après tout sa confession qui m'avait valu la nomination.

Puis Jacques Villeneuve a ouvert l'enveloppe, a remis son contenu à Pierre Houde :

— Le journaliste sportif de l'année au Québec est Sylvain…

C'est tout juste si j'ai entendu mon nom de famille, tellement mes compagnons du *Sportif* hurlaient leur joie. J'étais si ému pendant que tous et chacun me secouaient les épaules et les bras que je ne savais pas si mes jambes me porteraient jusqu'à la scène. Une fois grimpé là-haut, pendant que je bredouillais mes remerciements, un copain photographe a eu la présence d'esprit de croquer mes parents sur le vif.

Encore aujourd'hui, lorsque je désire me botter le derrière pendant un creux de vague, je sors cette vieille photo où est immortalisé l'amour inconditionnel de ma tendre mère, et où mon père, frais émoulu de son enfer personnel, me contemple d'un regard si admiratif qu'il me ramène instantanément la tête hors de l'eau et me rappelle que *rien* n'est impossible.

Après avoir reçu un tel regard de mon père, une sorte de paix intérieure est venue étancher toute cette soif de reconnaissance que j'attendais de lui. Ça m'a aussi rappelé la vision finale de la séance d'*ayahuasca*, alors que le visage de mon père, incrusté dans le plafond de la cathédrale, m'accueillait de ses yeux bienveillants au terme du périple psychédélique qui s'était ainsi avéré prophétique.

Je n'ai plus eu à rechercher ce regard approbatif à nouveau. Il m'était désormais acquis. J'ai pu passer à autre chose, abandonner ma quête du fils au profit de la quête de l'homme – celle qui accompagne le fait de devenir père à mon tour…

52

Souviens-toi qu'au moment de ta naissance
tout le monde était dans la joie et toi dans les pleurs.
Vis de manière qu'au moment de ta mort,
tout le monde soit dans les pleurs et toi dans la joie.

GOETHE

Une année presque jour pour jour après la soirée de gala au Spectrum, Morgane m'a donné Sarah-Maude, une petite merveille aux traits déjà délicats alors qu'elle n'était qu'un poupon. Le jour de son arrivée symbolisa tout spécialement le lien qui nous unirait pour la vie. Nous étions le 7 avril, soit la même date que mon propre anniversaire. Alors je peux dire sans jeu de mots facile que l'irruption fracassante, déstabilisante et magnificiente de ma fille fut le plus touchant cadeau d'anniversaire que ma bien-aimée déesse ait jamais pu m'offrir.

Évidemment, tous, autour, se sont réjouis pour moi. À commencer par mon propre père qui, se voyant ainsi offrir une chance inouïe de se racheter, deviendra le meilleur et le plus enthousiaste des grands-papas. Seulement, de mon côté, je n'avais pas le cœur qu'à la célébration. J'avais aussi en tête la parole de sagesse de Goethe. Si tous laissaient éclater leur bonheur d'accueillir ce petit être, moi je réalisais que ce bébé naissant tout mignon… pleurait. À vrai dire, Sarah-Maude ne la trouvait pas drôle du tout. Et puis, tous ces proches aussi insouciants que bien intentionnés savaient-ils seulement toute la responsabilité qui m'incombait soudainement ? Dans un élan typiquement maternel, Morgane avait beau me dire de ne pas m'en faire, qu'elle se chargerait de tout… Moi, je ne le percevais pas tout à fait de la même manière…

Car là où Morgane voyait un être neuf dont elle voudrait (beaucoup trop longtemps) protéger l'innocence, moi je décelais, quelque part dans l'œil mi-clos de mon enfant, l'étincelle d'une âme agonisante qui mourait au monde.

Une âme pour laquelle il nous reviendrait – à moi et aux dizaines de mères et de pères spirituels qu'elle croiserait dans sa vie – de tout faire pour la réanimer, la rallumer, la ressusciter d'entre les morts-vivants qui encombrent nos rues, un cellulaire greffé à l'oreille pour ne plus entendre l'essentiel.

Une âme qui, encore chanceuse si elle y parvient ici-bas, mettra toute une vie à renaître.

Mais encore, si elle y parvient, comme l'écrirait assurément Jean l'Intelligent en guise de conclusion, ce ne sera alors que la…

FIN DE L'HISTOIRE SANS FIN

Épilogue

Les étoiles brillent tout le temps,
mais nous ne les voyons souvent pas avant qu'il fasse nuit.

RÉVÉREND EARL RINEY

De toutes les péripéties de ma chute et de ma remontée de falaise, qu'ai-je tiré comme leçons principales ? En quoi ai-je bénéficié des expériences mystiques de ma neuvaine tripative ? Ne m'ont-elles filé que le *mystique blues*, ou m'ont-elles réellement – et définitivement – transformé ?

Mes conclusions en la matière n'ont rien de tranché au couteau de la vérité absolue. Premièrement, à tous ceux et celles qui vivront de pareils épisodes transcendants, je souhaite ardemment qu'ils puissent bénéficier d'un accompagnement spirituel adéquat – et je le mentionne en sachant fort bien qu'en Occident, ça ne se trouve pas sous le sabot d'un cheval. De même, l'aide professionnelle n'est pas à négliger si la fulgurance des expériences spirituelles affecte la capacité à gérer le quotidien. Malheureusement, les psys ouverts à la psychologie transpersonnelle ne sont pas légion. J'ai eu de la veine de tomber, pour l'essentiel de ma guérison, sur une thérapeute telle que Morgane, plutôt que sur un psychiatre traditionnel et borné comme Tomate Pourrie. Néanmoins, j'aurais évité bien des écueils si j'avais pu compter sur de l'aide compétente dès les premiers jours de ma neuvaine… et même avant. Car de telles explosions psychiques, mal encadrées, mal assumées, peuvent s'avérer carrément fatales. Pendant de nombreuses années, j'ai même hésité à redémarrer mon cœur Yokohama lorsque je le sentais sur le point de se rallumer de tous ses feux. Je craignais que s'ensuive forcément une autre nuit psychiatrique. Et c'est dommage, car nonobstant les prix de journalisme, cela m'a ralenti énormément dans l'épanouisse-ment de mon potentiel humain.

Par contre, une fois conscientisé sur les bienfaits du cadeau spiri-tuel reçu, une fois ce présent de la vie bien assumé, j'ai pu en appré-cier toute la richesse. La principale aura été d'avoir pu expérimenter aussi fortement l'importance d'aimer, et surtout de le manifester par le don au suivant. Ma première grande vision m'a enseigné le rôle de l'humanité dans le grand registre de la Création divine, c'est-à-dire que la conscience humaine a le potentiel – et le devoir – de s'élever jusqu'au niveau de l'Amour absolu qui l'a engendrée. Mais aussi grandiose avait-elle pu être, cette illumination s'avérait incom-plète sans son mode d'emploi, qu'on m'a fourni pendant que j'étrei-gnais le jeune sans-abri amnésique. La clé s'est pour moi retrouvée dans cette vision de la chaîne humaine s'étirant du sommet d'une falaise jusqu'à sa base infernale. Chaque être tendait la main à celui qui se trouvait sous lui, l'aidant à atteindre son niveau. Pour que ma tête de mule assimile le sens profond de cette vision, la vie n'a eu de cesse d'envoyer à ma rescousse des déesses-mères et des pères spirituels. C'est grâce à eux que j'ai pu remonter la pente. Désormais, mon seul but existentiel est de tendre la main à mon tour.

Afin de vous laisser sur une note plus légère, je vous offre ici une tranche de vie très récente. Elle témoigne de la magie qui œuvre toujours, presque deux décennies après la neuvaine qui bouleversa mon existence à jamais…

■ ■ ■

— Pis, ton livre… Comment ça va finir ?

— Bien. Très bien, même, ai-je répondu à mon père, qui contem-plait avec mon fils Félix et moi, son verdoyant petit carré de terre du jardin communautaire de Saint-Sauveur.

En ce début du mois d'août 2009 y mûrissaient en abondance des carottes, des fèves, des radis et des plans de basilic, de persil, de ciboulette et de belles tomates roses rendues bien dodues.

Si un jour quelqu'un, disons même Elia la kabbaliste, m'avait prédit que mon père cultiverait la patience du jardinier à regarder pousser lentement herbes et légumes, j'aurais cru cela plus incroyable que la possibilité d'accéder à la connaissance universelle!

Je n'irais pas jusqu'à dire que le paternel était devenu zen, mais après être sorti de la Maison Jean-Lapointe, il s'est installé avec ma mère dans les Laurentides, pour se rapprocher de la nature – un endroit idéal pour guérir et entamer sa propre quête de la Déesse-Mère... À chacun son chemin.

Celui de ma mère a par ailleurs été tout aussi ardu; elle a courageusement combattu un cancer du sein et, alors diminuée par sa dernière attaque de sclérose en plaques, elle ne pouvait plus accomplir grand-chose à la maison. C'est mon père qui a pris soin d'elle, préparant les repas, faisant le ménage. On peut dire qu'il s'est acquitté de sa dette envers elle, du moins partiellement.

— As-tu eu des nouvelles depuis ton entrevue? m'a-t-il demandé.

— J'attends toujours, ai-je répondu.

J'avais récemment posé ma candidature pour un poste d'organisateur communautaire dans le cadre du projet de recherche Chez Soi, lequel étudiera jusqu'en 2013 les progrès de plusieurs centaines de sans-abri qui, sur une base volontaire, tenteront de réintégrer la vie sociale au sein d'un programme d'accès au logement assorti de divers moyens novateurs d'intervention.

— C'est fou comment tes romans t'ouvrent les portes de l'action communautaire, m'a fait remarquer mon père. Tu écris une auto-fiction sur la condition masculine[3], et on vient te chercher pour diriger un organisme d'entraide pour hommes. T'écris ensuite un roman où tu mets en scène des itinérants[4], et voilà ce qui arrive encore...

---

3. *Brad Pitt ou mourir*, Les Intouchables, Montréal, 2005.
4. *La Prophétie du saint aux pieds nus*, Lanctôt éditeur, Montréal, 2006.

C'était effectivement un joli clin d'œil de la vie. Comme l'illustrait le sigle identitaire dessiné à mes neuf ans, la plume, chez moi, semblait mener droit au cœur. Mais si, au cours des dernières années, il y avait eu plus de hauts que de bas à négocier, tout n'avait pas été aussi simple. J'ai rappelé à mon père qu'après cinq années à m'éclater en journalisme, récoltant deux autres distinctions au passage, la maison-mère, Télémédia, avait mis la clé sous la porte en matière de publications sportives. Ma vie avait pris une courte dérape, que j'ai payée d'un divorce au deuil difficile. Morgane était partie avec ma Sarah-Puce. Poussé par l'instinct de survie, j'avais accepté un poste senior en communications à Ottawa, me promettant d'en sortir après une année ou deux – le temps d'opérer la transition. Je m'y suis finalement accroché les pieds, me suis remarié, Félix est né. Je me suis laissé prendre au jeu de l'ambition. J'ai gravi les échelons, oublié qui j'étais. Mais depuis cet épisode, je me suis rebranché peu à peu sur la fréquence cœur. Mon boulot à temps partiel à la direction du Réseau Hommes Québec, qui me permettait d'être en interaction constante avec des hommes en cheminement au sein de groupes d'entraide, y a contribué pour beaucoup. De même que Johanne, l'âme sœur qui m'accompagne avec amour et dévouement depuis maintenant six années. Et le petit Félix, qui a maintenant grandi, m'y aide aussi énormément. Imaginez-le accroupi tout sourire devant un plan de tomates, à admirer le jardin du grand-papa qu'il adore. C'est un jeune garçon énergique au tempérament enjoué – Félix, c'est un prénom qui prend sa racine étymologique de «bonheur», et mon fils le porte très bien. Il est tout blond, le teint basané comme un *beach boy* californien. Il aura bientôt neuf ans.

— Tu sais, p'pa, ai-je dit pour compléter ma pensée au sujet de la fin de ce bouquin qu'il a si généreusement accepté que j'écrive. Je me pensais *smatte* lorsque mes enfants sont nés. Je me disais que mon rôle paternel serait d'éveiller leur conscience à une réalité que j'avais touchée avec ma neuvaine mystique. Mais en conclusion, c'est Félix qui m'a réveillé!

Comme je me dirigeais vers un second divorce, mon fils m'a rappelé à l'ordre avec toute la candeur dont est capable un garçonnet de trois ans. À l'époque, sa mère et moi étions à toutes fins pratiques séparés depuis un an. En l'accompagnant pour le dodo du soir, c'est lui qui m'a raconté une histoire…

Il m'a dit avec ses mots d'enfant qu'un jour où il avait beaucoup de peine parce que son papa quittait la maison pour toujours, un ami était descendu du ciel pour le consoler et jouer avec lui dans sa chambre. Et presque tous les jours, cet ami est revenu lui tenir compagnie. « C'était un ange, papa. Des fois, il m'emmenait avec lui voler dans les nuages », m'a-t-il dit. À la fin, l'ange lui a proposé de le suivre bien au-delà des nuages, dans un pays multicolore où Félix a rejoint beaucoup de nouveaux petits amis. L'ange lui a dit que c'était dans ce monde féerique qu'il passait le plus clair de son temps, mais que sa vraie maison était encore plus loin dans le ciel et qu'il devait maintenant y retourner. Il a offert à mon fils de l'y accompagner, le prévenant toutefois que s'il franchissait la frontière de son propre pays, il ne reviendrait plus jamais à la maison de sa maman, ne reverrait plus jamais son papa. Une grande émotion a gagné Félix. Autant il ne désirait pas quitter son ami, autant il ne pouvait se résoudre à de tels sacrifices. C'est ainsi qu'ils ont dû se dire adieu. Le cœur brisé en mille morceaux, Félix a pleuré à chaudes larmes (et il est demeuré inconsolable pendant des semaines). « Mais je serai toujours là près de toi, mon ami, lui a dit l'ange. Tu n'auras qu'à m'appeler quand tu auras besoin de moi, et je viendrai… Tu ne me verras plus, mais je serai là. Autre chose : ne m'oublie pas, et n'oublie surtout pas ton cœur d'enfant. Il te guidera aussi bien que moi, sinon mieux. C'est lui qui pourra te mener partout où tu veux aller. » Même à La Ronde ? lui a demandé mon fils. « Même à La Ronde, lui a répondu le petit ange. Et beaucoup plus loin encore ! Un jour, c'est ton cœur d'enfant qui te ramènera jusqu'à moi. »

Mon père s'est approché de mon fils, qui admirait toujours ses tomates.

— C'est vrai, tout ça, mon Félix ? Est-ce que ton père n'est pas encore en train d'imaginer une belle histoire pour un de ses livres ?

Mon fils a plissé la bouche comme pour lui faire comprendre qu'il trouvait bête son scepticisme.

— C'est sûr, que c'est vrai, grand-papa, voyons… T'es jamais monté au ciel ?

Mon père s'est figé d'étonnement. Mon fils m'a regardé, puis m'a posé une question toute innocente :

— Pourquoi t'écris des livres, papa ?

Même si ça ne répondait pas vraiment à sa question, j'ai commencé par lui dire que c'était grâce à lui. Après avoir entendu son histoire, j'avais tout plaqué pour suivre à nouveau mon cœur d'enfant, jusqu'à rejoindre mes parents dans les Laurentides. J'y avais déniché un boulot pour accompagner les artistes de la région dans l'élaboration de leurs rêves ; je les aidais à les coucher sur papier pour l'obtention de subventions. De là j'ai acquis l'art de faire financer mon propre rêve d'écriture, et en sont nés, parallèlement à l'apparition de ma muse pour les inspirer, deux romans et un retour au journalisme. Après cette parenthèse, je lui ai révélé la raison profonde de mon élan vers l'écriture :

— Pour ne jamais oublier, fiston…

Félix a réfléchi…

— C'est comme si j'écrivais un conte pour ne jamais oublier mon ami l'ange ?

— Oui, c'est exactement cela… Veux-tu qu'on l'écrive ensemble ?

— Ah ça oui, j'aimerais bien !

— Tu vois, papa, ai-je dit à mon père, qui souriait aux répliques spontanées de son petit-fils. Tu sais maintenant comment va se conclure *Mystique Blues*. On vient d'en écrire ensemble la tombée.

— Pas tout à fait encore ! m'a-t-il repris comme on repartait à pied vers chez lui, Félix s'immisçant entre nous deux pour nous tenir la main. Tu ne m'as pas encore expliqué comment tu résumerais en quelques paragraphes la morale de toutes nos aventures flyées…

Je n'ai su répondre du tac au tac.

■ ■ ■

Plusieurs semaines plus tard, lorsque j'ai reçu un appel confirmant mon embauche par le projet Chez Soi, la vie, une nouvelle fois, me confirmait sa magie intrinsèque. Il me semblait que c'était un boulot taillé sur mesure pour moi, car je ne vois rien de plus utile à faire de mon temps que d'accompagner, dans les limites de mes capacités, quelques âmes perdues vers la redécouverte d'eux-mêmes. Dès mon premier jour parmi eux, mon cœur Yokohama s'est d'ailleurs rallumé à la puissance maximale… Ce qui promet d'inspirer un futur bouquin, à n'en pas douter !

Mais d'ici là, voilà que mon Yokohama m'a excité la plume pour rédiger un petit texte, lequel résume assez bien ce que j'ai retenu de toute cette quête. Je l'ai intitulé *La taupe et le papillon*.

Je l'ai écrit sans prétention, car n'allez pas croire que je suis le sage de l'histoire : j'ai jusqu'ici suffisamment joué les rôles de la taupe et du papillon de nuit (vous allez comprendre en lisant la chose) pour reconnaître que je n'ai pas encore tout à fait compris la leçon ! Car à la vérité, il est encore tentant d'idéaliser l'expérience mystique au point de vouloir en faire une fin en soi, quitte à me brûler à nouveau les ailes – c'est la nature même du *mystique blues*. Qu'on me fasse toutefois recopier mille fois mon texte au tableau si j'émets un jour le désir de finir ma vie dans un ashram ! Et du point de vue de la taupe, mes expériences à Québec et à Ottawa sont autant de preuves patentes que mes ambitions peuvent parfois rendre mes yeux mystiques amateurs tout grand fermés !

Mais tant que la magie de la vie opérera son miracle quotidien pour éclairer mon chemin – et je suis certain qu'elle éclaire aussi les vôtres –, je devrais bien m'en tirer…

Au pis aller, comme l'énonce si élégamment le révérend Riney, que je cite en ouverture de cet épilogue, si la nuit doit tomber, et elle tombera, l'épreuve de l'absence du soleil servira à ce qu'au moins nous puissions voir briller les étoiles – dont la bonne, celle qui, souvent à notre insu, nous guide vers le chemin du sage en devenir…

SYLVAIN D'AUTEUIL
Le dimanche 4 octobre 2009

La taupe et le papillon

Le mystique qui ignore la terre de son vivant est comme le papillon de nuit qui accomplit le miracle de voltiger jusqu'au soleil pour finir par s'y brûler les ailes.

L'impie qui ignore le ciel de son vivant est comme la taupe qui accomplit l'exploit de creuser le plus profond des tunnels pour finir par s'y perdre.

Le sage s'assure de garder les pieds sur terre pendant qu'il a la tête au ciel, car il sait que les miracles ont déjà été accomplis pour lui avant sa naissance, et que l'ambition des exploits creusera sa tombe.

Sa sagesse réside dans le fait qu'il sait se servir du miracle du soleil pour éclairer son chemin et lui permettre ainsi d'éviter les trous creusés par les exploits des taupes.

Ainsi le sage est tout bonnement heureux de pouvoir cheminer, et chaque jour il expérimente la vie. Le papillon de nuit et la taupe croient quant à eux qu'ils ne seront sereins qu'au bout de leur chemin, mais ils n'y expérimenteront que la mort.

Alors que le papillon de nuit et la taupe sont presque aveugles d'avoir été ébloui par la proximité de la source lumineuse pour l'un, et d'avoir trop longtemps vécu dans le noir pour l'autre, le sage baigne dans la lumière, voit et vit – tout simplement.

Remerciements

À mon comité de lecture – Monique Pellerin, Raymond Ville-neuve, France Charbonneau, Viviane Andraos – pour ses précieuses lumières.

À mon père, pour la résilience qu'il m'a léguée, pour nos riches conversations tout au long du processus d'écriture et pour le courage inspirant dont il a fait preuve en m'autorisant à écrire ce roman aux forts accents de vérité. À ma mère, pour son amour inconditionnel et, encore une fois, la permission d'emprunter à son passé jonché d'épreuves.

À la thérapeute qui m'a accompagné lors de ma nuit psychia-trique, sans qui une telle renaissance n'aurait pas été possible.

À tous les pères spirituels qui m'ont aidé dans la vie, et ils ne se limitent pas qu'à ceux qui sont nommés dans cet ouvrage.

À Jacques Languirand, l'ultime père spirituel, ce grand défricheur des dimensions indicibles, dont la quête personnelle a éclairé la mienne et dont les mots ont démystifié à mes yeux ce qu'est une montée de Kundalini, un immense merci pour avoir honoré mon récit d'une préface.

Aux gars du Réseau Hommes Québec, avec lesquels je chemine depuis quelques années, notamment Guy, Jean-Pierre, Robert et Sylvain, en plus de tous les bénévoles qui m'ont appris à écrire au « Je » en m'ouvrant le chemin de l'expression de soi.

À Marc Fisher, qui m'a lancé le défi d'écrire ce roman.

À mon éditrice, Anne-Marie Villeneuve, pour ses précieux conseils, sa confiance inébranlable et un dévouement exemplaire qui fait mentir tous ceux qui prétendent qu'un auteur ne peut jouir d'un coaching personnalisé au sein d'une grosse boîte.

À ma muse, Johanne, pour les richesses de l'immense bagage personnel qu'elle met à ma disposition, pour ses éclairs de génie et pour l'inspiration qu'elle nourrit, entre autres, avec le vaillant combat qu'elle mène en silence à mes côtés.

Pour entrer en contact avec Sylvain d'Auteuil, veuillez écrire à : sylvain.dauteuil@hotmail.com

Pour être au courant de ses activités : www.sylvaindauteuil.com